きつね物語

ウィリアム・キャクストン
木村建夫 訳

中世イングランド動物ばなし

W. Caxton's
the historye of reynart the foxe
1481

南雲堂

目　次

ウィリアム・キャクストン訳『きつね物語』　3
解説　169
訳注　309
解説注　348
訳者あとがき　361

ウィリアム・キャクストン訳『きつね物語』

狐レナルド物語の目次

狐レナルド物語ここに始まる

第一章　まず　百獣の王ライオンが　開廷したこと

第二章　狼のイセグリムが　真っ先に狐を訴えたこと

第三章　犬のクルトイスの訴えと　猫のティベルトについて

第四章　狐の甥　穴熊のグリムベルトが　王様に向って　狐のために弁護したこと

第五章　おん鶏のチャンテクレールが　狐を訴えたこと

第六章　王様が　この訴えに関して　どう言われたか

第七章　熊のブルーンが　狐と事を構えたこと

第八章　熊が　蜂蜜を食べたこと

第九章　狐に対する　熊の訴え

第十章　王様が　狐を召喚するため　猫のティベルトを遣わしたこと

第十一章　グリムベルトが　狐を裁判を受けさせるために連れて来たこと

第十二章　狐が　グリムベルトに懺悔したこと

第十三章　狐が　法廷に来て　申し開きをしたこと

第十四章　狐が　逮捕され　死罪を申し渡されたこと

第十五章　狐が　絞首台に連行されたこと

第十六章　狐が　王様と聴衆の前で　公の告白をしたこと

第十七章　狐が　自分を殺そうとした者どもの命を危うくしたこと　また
　彼が　王様の恩寵を受けたこと

第十八章　狼と熊が　狐の働きにより逮捕されたこと

第十九章　狼とその妻が　靴を脱がされたこと　また
　狐が　ローマ巡礼に出かけるため　その靴を履いたこと

第二十章　野兎のキワルトが　狐に殺されたこと

第二十一章　狐が　野兎の首を王様のもとへ　雄羊のベリンに届けさせたこと

第二十二章　雄羊ベリンとその一族すべてが　狼と熊に与えられる判決が下されたこと

第二十三章　王様が　祭りの宴を催し　小兎のラプレルが　狐を王様に訴えたこと

第二十四章　みやま烏のコルバントが　妻を殺されたと　狐を訴えたこと

第二十五章　王様が　以上の訴えを聴いて　怒ったこと

第二十六章　グリムベルトが　王様が怒って彼を殺すつもりであると　狐に警告したこと

第二十七章　狐が　再び出廷したこと　及び　彼の懺悔

第二十八章　狐が　御前で身の証を立てたこと

第二十九章　雌猿のルケナウが　狐のために弁じたこと

第三十章　寓話　蛇の命を救った人間

第三十一章　狐の味方　及び　狐の親族について

第三十二章　狐が　野兎の死その他に関して　巧みに言い抜けたこと　また
　その身の安全を得たこと

第三十三章　狼が　狐を訴えたこと

第三十四章　寓話　狐と狼
第三十五章　狼が　狐に手袋を投げ　決闘することになったこと
第三十六章　狐が　その手袋を拾い上げ　王様が決闘の日と場所を定めたこと
第三十七章　雌猿ルケナウが　競技場で狼を相手にどう闘うか　狐に知恵を授けたこと
第三十八章　狐が　競技場に来たこと
第三十九章　狐と狼が　共に闘ったこと
第 四十 章　狼に組み敷かれた狐が　甘言と追従で逆転したこと
第四十一章　狼のイセグリムが敗北して　闘いが終了したこと　また
　狐が　面目を施したこと
第四十二章　決闘に勝ったとき　狐が　王様に語った　たとえ話
第四十三章　狐が　友達を引き連れて　堂々と王様の元を去り
　マレペルデュイスの城館へ帰ったこと

狐レナルド物語　ここに始まる

この物語には、心に留めておいても損のないたとえ話やためになる教えが、たくさん書かれています。これを自分のものにしてしまえば、日常的に、諸侯や聖職者に対して与えられる助言も、商人や一般の人の間で行われている習わしも、知らず知らず悟ることができるようになります。ですから、この本は、全ての善良な人々にとって、必要でもあり、また、ためになるものとして書かれたものです。これを自分で読んでもよし、読んでもらってもいいでしょう。世の中で、毎日のように行われている巧妙な嘘やごまかしを見抜くことができるようになります。別に、実践してもらうつもりはありません。悪賢い計略などから身を守って騙されないようにするためです。本気でこれを理解したいと思う方は、この本を何度も読み返して、心にしっかりと留めておいてください。読めばおわかりになりますが、この本は巧みに編まれています。一回読んでおしまいというのでは、正しく理解したとも、十分に読みとれたともいえないでしょう。ぜひ、くり返し何度も読んで、正しく理解していただきたい。なるほどとうなずいたそのとき、これはまさに楽しく愉快で、しかも役に立つ本であるにちがいありません。

百獣の王ライオン　勅命を発して　全ての動物に　祭りの宴《うたげ》と　同時開催の法廷に来るよう命じたこと

（第一章）

聖霊降臨《こうりん》祭とも、灰の日曜日ともいう頃、森中が美しく喜びに満ちて、木という木は葉が茂り花に包まれ、大地は芳しい草花を装い、大小さまざまの鳥が調子を合わせて美しいメロディーを奏でる頃のことです。貴き百獣の王ライオンは、この聖なる祭りの間に公開大法廷を立派に開こうと思い、広く国中に通達し、いかなる動物も出頭せよと厳しいお触《ふ》れにより命じましたところ、大小あらゆる動物が法廷にやって来ました。ひとり狐レナルドだけは来ませんでしたが、それは、法廷に来るはずの多くの動物に対して、いろいろ疚《やま》しく感ずることがあって、出かける勇気などとても無かったからでした。百獣の王がみなを法廷に召集してみると、そのうち誰一人として、以前に狐のレナルドを厳しく訴えたことのないものはいませんでした。[1]

狼のイセグリムが　真っ先に狐を訴えたこと

（第二章）

狼のイセグリムは、親族と友達を連れだって来て、王様の前に立

つとこう言いました「偉大なる大君、我が君さま、お願いでございます。陛下の偉大な力、正義、そして慈悲をもって、狐レナルドが私と妻に対し行った、途方もない罪過と不当な仕打ちを哀れみくださいますよう。こういう次第でございます。奴は愚妻が止めるのも構わず我が家に入り込み、寝ている子供の上に小便をひっかけ、そのために子供は目が見えなくなってしまいました。そこで、日を定めてレナルドが出頭の上この件を弁明し、聖遺物にかけて潔白を誓うはずになっておりました。[2] しかるに、聖遺物とともに聖書が持ち出されると、レナルドは思い直して自分の穴へ戻ってしまい、約束を反故《ほご》にしてしまいました。親愛なる王さま、これは今この法廷にいる多くのものが良く知っていることでございます。奴はそのほかにもいろいろ、私にひどいことをしてきました。その全てを語ることなど、とてもできるものではありません。ただ、奴が妻に与えた恥辱と破廉恥《はれんち》行為については、私に十分な償いをしない限り、決して不問にしたり仇を討たずにおくものではありません。」[3]

⚜ 犬のクルトイスの訴え　（第三章）

この言葉が終ると、小柄な犬が立ち上がりました。名前はクルトイス。[4] 王様に向ってこう訴えました。寒い冬のこと、厳しい霜にひどく痛めつけられ、食べ物といってプディングがたった一個、そのプディングを狐レナルドが横取りしたというのです。

⚜ そのとき、猫のティベルトが口をきく。

これを聞いて猫のティベルトは怒り進み出て、みなの中に躍り込むと、こう言いました「我が君さま、私がここで聞いておりますに、レナルドはひどく訴えられている様子であります。しかし、ここには自分が清廉《せいれん》潔白と十分証明できるものは誰もいません。ここにいるクルトイスが訴えたことは、もう何年も前に起ったことです。私は訴えたりしませんが、あのプディングは私のものでした。私が粉ひき小屋で夜のうちにせしめたのですから。粉屋は横になって寝ていました。もしクルトイスに一部でも権利があるとすれば、それは私のおかげなのです。」[5] するとそのときパンサーが口を開きました[6]「ティベルトよ、お前は本当にレナルドには訴えられる筋合いはないと思うのか。奴は紛れもない人殺し、追い剝ぎ、泥棒ではないか。彼は誰に対しても、ここにおわす我らが君、王さまにさえも好意を持たないので、陛下が富も名誉も失うがいいと本気で望んでいるくらいだ。そうすれば、太っためん鶏を好きなだけ手に入れることができるからな。ぜひお聞きください、昨日、私が目撃したことです。王さまのもとで安全に守られている野兎のキワルトに奴が何をしたか。彼はキワルトに約束してこう言ったのです。使徒信経を教えて立派な司祭にしてやる、とね。そして、兎を両足の間に座らせて詠《うた》い、大声で「われ信ず《クレード》、われ信ず《クレード》」[7] と叫びました。私はちょうどそばを通りかかってこの唄《うた》を耳にしたので、近くに寄ってレナルド師を見ますに、彼はそれまでの読

唱をやめて、いつもの悪戯《いたずら》をやり始めたのです。奴はキワルトの首に食らいつき、そのとき私が来合わさなければ命を奪ってしまったことでしょう。ほら皆さん、野兎キワルトの生傷《なまきず》をご覧になれます。確かに、我が君さま、仮にこんな事が罰せられず、あなたの平和をこのように乱した彼を無罪放免にしたり、臣下の正しい意見判断に従って正義を行わなければ、何年か後にあなたのお子達は、それ故に面目を失い非難されるに違いありません。」「確かに、パンサー」とイセグリムが言った「お前の言うとおりだ。平和に暮らしたいと思っている者のためにも、公正と正義が守られるのが良かろう。」

⚜ 狐の姉妹の息子　穴熊グリムベルトが[8]　王様の御前でレナルドを弁護して　答えたこと

（第四章）

そのとき、レナルドの甥、穴熊グリムベルトが怒った調子で口をききました「イセグリム殿、それはいかにも悪意に満ちた言いよう。諺によく言います、敵の口はめったに誉めないってね。何を言いがかりにあなたは、おじさんのレナルドを責めるのですか。どうでしょう、運を天にまかせて、二人のうちこれまで相手に一番ひどいことをした方が、泥棒よろしく縛り首になるっていうのは。今、おじさんが逆の立場にいたら、あなたが出廷して許しを乞うだけでは十分だと思わないでしょうよ。[9] 今まであなたは数えきれないくらい何回も、その残忍で鋭い牙でおじさんを噛んだりくわえたりの仕打ちをしましたね。私のよく知っている幾つかを話してみましょうか。覚えて

いますか、ツノガレイをチョロまかしたことを。おじさんがせっかく荷車から落したものを、後からつけて行って、うまそうに独り占め、食べ残しの背骨と小骨しかおじさんにあげなかったじゃありませんか。[10] 丸々した豚の脇腹ベーコンのときもそうでした。[11] とてもいい味だったのに一人で腹一杯食べてしまって、おじさんが分け前を要求したら、馬鹿にしたようにこう言い返しましたね「若造のレナルドよ、喜んでお前の分け前をやらずばなるまいな。」とね。でも、おじさんは何ももらえなかったし、少しもいい目を見なかった。おじさんが、それは恐《こわ》い思いをして手に入れたんですよ。人間に見つかって袋に放り込まれたところを、命からがら逃げ出してきたのですから。これと似たことをたくさん、

レナルドはイセグリムのおかげで幾度も経験しているのです。

「諸侯の皆さま、こんなことが許されるでしょうか。まだまだあるんです。彼はおじさんのレナルドが妻にひどいことをした、おじさんが妻と寝たなんて訴えてますが、それは七年も前の、しかも結婚する前の話です。だから、もし、レナルドが愛情と好意から彼女を自由にしたとしても、それがどうだと言うのでしょう。傷はすぐ治ったことですし、イセグリムが賢ければ、こんなことは訴えるべきじゃないんです、全く。そっとしておくべきでした。このように自分の妻を辱めて、いい笑い物ですよ。奥さんは訴えていないんで

すから。そうそう、野兎のキワルトも訴えてますが、私に言わせりゃ下らん訴えです。[12] 習い事を正しく読めたり覚えなければ、先生であるレナルドが罰としてぶってはいけないでしょうか。怠惰な生徒は打ち懲らしめ叱らなければ、決して何も身につくものではありません。ところで、クルトイスは冬の肉を見つけ難い時分に苦労してプディングを手に入れたのに、と訴えていますが、彼はこれを黙っている方が利口でした。というのは、盗んだものだからです。「マレ クエシスティ エット マレ ペルディディスティ」[13] と言いますから、不正に得たものは不運に失うのも当然です。盗人《ぬすっと》から盗品を取り上げたからといって、誰がレナルドを非難できましょうか。法律に通じて正義をわきまえ、レナルドおじさんほどの高貴な生まれなら、盗品を取りあげても構わないということを知っていて当然なのです。実際、盗品所持の現場を押えてクルトイスを縛り首にしたって、大変な間違いをしたとか、罪を犯したことにはならなかったでしょう。ただ、王さまの許可なしに正義を行ったことにはなりますが。だから、王さまの名誉のためにそうしなかったまでです。少しも感謝されてませんけど。おじさんはどんなに傷ついていることでしょう、このように訴えられるなんて。おじさんは親切で誠実な方です。いかなる不正も許しません。何をするにも坊さんの教えに従っています。はっきり言わせてもらいますが、我が君さまが平和を宣言なされて以来、おじさんは誰かを傷つけようなどと思いもしませんでした。食事は日にただ一回、まるで世捨て人のような生活をおくり、その身を鞭打ち、粗毛の肌着を身につけ、肉なんか一年以上も口にしていません。きのう彼のところから来た者の話によると、自分の城館マレペルデュイス[14] を明け渡して去り、庵《いおり》を建てたとのこと。庵室にこもったまま、狩りもやめ、獲物も欲しがらず、お布施を頼りにその日を送り、慈悲から人が恵んでくれるもの以外何も受け取らず、己に罪の償いの苦行を課しているとのこと。神様と共にいることを願って、寝食を忘れて祈り三昧《ざんまい》に暮れ、すっかり顔も青ざめ痩せこけてしまったとのことです。」こう言いながらグリムベルトがおじさんの弁護をして[15]熱弁をふるっているところへ、おん鶏のチャンテクレールが山を下って来るのが見えました。レナルドに首を喰いちぎられて死んだめん鶏を棺《ひつぎ》台に載せて、どうしても王様にこれを見せて、知ってもらおうと運んできたのです。[16]

⚜ おん鶏が　レナルドを訴えたこと　（第五章）

チャンテクレールがやってきます、悲しそうに両手両翼を打ち振りながら。棺台の両脇には悲しみに沈んだ二羽のめん鶏が歩んでいましたが、一羽はカンタート、もう一羽の可愛いめん鶏はクリアントといって、二羽とも辺《あた》りで評判の美しいめん鶏でした。それぞれが短檠《たんけい》に火をともしています。この二羽のめん鶏はコッペンの妹で、いとしい姉コッペンの死を「ああ、何と悲しいことか」と、たいそう悲しげに泣き叫ぶのでした。二羽の若めん鶏が棺台を担いでいましたが、母親コッペンの死を嘆いて悲しげにクックと鳴いては、また大声で泣いていたので、遠くからもよく聞こえました。このようにして皆んな揃って王様の前にやって来ると、チャンテクレールがこう言いました「情け深き君、我が君さま、恐れ多くも、どうか私たちの訴えをお聞きください。そしてレナルドが、私とここにおります子供に対して行った非道をご覧ください——ああ、何と恐ろしいことだ。こういうわけでございます。天気の良い四月の初めの頃です。立派な家系と大家族とが自慢で、私が意気揚々として

いる時でした。私には妻が生んだ八羽の可愛い息子と、七羽の可愛い娘がおりまして、皆んな丈夫に太って、塀で囲まれた庭を歩き回っていたものです。庭に小屋があり、中に六匹の大きな犬がいて、それまで多くの動物の皮を引き裂き、むしり取っていましたので、子供たちは何も恐れずにすみました。悪党レナルドは、子供たちがあまりにも安全なので一羽も捕まえることができずに、とても恨みに思っていました。この残酷な盗人が、いくらこの塀の回りを巡って、どんなに我々を待ち伏せても、犬が襲いかかって追い払ってしまったからです。あるとき、土手で犬に飛びかかられて彼の盗みは少々高くつきました。体から煙が立ちのぼったと見えるくらいに毛が抜けましたが、奴は逃げ失せました。神様が懲らしめてくださいますように。

「このように私たちは長い間レナルドから無事でしたが、とうとう彼は隠者のような姿でやって来ました。[17] 王印で封をした手紙を読むようにと持って来たのです。そこにはこう書いてありました。王様は国中に平和を宣言したので、獣《けもの》であれ鳥であれ、互いに傷つけたり痛めつけたりしてはならぬと。狐は更に加えてこう言いました。自分は修道士、世を捨てた隠者となった。罪償の大いなる告解を受けるつもりだと。彼は巡礼のマント、粗衣《そい》と下に着込んだ苦行の毛衣を見せてこう言いました[18]『チャンテクレー

ル殿、これからは、この私を恐れたり心配したりすることはありません。私はもう肉は食べないことにしたのです。それに、すっかり年をとってしまったので魂のことを考えたくなりましたよ。これでおいとまします。正午の祈り、三時と夕べの祈りも唱えなくてはなりません。あなたに神様の加護がありますように。』それから、レナルドは信経を唱えながら立ち去りましたが、実は、山ざしの茂みに隠れていたのです。[19] 私は喜んで、陽気な気分で何の用心もせずに、子供たちのところへ行くと皆をコッコッと呼び集め、塀の外へ散歩に出かけてしまったのです。そのために大変な災いが身に降りかかることになりました。レナルドは茂みの下に待ち伏せて、私たちと入口の間に密かに這い寄ると、子供の一羽を捕まえて腹の中に入れてしまいました。[20] このために、私たちはとてもひどい目に遭うことになりました。というのは、雛鶏を一度味わった狐からは、どんな狩人猟犬といえども、私たちを救い守ることができないからです。夜となく昼となく待ち伏せて、彼は次々と私の子供を盗み捕ってしまったので、十五羽のうち四羽しか残っていません。この盗人はこうして子供たちを飲み込んでしまったのです。そして昨日のことです、娘のコッペンが——この棺台

の上に横たわっていますが――やっと犬に救い出されたのです。慈悲深い王さま、この件を陛下に訴えます。私がこうむった甚大で不当な損失、可愛いい子供が失われたことを憐れみください。」

王様が　この訴えに対して　どう言われたか　（第六章）

そのとき、王様が言われました「穴熊殿、かの隠者、そちのおじのことをよく聞いたであろう。きゃつめ、断食して祈りおった。わしが一年でも生き延びれば逆立ちをしてみせるとな。[21]さて、チャンテクレール、よく聞くがいい。汝の訴えはもっともじゃ。ここに死んで横たわるお前の娘には死者の権利を授けるとする。ここに留めおくことはできんから神に委ねよう。彼女のために死者の祈りを詠い、手厚く葬ってあげよう。そのあとで、諸候たちに諮《はか》り相談いたすことにする。この大それた殺害に対して、いかに公正と正義をなし得るか、いかにこの邪《よこしま》な悪党を裁判にかけることができるかをな。」彼らは「プラケボ　ドミノ、我、神に迎えられん」[22]を、それにふさわしい詩句とともに唱いましたが、長くなるのでここで繰り返すのはやめます。死者の祈り、神に委ねるお勤めが終ると、[23]コッペンは墓穴に納められ、その上にガラスのように研きあげた大理石が置かれました。墓石には大きな文字で次のように刻まれてありました『チャンテクレールの娘コッペ　狐レナルドに嚙み殺されこの下に眠る。憐れむべし　卑劣な行為の犠牲になりしゆえ。』こうした後、王様は諸侯と賢い顧問を呼び出し、この大それた殺害と犯罪の科《とが》で狐レナルドがいかに罰せられるべきか助言勧告を受けようとしまし

た。その席で、最上の策として次のように結論が出され同意されました。レナルドを召喚すべし。彼はいかなる理由があろうと、王の法廷に出頭のうえ訴えを聞くべし。熊のブルーンをその使いとする。王様はこれを良しとし、熊のブルーンに言いました「ブルーン殿、あなたにこの使いをしてもらいたい。だが、その身に気をつけるのじゃぞ。レナルドはずる賢いうえ残忍じゃ。色々な悪だくみを心得ておるじゃて、さぞ、偽りを申したりお追従《ついしょう》を言ってはお前を言いくるめて騙し、なぶりものにしようとするに違いないからのう。」すると、ブルーンが言いました「何とおっしゃる、殿さま。お任せください。狐めが私を騙せるものなら、この私、おツムが弱いということ。[24] 奴が私をたばかろうとしても、きっと手遅れということになるでしょう。」こうして、ブルーンは陽気に出かけましたが、果して彼が同じ陽気な気分で戻って来れるでしょうか。[25]

⚜ 熊のブルーンが　狐レナルド相手に　事を構えたこと　（第七章）

さて、ブルーンは勇んで狐の家へ向いました。狐なんぞに騙されるものかと思いつつ、狩り立てられた時に

レナルドが使う抜け道のある荒地の暗い木の間を歩み来ると、近くに小高い山と空き地があり、[26]マレペルデュイスに行くにはその真ん中を通り越さなければなりませんでした。レナルドは多くの棲《す》み処《か》を持っていましたが、中でもマレペルデュイスの城館は、最上で一番堅固な棲み処で、必要に迫られたり、何か恐れ心配することがある時にはその中に隠れたのです。さて、ブルーンがマレペルデュイスに来てみると、門が固く閉まっていました。そこで、門の前へ歩み寄りドッかり尻をつくと、こう呼びかけました「レナルド、家に居るか。ブルーニングだ。王さまの使いで来た。出廷して申し開きをするようにとな。陛下は神に懸けて固く誓われたぞ。出頭して法廷で下される正義と判決に服するのをお前が拒むとか、わしがお前を連れ戻らぬ場合、吊るし首か車裂きの刑に処すとな。レナルドよ、わしの言うことをきいて法廷へ行こうではないか。」レナルドは、日向《ひなた》ぼっこする時よくやるように、門の内側に寝そべっておりましたが、ブルーンの声を聞くと穴の中に入り込みました。マレペルデュイスには、ここに一つ、あそこにもう一つ、また向こうに別のという具合に、狭く曲りくねった長い穴がたくさんあって多くの逃げ道となり、必要に応じて[27]開けたり閉めたりしていました。獲物を持ち帰る時とか、悪事のために追い詰められた時など、この秘密の部屋に走り込んで敵から姿をくらまし隠れました。こうして、彼を捜し求める多くの動物を騙したのです。そこで、そのときレナルドは心中考えました、どうしたら熊をうまく窮地に追い込んで、しかも自分は名誉を失わずに済むかと。

思案しつつレナルドは穴を出るとこう言いました『ブルーンのおじさん、いらっしゃい。あなたの声はだいぶ前から聞こえていましたが、ちょうど夕べの祈りの最中だったので、その分お待たせすることになりました。ねえ、おじさん、この山道をはるばるあなたを寄こすようなお方は思いやりがありませんね。私も感謝する気にはなれませんね。だって、見ればおじさんはくたびれ果てて、両頬を汗が流れ落ちているじゃありませんか。そんな必要はなかったのに。こんな事がなくても私は明日出廷するつもりだったのですよ。でも、これで私の嘆きは少なくなりました。あなたの賢明な助言が法廷で私を大いに助けてくれるでしょうからね。使いの者にこと欠いて、あなたより身分の低い者がいなかったとはねえ。王さまを除けばあなたは一番生まれも良く、実入りも土地も豊かなお方なのに。[28] 私たちがたった今、法廷に居たらなあと思いますが、残念ながら私は珍《めずら》しい物を食べ過ぎてしまって、お腹がパンクするかと思うくらいです。珍しかったので、つい、たくさん食べてしまって。』そこで熊が口をききました「愛すべき甥よ、どんな珍しいものを喰ってそんなに腹一杯になったのだな。」『ねえ、おじさん、私が何を食べたか話したところで何になりましょう。ごくささやかなものですよ。私を見ればお分りでしょ、おじさん、貧乏人は王侯にはなれません。我々貧乏な民は、できれば食べたくないような物を、時には喜んで食べなくてはならないんです。あれは、空腹のあまり仕方なし食べた大きな蜜蜂の巣でした。そのため、お腹がひどくふくらんで、どうも我慢がなりません。』すかさずその時ブルーンが言いました「何を言う、レナルド、何たることを。そんなに蜂蜜を軽んじてよいものか。どんな食べ物より蜂蜜を賛美して好きにならねばいかん。愛すべきレナルドよ、その蜂蜜がたんまり手に入るよう働いてくれまいかのう。そうすれば、命ある限りお前の真の友となり味方となろう。お前のおかげでこの蜂蜜の一部でも手に入れることができればな。」[29]

ブルーンが　蜂蜜を食べたこと（第八章）

『ブルーンおじさん、そんなこと言って、冗談をおっしゃってるんでしょ。』「いや誓ってとんでもない、レナルド。何を好んでお前相手に冗談を言おうか。」すると、赤毛のレナルドが『蜂蜜が大好きっていうのは本気なんですね。あなたが十人いたって、一回じゃ食べきれないくらいたくさん手に入れさせてあげましょう。それであなたの友情を得ることができますかねえ。』「十人だって、とんでもない、甥のレナルドよ。」と、熊が言いました「たとえここからポーティンガーレ[30]の間にある蜂蜜を全部もらったとしても、一人でペロっと食べて見せるがのう。」レナルドが言いました『それならおじさん、どうでしょう。この近くに住むラントフェルトという百姓が、山ほど蜂蜜を持っていて、七年かかったって食べきれるもんじゃありません。そいつをあなたのものにしてあげましょうか。もちろん、王さまの法廷では、敵ども相手に私の味方をして役に立ってくれますよねえ。』そこで熊のブルーンは、腹一杯蜜を喰えさえすれば、真実、皆んなの前で忠実な味方になろうと約束しました。これを聞くと、ずる賢いレナルドは笑ってこう言いました『蜂蜜がつまった樽が七個お望みなら、私が手に入れるお手伝いを十分しようじゃありませんか。』

この言葉に熊は大いに喜んで大笑いしたので、まともに立っていられないくらいでした。これを見てレナルドは心中こう思ったのです『しめしめ、例の所へ引っぱって行って、ほどほどに笑えるようにしてやろうかい。』

そこで、レナルドは言いました『これは愚図々々しちゃおれませんよ。ひとつ私があなたのために骨折ってみましょう。あなたに対する好意や思いやりがよーくお分りになりますよ。[31] 私の親族の中にだって、こんなにまでしてあげたいと思うものはいません。』熊はお礼を言ったが、何を愚図々々しているのかと思った。『さあ、おじさん、急いで出かけましょう。ついてきてください。運べるだけの蜂蜜を持たせてあげますよ。』狐は全く別の蜂蜜のことを言ったのですが、愚か者は狐の意味するところが分りませんでした。[32] 二人揃って暫く行きますと、ラントフェルトの庭に着きました。そこで、ブルーン氏は大喜び。「ところで、ラントフェルトのことだが、噂は本当だろうか。あいつは大木を扱う力持ちの大工で、先日、庭先へ樫の大木を運んできて縦割りに裂き始めたとな。そして、例のように次々と二本のくさびを打ち込んで、樫の木がパックリ口を開けているということだ。」これにはレナルドもしめたと思った。望んでいたとおりだったので、大いに笑いながら熊に向い『さあ、注意深く見てご覧なさい。この木には蜂蜜がたんまりあって限りがないくらいです。中にもぐり込めるか試して、ちょっと食べてごらんなさい。甘くて美味しくても、食べ過ぎないように注意してください。体がおかしくならないように、ほどほどに食べてくださいよ。優しいおじさん、蜂の巣が当ったら私の責任になってしまいますからね。』「何の、いとこのレナルドよ。わしのことを心配するには及ばんぞ。わしを愚か者と思うか。食い物にはほどほどが肝心じゃよ。」レナルドが言いました『なるほど、おっしゃるとおりです。どうして私が心配しましょう。端まで行って、もぐり込んでみたらどうです。』熊のブルーンは蜂蜜めざして大急ぎ、両前足で踏み込んで、首を耳の後ろまで木の割れ目に突っ込みました。すると、レナルドは軽く跳んでくさびを折り抜いてしまったのです。さあ、いくら熊がうまいことを言っても非難しても何の役にも立ちません。しっかり木に挟まれてしまったのです。このようにして、甥は奸計を用いておじを木の獄屋《ごくや》につないでしまい、どんなに力んで工夫しても、頭と足を引き出せなくしてしまったのです。[33]

力が強く勇気があっても熊のブルーンには何の役にも立ちません。我と我身が自由にならないのですから。騙されたのを知って唸《うな》り猛《たけ》り立ち、後足で引っ掻いて大変な音を立ててわめいたので、ラントフェルトが急ぎ飛び出してきましたが、何事かわけが分らないまま尖った鉤《かぎ》棒を持ってきました。熊のブルーンは恐怖におびえて、頭をがっちり押えられ、前足を挟んだまま木の割れ目に挟まっていました。身をよじりくねらせ大声をあげましたが全く無駄でした。抜け出る手だてが分りません。遠く離れた狐のレナルドは、大工のラントフェルトが来るのを見ました。そこでレナルドは熊に声をかけました『そこの蜂蜜はおいしいですか。どんな具合です。食べ過ぎちゃ駄目ですよ、体に良くないから。法廷へ行かれなくなってしまいますし。ラントフェルトが来たら、たらふく喰ったあと十分水を飲ませてくれますよ、きっと。そうすれば、蜂蜜がのどにくっついたりしないでしょう。』

こう言い終えると、彼はくるりと知らんぷり、自分の城館へ帰ってしまいました。ラントフェルトがやって

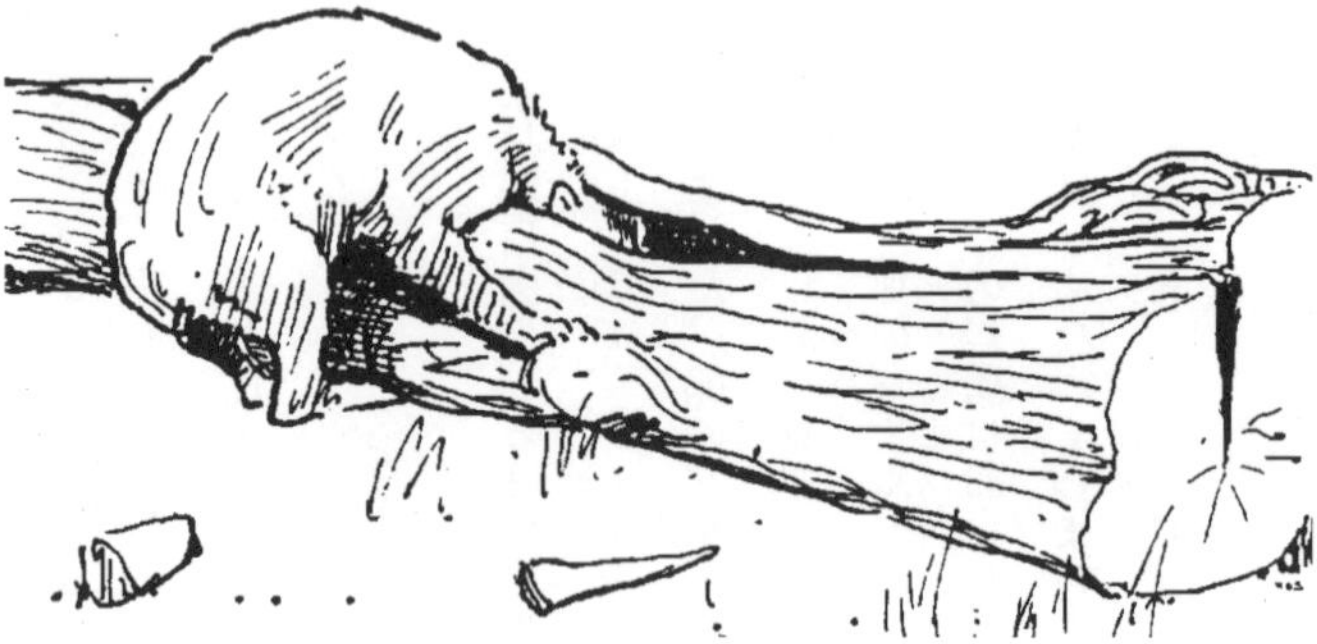

来て、熊がしっかりと木に挟まれているのを見つけると、急いで隣人の所へ駆けつけて言いました「皆んな、うちの庭へ来てくれ。熊がかかったんだ。」噂が村中に広まり、男も女も先を争うように銘々が獲物《えもの》を手に急ぎ駆けつけました。あるものは棍棒、あるものは熊手、ほうき、生け垣の杭、殻竿《からさお》を、司祭は十字架の杖、助手は小旗を、司祭の妻ユロク[34]は糸巻棒を持って来ましたが、ちょうど糸を紡いでいたところでした。年《とし》で歯が抜け落ちたばあさんも何人かやって来ました。さあ、一人でこの人間どもを相手にしなくてはならない熊のブルーンの運命やいかに。この大騒ぎと叫び声を聞くと、力いっぱい必死に身をよじり引っ張りましたので、首は何とか抜けましたが、皮は剝《は》げ、両耳がそげ落ちて、見るも醜悪で恐ろしい姿になっていました。血が両目の上に垂れかかり、何とか前足を引き抜く際に、鉤爪も豊かな毛も木の間に残してこなければなりませんでした。狐との取り引きはとんでもないことになってしまいました。[35]来なければよかったと思ったほどです。足はひりひり痛むし、多量の血が流れ落ちて目も見えません。ラントフェルトが司祭と一緒にやって来ました。教区のみなも来て、頭と言わず顔と言わず滅多やたらに殴ったので、熊はその場で散々にぶちのばされてしまいました。皆さま、ここから教訓を得ましょう。苦しみ困っている人は、皆んなが寄ってたかって更に苦しめようとするものだ、と。この熊の例でよく分ります。人間達は身分の高いも低いも、熊に対してすっかり残酷になり怒り狂いました。事実、足が萎《な》えたヒュへリンと長いぺちゃんこ鼻のルドルフの二人も怒って、片や鉛の棒を手に、片や先に鉛の大玉がついた鞭を振り回して熊を打ちすえました。指長のベルトルト氏、[36]ラントフェルト、そしてのっぽのオトラムの三人は、とりわけ他の者より熊に大きな傷を負わせました。一人は尖った鉤棒を持ち、もう一人は端に鉛を埋め込んだ丁字杖を持ってきました。バトキン、アヴェ・アベルクワック、[37]バヴェおばさんと、杖を持った司祭、その妻ユロク、この人たちも熊を大いに痛めつけましたので、その息の根を止めるつもりかと思えました。力の及ぶ限り打ち突いたのです。熊のブルーンは身動きもならず座ったまま呻《うめ》き唸り、彼らのなすがままになっていなければなりませんでした。ラントフェルトはみなの中で最もお里《さと》が良かったので一番大騒ぎをしました。チャフポートのポッジ夫人が母親で、[38]父親は一人の時はお山の大将の切り株刈りのマコブでしたからね。ブルーンは、みなから散ざん石を投げつけられました。みなの前に、ラントフェルトの弟が棍棒を手に躍り出て熊の頭を殴りましたので、何も聞こえず何も見えなくなったブルーンは、跳び上がって藪と川の間にいた女達の間に落ちました。そのため、何人かを広くて深い川の中へ投げ落してしまいました。妻がその一人でしたので司祭は大変悲しみました。妻が川にはまったのを見ると熊を打つどころでなく、水の中のユロク夫人の名を呼びました。「みなの衆、よいか。妻を救ってくれたものは、男であれ女であれ、罪償の苦行を免じその罪を赦免するであろう。」[39]すると、皆んな熊のブルーンを倒れたままにうっちゃって司祭の頼みをきいたのでした。

熊のブルーンは、皆んながそばを離れて女どもを救いに走って行くのを見ると、川に飛び込んで必死に泳ぎました。[40]すると、司祭は大声で叫んで、かんかんに怒りながら熊を追いかけてこう言いました「返せ、戻せ。このずるいコソ泥め！」熊は強い流れに向って泳いで、皆んなにわめかせておきました。嬉しや、ようやく逃げることができたのです。彼は蜂蜜の木を呪い、狐に悪態《あくたい》をつきました。うまく騙され奥までもぐり込まされて、頭の毛と両耳を失うはめになったからです。こうして、彼はたっぷり三、四千メートル流れに乗って下って行きましたが、あまり疲れたので陸に上ると座って休みました。とてもの苦しさに呻き嘆くと、目から血が吹き出してきます。息も絶え絶え、死にかけているようにみえました。

さあ、お聞きください、狐が何をしたか。ラントフェルトの家をズラかる前に、肥えためん鶏を一羽盗んで腹に納めると、脇道を通って急ぎ逃げ去りました。ここなら誰も来ないと思ったのです。川まで駆けたので汗をかきました。彼は大満足で、喜びのあまりどうしたらいいかわからないほどでした。てっきり熊は死んだものと思ったのです。『うまくいったものだ。法廷で最も邪魔をしそうなヤツはもう死んじまったし、この件で俺を責める者は誰もいまい。これじゃまったく、喜ぶなというほうが無理ってもんだ。』こう言いながら川の方を見やると、熊のブルーンが横になって休んでいるのをみとめたのです。そこで狐は、それまで陽気だった分だけ余計に悲しみがっかりして、怒ってラントフェルトに八つ当りして言いました『何と言うことだラントフェルト、とんまな愚か者め、糞《くそ》でも喰ってくたばっちめえ。丸まる肥えた極上の肉を食べ損ない、せっかく捕まえた奴を逃してしまうとは。みんな喜んであいつを食べただろうに。うまい肉付きのいい熊を食べ損なったわけだ。』このように不平たらたら川まで来てみると、熊がひどい傷を負って血にまみれ、全くおかしな具合でありました。熊がこんなひどい目に遭ったことを感謝する相手といって、レナルドよりほかにいませんでしたが、当の狐はこう言いました『貴い司祭さま、カミのゴカゴを。何か有難い教えでもお話しくださるのですか。』「悪党め」と熊は独り言「ごろつきの性悪《しょうわる》狐めがやって来るわい。」そのとき狐が言った『ラントフェルトの家に忘れ物でも？[41] 盗んだ蜜の巣に金を払いましたか。まだなら大きな不名誉、正直じゃありませんな。なんならこの私が使いにたって払ってきましょうか。蜂蜜はうまくなかったですか。あれくらいおいしい蜂蜜をもっと知ってますよ。ねえ、おじさん、別れる前に教えてください。このように新しい頭巾をかぶっているなんて、どの宗派に入ろうってわけですか。どちらで修道士になられるんで、それとも院長さまですかい。おツムを剃ったお人は、あなたの耳まで切り落としちゃいましたね。頭のてっぺんの毛はないし、手袋も脱いじゃって。[42] きっとこれから終課でも唱えに行こうっていうんですね。』熊のブルーンはこれをみんなじっと聞いていました。腸《はらわた》が煮えくり返るほど無念に思いましたが、しょせん仕返しはできそうもなかったので狐に好きなだけ言わせておきました。大変つらい思いでそれを我慢して、再び川の中に飛び込むと流れに乗って下り、対岸に着きました。ここで彼は法廷に行かなければならないことをつくづく嘆きました。というのも、両耳を失い、前足の鈎爪を毛皮もろとも失ったので、殺すと言われても歩くことができません。それでも行かなければ。でも、どうやって?さあ、お聞きください、熊がどうしたか。彼は尻をつくと、尻尾に乗って擦り動き始めました。疲れると、しばらくゴロゴロ転がっていきました。[43] こうして、大変な苦労をして長い間かかってやっと法廷に辿り着きました。遠くからそのようにやって来る姿が見えると、あのように転がりながら来るのは一体何んであろうかと訝《いぶか》る者もいました。ようやく王様が誰か分って、ご機嫌《きげん》斜めになりこう言った「あれは我が友、熊のブルーンではないか。何ということだ、あんなひどい傷を誰が負わせたのか。頭が血だらけではないか。死ぬほどの怪我をしているに違いない。彼は一体どこへ行っておったのか。」そうこうするうち、熊は王様の前に来て言いました。

狐に対する　熊の訴え　（第九章）

「慈悲深き君、国王陛下に訴えます。私がどんな仕打ちを受けたかご覧あって、あの性悪な動物、レナルドにどうか仕返しを願います。陛下にお仕えしてこんな目に遭ったのですから。奴の不実な嘘と裏切りによって、私は前足と頬と耳を失ってしまいました。」王様いわく「この卑劣な悪党レナルドめ、よくもこんな真似ができたものだ。聞くがよいブルーン、我が冠にかけて、そちの仇を討ったわしに感謝することになろうぞ。」彼は全ての賢い動物を呼び出して、狐の常軌を逸した非道をどうしたら懲らしめることができるか助言を求めました。顧問団は老若を問わず、こう結論付けました。再び狐に使いを送り、日を定めて呼び出し、その全罪科に対して判決を下すべし。猫のティベルトが同意ならば、真に賢い彼のことだから、この使いを最良に果たし得るであろう、と。王様はこの助言を良しと思われました。[44]

王様が　再び狐のもとに猫のティベルトを遣わし　猫が狐レナルド相手に事を構えたこと　（第十章）

そこで王様はこう言いました「ティベルト殿、貴殿にはこれからレナルドのところへ行って、再度こう言ってもらいたい。出廷の上、訴えに対して弁明するようにと。彼は、ほかの動物にはむごいかも知れぬが、そ

ちを十分信用しておるし、そちの忠告なら従うであろう。更にこう申してくれ。もし来なければ、三度目の警告を受け、出廷日を定められるであろう。それでもなお来なければ、余は当然の権利として、彼及びその一族に、情け容赦なく然るべき法的措置をとるであろうとな。」ティベルトが言いました「我が君さま、陛下にこんな事を助言した方々を私は怨みます。[45]狐のところへ行って何をすればいいのでしょう。私が行ったからとて彼は来るはずもなし、同意するわけがありません。どうか親愛なる王さま、願わくは誰かほかのものをお遣わしください。私は小柄で力もありません。大柄で力もある熊のブルーンが連れて来れなかったのです。ならばどうして私めが、これを引き受けなくてはならないのでしょう。」「いや」と王様が言った「ティベルト殿、貴殿は賢く十分学識もおありになる。大柄でないとおっしゃるが、それはこの際、問題ではない。[46]体力や腕力より策略や知恵をもって事を為すものも多いではないか。」[47]そこで猫が言いました「どうしてもとの仰せなら、引き受けざるを得ないでしょう。神の恵みをもって立派に成し遂げられますように。気は重いし、あまり気が進みませんが。」ティベルトはすぐに支度をしてマレペルデュイス館に向いましたが、遠くから聖マルティヌスの鳥[48]が一羽飛んで来るのを見ると、声をあげて言いました「ご機嫌よう、優しい鳥さん、翼をこっちへ向けて私の右側を飛んでください。」その鳥は飛んで来ると猫の左側の木にとまりました。ティベルトはがっかりしました。これは不吉な前兆、不幸の印に思われたからです。鳥が右側を飛んでくれたら嬉しく喜んだことでしょうが、今やこの旅が不幸な結果になるに違いないと嘆きました。それでも、こんな時に多くのものがするように、彼は心で思った以上に希望をつなぎました。マレペルデュイスに向って走って行くと、狐が一人で家の前に立っているのを見つけましたので、ティベルトはこう言いました「こんばんは。良い夕べで

王様が再び狐のもとに猫のティベルトを遣わし　猫が狐レナルド相手に事を構えたこと

すね、[49] レナルドさん。王さまがこう厳命なされましたぞ、今すぐ私と一緒に出廷しなければ命がないと。」すると、狐は答えて言いました『わが親愛なる甥のティベルトよ、よくみえられた。真実、あなたに大幸運が訪れますよう。』何が狐にこのようなお上手《じょうず》を言わせたのでしょうか。口ではうまいことを言いましたが肚《はら》は別だということは、二人が別れるまでにはっきりするでしょう。レナルドが言いました『今晩はうちで一緒に過ごそうではないか。大いに御馳走しますよ。法廷へは、あすの明け方一緒に行くことにしよう。やさしい甥どの、それがいいって。親族の中でお前ほどわしが信用しているものはおらんぞ。ここにあの裏切り者、熊のブルーンが来て、意地悪そうにわしをじろっとにらんだがな、ひどく強そうだし、いくら金を積まれても一緒に行こうなんて気にならんかったなあ。[50] でも、甥よ、おまえとならば明日の朝早く出かけよう。』ティベルトが言いました「今から行くのが一番なのですが。昼間のようにお月様が輝いていますし、こんないい天気は珍しいですよ。」『いや、親愛なる甥よ、昼間は上辺を装っても夜にはひょっとして悪さをする輩《やから》に会わないとも限らんぞ。夜歩きは剣呑《けんのん》だ。だから、今晩はここに泊んなさい。』ティベルトが言いました「ここに泊まって一体何を食べるんです。」レナルドが『ここには、食べ物といっても、あるのはほんの僅かだ。おいしくて甘い蜜蜂の巣ならあるが。どうだティベルト、ちょっとでも食べる気があるかな。』ティベルトが答えました「そんな物はちっとも好かん。何か他に無いものか。もし、おいしい丸々肥えた鼠がもらえれば大満足ですけど。」『肥えた鼠ねえ』とレナルドが言った『親愛なる甥よ、どうだな。この近くに司祭がいて、母屋《おもや》の脇に納屋《なや》がある。中にそれはたくさんの鼠がいて、荷車でも運びきれないくらいだ。司祭がこぼしているのを何度も聞いてるが、鼠がひどい害をするらしい。』「ああ、レナルドさん、ねえ、あなたの為なら何でもします。是非そこへ連れて行ってください。」『いいとも、ティベルト。本当に、そんなに鼠が好きなのか。』「そんなに好きかだって？」猫が言いました「何をもらうったって、鼠ほどの好物はないさ。鼠が鹿肉よりうまいってこと知らないんですか。タルト[51]や肉パイなんかよりずーっとね。お願いですよ、鼠のいる所へ連れてってください。恩に着ます。たとえ、あなたが父母や一族の仇だって構わない。」レナルドは言いました『そんなこと、冗談言ってからかってんだな。』猫が言いました「神に誓って、とんでもない。」『ティベルト』と狐が言った『それを知ったからには、確かに今晩にも鼠で腹一杯にしてやろう。』「レナルド」と猫が言いました「たくさんで一杯にね。」『ティベルト、からかってるんだな。』「レナルド」と猫「真実、そんなことはありませんよ。ノーブル金貨と引き換えだって、肥えた鼠一匹でも譲るもんですか。」『ならば出かけようか、ティベルト』と狐が言った『その場所へお連れしよう、お別れする前に。』「レナルド」と猫が言った[52]「あなたの安全通行証にかけて、一緒にモンペリエにだって行きますよ。」[53]『では一緒に行こうか。』と狐が言いました『長々と暇どってしまったな。』こうして、それ以上愚図々々せずに目指す所、司祭の納屋へと出かけました。納屋は周りをしっかり粘土の壁で囲まれていましたが、前の晩、狐が破って入り込み、司祭から丸まる太っためん鶏を一羽かっさらっていたのです。ひどく怒った司祭は、仕返しのために破れ穴の前に罠を仕掛けておきました。狐をつかまえるつもりでした。これを百も承知のずる賢い悪党狐は言いました『甥のティベルト殿、この穴から入り込むんだ。ほどなく山ほどの鼠が捕まるさ。聞いてごらん、チュウチュウ鳴いてるじゃないか。腹一杯になったら戻って来なさい。私はこの穴の前で待ってるから。明日一緒に法廷に行こうな。ティベルト、何故こんなに愚図々々しているんだ。さあ急いで。それだけ早く家で待つ妻の元へ帰れるわけだ。さぞ歓迎してくれることだろうよ。』ティベルトが言いました「レナルドのおじさん、ではこの穴から入り込めというんですね。司祭というのは、とてもずる賢いからな、痛い目に遭うんじゃないかなあ。」『これはこれは、ティベルト』と狐が言った『そんなに恐がっているお前を見たことがない。何を悩んでいるんだ。』猫は恥かしくなって穴に飛び込んだ。そのとたん、気付いた時には首を罠に挟まれていました。こうしてレナルドはお客の甥を騙したのです。

ティベルトが罠に気づいて恐ろしさに跳び上がると、罠が締まりました。そこで彼は叫んだ。首が締められそうになったからです。彼は大声で叫び、苦しそうな声をあげた。レナルドは穴の前に立ってこれを全部聞いていましたが、すっかり満足してこう言いました『ティベルト、そんなに鼠が好きかよう。太っておいしいだろう。司祭かマルティネがこれを知ったら、親切だからソースを持ってきてくれるだろうよ。ティベルト、お前さんは歌いながら食うのかい。それが宮廷風ってやつかね。全く、イセグリムがそこにお前と一緒にお休みになっていたら、俺は嬉しいね。あいつは何度もこの俺を痛めつけやがったから。』[54]ティベルトは逃げられずミャーミャー大声で鳴きわめいたので、マルティネが跳び起きて大声で叫んだ「有り難や神様、めん鶏を盗んだ泥棒が罠にかかった。起きろ、仕返しだ！」

運悪くこの言葉で司祭が起き出して家中の者を起こし、大声で叫びました「狐が捕まったぞ！」皆んな跳び起きて走りました。司祭はというと、生まれたままの姿で走りました。真っ先にティベルトのところへ来たのはマルティネです。司祭は妻のユロクに祭壇用の蠟燭《ろうそく》を持ってきて暖炉の火をつけるように命じて、自分はティベルトを丸太で殴りつけました。その場でティベルトは体中あらゆる所を何回も強く打たれました。マルティネは怒りのあまり猫の片目を殴り潰《つぶ》してしまいました。裸の司祭は棍棒を振りあげてティベルトを思い切りぶん殴ろうとしましたが、殺されると思ったティベルトは、司祭の股に飛びかかり、鈎爪と鋭い歯で右のふぐりを引きちぎってしまいました。このひとつ跳びは司祭にとって不幸でもあり大変な恥にもなったのです。[55]

一物は床に落ちました。ユロク夫人はこれを知ると、一年分のお布施全部と引き換えても、司祭がこのようなひどい傷と恥を受けない方が、こんな事が起らなければよかったと神懸けて言いました「あそこに罠をかけたばちがあたったんだわ。見てご覧なさい、可愛い息子のマルティネ、これが父さんにぶら下がっていた物の一部よ。これはひどい恥辱だわ。私にとっても大損害よ。傷が治っても役に立たない人になってしまって、あの甘い楽しいお遊びがこれっきりできないわ。」狐は穴のすぐ外側でこの言葉をすっかり聞いて大笑い、立っていられないほどでした。彼は優しくこう言いました『ユロク夫人、まあ落ち着いて。そんなに悲しむこともないって。司祭が睾丸《たま》の一つを無くしたからって妨げにゃなりませんや。あんたとはうまくやれますって。世の中には鐘玉が一個しか鳴らないチャペルはいくらでもありますからね。』このように狐は、悲しみでいっぱいの司祭の妻ユロク夫人をからかい馬鹿にしました。司祭は気絶して倒れてしまったので、皆んなで担ぎあげベッドまで運びました。そして狐は自分の城館へ帰ってしまい、猫のティベルトを大変な恐怖と危険の中に置き去りにしました。狐は猫が殆ど死んだも同然と思ったのです。猫のティベルトは皆んなが司祭の介抱で忙しいのを見ると、罠のまん中をかじり噛み切り、穴

から躍り出ると、こけつまろびつ王様の法廷へと急ぎました。着く前に夜が明けて太陽が昇り始めました。彼は惨めな格好で法廷にたどり着きました。狐にうまく乗せられて司祭の家で大変な目に遭ってしまいました。体はすっかりぶちのめされて、片目はつぶれていた。ティベルトがこのように酷《むご》い扱いを受けたことを知ると、王様は激怒して悪者レナルドを威嚇《いかく》し、すぐさま裁判会議を召集して、いかに狐を裁判に引き出すか、いかに連れて来るか助言を求めました。

そのとき、狐の妹の息子グリムベルト氏が言いました「諸侯の皆さん、私のおじさんが今の二倍も性悪で邪悪であっても、まだ十分更正《こうせい》の余地はあります。裁判を受けることになったら、自由人のように扱ってやってください。おじさんには、これを最後に三度目の警告を与えて、もし来ないようならその時は、彼とその一族に対して告発提訴されている全ての罪科において有罪を宣告されることになるでしょう。」「グリムベルトよ、誰を遣わして、日を限って彼に来させるのが良いかのう。あれほど性悪な動物のために、自分の耳、目玉、いや命まで危険にさらしてくれるものがおるであろうか。ここには、それほどの愚か者はおるまい。」グリムベルトが言いました「神に懸けて確かに、私がその愚か者ですので、御命令とあれば、わたし自身がレナルドへの使いに立ちましょう。」[56]

穴熊グリムベルトが　裁判を受けるために　狐を王様の御前へ連れてきたこと（第十一章）

「しからばグリムベルトよ、行くがよい。そして、よく気をつけるのだぞ。レナルドはまっこと残忍、卑劣、狡猾であるので、十分注意を怠りなく、奴に気を許すでない。」よく気をつけますと答えて、グリムベルトはこうしてマレペルデュイスへと向いました。来てみると、狐レナルドは家にいて、妻のエルメリン夫人は薄暗い片隅で子狐の添い寝をしていました。そこでグリムベルトは、おじさんとおばさんに挨拶をしてからレナルドにこう言いました「おじさん、用心してください。出廷を拒み続けてばかりいると、あなたが告発提訴されていることで危害を被らないとも限りませんよ。もしよかったら、そろそろ私と一緒に法廷に行く頃合いだと思います。出渋っていることが身の為になるわけないですよ。あなたについては沢山のことが訴えられていますし、これが三度目の警告です。だから、はっきり申し上げて、明日また一日中グズグズしてたら、どんなに許しを願っても手遅れです。みててご覧なさい、三日のうちにこの家は周りをぐるりと取り巻かれて、絞首台と責め道具が門前に用意されるでしょう。嘘じゃありません。そうなったら逃げられませんよ、奥さんを連れても、お子さんを連れても。王さまはあなた方全員の命を奪ってしまうでしょう。だから、私と一緒に法廷に行くのが一番です。あなたのずる賢い知恵が、きっと役に立つに違いありません。今までに、これより大変な目に遭ったことが幾度もありましたよ。だから、訴えられた全ての罪科は無罪放免、敵はみな面目を失うってことだって起きかねません。あなたは今までに、これより大変で重大なことをしばしばやって退《の》けてきたでしょう。」

狐レナルドが答えました『お前の言うとおりだ。一緒に行くのが一番のようだな。法廷もわしの助言が無しではなあ。わしが直接話しに出かけて御前に出頭すれば、王さまもわしに情けをかけてくれるだろう。わしがもっとひどい悪事を働いたとしても、法廷はわし無しにはやっていけんのだから。そのことは王さまがよくご承知のはず。たとえわしに対してどんなに邪険に当るものがいようと、その悪意はかすり傷のようなもんじゃ。[57] 顧問連中はわしの助言によって結論を得ることがしばしばであるしな。多くの王侯貴族が集まり、巧妙な助言を必要とするような大法廷では、このレナルドが巧妙な手段を見つけ出さねばならん。てんで勝手に主張しても、わしのが一番で、全てに格段と優っているんじゃ。このわしを、とことんひどい目に遭わせようと心に誓ったものが法廷には沢山おるのでな、だから幾分、気が重いだけだ。一人より大勢の方がそれだけ多くわしを痛めつけることができるからな。しかしだ、甥よ、我が身と妻子の命を危うくするより、お前と一緒に法廷に出向いて弁明した方がよさそうだ。起き上がって出かけようではないか。王のやつは強力ゆえわしの手に負えん。望みどおりにせざるを得まい。どうしようもない。ここは辛抱一番受け入れて我慢せにゃなるまいて。』

レナルドは妻に向ってこう告げました『エルメリン夫人よ、子供たちをそなたに託すので、よく面倒を見てやってくれ。とりわけ末っ子のレネキンをな。やつは俺によく似てな、きっと後を継いでくれるに違いない。それにロゼルもおる。なかなかの盗み上手じゃ。わしが子供を思う心は誰にも負けぬ。もし神の加護があって、罰を逃れることができれば、戻った時、心から感謝するであろう。』こうしてレナルドは妻に別れを告げた。ああ、神々よ、エルメリンは幼い子供たちと、どんなに悲しい思いで後に残ったことでしょう。一家の大黒柱、マレペルデュイス館を支える主が行ってしまい、家は飲食にもことを欠くようになってしまったのです。[58]

⚜ レナルドが　懺悔《ざんげ》したこと　（第十二章）

レナルドとグリムベルトが暫く一緒に行ったところでレナルドが言いました『愛すべき甥よ、わしはなんとも心配でならぬ。命の危険を覚悟して行くわけだからな。自分の罪を大いに悔いているので、愛すべき甥よ、そなたに告解《こくげ》を聴いてもらいたい。ほかに司祭とておらんしな。数々の罪の告解を聴いてもらえれば、わしの魂はそれだけ清らかになるというものだ。』これに答えてグリムベルトが「おじさん、告解を聴いてもらいたいですって。ならば、まず盗み略奪をやめるって約束していただかないと。」レナルドはよく分っていると答えて『さあ聴いてくれ、愛すべき甥よ、わしが言うことを。ワレ、コクハクセン、アナタニ、チチヨ、過去に為せし悪行の数々を。しこうして、喜々として告解の秘蹟《ひせき》をなさん。』グリムベルトが言った「何を言っておられるのか。告解を聴いてもらいたいのなら、私にわかるように国語で言ってください。」[59] レナルドが言いました[60]『私はこの世にいる全ての動物に対し罪を犯しました。とりわけ熊のブルーンおじさんには、その頭のてっぺんを血だらけにしましたし、猫のティベルトには鼠を捕ることを教えましたが、実は罠に跳び込ませたのです。そのため彼は散々殴られました。[61] 私はまたチャンテクレールに、雛鶏のことでとてもひどいことをしました。雛のほとんどを奪ってしまったからです。

『王さまとても全く安全というわけではありません。王さまとお妃さまのことを何度も悪口を言ったので、その不名誉は決して晴れることはないでしょう。更に、狼のイセグリムを数えきれないほど騙してきました。おじさんなんて呼んでましたが、それは欺くためで、彼は親戚でも何でもありません。エルマレ[62]で彼を修道士に仕立てましたが――私自身もなったのです――彼はひどい目に遭っただけで何の得《とく》にもなりませんでした。あいつの両足を釣鐘の紐に結び付けてやりました。鐘の音がひどく気に入って鳴らし方を覚えたいと言ったからです。でも、そのために大変な目を見たのです。鐘をあまり激しく鳴らしたので街中の人が何事かと恐れおののき、一体何が鐘に取り付いているのか訝って駆けつけてきました。修道院に入りたいと頼み込む間もあらばこそ、奴はその場で死ぬほどぶたれてしまいました。[63]また別の折り、魚の捕り方を教えてやりましたが、ここでも散々殴られました。[64]また、彼をヴェルメドス[65]にある一番金持ちの司祭の家に案内しましたが、その食物蔵にはおいしい豚の脇腹ベーコンがたくさん吊るしてありました。幾度となく蔵の中で私は腹をふくらませたものです。この蔵に穴をあけておきましたから、中にイセグリムを入り込ませました。そこにはビーフやおいしいベーコンがつまった樽が幾つかあって、彼はほどほどを忘れて食べ過ぎたために、入り込んだ穴から出られなくなってしまいました。腹が肉でふくらんでしまったからです。入った時はペチャンコでした。[66]私は村へ行って大声をあげて大騒ぎをしました。更に私のやったことを聞いてください。それから司祭の家へ走って行きますと、ちょうど食卓について食事中で、目の前にこれほど丸まる太ったおん鶏がいようかと思うのが置いてありました。そのおん鶏をひっつかむと私は一目散に逃げました。司祭は大声をあげて叫びました「狐を捕まえて殺せ！これは奇怪千萬《きっかいせんばん》、狐が

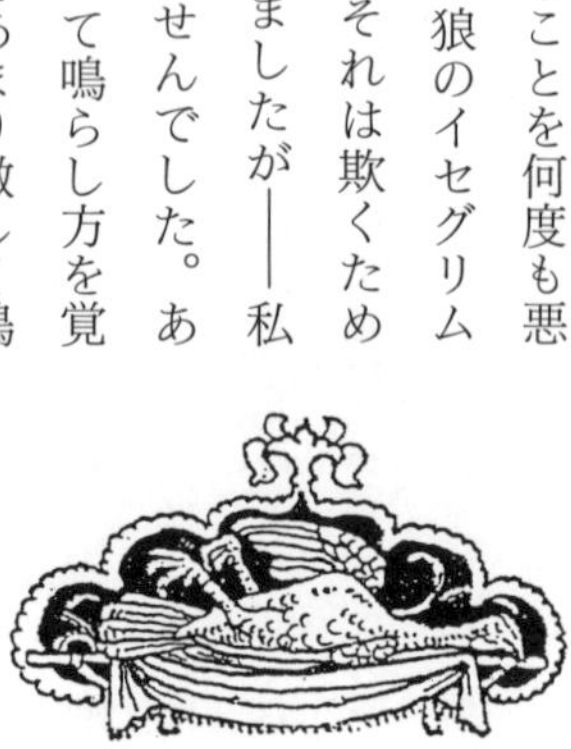

闖入《ちんにゅう》して食卓からおん鶏を奪っていきおった。全くもって怪しからん盗人じゃ。」そして、確かにそう思えたのですが、彼はテーブルナイフを手にすると私を狙って投げつけました。当りゃしませんがね。私は逃げ切りました。彼は食卓を押しやると、叫びながら追いかけてきました「ヤツを叩っ殺せ！」私が先を走り、後から更に多くのものが追いかけてきましたが、皆んな私をやっつけようという気だったのです。

『私はずいぶん走ってイセグリムのいる所まで来て、その場におん鶏を落としておきました。私には重すぎて、心ならずそこに置き去りにしたのです。それから跳んで穴抜けをして、外に出てほっとしました。司祭はおん鶏を拾いあげる拍子にイセグリムを見つけて叫びました「みなの衆、こいつをぶちのめせ！ここに盗人狼がおるぞ。ぬかって逃すな！」みなが杭棒や棍棒を手に走って来て大騒ぎ。近所の人がみな家から飛び出して来るや、惨《むご》くも打ちすえて大きな石を投げつけましたので、彼は倒れて生きている様子もありません。皆んなで砂利道をゴロゴロ村外れまで曳きずって来ると、狼を溝の中に放り込みましたが、彼はその中に一晩中横たわっていました。どうやってそこから抜け出たのか知りません。私はあいつを見捨てて帰ってしまいましたから。腹一杯にしてさえくれれば一年中私を助けてくれるって誓った彼でしたがね。

『その後、丸まる肥えた七羽のめん鶏と一羽のおん鶏が止まり木にいる所へ彼を連れ出しました。そこには、落し戸があったので、二人でその上に登ってから私はこう言ったのです。言うことを信じてその戸から這入《はい》り込めば、丸まる肥えためん鶏を何羽でも見つけられますよってね。イセグリムは大いに笑いながら落し戸の方へ行って、ちょっとだけ中へもぐり込んであちこち手探りした後、こう言いました「レナルド、わしをからかって騙すのか。何も見つからんぞ。」そこで私が『おじさん、見つけたいんなら、もっと中へ這入り込まなくっちゃ。虎穴に入らずんば虎児を得ず、と言いますでしょ。よくそこに止まってた連中を私が奥の方へ追払っちゃったんですよ。』こうして私は彼にもっと奥の方を探らせておいて前へぐっと押し出したので、奴は床に落ちてしまいました。止まり木は細かったんです。ひどい落ち方をしたものですから、寝ていた連中が皆んなとび起きました。暖炉の近くに寝ていた者たちが、落し戸が開いて何かが落ちたぞ、と叫びましたが、それが何だか誰も知りません。

みな起き上がり蠟燭《ろうそく》に火をともして、狼を見つけると散々打ち据えて死ぬほど痛めつけました。このように私は、彼のところを数え切れないくらい多くの危険な目に遭わせました。よーく思い起こせばもっとたくさんあるだろうが、その話は後にしよう。また、私は彼の妻エルスウィン夫人と関係を持ちました。あんな事をしなければよかったと思います。申し訳なく思っています。奥さんにとっては大変な不名誉ですし、私はとても悔いています。』グリムベルトが言いました「おじさん、どういうことでしょう。」レナルドが言った『私は彼の妻と一線を越えてしまったのだ。』「あなたの告解は何か隠しているような…。おっしゃりたいことが分りません。一体どこでそんな言い方を習われたのでしょう。」『ああ、親愛なるおじさん、か。事実をあからさまに言ったら、大変な恥になろうなあ。わしは自分のおばさんと寝たのだからな。[67]わしは、お前のおじさんだろうが。女のことを悪く言ったらお前は腹を立てるだろう。甥よ、ま、これで思いつくすべてを語ったわけだ。罪の償いを課して免罪してくれ。わしは大いに悔いておるでのう。』グリムベルトは賢く知恵がありました。木の枝を折って鞭を作ると、こう言いました「さあおじさん、あなたはこの鞭で自ら体を三回打たなければなりません。それから、それを地面に置いて、膝を曲げずに、つまづかずにその上を三回跳び越さなければいけません。そのあとで、鞭を取り上げて優しく接吻しなければなりません。私が与え

W.F.C.

た罪償行為を従順に行っている証としてです。こうすることによって、あなたが今日まで犯した全ての罪から自由になれるのです。私があなたに全てを許します。」狐は喜びました。そのとき、グリムベルトがおじに向って言うには「おじさん、これからは努めて善行を積むように、詩編を読むように、きちんと教会へ行くように、聖人の日を守るように、喜捨をするように、そして罪深い邪悪な生活、窃盗、裏切り行為をぷっつりやめるようにしてください。そうすれば神の救いを得ることができます。」狐はそうしようと約束し、二人は伴って法廷へと向ったのでした。

行く道端を少し離れた所にベネディクト派尼僧院があって、[68]塀の外をたくさんのがちょうとめん鶏と肉鶏が歩いていました。話しながら歩くうち、狐は公道から外れてグリムベルトをこっちの方へ連れてきました。納屋の近く、塀の外を、ひと群の鶏が歩いていたのです。狐はチラっと見て、仲間から一羽離れた太った若おん鶏を見つけると飛びかかって捕まえました。羽が両耳のあたりに飛び散りましたが、おん鶏は逃げてしまいました。グリムベルトが言うには「何ということを、おじさん。ひどいお方だ。何をなさろうというのです。たかが鶏一羽のために、いま告解したばかりの罪に再び落ちようというのですか。よほど改心していただかねばなりません。」レナルドが答え

て言いました『正にその通り、甥よ、わしはすっかり忘れておった。神よ、お許しを。今後決してこんな事はいたさぬつもりであります。』それから二人は道に戻って小さな橋を渡りましたが、狐は絶えず鶏の方を見ていました。自分でも自分の気持ちを押え切れなかったのです。首吊りになろうとも、盗人根性《ぬすっとこんじょう》抜け難し、というわけで、[69] 見える限り鶏から目を離すことができませんでした。

⚜ グリムベルトが、おじのこの様子を見て言いました「なんてひどい嘘つきなのでしょう。どうしてあなたの目はそのように鶏のあとばかり追っているのですか。」狐が言いました『甥よ、そんなことを言うとはひどいではないか。わしがせっかく信心深く祈っておるのをやめさせようというのか。わしに主の祈りを唱えさせてくれ。これまでに裏切ったり、騙して聖なる修道尼から奪った全ての鶏やがちょうの魂のためにな。』グリムベルトは十分納得したわけではありませんでしたし、狐も相変わらず鶏の方に目を向けていましたが、遂に二人はもとの道に戻りました。それから、法廷へと足を向けたのです。法廷に近付くとレナルドの震えようは大変なものでした。彼は十分承知していたのです、それまでに犯した多すぎるほどの邪な行為と盗みについて申し開きをしなければならないということを。

⚜ 狐が法廷に来て　王様の御前で申し開きしたこと　（第十三章）

狐のレナルドとその甥グリムベルトが出廷したと法廷に知れ渡った時には、貧しくとも、力が弱くとも、同族の者にせよ友達にせよ、その中に狐レナルドを訴える準備をしないものはいませんでした。[70] レナルドは

びくついている様子は少しもなく、上辺だけは立派に振舞いました。甥と一緒に法廷のまん真中の通路をまるで王子のように、しかも誰に対しても髪の毛一本ほどの危害さえ加えたことがないという顔をして、堂々と歩み進んで法廷の中央に行くと、王様ノーブルの前に立ってこう言いました『大いなる栄誉と恵みが陛下にあらんことを。いまだかつて私ほどの忠実な僕《しもべ》を持ち得た王様は陛下をおいてございません。しかるに、親愛なる殿さま、私はよく存じております。この法廷には、陛下が彼らの言い分をお信じになれば、私を亡き者にしようと思っているものがたくさんおります。しかし、信じてはいけません、断じて。こういう卑劣な偽り者、嘘つきどもを軽々しく信頼されることは王冠に係わること、ふさわしくありません。神に訴えねばならないのは、残念ながら諸侯の宮廷において近頃、このような偽りの嘘つき、おべっか使いの意見が一番採択され信用されているということです。これら悪党ども、卑怯な偽り者は、善人に対してあらん限りの危害と悪さをするために生まれてくるのです。必ずや、我らが主なる神がいつか彼らに当然の報いを与えることでしょう。』王様が言いました「黙りおろう、レナルド。卑劣な悪党にして裏切り者めが。いかに巧みにもっともらしい話を作ろうとも、お前のためには藁《わら》一本の役にも立たぬぞ。そのようなお追従《ついしょう》でわしを味方につけようなどと思っておるのか。しばしば、わしのためにつくしてくれたでな、これから思い知らせてくれよう。わしが命令し誓った平和だが、お前はそれを良く

忠実に守ってくれたな。」チャンテクレールはもう黙っていることができずに叫びました「その平和により私が一体何を失ったことか！」「静かにしておれ、チャンテクレール。黙っておれ。この邪な悪党の言い分に対して、わしに答えさせてくれんか。

「汝、ずる賢く、むごい悪党よ！」と王様が言った「余のためを十分思っておるじゃと。それは余の使いに対して十分示してくれたのう。可哀相に、猫のティベルトも熊のブルーンもいまだ血だらけであって、あまり不満も述べず喋りもしないがな。しかしだ、あの仕打ちのため今日《こんにち》、汝は命を失うことになろう。」『神の御子キリストの名において』[71] と狐が言いました『親愛なる殿にして、偉大なる王さま。ブルーンの頭のてっぺんが血だらけだとしても、それが私に何の関係があるでしょう。彼が村でラントフェルト家の蜂蜜を食べてしまって、随分ひどいことをしたのですから。だから散々ぶたれたのです。その気にさえなれば腕力があるのだから、川に飛び込む前にいくらでも仕返しができたはずです。それから、猫のティベルトがやって来た時、私は優しく迎えましたよ。彼が私の忠告も聞かず司祭の家に鼠を盗みに出かけて、司祭にひどい目にあわされたとして、私がその責任を負わねばなりませんか。もしそうなら、なんという不運かと嘆くよりありません。でも、私に責任はありません。我が大君さま、御《み》心のままになさってください。私のしたことが潔白で善意のものであれ、この身を煮ても焼いても吊し首にしても、また、目をつぶされても構いません。しょせん陛下から逃れられませんし、我々は皆んな陛下の支配のもとにあるのです。陛下は偉大で強力、私は無力、私への支持はほとんどありません。私を死罪にしたところで、ささやかな復讐にしかならないでしょう。』二人がこう話していると、山羊のベリンとオルウェイ夫人が跳び起きて言いました「我が君さま、私たちの訴えもお聴きください。」熊のブルーンは一族のものと仲間共々立ち上がりました。猫のティベルト、狼のイセグリム、兎のキワルト、野豚のパンサー、ラクダにガチョウのブルーネル[72]、子山羊と山羊、ろばのブードウィン、雄牛のボール、肉牛のハメル[73]にイタチ、おん鶏のチャンテクレール、雛鶏を連れたペルテローテ[74]、これらのものが皆んなガヤガヤ騒ぎ立て、主君の王様の前へ公然と進み出ました。

⚜ そして、狐は捕まって逮捕されてしまいました。

⚜ 狐が逮捕されて　死罪を申し渡されたこと　（第十四章）

そこで裁判会議が開かれ、レナルドは死罪、と意見の一致をみましたが、誰が何を言って狐を非難しようと、レナルドは一つ一つに申し開きをしました。動物たちが訴える狐のこれほどずる賢い入れ知恵、これほど巧みな作り話しは前代未聞でしたが、一方、狐はどの訴えも鮮やかに能弁に言い抜けましたので、聞いていた者たちは舌を巻きました。その場に居た者は狐の言い分がもっともだと言えるくらいでした。このくだりは省略して、狐の話を続けましょう。王様と顧問たちはレナルドの悪事の数々に対する訴えについて証言を聞きました。しかし、証人にとってはよくある事態――一番弱いものが一番ひどい目に遭うという――そんな結果になってしまったのです。判決が下され、狐は死罪、首吊りの刑と宣告されました。この時ばかりは彼も冗談気分ではありませんでした。[75] あらゆるお世辞も奸知も役に立ちません。判決は下され執行されなければなりません。甥のグリムべ

ルトと親族の多くは、レナルドが死ぬのを見るに忍びず、悲しみに暮れながら立ち去り、法廷を後にしたのでした。

狐一族に親しい多くの若者が、みな泣きながらその場を去るのを目撃して、王様は考え込みました「ここは別の思案が必要じゃな。レナルドは悪者であっても、その一族には善人も多いことじゃしな。」猫のティベルトが言いました「ブルーン殿、イセグリム殿、どうしてこう愚図々々しているのか。もう夕刻ですよ。近くには藪《やぶ》、生垣がたくさんあることですし、きゃつが逃げて危機を脱したならば、まこと狡猾にして悪賢く奸計を多く心得ている奴のことだから、再び捕まることはないでしょう。きゃつを吊るそうじゃありませんか。どうしてそのように突っ立っているのです。吊し台の用意ができないうちに夜になってしまいます。」そのときイセグリムは考え込んでいたが、こう言いました「首吊り台、絞首台ならここにあるぞ。」そう言いながら溜め息をついたのを猫が聞きとがめて言いました「イセグリム、恐いのか。気が進まないのか。君の二人の兄弟が吊し首になったのは、ほかならぬ奴の仕業だと思わないのか。[76] 君が正気で賢明なら彼に返礼するはず。そのように愚図々々しているべきではないのだ。」

⚜ 狐が絞首台に連行されたこと

イセグリムは怒って言いました「騒ぎが過ぎるぞ、ティベルト殿。やつの首にぴったりで十分丈夫な綱があれば、すぐに仕事は片付くじゃて。」しばらく黙っていた狐のレナルドがイセグリムに言いました『苦痛は短く頼みますよ。ティベルトが丈夫な縄を持ってますよ。[77]司祭の一物を嚙み切った、あの時にふんじばられたヤツさ。木登りがうまいし身も軽いから、縄はあいつに運び上げさせたらいい。イセグリムとブルーンよ、お前たちにはお似合いだよ、自分の甥にこんなことをするとはな。これまで長生きしたのを悔むばかりだ。急いでしっかりやってくれ。こんなに愚図々々してちゃ、ろくなことないさ。さあさあブルーン、先に立って。イセグリム、しっかり付いてきな。そして、レナルドさまが逃げないように気をつけて用心するんだな。』そこで、ブルーンが言いました「レナルドもなかなかいいことを言いおる。」イセグリムはすぐさま一族のものと友達に命じて、レナルドが逃げないようしっかり見張るようにと言いました「奴はとてもずる賢く信用が置けんからな。」皆んなでその両足、あご髭を押えて逃げ出さないように捕まえていました。狐はこの言葉をすべて聞いて、ひどく胸にこたえましたが、口を開いて次のように言いました『ああ、親愛なるおじさん、私に危害を加えようと一所懸命の様子ですが、図々しいようでも、何分のお慈悲をお願いできないものでしょうか。[78]私が痛めつけられ惨めな目に遭うのがあなたに心地よいものでも、私のおばさん、あなたの奥さんが昔のよしみを思い起こせば、少しでも私に危害が加えられることを許すことはないでしょう。しかし、今や私がそんな目に遭うのだ。だから、さあ、どうとでも好きにするがいい。いいかブルーン、ティベルト、わしに対して思いきりの

ことをしないと、悲惨な死に方をするよう呪ってやるぞ。自分の行く処は分っているさ。死ぬのはたった一回きり。もう死んじまいたいよ。親父《おやじ》が死ぬのを見たっけなあ。あっと言う間にくたばっちまってたな。』[79]イセグリムが言った「さあ、行こう。処刑の時刻を延ばしているので、お前は我々に悪態《あくたい》をついているのだ。これ以上愚図々々していたら奴に気の毒じゃ。」彼は大いに敵意を抱いて片側から、そしてブルーンがもう一方について、狐を絞首台へ連行しました。ティベルトは勇んでその前を走り縄を運びましたが、のどは締めつけられた罠の痛みがまだ残っていたし、はまった罠のせいで首がまだ疼《うず》いていました。こんな目に遭ったのも狐の入れ知恵のためだったので、その仇をとってやるつもりでした。

ティベルト、イセグリムとブルーンはレナルドを連れて、罪人がいつも処刑される場所へと急ぎました。王様のノーブルとお妃、法廷にいたものたちも全員後から続いて、レナルドの最後を見届けようとしました。狐はもう助からないのではないかと大いに恐れて、よくよく思案しました。どうやって死を免れることができるか、また自分の死を飽くまで望む例の三人を、どのように騙して面目を失わせることができるか、また、口から出任せを並べ立て、奴らを向こうにまわして、どうやって王様を自分の味方に引っ張り込むことができるかと。このように、彼は奸計を用いてこの難儀をどう乗り切ることができるかを慎重に考え、内心こう思ったのです『王様と多くのものがわしに腹を立てたとしても不思議はない。十分それに値するからな。しかしだ、彼らを何とか味方につけたいものだ。といっても、奴らのためになることなんぞやってたまるか。王様がいかに強く、顧問団がいかに賢くとも、一旦このわしが言葉巧みに弁ずれば、あらゆる嘘八百を心得ているわしのことだから、あいつらがわしを絞首台に乗せようと思う以上に、やつらの上手《うわて》に出ることができるに違いない。』

そのとき、イセグリムが言った「ブルーン殿、レナルドの仕業で頭が血だらけになったことをよく考えてみるがいい。今こそ我々が奴に十分仕返しできる時が来たのだ。ティベルト、急いで登って縄を枝にしっかり結んで輪っ子を作ってくれ。一番身が軽いからな。今日こそ奴に対して存分に念を晴らさせてやるぞ。ブルーン、気をつけて奴が逃げないようにしっかり捕まえておくんだ。俺は奴が上へ登る梯子《はしご》を立てるのを手伝うから。」ブルーンが言った「頼むぞ。わしは奴をしっかり押えておく。」[80]狐が言いました『恐ろしさで胸がつぶれそうだが、それも当然だ。目の前に死が迫りながら逃れられないのだから。我が君さま、愛しいお妃さま、そして更に、ここにお並びの皆さま、この世をおさらばする前に一つお願いがございます。魂の救いの妨げにならないよう、また今後、誰も私の窃盗、裏切りなどを非難しないためにも、皆さまの前で公に告白をして、我が罪科を包み隠さず申し上げることができますように。そうすれば私が死ぬのもその分だけ気が楽になるというもの。神様が私の魂に恵みを垂れて下さいますよう、皆さまお祈りください。』

by courtesy of K. Varty (1967)

⚜ 狐が　王様と聴衆の前で　公に告白をしたこと　（第十六章）

狐がこう言うと、その場に居合わせたものは全員哀れを覚えて、ささやかな願いに過ぎないから、それを許してやるように王様に願いました。王様が許可を与えましたのでレナルドは大いに喜び、事態は好転するかも知れないと希望をつないで、次のように言いました『聖霊の加護があらんことを。ここに居られる方々で、私がひどい目に遭わせなかったお方はおりません。しかし、私は乳離れするまでは、どこを探したっていないくらい良い子だったのです。あるとき、子羊が楽しそうにメーメーないているのを耳にしたので出かけて一緒に遊びました。ずいぶん長く一緒にいるうち、私はつい一匹に噛みついてしまいました。そこで私は初めて血をすすることを覚えたのです。とてもいい味でした。とてもおいしいと思いました。それから肉を味わってみました。すると無性に肉を食べたくなりました。そのあと森の山羊のところへ行くと、子山羊がないているのが聞こえたので二匹殺しました。私はますます大胆になり、それからというもの、見つけ次第にめん鶏、がちょうなどを殺しました。こうして私の歯はすっかり血塗られてしまい、この後、私はひどく残忍冷酷になって、自分の方が一枚上と思われる相手は誰彼の区別なく殺しました。それより後、冬のこと、樹の下に隠れていたイセグリムに偶然会いましたが、彼は私のおじだと言うのです。それを聞いて協定を結んで仲間になりましたが、これは悔やんでも悔やみきれません。互いに忠実で仲良くいこうと約束して一緒に出かけました。彼が大物を、私が小物を盗む、そして何でも二人で分けることにしたのです。ところが、彼はいつも自分が大半を取るようにして、私は取り分の半分ももらえません。子牛とか羊を捕えた時、イセグリムは歯をむき出して怒鳴り散らし

て私を追い払い、私の取り分も取ってしまったのです。あの方が、こんなに親切な方だったとはねえ。

『でも、こんなのは微々たる損害でした。幸運にも雄牛や雌牛なんか捕まえた時などは、更に彼の妻が七匹の子を連れて来たので、私のとこへなんか、こんなちっぽけなあばら肉だってきません。肉をみんな食べられたって、私はそれでも満足しなくてはいけませんでした。別にひどく欲しかったというわけじゃないですけど。ま、私には金銀財宝が山とあって、荷車七台でも運びきれないくらいですから。』狐がこの莫大な富、財宝について話すのを聞いた王様は、それが欲しくてうずうずして言いました「レナルド、その宝はどこにいったのじゃな。それをわしに教えてくれぬか。」狐が言いました『我が君、お教えいたしましょう。その財宝は私が盗んだものです。[81] 盗まなかったとしたら、その宝ゆえに陛下のお命にかかわる大事となり——ああ、くわばらくわばら——世界にとってこの上ない損失となったことでしょう。』お妃はこれを聞くとひどく恐れ、大声で叫びました「ああ、何と悲しいことを。レナルド、お前は何とお言いだね。これからお前の魂が辿《たど》る長旅にかけて、この一件について真実をみなの前で明かしてくれるよう私から切に願います。我が君の身の上に企てられたかも知れない、この大それた殺害計画について、お前が知っている全てを私たち全員が聞くことができるように。」さあ、お聴きください、いかに狐が王様とお妃にお追従を並べて二人の好意と恩寵を勝ち得た挙げ句、彼の処刑に骨折ったものたちをはばむことになるか。嘘八百袋の口を開いて口から出任せ、甘言と巧言をもって自分に都合のいいことを並べ立てましたので、本当の話と思われてしまうのです。

悲しそうな顔つきで、狐はお妃に語りました『私はどのみち死なねばならぬ立場におります。お妃さまがこれほどまで懇願なさらなくとも、私は魂を危険にさらすつもりはありません。そんなことをしたら、そのために地獄の責め苦に遭わねばならないでしょう。私は良かれと思えばこそお話する気になりました。陛下は家来の手で無惨にも殺害されたかも知れないからです。ところが、この企みで主要な役割を果たしたのは、私に最も近しい縁者です。もし、地獄の苦しみを受ける恐れがなければ、進んでその名を暴露したくありません。』王様は深く悲しんでこう言いました「レナルド、わしに真実を語ってくれ。」『かしこまりました』と狐は言った『私がどういう状況に置かれているかは、ご覧のとおりです。私が魂を地獄に落とすようなことをするとお思いですか。今、真実を違《たが》えて言ったとて何の役に立つでしょうか。死が目前に迫り、念仏も富も私にとって何の役にも立たないのですから。』ここで、狐は恐怖におののいているような振りをして、体をブルッと震わせました。お妃は彼を哀んで王様に願いました。彼に慈悲を与えてこれ以上の危害を受けないようにして、みなを黙らせて狐に聴聞の機会を与え、その言い分を聞いてあげるべきだと。そこで、王様はみなに静粛にして、狐が言いたいことは何でも非難を受けずに話させよ、と公に命じました。そこで、狐が言いました『御意《ぎょい》でござれば、さあ皆のもの、静かにしていただこうか。この謀反について包まずお話しましょう。その際、罪ありと私が存じおる者は一人たりとも容赦いたしませんぞ。』[82]

⚜ 狐が　自分を殺そうとした者どもの命を危うくし　また
彼が　王様の恩寵を受けたこと　（第十七章）

さあ、お聴きください、狐がどう切り出したか。まず、困った時いつも助けてくれた可愛い甥のグリムベルトを告発しました。こうすれば、言うことがそれだけ信じてもらえるに違いないし、また、続いて敵について更にうまい嘘を並べることができるからでした。まず手始めにこう切り出しました『我が君、私の父はエルメリック王の宝が穴に埋まっているのを見つけました。[83] この莫大な財宝を手に入れると父はひどく高慢に偉ぶるようになって、それまでは仲間であった他のあらゆる動物たちを見下すようになりました。父は猫のティベルトに命じて、あの荒れ地アルデルネの熊のブルーンのもとへ行って忠誠を誓わせ、もし熊が王になりたければフランダースへ来るように告げさせました。熊のブルーンは長いこと王位を望んでいたので、これを大いに喜んでフランダースへ急ぎ出向きました。そこで私の父は彼を親しく迎えました。すぐに父は私の甥である賢いグリムベルトと狼のイセグリム、猫のティベルトに使いを出しました。この五人がゴントとイフテと呼ばれる村の堺まで来ると、[84] そこで真っ暗な一夜を明かして密談を持ちました。さて、悪魔の助力と術を得て、また父の財宝を力に、そろって王さまの命を奪うことをその場で決めて誓いました。さあ、よくお聴きください、この驚くべき話を。四人はイセグリムの冠頭に懸けてブルーンを王様に押したて主君と仰ぎましょうと誓って、アコン[85] において彼を玉座に導いて、頭に冠を載せました。そして、もし王さまの友達か一族の中に誰かこれに反対または異議を唱えるものがあれば、父がその富と財宝を使ってそいつを追放し、その影響力をそぐ手筈になりまし

た。

偶然のことでした、ある朝早く、甥のグリムベルトがワインでへべれけに酔っぱらったあげく、これを妻のスロペカーデ夫人にこっそり話して秘密にするよう命じました。しかし、夫人はすぐに戒めを忘れて愚妻に真実を打ち明けてしまいました。二人揃って巡礼に行く途中のヒースの原でしたが、妻はまず、好意であろうと恨みであろうと決して他言せずに秘密を守ると、信義に懸けて、またケルンの聖なる三人の王様[86]に懸けて誓わなければなりませんでした。けれども、誓いを守って秘密にしたのは私のところへ来るまで。妻は聞いたことをすべて私に告げて、内緒の話しよと言いました。私としてはそれを漏らすわけにいきません。彼女が数々の証拠を話すので、これは確かだと感じまして、こわさと恐ろしさで総毛が逆立ち、心臓は鉛のように重く、氷のように冷たくなりました。これはかつて蛙どもの身に降りかかったことに似ていると思いました。[87]彼らは自由の身でありながら、仕える主君がいないことを嘆きました。支配者がいない集団は良くないというわけです。そこで神様に治めてくれる誰かを定めてくださいと声を大にして願いました。彼らが願ったのはこれだけでした。もっともである、と神様はその願いを聞き届けて一羽のこうのとりを送りました。こうのとりは蛙を見つけ次第、次々と食べて飲み込んでしまいます。片時も蛙たちに情け容赦ありませんでしたので、蛙は被害を訴えましたが手遅れでした。それまで自由で誰も恐れていなかったものたちが、今や奴隷となり、王様の力に屈しなければなりません。この例から、貧富の別なく皆さん、同じようなことが私たちの身に起るかもしれないことを私は憂いたのです。

このように、我が君さま、私は陛下のために憂いたのですが、少しも感謝いただけませんん。熊のブルーンは確かに悪者、略奪者と存じます故、きゃつめが王になろうものなら、我々は皆んな殺され、亡きものにされてしまうに相違ありません。我らが大君、王さまこそ、真に生まれは高貴にして偉大、優しく慈悲深くおわすと存じます故、貴く偉大にして堂々たる獅子を廃して、邪にして胸くそ悪い悪党を迎えることは、良からぬ変革であろうと思った次第にございます。というのも、熊はその愚かな頭に気違いじみた狂気を誰よりも多く持ち合わせているからです。これは先祖代々のこと。そこで、私は心の中で、幾度となく嘆き、下賎の身、裏切り者、盗人以下の者を君王に仕立てるような父の邪な企みを破り挫く方法を絶えず考えておりました。私は、我らが王さまの誉れいや増し、ご健勝にあらせられ、御代《みよ》の永からんことを神に絶えず祈っておりました。しかし、つらつら考えてみますに、父が財宝を所持している限り、逆臣どもと計って陛下を廃位し退かせる方策を見いだすこと必定と考え、父の富のありかをいかに探り出すか思いを巡らしました。父が目を向けます処なら森、茂み、野畑を問わず、夜となく昼となく、寒さも雨も厭わずに、片時も油断なく見張っておりました。絶えず近くにいて、宝がどこに隠されているか窺《うかが》い知ろうとしました。

あるとき、私が地面に伏せておりますと、父が一つの穴から走り出て来るのを見ました。さあ、お聴きください、彼が何をしたか。私は目撃したのです。穴から出ると父は誰かに見られてはいまいかと注意深く辺り

を見回し、誰もいないのを確かめると、砂で穴を塞ぎ、近くの地面と同じように平らにならしました。見られているとも知らず、足跡のついた所を尻尾で掃き、誰にも分らないように口先で平らにしました。[88] その場で私は父から、それまで少しも知らなかった多くの狡猾なわざを習ったのです。父はそこを立ち去ると、用事があったのでしょう、村の方へ駆けて行きました。私はすべきことを忘れちゃいません。跳び起きると穴の方へ跳んで行きました。もちろん私は、父がいかに堅固に固めたつもりでも、すぐ穴を見いだせないほどの愚か者ではありません。引っ掻きほじくり、足で穴から砂を取り除いて中へもぐり込みました。そこには見たこともないほど莫大な金銀があったのです。ここにおられる年配の方でも、今までに、これほど多くが一山になっているのを御覧になったことはないでしょう。そこで、妻のエルメリンに手伝わせて、昼夜をかけ大変な骨折りと苦労のすえ、この素晴らしい宝物を別の場所、我々にもっと便利な生け垣の根元の深い穴へ運び去りました。[89] 妻と私がこのように働いている間、父は王さまを裏切ろうという輩と一緒にいたのでした。さあ、彼らが何をしたかお聴かせします。熊のブルーンと狼のイセグリムは、ほうびが欲しいものは誰でもブルーンのところに来れば前もって報酬を与えようと、国中に使いを出しました。父は国中を駆け巡り密書を運びましたが、宝物が盗まれたとは夢にも知りません。そうですとも、金輪際、その一ペニーだって見つからなかったでしょう。

エルヴェ河とソム河の間の土地を隈無く回り、翌夏にブルーンの助勢に来る手筈の多くの傭い兵を集めると、父は熊とその仲間のところへ戻って、みなに語って聞かせました。サクソンの地では、行く先々でどんなに大きな危険に出会ったか、また狩人たちが日毎に猟犬を引き連れ馬で彼を散々狩り立てたので、命からがらやっとの思いで逃れたことなどを、この四人の極悪な裏切り者に語り終えると、一通の手紙を見せました。これは大いにブルーンを喜ばせました。そこには熊、狐、猫、穴熊の一族のほかに、イセグリムの一族九十二名の名が書き連ねてあったからです。[90] この者たちは報酬を一ヶ月前払いでもらえれば、第一報が届き次第、準備を整えて熊を助けに馳せ参ずると誓っていました。有難いことに、これを私めが密かに探り出しました。父は一頻《ひとしき》り話を終えると、宝物を隠しておいた穴へ出かけてそれを眺めようと思いました。しかし、探し物が何も見つからないので大変な悲しみようです。穴が破られ宝物が持ち去られていたからです。その場で父が何ということをしてくれたか、私がいくら嘆き悲しんでも追い付きません。あまりの怒りと悲しみのために、父は何と、首をくくってしまったのです。このように、私の巧みな計略によってブルーンの謀反は不発に終りました。ところで、現在の私の不幸を御覧ください。この謀反人ども、イセグリムとブルーンが現在王さまの一番親しい相談役、高座にあってお側に仕えており、哀れにもこの私レナルドは、お誉めにもごほうびにも与《あずか》らずにおりまする。我と我が父を葬りましたのも、王さまがその命を召されても当然だったからです。我が君、』と狐が言いました『どこにおりましょうや、陛下をお護りするために身を犠牲にしようと思うような者たちは。』

王様とお妃はその宝物が無性に欲しくなり、顧問に相談もせずに狐を近くに召すと、その宝物がどこにあるか親切にも教えてはくれまいかと願いました。狐は言いました『甘言を弄して私を殺そうとしている裏切り者や殺し屋を重用するあまり、私を絞首刑になさろうと言う王さまや他の方々にどうしてお話しできましょうか。正気である限り宝物がどこにあるかしゃべるもんですか。』そのとき、お妃が言うには「心違いをしてはいけません、レナルド。王さまはそなたの命を救って、あまつさえ、そなたを全面的に許されようほどに、これ以降、賢く君に忠実であるのですよ。」狐がお妃に答えて『親愛なる奥方さま、王さまが私の言うことをお信じになり、又、今までの罪科を全て許して恩赦くだされば、いまだかつて、この世始まって以来の豊かな王様にして見せましょう。私が陛下に差し上げる宝は正に高価で、しかも数知れぬほどでございます。』王様が言いました「これ、奥よ、こう申しては何だが、狐の申すことをお前は信ずるというのか。奴が盗みを働き虚言を弄するのは生まれつきで、骨の髄まで染み込んで抜けるものではない。」お妃が「いいえ、我が君、こんどばかりは、十分信用なさっても大丈夫でしょう。確かに、これまでは性悪でしたが、今は昔の彼とはすっかり違っているのです。陛下もお聞きではございませんか、自分の父と甥の穴熊の罪を問うております。もし彼が悪賢く性悪な嘘つきであったら、他人に罪をかぶせることもできたでしょうに。」王様が言いました「奥よ、ならばお前の考えではそうするのがいいと思うのだな。わしの不名誉になるやも知れぬが、レナルドの全ての罪を我身に引き受け、彼の言葉を信ずることにしよう。しかし、この王冠に懸けて

狐が自分を殺そうとした者どもの命を危うくし　また彼が王様の恩寵を受けたこと

誓っておくぞ、もし彼が今後悪事を働いたり罪を犯そうものなら、その償いは高くつこうし、彼の九等親にまで類が及ぶことになろう。」狐は王様をチラリチラリと見やり、心中大喜びしながらこう言いました『我が君、真実と違うことを私がお話しようものなら、私は賢くないということになるでしょう。』王様は地面から藁《わら》を一本取り上げると[91]狐に、その父また彼自身の悪行罪科の全てを赦免し許したのでした。そのとき、狐はどんなに喜んだことか。なぜなら、死罪を免れ全く自由放免となり、敵の手から逃れたからです。

狐が言いました『我が君さま、そして麗しの君、お妃さま、神のお恵みがありますように。私に賜りましたこの名誉をよく肝に銘じ、衷心より感謝いたしますれば、陛下をこの世で一番豊かな王様にして見せましょう。私の宝物を差し上げますに、これほどふさわしいお方は、天が下あなた方お二人を除いておりません。』それから狐は藁を取り上げると王様に差し出しながらこう言いました『偉大にして親愛なる我が君さま、願わくは、エルメリック王の所持せし財宝をここで御受納くださいますよう。私は進んで陛下にこれを差し上げ、それを公に認めます。』王様はその藁を受け取り、陽気な気分でにこやかにそれを投げ捨てると、狐に対して大いに礼を述べました。狐は腹の中でせせら笑っていました。それから王様は狐の助言に耳を傾けましたので、その場に居合わせたものは全て狐の思うままになってしまいました。『我が君』と狐が言いまし

た『私の言うことを注意深くお聞きください。フランダースの西の端に一つの森があって、名前をフルステルロといいます。その近くにクリーケンピットという池があります。[92] 辺りは大変な荒れ地なので、よほどのことがない限り、時には丸一年、誰もそこへ足を踏み入れることがありません。できれば、そこを避けます。この荒野に例の財宝が隠されています。ただ、御承知おきください、場所はクリーケンピットと言います。御提案いたしますが、被害を最少にするため、陛下と奥方さまお二人で御一緒に行かれるがよろしいかと存じます。と申しますのは、陛下の代理として信頼できるほど正直忠義なものを私は存じません。ですから、陛下御自身でお出かけください。そして、クリーケンピットへ着かれますと、穴の一番近くに二本の樺の木の立っているのを見つけられましょう。我が君、その樺の木へ行かれませ。その下に埋められて財宝が隠されております。そこを引っ掻いて掘って少し苔をどけます。すると、金銀財宝を山と見出されるでしょう。その御代にエルメリク王がかぶられた王冠も見つけられましょう。願いが叶ったら熊がかぶる筈でした。金細工に見事な宝石を散りばめた、値としては何千マルクに及ぶ、高価な宝をたくさん御覧になることでしょう。我が君さま、この品を全てお持ちになれば、心の中で何度もこう思ってはおっしゃるに相違ありません、「狐のレナルドよ、お前は何と忠実なことか、その巧みな知恵で、この莫大な宝をここに埋めて隠したのだからな。お前がどこにいようと、神の加護と幸運を祈りおくぞ。」ってね。』

王様が言いました「レナルド殿、一緒に来てこの宝物を掘り出すのを手伝ってくれねばいかん。わしは道も知らんし、きっと見い出せないであろう。パリ、ロンドンとかアコン、ケルンなどは聞いたことがあるがな。わしが思うに、この宝物というは、またそちが冗談に人をかつぐ気であろう。クリーケンピットと申し

たが、それは架空の名であろう。」風向きが変わっては大変と、狐はしらばっくれて、わざと怒ったように言いました『めっそうもない、我が君さま、とんだ見当違いもいいところ。[93]ジョーダン河までお連れするとでもお思いですか。[94]とんでもない。立派な証人を立てて疑いを晴らし、御納得《なっとく》いただきましょう。』彼は大声で呼んだ『兎のキワルト、御前へ出なさい。』全ての動物が兎の方を見ながら、王様がどうなさるかと訝りました。狐が兎に言いました『キワルト、寒いのか。何故そのように震えおののいておるのだ。恐れ入ることはない。我が君さまに、この場で真実を申し上げればよいのだ。よいか、そちが日頃おかげをこうむっている、陛下と奥方お妃さまのために、わしがそなたに尋ねる件について真実を申し上げるのじゃ。』キワルトが言いました「私は真実を申し上げます。そのために首を失うことになろうとも私は嘘をつくものではありません。[95]あなたは私が知っているかどうか厳しくお尋ねになりました。」『ならば言うがいい。クリーケンピットがどこにあるか存じおろう。記憶にないと申すか。』兎が言いました「十二年も前からどこにあるかよく知っています。なぜそれをお尋ねになります。荒れ野の狩場にあるフルステルロという名前の森の中にあります。私はそこで飢えと寒さのため大変辛い思いをしました。言葉で言いつくせません。そこは以前フリジア人パテル・シモネット[96]が偽銭《にせがね》造りをして仲間と暮らしていた所ですが、それは私が猟犬のリンと友達になる前の話。私はリンのおかげで多くの危険を逃れることができました。彼がこの場におりますれば、その件も、また、私が臣下として当然のことこそすれ、かって一度も王さまに背いたことはないことも話してくれることでしょう。」レナルドが言う『キワルト、向こうの仲間のところへ戻るがいい。我が君さまは、お前の話で十分おわかりになったからな。』野兎は向き直って元の場所に戻った。狐が言います『恐れながら我が君さま、私の申し上げ

たとおりでした。』「確かに、レナルドよ」と王様が言った「許してくれ、そちを疑って済まんことをした。ところで、我が友レナルドよ、何とか宝のありか、埋まっている穴に一緒に行ってくれんかのう。」『これは奇なことを。私が御一緒したくないとでもお思いですか。御一緒して陛下の恥にならなければ参りましょう。しかし、それはなりますまい。まずは、私の申し上げること、いや是非申し上げねばならないことをお聞きください。この身の不名誉、恥になることながら、狼のイセグリムが身のほど知らずに宗門に入り、掟どおり頭を剃った修道士になった時のこと、僧六人前の食事でも足りずに腹を空かせておりました。あまり不平たらたら嘆きますし、動作も鈍く具合も悪そうになったので気の毒に思いました。親類でもありましたので、入れ知恵をして脱走を勧めたところ、彼は実行しました。そのため、私は法王から破門放逐を宣告された身となっています。明日、陽が昇り次第、ローマに向けて発ち、赦免を願う所存。[97]更に、ローマから海を越えて聖地まで足を伸ばし、多くの善行を重ねるまでは戻らぬ覚悟であります。それまでは、どの面《つら》下げて陛下のお供が叶いましょうや。私がいかなる土地にお供しようとも我が君さまにとっては大きな恥辱、陛下が破門放逐された者と親しく旅をされたと人の口にのりましょう。』[98]王様が『そちが教会のそしりを受け破門された身である以上、わしがお前を伴わば、我が王冠にとやかく言う者もでよう。されば、キワルトか誰かを伴いクリーケンピットへ行かずばなるまい。レナルド、そちはこの教会の呪いを晴らすがよいぞ。』『我が君』と狐が『そのため、急ぎローマへ行きとうございます。夜昼休まず道を急いで、赦免を得るでありましょう。』王様が言いました「どうやら善心に返ったようじゃな。神の加護を得て、その望みが十分かなうよう祈りおるぞ。」

こう言い終えると、国王ノーブルは石の高台に歩み寄り座を占め、動物一同に静粛にせよ、銘々生まれと身分に応じて草の上に車座になるように言いました。[99] 狐レナルドはお妃の脇に立って感謝の念去らぬ面持ち。そこで王様が言った「貧富老若の別なく、ここに居る皆のもの、聞くがよい。宮廷の重臣の一人レナルドは、本日その悪行ゆえに絞首刑になるべきところ、当法廷に於てその働き目覚ましかりしをもって、余と奥が彼に慈悲と友情を誓った。妃がレナルドのために多く弁じたゆえ、余は彼の者との仲を元に戻し、寛大にもその命と五体を助けたり。一同のものに命じおく――違反の時は死罪じゃ――レナルドとその妻子は、どこで会おうと、昼夜の別なく敬うのじゃ。今後一切レナルドに関する訴えは聞かんぞ。これまで悪行を重ね罪を犯しておろうとも、これ以上重ねることはなく、身を改める心根《こころね》とみえる。明朝、明け方に法王のもとに出かけて全ての罪の赦免を請い、さらに海を越えて聖地まで赴き、再び帰る時には全ての罪の許しを得て居るであろう。」この話しを大鳥のティセリンが聞いて、イセグリム、ブルーン、ティベルトのいるところへ飛んだ。[100] そして告げるには「お前さん方、可哀そうになあ。どうした、運に見放された者たちよ、ここで何をしておるのじゃ。狐レナルドは、今や、執事、廷臣に返り咲いて、宮廷では大した羽振りじゃぞ。王さまは奴の旧悪を不問にし、悪事悪行をお許しになられてな、お前方が揃って裏切られ訴えられておる。」イセグリム「そんなことがあろうか。ティセリン、口から出任せを言っておるな。」「確かなことだ」と大鳥。そこで狼と熊は王様のもとへ出かけまし

た。猫のティベルトは大いに悲しんで、また恐ろしさのあまり、狐とよりを戻すためなら、司祭の家で失った片目のことも許してやる気になりました。悲しみのあまり、どうしたらいいのか分かりません。狐なんぞに会わなきゃよかったと願いました。

⚜ 狼と熊が　狐の働きにより逮捕されたこと　（第十八章）

イセグリムは堂々と草原を歩み来て王様の前に立ち、お妃に鄭重な挨拶をした後、[101]敵意をこめて狐の悪口を並べ立てました。それを聞くや王様は怒って狼と熊をその場で逮捕させてしまいました。怒り狂った犬がかくも無惨に襲いかかったことがあるでしょうか。両人はがんじがらめに縛り上げられ、夜通し手足を動かすことも呻くことも、少しの身動きもなりません。さあ、お聴きください、狐がどうしたか。心底ふたりを嫌っていましたので、お妃に働きかけて、熊の脊皮を一フィート四方剝ぎ取り、頭陀袋を作る許しを得ました。あとは丈夫な靴が二足あれば準備完了というわけで、その靴を手に入れるために狐がどうしたかお聴きください。お妃に向い『奥方さま、私はあなたの下僕《しもべ》として巡礼に出かけます。ここに、おじのイセグリムが二足の丈夫な靴を持っています。私にはあつらえの品と思われます。もし一足譲って貰えれば、道みち奥様の魂を思い熱心に祈りましょう。巡礼者が善行を受けたお方のためを絶えず心にかけて祈るのは当然のことでございますから。善行をなせば御自身の魂のおためにもなろうというもの。おばさんのエルスウィン夫人からも一足貰ってくだされば、なお更のこ

と。おばさんはきっとくれるでしょう。ほとんど出歩かず、いつも家にいますから。』そこでお妃が「レナルド、ほんにお前はそんな靴が必要だねえ。無しでは済まされませんよ。足を傷めないためには、そんな靴を履いて険しい山や岩場を行かねばね。イセグリム夫婦が履いてるような靴以上あなたにふさわしいものはありません。立派で丈夫な靴ですから。二人の命にかかわるかも知れませんが、靴を一足お前に譲らせましょう。これでお前の気高い巡礼も成し遂げられるというものです。」

❦ イセグリムとその妻エルスウィンが靴を脱がされ レナルドがローマ巡礼に出かけるため　その靴を履いたこと　（第十九章）

このようにして、この偽巡礼はイセグリムから一足の靴をせしめました。狼の足は鉤爪から筋まで剝がれてしまったのです。[102]丸焼きにされる鶏でもイセグリムほど神妙な態度ではいなかったでしょう。靴が剝ぎ取られるとき、身動きもしませんでしたが、両足からは血が流れ出ました。イセグリムが靴を脱がされると、今度は妻のエルスウィン夫人が悲しい面持《おもも》ちで草の上に横になりました。彼女はその場で後ろ足の靴を失ったのです。そのとき狐は喜び、おばをからかって言いました『私の愛《いと》しいおばさん、私のために大変辛い思いをさせて申し訳なく思っています。ただ、次の一点では喜んでおります。あなたは親族中で一番愛しいお方、ですから喜んであなたの靴を履かせていただきますよ。[103]私の巡礼の友と言うわけで、赦免も分ち合うことになります。あなたの靴のおかげで海の

向こうでいただけるはずですから。』エルスウィン夫人は悲しみのあまり言葉になりませんでしたが、これだけは言いました「あゝ、レナルド、現在お前のこのように好き勝手な振舞いよう、神様が懲らしめずにおくものですか。」イセグリムと、仲間のブルーンは何も言わず静かにしていました。具合いが悪かったのです。縛られた上ひどい傷でした。猫のティベルトが居合わせたら同じような酷い目に遭って、傷と恥辱なしにこの場を逃れることはできなかったでしょう。

翌日、日の出とともにレナルドは、イセグリムとその妻エルスウィンから奪った靴に油を塗りこみ、足に履いて紐を結ぶと、王様お妃様のもとへ行き、晴れ晴れとした顔で言いました『気高き君、奥さま、お早ようございます。願わくは私めに、巡礼が持つ祝福された頭陀袋と杖を賜りますよう。』[104] 王様はすぐに雄羊のベリンを呼びにやり、ベリンが来ると言いました「ベリン殿、レナルドがな、巡礼に出かけるによって、彼のためにミサを行い、それから巡礼袋と杖を授けてはくれんか。」雄羊が答えて言うに「我が君、私にはそんな大それたことはできません。彼は法王から破門を受けていると自ら明したばかりではありませんか。」王様が「それがどうしたと。ゲリス師[105]の教えによればだ、あらん限りの罪を犯しても、罪深い行いをプッツリ止め悔い改め贖罪を為し、司祭の教えに従えば、神もこれを許し慈悲を垂れたもうとな。レナルドはこれから海のかなた聖地に赴き、全ての罪を清め

イセグリムとその妻エルスウィンが靴を脱がされレナルドがローマ巡礼に出かけるためその靴を履いたこと

て来るのじゃぞ。」そこでベリンは王様に答えて「この件には関わりたくありません。教会法廷でプレンダロール司教[106]と大司教ルースフィンデ、その側役人ラピアムス氏の前で、私に咎なしとしてくだされば別ですが…」王様は怒りを面に表し「もうお前には頼まん。[107]これほど頼み込むくらいなら、お前を吊るし首にする方がましじゃな。」雄羊は王様が気色《けしき》ばむのを見てひどく恐れて身震いすると、祭壇に立ち寄り祈禱書からレナルドにふさわしいと思われるうたを唱い章節を読んだのでした。レナルドは少しも有難いとは思わなかったが、これでどうやら面子《めんつ》は立ったと思った。

雄羊のベリンは敬虔にお勤めを全て終えると、狐の首に熊のブルーンの毛皮でつくった頭陀袋を下げてやり、小振りの巡礼杖も授けた。[108]すっかり旅支度が整うとレナルドは王様の方を見やり、悲しみのあまり別れ難いという様子をして空涙をハラハラと落とし、心中悲嘆やるかたない素振りを見せました。しかし、事実、何か悲しんでいるとすれば、その場に居あわせた全員を、狼や熊と同じ窮地に陥れていないことでした。しかし、立ち上がり、自分のために祈ってくれるよう一同に願い、自分も皆さまのために祈りましょうと言った。そして、内心、これは長居しすぎた、脛《すね》に傷を持つ身、早々に発たねばと思いました。王様が「レナルド残念じゃな、そのように急いで、これ以上留まれんとはな。」『いいえ、我が君、もう刻限でござれば。善を為すに猶予はならぬと存じます。出立《しゅったつ》のお許しを願いたてまつります。巡礼の旅を見事果たさねばなりません。』王様は「さらば、神が供にあらんことを祈りおくぞ」と言って、居合わせた全員にレナルドの旅立ちを見送るようにと命じました。狼と熊は除かれましたが、厳しく縛られた二人を気の毒がるものはいません。狐が肩に頭陀袋と杖を背負い靴を履いて、気取った形《なり》で行く姿は実に滑稽でした。賢人を装い、澄まし顔で歩んで行きましたが、心の中では大笑いしていたのです。少し前まで自分に腹を立てていた連中が揃ってお見送り、また、あれほど自分を嫌っていた王様を誑《たぶら》かして思い通りにしてしまったわけですからねえ。お遍路騙《かたり》りもいいとこでした。[109]

『我が君さま』と狐が言いました『もうお戻りください。これ以上のお見送りは恐れ多いこと。陛下の身にもしものことがあったら大変。二人の殺し屋を逮捕したばかりです。逃げられでもしたら陛下の身に危害が及びかねません。神よ、陛下を不幸からお護りください。』こう言うと狐は後足で立ち上がり、赦免のお裾分けを願う大小の動物に、自分のために祈るよう願い、みなも忘れませんよと答えた。それから、彼は悲しみに暮れながら出立したので、多くの者が哀れをもよおしました。そのとき、レナルドは野兎のキワルトと雄羊のベリンに陽気に声をかけ『親愛なる友よ、出かけようか。君たちと神様はもう少し付いてきてくれますよね。君たち二人は私を怒らせたことがないから、ぜひお供願いたい。礼儀も弁え、友情に厚く、誰からも訴えられていない。立派な御身分でもあるし、生きざまも敬虔そのもの、私が隠者だった時と同じ暮らしぶり。木の葉、草の葉があれば十分満足で、パンや肉のような食べ物は見向きもしない。』こんなおべんちゃらですっかりいい気にさせられて二人は付いてきて、マレペルデュイス館の前まで来てしまった。

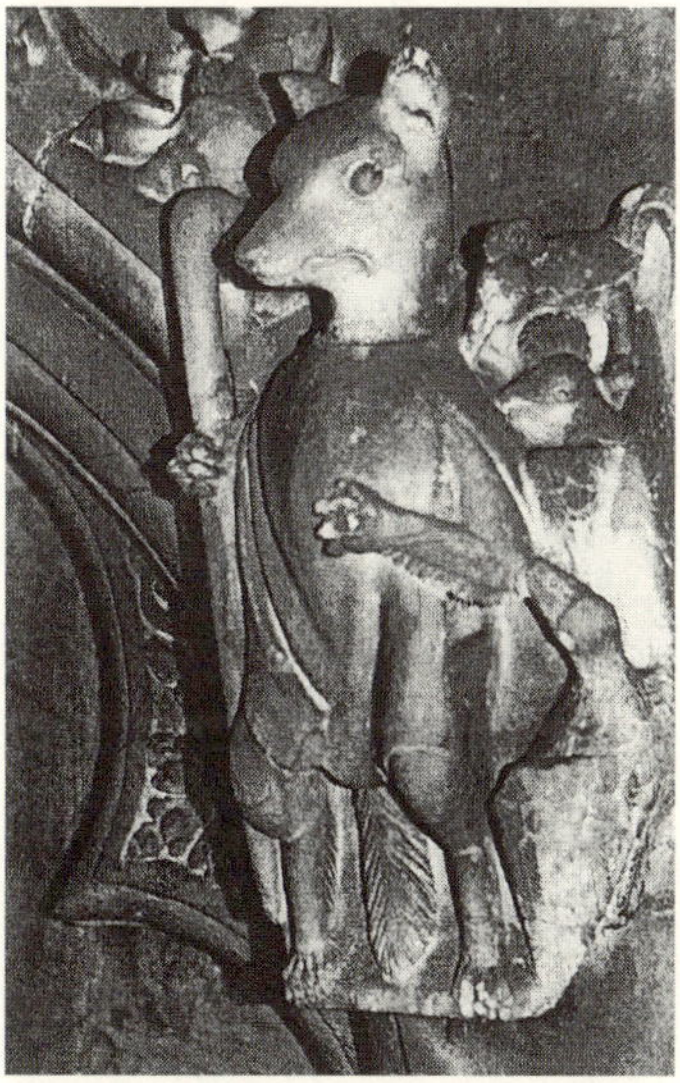

by courtesy of K. Varty (1967)

❦ 野兎のキワルトが　狐に殺されたこと

（第二十章）

門口《かどぐち》に来ると狐は雄羊のベリンに言いました『いとこよ、君はこの外で待っていてもらいたい。わしはキワルトと中に入るが、キワルトには、妻のエルメリンに別れを告げる口添えをして、妻と子供を慰める手伝いをしてもらうつもりだ。』ベリンが言いました「彼は皆さんを十分慰めてくれるでしょう。」こううまいこと言って狐は、不運なことにも、野兎を穴の中に連れ込みました。中にはエルメリン夫人が幼子《おさなご》と地面に寝ていましたが、レナルドが殺されはしまいかと大いに心配しているところでした。夫の戻ったのを見て喜びましたが、その頭陀袋と杖を見て、また靴に気付くと不思議そうに言いました「愛しいレナルド、いかがなされました。」答えて『法廷で逮捕されたが、王さまが自由にしてくれた。わしは巡礼の旅に発たねばならん。熊のブルーンと狼のイセグリムがわしの身の潔白を証明してくれたのだ。有難いではないか、王さまは、ここに居るキワルトをくれてな、好きなようにせいとさ。王さまの話だが、キワルトが真っ先に我々のことを訴えたのだそうな。お前だから言うが、キワルトにはわしも頭にきているのだ。』キワルトはこの言葉を聞くと、ひどく恐ろしくなって逃げたかったがそれが叶いません。狐が逃げ道を塞いでいました。首根っこを押えられて兎が叫びます「助けてくれ、ベリン、助けてくれ、どこにいるんだ。この巡礼に殺される…」しかし、その叫びはすぐにやみました。狐が素早く首を喰いちぎってしまったからです。『さあ、このうまい太った兎を食べよう。』子狐もやってきました。キワルトは丸まる太っていましたから、こうして皆んな大ご馳走にありつきました。エルメリンは肉を食らい血をすすり、一家をこんなに楽しくしてくれた王様に繰り返し感謝するのでした。『好き

なだけ食べるがいい。王さまのおごりだ。足りなきゃ取りに行けばいいさ。』

妻が言うには「レナルド、冗談ばっかり。本当のこと言ってちょうだい。どうやって逃れてきたのですか。」

『奥よ、王さまとお妃は口から出任せうまいこと言いくるめてはあるが、いったん事がバレた暁には関係もチョンということだ。怒ってわしを急ぎ探し出して、吊し首の刑とくるな。だから、ここを立ち去りほかの森へ密かにズラかろうではないか。[110] そこなら、何も恐れずに暮らせるだろうし、七年以上住んでも見つからずに済むに違いない。うずら、鴫《しぎ》をはじめ、多くの野鳥の肉がたんまりあるぞ。奥よ、一緒に来る気があるかな。泉の水もうまい、小川の流れもあくまで澄んだところだ。そりゃぁ、空気のうまいことったらないぞ。そこなら、天下太平、安楽で、富に不自由無しの暮らしが可能だ。王さまがわしを自由にしてくれたのは、クリーケンピットに莫大な財宝があると教えてやったからじゃ。だがな、いくら探したところで何もありゃしない。これにはカンカンになって怒るに違いない、まんまと騙されたとわかったらな。思ってもみな、どんな嘘八百を並べ立てて奴から逃れてきたか。牢獄に入れられずに逃れるのは並み大抵のことではなかった。いまだかって、あんな危機に陥って、死の瀬戸際に立ったこともなかったが、いずれにせよ、これからは何を好んで王の支配下になど入るものか。今や虎口を逃れたわけだが、我ながらその悪知恵には恐れ入ったよ。』

エルメリン夫人が言いました「レナルド、ほかの森に行ってよそ者扱いされて惨めな思いをするなんてよしにしましょう。[111] ここには欲しいものが何でもあるわ。ここら辺りじゃ、あなたは王様よ。なのにどうしてここを捨てて、悪い条件のところで危険を冒さなきゃならないのさ。ここにいても大丈夫よ。王さまが何かしようとここを取り巻いたって、抜穴脇穴がいくらでもあるんですもの、逃げられますって。ここに留まっても、後悔することはないと思うわ。そこらじゅうの間道《かんどう》を知っているじゃない。だから、力づくに捕まえようとしたって、それには助けが大勢いるでしょう。ただ、あなた誓ったんですってね、海を渡ってむこうに留まるって。一番気がかりなのはそれよ。」『いや、奥よ、それは心配ない。いかに誓っても、偽証は無効だとよ。昔、お上人様と連れになった折、彼の者の申すには、無理強《じ》いされた誓約、力ずくで誓わされた誓約は誓約ではない。[112] この巡礼の旅に出たからとて、猫の尻尾ほどの得にもならん。[113] ここに留まってお前の勧めるようにしよう。王の奴が俺を狩り立てようとしたら、できるだけ隠れているさ。わしには手に負えんくらい強力だが、策をめぐらして裏をかいてやろう。下手なことしたら、ただじゃおかん。』

一方、雄羊ベリンは、連れのキワルトが穴に入ったきりなので怒っていた。大声を出して「出てこいキワルト、しょうがないな、一体いつまでレナルドに引き留められておるのだ。急いで来い、出かけるぞ。」レナルドがこれを聞いて顔を出すと、雄羊のベリンにやさしくこう言った『親愛なるベリンよ、何を怒っているのか。キワルトはおばさんとお話し中だ。それに腹を立てては困る。先に行ってもいいとさ。後から追いつくと。君より足が軽いからな。もう暫くおばさんと子供たちといなくちゃならんのだ。わしがいなくなるというので泣きわめいてしょうがないんだ。』ベリンが「キワルトはどうしたのだ。助けてくれと叫んでたようにに思えたが。」狐が『ベリン、何を言っとるのか。あいつが何かあぶない目に遭ったとでも。じゃ、あのとき、やつが何をしたか聞かせてやろう。二人して家に入って、妻のエルメリンにわしが海を越えて行かねばならんことを告げるとな、妻は気絶してしまった。キワルトがそれを見て大声で叫んだんじゃ「ベリン、助けに来て、おばさんを正気つかせてくれ」とね。』すると雄羊が「確かに、キワルトが重大な危機にあったように思えたが。」『滅相もない。キワルトが我が家で危害を被るくらいなら、妻子が大怪我する方がましというものだ。』

⚜ 狐が　野兎キワルトの首を　王様のもとへ　雄羊ベリンに届けさせたこと　（第二十一章）

『ベリン、覚えているだろうか。きのう王さまと顧問がわしに命じて、この国を出る前に手紙を二通届けるように言ったな。[114] なあ、いとこよ、その使いを頼めんだろうか。もう書けておるのでな。』雄羊が「中身がどうとも知れないものを。それほど届けてくれと頼むなら、何か入れ物がなくては。」レナルド『確かに入れ物を何か用意しよう。届かないよりましじゃ。そうそう、わしが身につけているこの頭陀袋をお前にやろう。王さま宛ての手紙を入れて首に吊すといい。これで王さまに感謝され、お覚えめでたくなること請け合いだ。』こう言われてベリンは手紙を届けましょうと約束した。レナルドはとって返して頭陀袋を取りはずし、中にキワルトの首を入れると、陥れるつもりで

ベリンのところへ持ってきて首に掛けてやった。[115]袋の中を覗き見てはならぬ、王の不興を買いたくなくば、と命じ、更に『王さまの寵愛を受けたければ、お前自身が手紙をしたため、助言もしたのでうまく書けていると言うんだ。ごほうびものだぞ。』ベリンはこれに大喜び、感謝されること間違いなしと思い「レナルド、私のためにしてくださること、よくわかります。これで私は宮廷で大いに誉められます。私も立派に文が作れる、手紙まで書けると知れ渡りますね。本当は、できないんです。ときには他人の苦労や知恵のおかげで名誉や感謝を受けるなんてこともあるんですが、私が今度そうなるわけですね。さて、レナルド、どうだろう。野兎のキワルトも一緒に法廷へ行くのかな。」『いや』と狐が言った『すぐ後から行くが、まだ行かれないのだ。おばさんと話があるのでな。

『さあ、お前は出かけな。キワルトには、まだ誰も知らない秘密のことを教えてやらねばならん。』ベリンは「さようなら、レナルド」と言って、法廷に足を向けた。走って急いだので昼前に法廷についたが、王様は重臣たちと宮殿にいた。王様は驚いた。何と、熊の皮で造った巡礼袋をベリンが持ち帰ったではないか。王様が「どうした、ベリン。そちはいずくから参った。狐はどこにおる。奴の頭陀袋を持っているとはどういうわけか。」ベリンが「我が君、知る限りのことを申し上げます。私はレナルドの家までついて行きました。旅立ちの用意ができると、彼は二通の手紙を陛下に届けてはくれぬかと頼みました。陛下のおためなら喜んで五通でも届けましょうと私が申しましたら、この巡礼袋を持ってきました。中に手紙が入っておりま

すが、これは私の知恵で書かれたもの、作るに当っては私が助言したものでございます。思いますに、手紙なるものが、かくも上手に巧みに書かれたのを、陛下もご覧になったことはないでしょう。」王様はあらゆる言葉に通じた秘書官のボカート[116]にその場で手紙を読むように命じました。猫のティベルトと彼は袋をベリンの首から外しました。ベリンは多くを語り告白していましたので、その結果、それが命取りになってしまいました。

秘書官ボカートは袋を開いてキワルトの首を引っ張り出すや言いました「やや、これが手紙じゃと！我が君、確かにこれはキワルトの首。」「ああ情けない！」王様が言った「狐をあのように信じてしまったとは！」王様とお妃に、ありありと深い悲しみの風情が浮かびました。王は怒りのあまり、長く首を垂れていましたが、あれこれ思いめぐらした後、一声大きく吠えると、その音に動物たちはみな恐れおののきました。そのとき、王様の親族、豹のフィラペルが言いました[117]「国王陛下、なぜそのように吠えまする。あまりのお嘆きよう。お妃さまがお隠れ遊ばしたわけでもありますまい。お嘆きをやめて元気をお出しください。何ともみっともない。陛下はこの国の主、王ではありませぬか。ここに控える者どもはみな陛下の僕でござらぬか。」王様が「フィラペル殿、いかでこのままに捨ておくべきや。卑劣な悪党一人、裏切り者が余を欺《あざむ》き、

狐が野兎キワルトの首を王様のもとへ雄羊ベリンに届けさせたこと

こうまでさせてしもうた。わしは友人の勇敢な熊のブルーンと狼のイセグリムに済まんことをして怒らせてしまった。これを大いに悔いておる。わしの名誉に関わることじゃ。最高貴族に不当な仕打ちをして、卑怯なろくでなしの狐をあれほど信頼してしまったとはな。これもみな奥のせいじゃ。あまり懇願するので、ついその願いを聞き届けたが、大いに悔いておる。手遅れじゃがな。」「だから何だと言うのです、国王陛下」と豹が言いました「何か過ちがあれば、改めればよろしい。熊のブルーンにはその皮の代りに、狼のイセグリムとその妻エルスウィンにはその靴の代りに、十分な赦免を与えることにしましょう。雄羊のベリンは、キワルト殺害を勧め、同意したと自ら認めましたので、道理としてその償いをせねばなりません。更に、みなで押し寄せてレナルドを捕らえ逮捕の上、その首を吊ります。裁判などはご無用。こうしてようやく四方丸く収まるというものです。」

⚜ 雄羊のベリンとその一族すべてが　イセグリムとブルーンの手に委ねられ　ベリンが殺されたこと

（第二十二章）

王様が言った「喜んでそういたそう」豹のフィラペルはそれから牢獄へ行き、まず両人を解き放ってからこう言いました「閣下、あなた方に全面的赦免と我が君の愛と友情を持って参りました。陛下は悔やんで、あなた方に対するこれまでの言動と失礼を済まぬとおっしゃってます。ですから、あなた方は申し分のない約束[118]と補償をいただけます。陛下は、将来に

渡って[119]御両所に雄羊ベリンとその一族のものを差し与え、野原、森林構わず見つけ次第、噛むも食らうも勝手放題、何のお咎めも無しとされました。更に、レナルドとその一族を狩り立てるもなぶるも勝手次第、罪は問わぬとの御諚《ごじょう》でもあります。これだけの大権を王の名においてあなた方に差し許すとの御意向なれば、王さまとしては御両所に、今後、かまえて悪事をせず忠誠をつくし、忠勤これ励むことを誓っていただきたいのです。あなた方なら立派にやり遂げられましょうから。」こうして、豹のフィラペルの働きで仲直りとなりましたが、雄羊のベリンにとっては毛皮と命を失う結果となり、狼の一族は王様から授かったこの特権を守り、今日に至るまで、見つけ次第ベリンの一族を遠慮なく食べております。不運なことからこの争いは始まりましたが、その後、両者の間に仲直りの機会はなかったのです。直ちに王様は熊と狼のために、法廷とお祭りの十二日間の延長を命じました。それほど両者との関係修復を喜んだのでした。

⚜ 王様が祭りの宴を催し　小兎のラプレルが　狐レナルドを王様に訴えたこと（第二十三章）

この大祭にあらゆる動物がやってきました。王様が全国津々浦々までこの祭りを振れ回らせたからです。動

物たちも、これほど盛大に喜び浮かれ騒いだことはかってありません。笙や笛、あらゆる音曲に合わせて優雅なダンスが踊られました。王様は盛りだくさんご馳走を用意しましたので、不足を言うものはいません。この国の動物で、大小に関わりなく、その場に居合わせないものはなく、鳥も大勢いました。とにかく、王様とよしみを通じたいと願うものは全ていました。ただ、狐のレナルド、赤毛の偽巡礼だけは追い剝ぎよろしく待ち伏せて、そんな所へ行っても何の得にもなるものかと思っていました。食べ物や飲み物がこぼれあふれていました。さまざまな遊戯に余興、楽《がく》の音の絶えないお祭り、こんなお祭りを見てみたいと思うような祭りの宴が続くこと八日目の昼頃、小兎のラプレルが入って来るなり、お妃と並んで食卓にいた王様の前に立つと、いかにも悲しそうに言うので、その場にいたものはみな聴き耳を立てました。「我が君、私の訴えを憐みください。狐レナルドが狼籍《ろうぜき》に及び、私を殺そうとしたのでございます。きのうの朝、マレペルデュイスの城館の脇を小走りにやってきますと、レナルドが戸口の外に巡礼の姿で立っていました。そのまま、そばを通り過ぎてこの祭の宴に向おうとしたのですが、彼は私の姿を見ると、祈りを唱えながらやってきました。挨拶をしたのに一言も言わず右手をぬっと出すと、私の両耳の間をむんずと掴みました。首がちぎれたかと思いましたが、有り難や、持ち前の身軽さで跳び退きました。ひど

く痛い思いをしてその鉤爪から逃れました。やつは歯をむいて、もっとしっかり捕まえなかった自分に怒っているようでした。逃れはしたものの、片耳を失うやら、鋭い爪痕を頭に受け、四つの大穴から血が吹き出したので、気を失いかけました。しかし、命が惜しくて跳び起きると、脱兎よろしく走って追いつかれずに済みました。ご覧ください、我が君、鋭い長爪で被ったこの深手を。お願いします、私を憐れんで、この邪な悪党、殺し屋を罰してください。さもないと、レナルドが卑劣窮まりない奸行を続ける限り、ヒース野原を安心して往来する者はいなくなるでしょう。」

⚜ みやま烏のコルバントが　妻を殺されたと　狐を訴えたこと[120]

（第二十四章）

小兎がその訴えを終えた折も折り、みやま烏のコルバント[121]が飛び込んできて王様の前で言いました「親愛なる殿さま、お聴きください。悲しい訴えを持ってきました。今日の明け方、妻のシャルプベック[122]とヒース野原へ遊びに出かけましたところ、地面に狐のレナルドが倒れていて、コト切れてる様子です。両眼をカッと見開き舌は口からダラリと垂れ下がって、まるで死んだ犬のようです。腹を触ってみても生きてる印がありません。そこで妻が口元に耳を当てて息があるか聞こうとしました。それが命取りに。卑怯卑劣な狐はしっかり機会をうかがって、妻がじゅうぶん近付いたと見るや、首をガブリと嚙み切ってしまいました。私はひどく嘆いて大きく鳴きました「何と、何と！何がどうなったのか！」そのとき、狐はパッと起き上がると強欲にも私めがけて跳びかかりました。

死ぬのが恐くて私はブルブル震えながら近くの木に舞い上がり、遠くからただ見ていました。ああ、卑劣漢レナルドは妻をガツガツと貪り喰って、肉も骨も残しません。残ったのは数枚の羽根。小羽根は肉もろとも飲み込んでしまったのです。よほど腹を空かせていたのか、二羽でもペロリと食べてしまったことでしょう。奴が行ってしまうと、私は悲嘆にくれながら飛び降りて羽根を集め、陛下にお見せするためにここに持ってきております。あの時のような危険と恐怖は、金輪際まっぴらでございます。[123] 我が君さま、この惨たらしい仕業《しわざ》をご覧ください。これが我が妻シャルプベックの羽根でございます。我が君、名誉を思われますれば、この件に当然の処罰を行い恨みを晴らし、万民に陛下の御威光を知らしめなければなりません。このように安全通行権が脅かされたままでは、陛下御自身も公道を安心して歩けなくなりましょう。君たるもの、正義を為さず、また盗人、殺し屋、無法者の上に法が不履行のままに捨ておくならば、悪行罪科の共犯者に外なりません。そのときは、我こそはと、皆こぞって支配者にならんとするでしょう。親愛なる殿さま、御賢察あって、お身を大切にお護りください。」[124]

⚜ 王様が　以上の訴えを聴いて　ひどく怒ったこと　（第二十五章）

国王ノーブルは小兎とみやま鳥の訴えを聴いて、いたく心激して怒りました。その面《おもて》は見るも恐ろしく、両眼の輝くこと火の玉の如く、雄牛の如き吠え声に、宮廷のものは全て恐怖におののきました。ややあって、彼は声を張りあげて言いました「この王冠に懸けて、また奥方に対する信義に懸けて、余は見事この罪科の恨みを晴らし、長く後世の語り草にせん。余の安全通行権、余の掟が、かくも踏みにじられたのじゃ。余は大馬鹿であった。軽々にあの卑劣な奸物を信じ、きゃつの狡猾な甘言に乗せられてしもうた。ローマに行き、そこから海を越えて聖地に行くとぬかしおったゆえ、頭陀袋と杖を与え巡礼者に仕立ててしまった。真と信じてな。何たる奸計を心得おるのか。よくぞ、あることないこと言い立てたものじゃ。[125] したが、これはみな奥のせいじゃぞ。奥が勧めたのじゃ。女の勧めに騙されたのは余が最初ではないな。これまでにも、多くのひどい害が起きておる。皆に命じて頼みたいのじゃが、この場に居るものでも、どこに居る者でも構わん、余を恐れ余の友情を望むものは、その助言でもよし行動でもよし、余に助力せよ。この途方もない罪科を正しく罰し、余と余の一族の信義が立ち、この卑劣な悪党が面目を失い、結果として、きゃつめが今後、安全通行を脅かすことがないようにしたいのじゃ。余が直々《じきじき》乗り出して、できるだけのことをするつもりじゃ。」[126]

狼のイセグリムと熊のブルーンは国王の言うことを確かに聞いて、狐レナルドにたっぷり返礼したいと思いはしたものの、ひとことも言う気になれませんでした。王様がひどく激していたので、恐くて誰も話せません。やっとお妃が口をききました「陛下、カミカケテ、ヒトガ言フコト全テヲ真ニ受ケテハイケマセン。マタ、軽々ニ判断ヲ下シテハイケマセン。名誉を重んずる人は、事態を明かに知るまで軽々しく信じたり、大げさに宣誓したりしてはなりません。同時に、相手方の言うことに耳を傾けるのも当然のこと。相手を訴えながら自分の方が悪い輩もままあること。相手側の言い分もお聞きください。私は真実、狐が善良だと思ったのです。何の悪意もないと思えばこそ、できるだけの力添えをしました。しかし、結果がどうあれ、彼が悪でも善でも、私が思いますに、陛下のおん為にも、あまり性急に彼の不利に事を運ばれますな。それは正当でもなく名誉あることでもありません。彼は陛下から逃げることなどできません。牢に入れるも追放するも陛下の意のまま。[127] 陛下の判決には否応《いなおう》言えない立場にいます。」そのとき、豹のフィラペルが言いました「我が君、私めが思いまするに、ただ今お妃さまは真を語り、良いお知恵を陛下に授けられました。奥様のおっしゃるようになされて、賢い顧問団の助言を仰がれるがよろしい。そして、ただ今明らかになった罪がクロと判明した暁に、その罪状に応じて厳しく罰すればよいこと。この祭りが終えるまでに出頭のうえ弁明すべきところ、そうせぬ場合は、顧問団の提言どおりになされませ。しかし、きゃつが現在の二倍も悪辣《あくらつ》卑劣であろうとも、正当な扱いがふさわしく思われます。」狼のイセグリムが言いました「フィラペル殿、我が君さまがお気に召さば、我々も同意見じゃ。それ以上の策はあるまい。しかし、レナルドがこの場にいて、多くの訴えについて二重の申し開きをしても、わしは十分証拠を並べて奴を訴えて、奴には罪の報いとして、命はとうに無いのだと思い知らせてやる。しかし、今のところは静かに黙っておろう。奴がおらんのでは仕方ない。ただ、確か、奴は王さまにフルステルロのクレーケンピットにある財宝のことを話しておったな。これはとんでもない嘘だぞ。その嘘で我々一同をたばかり、わしと熊を酷い目に遭わせたのだ。命を賭けてもいいが、あれは口から出任せだ。今も今、ヒース野原で奴は、家の近くを通りかかる連中を痛めつけ強奪しておる。ともあれ、フィラペル殿、王さまと貴殿の気の済むようにするが一番いい。奴に来る気があれば、とっくに来ていたであろう。王さまの使いで承知のはずだからな。」国王が言った「もう二度と使いなど出さぬぞ。兵役を負い、余の名誉を願う者たちに命ず。六日の果てには直ちに戦《いくさ》の用意じゃ。弓隊、鉄砲隊、大砲隊、騎馬に歩兵うち揃い、マレペルデュイス館の包囲を固めよ。狐レナルドを葬らねばならん、余が王である限り。諸候よ、いかがかな。喜んでやってくれるであろうか。」そこで皆が声を大にして叫んだ「もちろん我々とても、陛下、み心次第に、一同お供いたすでありましょう。」

⚜ 穴熊グリムベルトが　王様が怒って彼を殺すつもりであると　狐に警告したこと

（第二十六章）

この言葉を狐の甥、穴熊グリムベルトが聞いて悔しがり怒り、もしや何かの役にもと、[128]一直線にマレペルデュイスへひた走り。[129]薮、生け垣も構わず、大汗かきかき大急ぎ。赤毛のおじさんレナルドを気の毒に思って走りながら、心の内で「悲しや、何たる危険に落ちたやら。あなたの身はどうなるのでしょうねえ。殺されるのを見るのか、はた又、追放されるのを見るのか。ほんに悲しいことじゃなあ。だが、あなたは我ら一族の長。助言は賢く、困った友を助けるを厭わず、口を開いて理を説けば、向うところ敵は無し。」こんな嘆き節を唄いながらグリムベルトがマレペ

ルデュイス館にやって来ると、おじさんのレナルドが立ってました。今しも二羽の鳩を捕まえてきたところ。この鳩は巣立ちをしてみたものの羽根が十分でなく、地面に落ちたのでした。ちょうどレナルドが餌を探しに出たところ、それを見つけて捕まえて家に持ち帰ってきたのです。グリムベルトが来るのを見ると立ち止まって言いました『よく来た、親族中一番可愛い甥よ。そんなに走るから汗でびしょぬれだ。何か新しい知らせか。』「あゝ、悲しい」と彼「ねえおじさん、御身《おんみ》の一大事。命も財産も終りです。王さまがあなたを無惨にも殺すと誓われ、家臣一同六日のうちにここへ集合するように命じました。弓隊、歩兵、騎馬隊に戦車隊、鉄砲、大砲、大天幕を用意し、松明《たいまつ》も積み込みました。用心が肝要。本当にその必要ありです。イセグリム、ブルーンと王さまの仲は、私とあなたの仲以上に好転。二人の思いどおりに全てが運ばれています。イセグリムは陛下に、あなたが悪党で殺し屋だと十分納得させてしまいました。おじさんに凄い恨みを抱いてますよ。小兎のラプレル、みやま鳥のコルバントも盛んに訴えてます。おじさんのお命を思うと悲しくてなりません。心配の余りどうかなっちまいました。」『馬鹿な！』と狐が言いました『親愛なる甥よ、ほかには何もないのか。そんなに怖いか。元気を出して、さあ。王さま自ら、また宮廷の全員がわしを殺すと誓ったとしても、わしはあいつら全員の上手に出られるって。みんなでガヤガヤ、ベチャクチャいろんな事を助言してみてもな、法廷はこのわしとわしの妙案、奇策なしでは成り行かんのだよ。

⚜ 狐レナルドが　再び出廷したこと（第二十七章）

『愛すべき甥どの、こんな話は全て忘れて中に入ろう。いいものをやろうじゃないか。丸々太った二羽の鳩さ。わしはこれが一番の好物でな。消化もいい。丸ごと飲み込めるくらいだ。骨と言ってもほとんど血だから、一緒に喰っちまうんだ。時々腹の調子が悪くてな。だから軽い食事の方が嬉しいんだ。妻のエルメリンは歓待してくれるだろうが、このことは何も言うなよ。ひどく悲しむだろう。心根がやさしいでな、恐ろしさのあまり体に障るといかん。ちょっとした事でもひどく気に病む質《たち》なのじゃ。ところで、明朝、早めにお前と法廷に行こうか。わしに喋る機会があって聴いてもらえさえすれば、巧みに言い抜けて、誰かほかの者を確実に陥れて見せるのだが。甥よ、お前は真の友だな、わしの味方をしてくれんか。[130]』「誓って請け合いましょう、親愛なるおじさん。」とグリムベルト「私の命も財産も自由になすってください。」『かたじけない、甥よ。』と狐が言う『よくぞ言ってくれた。命あったら必ず報いようほどにな。』「おじさん」とグリムベルト「諸侯の前に出て弁明したらいいです。言いたい放題喋れる限り、誰も逮捕したり拘留したりできやしません。お妃と豹はそう心得てます。」そこでレナルドが言った『だから、わしもしめたと思っておる。こうなりゃ、ほかのどんなお偉方でもクソ食らえだ。うまくこの身を救ってみせるって。』話はこれきりにして、二人は館の中に入った。エルメリンは幼子《おさなご》の脇に座っていたが、すぐ起き上がると優しく迎えて、「いらっしゃい、グリムベルト」とおばと子供たちが優しい言葉をかけた。レナルドの捕らえた二羽の鳩はすぐ夕飯に回された。すっかりなくなるまで、それぞれ分け前を食べたが、もう一羽ずつあったとしても、ほとんど残すことはなかったでありましょ

う。狐が言った『愛すべき甥ごよ、子供のローゼルとレナルディン[131]をどう思うな。我が眷属《けんぞく》の自慢の種になるだろう。既になかなかの仕事ぶりでな、一方が雛鶏を捕らえると思えば、他方がめん鶏をやっとる。タゲリ、アヒルを追って水くぐりもうまい。時には食料も捕りにやりたいが、まず先に、罠、猟師、猟犬に近付かないよう教えるつもりだ。十分仕込んで賢くなった暁には、二人で豊富な食料を数多く調達してくれると期待しておるんじゃ。今は乏《とぼ》しいでな。わしを良く見習い、良く言うことを聞く。すごみ方も堂に入ってると思うと、悪意のあるところを上辺は優しく陽気に見せる。こうやって、足で押えこんで首をかき切る。これが狐の真骨頂というもの。狩りが敏捷なのもわしの誇りだ。』

「おじさん」とグリムベルト「賢い息子さんで、さぞ鼻が高いことでしょう。私だって親族だと思えば鼻高々ですよ。」『グリムベルト』と狐『お前は汗をかいて疲れてるのだったな。もう寝たらどうだな。』「おじさん、できればそうしたいんですが。」そこでみんな藁床に横になった。妻子も眠りについたが、狐はすっかり気が滅入って、横になりながらも嘆息し、どううまく言い抜けたものかと思い悩んだ。明け方早く、城館を後にしてグリムベルトと出かけたが、まず妻エルメリンと子供に別れを告げてこう言った『あまり気にせんでいいが、わしは甥のグリムベルトと法廷に行かねばならぬ。少々帰りが遅れても心配無用だ。悪い知

らせを聞いても全て良い方に解釈してくれ。いかなる事態か見極めた上、向こうでは、できるだけのことはやってみるでな。』「悲しいこと、レナルド」と彼女「再び法廷に行くなんていう気にどうしてなったのでしょう。前回あれほど命の危険にあったものを。それにあなた、もう二度と行かないとおっしゃりましたわよ。」『奥よ』と狐『世の動きというのは不思議でな、ときには思いの外という事もある。本来手放さねばならぬものを持ちたがるものよ。わしはどうしても行かねばならんが、少しの心配にも及ばん。遅くとも五日以内には帰れると思う。』かくして家を後にグリムベルトと法廷に向った。ヒース野原まで来るとレナルドが『甥よ、この前告解してからも、多くの卑劣な悪事をしてしまった。わしが犯した罪の告解をここで聴いてはくれぬか。熊には重傷を負わせてしまった。奴の毛皮を剝いで頭陀袋を作ったのだからな。又、狼夫婦からは靴を奪ってしまったし、大嘘をついて王さまを喜ばし、うまく騙して狼と熊が陛下を裏切り殺害を図っていると吹き込んでやった。王は殊《こと》のほかご立腹だったが、奴らには濡れ衣だ。まだある。王さまにはフルステルロに宝物が山とあると言ったが、これは口から出任せだから少しもお宝は手に入るまいさ。雄羊ベリンと野兎キワルトを連れ出してキワルトを殺し、その首をベリンに持たせて王の奴をなぶってやった。また、小兎の両耳の付け根を押えつけて、奴はすんでのところで御陀仏だった。残念ながら逃げられちまったが、これがまた逃げ足が速いんだ。みやま烏も訴えて当然だな。妻のシャルプベック夫人を一飲みにしちまったのだから。おっと、この前告解を聴いてもらった時に忘れてたことだが、その後思い出したことがあるのだ。ひどい話でな、今お話しよう。[132] フートフルストとエルヴェルディング[133]の間を狼と一緒に歩いていたと思いな。赤毛の雌馬に出会って、そいつが生後四カ月の黒い子馬を連れていた。[134] 丸々よく肥えてな。イセグリムは空腹で倒れるばかりだったので、わしに馬のところに行って子馬を売ってくれるかどうか聞いてくれと言うんだなあ。急いで走って行って相談してみると、金で売ると言う。いくらで売る気かと尋ねたところ、こう言うんだ。「後足に書いてありますよ。目明きでお読めになれば、来て読んでご覧よ。」ピーンときたね、母馬の魂胆が。だから「いや、実は私は明き盲で、それに私がお子さんを買おうってんじゃないんです。イセグリムに頼まれましてね、その値段なぞ知りたかったのです。」母馬が言うには「じゃ、自分で来させなさい、教えてあげますから。」「そうします。」と、急いでイセグリムのところへ行って「おじさん、あの子馬を腹一杯食べたいなら、すぐ母馬のところへ行きなさい。あなたのところを待っています。足の裏に子馬の値段を書かせてあるんですって。私に読めって言ったんですが、恥かしながら私はイロハのイも知らない。学校へ行かなかったもんで。おじさん、子馬を買う気ですか。字が読めれば買えますよ。』「おおそうか、甥よ、文字は知っとる。何も支障はない。フランス語、ラテン語、英語、オランダ語、何でもござれ。わしは、オックスフォード大学に行ったし、[135]お歴々の博士たちと審問したり、請願を聞いたり、判決を下したことさえある。教会法、世俗法の両免許状もある。誰が書いたどんな書き物でも、自分の名前と同じくスラスラ読んで見せるぞ。母馬のところへ行って値を見てこようか。」と、わしにその場で待つように言うと走って行って、子馬を売る気か手元におく気か尋ねた。彼女が言うには「金額は足の裏に書いてあるのさ。」「読ませてくれ。」「ご自由に。」と言って、六本の頑丈な釘で新たに蹄鉄を打ったばかりの足を上げて、狙い違わず狼の頭を蹴っとばした。奴はひっくり返って死んだようさ。しばらく起き上がることができなかった。[136]雌馬は子馬を連れて小走りに行ってしまい、大怪我をしたままイセグリムをうっちゃっておいた。奴は倒れたまま血を流し、吠える様はまるで猟犬同然でな。わしは近寄ると言ってやりましたね『イセグリム殿、親愛なるおじさん、どうです、子馬をたっぷり召し上りましたか。お腹が一杯ですか。私に分けてくれないなんてひどいなあ。ちゃんと、お使いをしたのに。腹ごなしのゴロ寝ってわけですね。お願いです、教えてください。馬の足に何て書いてありました。どんな書き物でした、散文ですか韻文ですか。脚韻、歩格揃っていましたか。知りたいもんですね。お祈りのうただったんじゃありません。だって、遠くから聞いていると、あなたは唱ってるようでしたもん。あなたの賢さに比べりゃ、誰もあなた以上に読めませんよね。』「あゝ、レナルド、よしてくれ」と狼「頼むから、そう嘲《あざけ》るのはよしてくれ。これほど手厳しくあしらわれ、重傷を負っているのだ。石の心でも同情しそうなものだ。あの長脚の売女《ばいた》め、蹄鉄の足だったとはなあ。釘が文字だと思い込んだが運のつき、一蹴りで頭に六つの大傷をつけやがって、頭がブチ割れたかと思ったぜ。あんな文字は金輪際読みたかねえ。」

『親愛なるおじさん、今のは真ですか。いや、驚きましたね。おじさんは世にも希な学者さんと思ってましたが、これでよく分りました。なるほど、以前見聞きした通りです。最高の学者が必ずしも賢人ならず。[137]凡人の方が時によっては賢くなる。学者が一番賢くなれない理由は、学問のしすぎで、その中で迷子になっちゃうんですな。』と、このように、イセグリムを、目も当てられぬひどい目に遭わせ傷を負わせたので、奴が命をとり止めたのが不思議なくらいだ。愛すべき甥よ、これで身に覚えのある罪の全てだ。法廷で何が起こって、この身がどうなるか見当もつかん。しかし、もうそれほど怖くないぞ。罪を清めたわけだし、喜んで慈悲にすがり、助言によって告解の秘跡を行おう。』グリムベルトが言うに「言語道断の罪科である。したが、死者は死者、蘇《よみがえ》らず。ゆえに全ての罪を許さん。ただ、懸念されるは、その殺害の弁明のたつ前に憂き目を見んこと。[138]ここに罪障消滅を申し渡す。しかし、先立つ最大の障害は、キワルトの首を法廷に送ったことと、王さまをあのような嘘で騙したことです。[139] おじさん、あれは本当にひどすぎました。」狐が言う[140]『何と、愛すべき甥よ。目と耳と口を使ってこの世を渡ろうとする者でな、全く悪に染まらずにいるというのは無理な話じゃ。蜂蜜にさわって、どうして蜜だらけの指をなめないでいられようか。神をこよなく愛し、同胞のキリスト者を己の如く愛しなさいと、時にはチクリと良心が疼くこともあるんじゃ。神様の思し召しとその掟にかなっているのだからな。内なる理性が外なる意志と争うこと、これをどう思うかな。そんなとき、心を全く平静にすると、五感を全て失ってしまったように思えて、何の煩いも感じなくなるのだ。そして、こんな気分になる。罪業を全てやめたからには、善にあらざるものは全て憎み、神慮を越えて思索を高める。しかし、こんな殊勝《しゅしょう》な気になるのは一人でいる時だけでな。暫くして俗世間が心に入り込んでくると、行く手には数多くのつまづきの石や足跡があって、これはみんな自堕落な高位坊主や裕福な司祭が陥った罠だ。たちまちわしも再びからまれて、俗界に迫られ、俗欲がしゃしゃり出て、肉体は快楽の生活を求め、目の前に余り多くのものを並べて惑わすので、わしはすっかり善心を失い決心が鈍ってしまう。そこに歌声、笛の音、笑い戯むれる声、浮かれ騒ぎが聞こえてくる。更に聞こえるのは、高位聖職者や裕福な助任司祭が、日頃の行いとは正反対に説教を垂れている声。その場でわしは嘘をつくことを学ぶわけだ。確かに、嘘はどこの宮廷でも日常茶飯事、主君も奥方も司祭も学者も、みな嘘つきの名人揃いだ。今や、誤りあるところでも主君に真を言うのをはばかる者ばかりで困ったことだ。わしは仕方なくおべんちゃらを言い、空言《そらごと》も言う。さもないと仲間外れだ。[141] よく経験していることだが、人が正しく真実を言い、その根拠を意図にかなうように嘘で丸めて持ち出すと、そのまま通ってしまう。そうした方が話がもっともらしく見えるからだ。嘘は必ずしも意図して生ずるのではなく、無意識のうちに話の一部となることがよくある。だから、うまく包み込まれている時は、そのまま通ってしまうものなのだ。

『なあ甥よ。ま、こんな具合いにな、人はここで嘘をついたと思うと、別の所で真を言い、お上手を言うかと思えば、脅したり、懇願したり、悪態をついたりして、皆んなの最大の弱点を探すのだ。今や、もっともらしく嘘をでっちあげて覆い布でうまく包み隠し真らしく見せかけて、世の中をとことん利用しない奴はおらんでな。師の教えを大事に守っているというわけだ。しかし、この術をしっかり身につけて、言葉使いも滑らかで耳を傾けてもらえさへすれば、甥よ、まさに奇跡が可能になり、綾錦《あやにしき》に身を包むことができるのさ。聖、俗裁判所であれ、どこで何をしようとも勝利間違いなし。もちろん、こんな騙り者もいるにはいる。みなが多大な利益を得ているので羨ましくてならず、俺だって立派に嘘くらいつけるさと思って、嘘八百並べてみる。うまい汁を吸おうと思ってな。ところが誰も聞かない信じない。また、こんな輩も多いな。やはりお頭《つむ》が足りないせいか、ひとしきり主張を述べて、さあ仕上げの絶好機という段になって横にそれて腰砕け、自分でもどうしようもなく、折角の御高説も尻切れトンボ。あいつは馬鹿だと、寄ってたかってなぶられる手合いだ。しかしだ、一体誰にできょう、嘘をピシッと決め、原稿でもあるみたいに、すらすらとまくしたて、皆んなを煙に巻いて、嘘を真実より真らしく思わせちまうなんて芸当は。人間さまだけだな。誰が考えても当然と思う真実を言ったところで、そんなのは知恵でも何でもない。そんなとんまは卑劣なずる賢い奸物にしてみればとんだお笑い草さ。なにせ奴らは、嘘八百並べたて、黒を白と言いくるめ、書類を作成しでたらめを書き込み、不正を見ても見ぬふり[142]——みんな金儲けのためだぞ——その嘘のつかい棒のために、舌に油を塗るなんてことを、知恵をつけて手ほどきしている輩だからな。悲しいかな、甥よ、こういうのは悪知恵といってな、こんな生活をしとると、怪我をして憂き目を見るだけじゃ。

『わしはな、別に、ときには仇なことを言ったり、罪のない嘘を言うことをいかんと言ってるわけではない。真実ばかり言ってる奴はな、今やおべっか使いの多い世の中に通用せんのじゃ。[143] 真実ばかり言っている奴はな、行く先々に障害ばかりが待ち受けるんじゃ。必要なら嘘をつけばいい、あとでうまく繕《つくろ》っておくさ。どんな罪科にも許しはあるって。どんなに賢くても、ときには魔がさすものさ。』グリムベルトが言いました「ねえ、親愛なるおじさん、あなたに思い通りにならないことなんてあるんですか。何から何まで十分に心得ていらして、こちらがまるで馬鹿に見えますよ。お話が難しくて私の理解を越えています。おじさんは告解を聴いてもらうことなんかないじゃないですか。間違いなく司祭さまに御自身がなれましょう。私ども羊の告解を聴いてやってください。世の中のことがそれほどよくおわかりでは、誰もおじさんに太刀打ちできやしません。」こんな話をしながら二人は法廷に入ってきました。[144] 狐は来たことを内心では少々後悔してましたが、何喰わぬ顔で並居るものの間を通り、王様がいるところまでやってきました。その間、グリムベルトは狐の脇にぴったり寄り添って「おじさん、怖がらずに平気な顔をして。勇気あるものは幸運が助けるってね。[145] ときには、たった一日で一年がひっくり返ることだってあります。[146]」狐が『甥よ、お前の言うとおりだ。有難いことだ、すっか

り元気づけられたぞ。』彼は先に進んで『何だというんだ。来てやったぞ』と言わんばかりに辺りをねめ回した。そこには彼をよく思わない親族が大勢いるのがわかったが、かわうそ、ビーバーと、その他十名ほどいました。名前はあとで明かしましょう。よく思っているものもいました。狐は入ってくるなり王様の前にひれ伏し、やおらこう語り出しました。

⚜ 狐レナルドが御前で身の証《あかし》を立てたこと　（第二十八章）

『全てお見通しの全能の神よ、我が君さまと奥方お妃さまを護らせ給え。更に、誰が正しく誰が不正か、陛下に教え給わんことを。世の中には外面《そとずら》が腹の中と全く違う輩が多いものです。全く、一人一人の罪科、不行跡が全て、その額《ひたい》にあからさまに書き示されていればよいものを。今、私が口で申し上げるより重みがあります。実際、我が君さま、ぜひお知りおきください。常日頃から私めがいかに忠勤に励んでおるか。それゆえ悪人輩《ばら》に訴えられ、讒言《ざんげん》によって信を失いおそばを遠ざけられました。奴らは不当にも故《ゆえ》無くして私を大罪で訴えようとしたのです。ですから、私を偽って陥れ、吐胆《とたん》の苦しみに遭わせた奴らに私は怒りと軽蔑の声をあげるのです。しかし、我が君と奥様は賢明にして分別も十分おわきまえと存じます故、何とぞ惑わされることなく、そのような嘘や絵空言を、間違っても信ずることなきよう願わしゅう存じます。御両所さまは、そのようなことをするお方ではありませなんだ。ですから、親愛なる殿さま、正義と法によって全てのことを御明察ください。行為であれ言葉で

あれ、誰に対しても公正に。私めが願うのはこれだけです。罪あるもの、落度《おちど》ありとされたものは罰せられなければなりません。私が当法廷を立ち去るまでに、私の真の姿が皆さまにおわかりいただけると思います。口べたではございますが、包み隠さず自分のことは申し上げます。』

⚜ 王様が　レナルドの弁明に対して　どう答えたか

広間に居たものはみな静まり返って、狐がこう大胆に言い切ったので驚きました。王様が言うには「ほう、レナルド、よく悪巧みを心得、口上も達者じゃが、その真《まこと》しやかな弁舌も何の役にも立たんぞ。汝は本日、所行不届きにより首吊りと決った。今さら言葉数多く責めはせん。苦痛は短くしてやろう。余の身を思っておると抜かしたが、小兎とみやま烏のコルバントの件で、よくよく証明済みじゃ。数々の不正、でたらめな作り話しにより、四の五の言わせず、即死刑じゃ。瓶も余り長く水に浸っていると、ついに粉々になって元の粘土になってしまう。[147]お前の瓶も我々をよく騙してきたが、そろそろ壊す時が来たようじゃ。」レナルドはこれを聞いて恐れおののきました。こんな所へ来るより、ケルンにでもいればよかったと思った。そしてまた思うには『何としてもこの場を切り抜けなければ。』『我が君さま』と狐が言った『私の言い分もじゅうぶん聞くのが筋ではありますまいか。たとえこの身が死罪だとしても、確かに、最後まで聞いてしかるべきです。私は今まで陛下に数多くの適切で有効な助言をして参りました。難局にあって、ほかの動物がみな諦めて立ち去った時も、いつもそばでお助け申し上げました。現在、邪悪な動物が、虚偽をもって御前で不当にも私を中傷しているのに、当人に申し開きがかなわなければ、不平を言って嘆いてはいけないでしょうか。以前は私の申し上げることが何よりも重用されたこともございました。今の状況が変わって昔のようになればと思います。古くからある良いしきたりは忘れてはいけません。見回しますと、ここには多くの親族、友人がおりますが、たとえ、もはや私を軽蔑していても、我が君さまが不当に私を殺したら、心の中で深く悲しむことでございましょう。陛下は国中で最も忠実な家来を殺すことになります。いかがでしょう、国王陛下、何かやましい行為か罪科で身に覚えがあるとしたら、私が法廷の敵の真っ只中へ、のこのこやって来たと思われますか。全くもって、陛下、とんでもない、世界中の黄金に賭けても。私は自由の身なのですから、どうしてそんなことをする必要があったでしょう。有難いことに、不正行為などの覚えが全く無いからこそ、白昼堂々と、誰がどう訴えようと全ての訴えに申し開きしようと来たのであります。ただ、グリムベルトが、はじめこの知らせをもたらしたとき、私は心中穏やかでありませんでした。気も狂いそうで、あちらこちら狂人よろしく跳び回りました。破門の身でなければ躊躇《ちゅうちょ》せず来たことでしょう。しかし、私はヒース野原をさまよい歩き、なすすべもなく悲しみに暮れました。そのときです、私のおじさん、猿のマーティンに出合いました。[148] おじさんはどの司祭より学があって、カメリック[149] の司教の元で九年にわたって弁護人をやったほどです。私がこのようにひどく嘆き悲しんでいるのを見て、こう言いました「愛すべき甥よ、具合いが悪いようだが、どうしたのじゃ。誰がお前を悩ましておるのか。告訴に係わるほどのことなら、友だちにも知らせる

がいい。真の友は大いに役立つでな。告訴する当人よりましな案を考え付くものじゃ。何か訴訟を抱えているものは気が重く滅入っているので、うまい解決法が見いだせないことがよくある。心配が高じて、分別まで失ってしまうんだな。」『親愛なるおじさん、おっしゃるとおりです。正に私もそうなってるんです。不当にも、身に覚えがないのに大変な苦境に立たされています。相手は、私が日頃から目をかけてやっている親友の小兎です。きのうの朝、家に来ましてね。ちょうど私は家の前で座って朝課を唱えているところでした。法廷に行くんだと言って親しく挨拶したので私も挨拶すると、奴が言うには「優しいレナルドさん、おなかは空くし、疲れてしまって、何か食べ物はありませんかね。」『やあ、たっぷりあるさ。まあ中に入んなさい。』そこで、おいしいバターをつけて上等なパンをあげました。たまたま水曜日で私は肉を食べない日でした。聖霊降臨祭も近いので断食もしてました。最高の知恵の味を知り、主の教えを守って霊的生活を送ろうと念ずるものは、断食をして大祭に向けて準備しなくてはならないのです。「ゆえ《エット》に準《ウォース》備を怠《エストーテ》ってはな《パラーティ》らぬ」[150] 親愛なるおじさん、私は白パンにおいしいバターを塗ってやりました。どんなに空腹でも満足するくらいでしたが。

『兎が腹いっぱい食べ終ったとき、末っ子のラセルが出てきて残りを持ち去ろうとしました。チビはいつも腹を空かせてるので、残りを少し持っていこうとしたわけです。小兎がラセルの口元を殴ったので、歯から血を流して半ば気絶して倒れてしまいました。長男のレナルディンがこれを目撃して、小兎に跳びかかり首を捕まえました。私が助けなければ殺されたでしょう。助けて自由にしてやり、息子を懲らしめにひどくぶちました。小兎ラペルは我が君さまのところへ走って行くなり、私が殺そうとしたと言ったのです。ね、おじさん、こうして私は訴えられ、濡れ衣を着せられているのです。しかも、訴えるのはあっち、こっちは黙ったまんま。しばらくして、みやま烏のコルバントが悲しそうに泣きながら飛んできました。何が悲しいのか尋ねますと、彼が言うには「悲しいかな、妻が死んだ。向うに蛆《うじ》のわいた野兎の死骸があって、そいつを食べ過ぎたんだ。蛆が妻の首を喰いちぎってしまった。」私は、どうしてそんな羽目に、と聞いてみましたが、それ以上何も言おうとせずに飛び去ってしまいました。後に私はポツンと立ったまま。ところが今、奴は何と、私が妻を嚙み殺したと言っている。どうやったらそんなに近付けるっていうんです。あちらさんは空を飛び、私は歩きです。[151]どうです、ねえおじさん、このように私は裏切られてしまいました。嘆くのももっともでしょう。ひょっとして、これは旧悪の報いかも知れない。じっと耐えるのが身のためなのでしょうか。』猿が私に言いました「甥よ、法廷の諸侯の前で弁明するがいい。」『悲しいことに、おじさん、それはできないんです。助祭長によって私は法王の破門を受けているからです。それも、イセグリムに入れ知恵して、エルマレの僧院を去らせ僧衣も脱がせてしまったためです。狼の奴は、長い断食、多くの読書、唱歌など、厳しすぎる生活で、とても耐えられないと不平たらたらでした。このままそこに居たら死んじまうと言うんで、その嘆きに哀れを覚えて、友情を示すはこの時とばかり、僧院を抜け出す手助けをしました。今、大いに悔やんでいます。奴はあろうことか、私に不利なことばかり王さまに散々働きかけて、わたしを縛り首にしようとしたんです。恩を仇で返すとはこのこと。ねえ、おじさん、こうして私は進退きわまってしまいました。私はローマに行って赦免を請わねばなりませんが、そうすれば妻子は大変な辛い思いをしなくてはならない。私を嫌うあの邪な動物たちが、あらん限りの悪さをして、ことあるごとに追い立てるに違いありません。破門されてさえいなければ十分護ってやれるものを。出廷して弁明することも叶わぬ身です。行きたくても、善良な市民の中にノコノコ出かけたら大きな科《とが》、神の怒りに触れてしまいます。』「そんなことはないぞ、甥よ。恐れることはない。いつまでもお前をこんなことで嘆かせておくよりはだ、わしはローマへの道は心得ておる。[152] こういう仕事はお手のものだ。彼の地でわしは司祭の書記マーティンと呼ばれてな、ちょっとした顔じゃ。助祭長を法廷に呼び出し訴えて、否が応でもお前の赦免状をふんだくってきてやろう。彼の地ですべきこと、なさざるべきことは全て心得ておる。おじのシモンもおる。かなりの実力者よ。賂《まいない》次第ですぐ味方になる。プレントゥート、ウェイテ・スカーゼ[153] はじめ友達仲間もいるぞ。必要かも知れんで、現ナマも少々持参してみよう。頼みごとは進物の後押しで強気になるものだ。金で善がまかり通る。真の友は命も財産も賭けねばならんが、このわしがお前の身の証をたてるためにそうしようじゃないか。

「甥よ、元気を出すんだ。明日から、休みなしにローマへ急いで、お前の訴訟を進めてみよう。お前はさっそく法廷に急ぐがいい。お前の破門放逐となった悪行罪科の全てを我が身に引き受けて放免してやろう。[154] 法廷に行けば、妻のルケナウ、二人の妹に三人の子供、更に多くの親族どもが居るであろう。親愛なる甥よ、しっかり皆んなに話をするんだ。妻はとりわけ賢く、友のためなら喜んで何でもやる。助けの必要なのは誰でもあいつの友情を得るであろう。喧嘩した仲であろうと、人は友に助けを求めるものだ。まして、血縁の及ぶところは計り知れない。[155] 万一、お前が一方的に責められて権利を剥奪されたなら、夜を日についで、ローマの法廷のわしのところへ急使をもって知らせてくれ。そうすれば、王であれ王妃であれ、だれ構わず、国中のものを教皇によって破門させ、その地に聖務停止命令を送り、そちが権利を回復しない限り、礼拝式、聖歌斉唱、幼児洗礼、死者埋葬、秘跡受領を禁ずるであろう。甥よ、この命令書はすぐ手に入るって。法王はひどく耄碌《もうろく》して、ほとんど無視された存在じゃ。金箔塗りの枢機卿が全権を握ってな、[156]まだ若いが友達も多い。ねんごろな妾《めかけ》もいて、何でもその言いなりじゃよ。よいか、甥よ、その妾がわしの姪でな、わしは実力者というわけだ。気に入られておるから、わしの望むことが叶わぬことはない。いつもうまく運ぶのだ。だから、甥よ、お前を正当に扱うように我が君さまに伝えるといい。否とは言わんだろう。正義が誰にとっても十分重いものじゃ。」我が君さま、これを聞いたとき、私は思わずにっこりしてしまいました。そして大喜びでここに来て真実を申し上げたのでございます。この法廷に、何の件にせよ私を非難できるものがいたら、貴族に対する訴えでは当然ですが、然るべき証人を立てて証明してもらいましょう。そのときには、法律に則って償わせていただきます。それでもまだ取り下げないとおっしゃるなら、私に決闘の日と場所をご指定ください。同様に貴族の生まれで、私と同等のものである限り、潔白を証明してみせます。戦いで勝ちを得た方が正しいとしましょう。この権利は今まで守られてきました。私の訴訟で慣例が破られるのは好ましくありません。掟と正義は人を公平に扱ってくれます。』狐がびくともせずにこう言うと、貧富の差なく全ての動物が黙りこくってしまいました。小兎ラプレルとみやま烏は恐れおののいてひとことも言えず、二人とも法廷を後に去ってしまいました。遠く野原までやってくると二人はこう言いました「残酷な殺人鬼め、地獄に落ちるがいい。あいつは自分の嘘をうまく包み隠す術を知っているから、言うことが福音書のように真に思えてしまう。真実を知っている

のは我々のほかない。どうして証人が立てられようか。決闘となって奴と戦うより、身を引いて逃げた方がいい。あいつはずる賢いからな。五人がかりでも守り切れずに、全員殺されるのが落ちだ。」

狼のイセグリムと熊のブルーンは、二人が法廷を後にするのを見て、心中悲しんだ。王様が言った「誰か訴えることがあったら、進み出るように。言い分を聞こう。きのうはあれほど大勢来たが、今、レナルドがここにいるというのに、皆んなどこにおるのかな。」狐が言いました『我が君、あれこれ訴える者は多くても、相手を見ると黙り込んで訴えようとしない。良い例が、小兎ラプレルとみやま烏のコルバントです。私のいないところで陛下に訴えておきながら、私が御前にいる段になると、逃げ去って発言の責任をとらない。卑怯な悪漢を信じたりすると、善良なものに多大の危害を及ぼすことになります。私に関して言えば、どうってことありませんが。しかしです、我が君、陛下のご命令で皆が私に許しを乞うなら、いかなる科《とが》があろうとも、陛下の御顔を立てて、大目に見て許しもいたしましょう。私にも慈悲心がないわけでなく、敵を憎みも訴えもしません。全てをただ神の御手に委ねます。御《み》心のままに仇を報じてくれることでしょう。』

王様が言いました「レナルド、そう言いながらも、そちは怒っておるのではないのか。[157]外見と心の内は同じかのう。しかし、汝がここで明かにしたことは、そちが申したほど確かではあるまいがな。余が何を嘆いているかと言うとだな、そちの名誉と命に係わることじゃ。汝は卑劣で恥ずべき罪を犯したではないか。余がそちの全ての悪行悪事を許し、海のかなたまで巡礼の旅に出ると言うので、頭陀袋と杖まで与えた後じゃぞ、山羊のベリンを使ってその袋を送り返したな、中にキワルトの首を入れてじゃ。これ以上不埒《ふらち》な所業はあるまいがな。余に対してあのような恥ずべき行為、つけあがるにもほどがある。現在主君へ家来の首を送りつけること、けしからぬ仕儀とは思わぬか。どうだ、何か言い分あるか。礼拝堂付き司祭であった山羊のベリンは、事の一部始終を語りおった。汝の使いで来た折に彼が得た報酬、それと同じものをお前につかわそう。そうせんと、正義が滅ぶ。」そのとき、レナルドは恐ろしさのあまり、口もきけませんでした。万策つきて哀れっぽく辺りを見回すと、多くの親族友人がいましたが、みな一部始終聞いて何も言いません。狐は顔面蒼白、それでも助け船を出すものは皆無です。王様が言いました「汝、策士にして卑劣な奸物《かんぶつ》よ、なぜ物を言わぬ。何とかぬかせ。」狐は恐怖のただ中に立って、皆んなに聞こえるほど大きなため息をつきました。狼と熊は事の成り行きに満足だった。

⚜ ルケナウ夫人が　王様に対して狐のために弁じたこと　（第二十九章）

レナルドのおば、雌猿ルケナウ夫人は面白くなかった。[158] 彼女はお妃の覚えめでたくお気に入りであったのだが、狐には、おばがそこにいたことが幸いした。あらゆる知識を心得て、いざというとき、その弁舌は爽かだったので、どこに行っても歓迎されていました。彼女が言った「我が君さま、判事の席におわす時は、怒りにかられてはなりませぬ。陛下の御身にふさわしからぬこと。判事の席にあるもの、その心から全ての怒り、憤りを捨て去るが肝要。裁判官たる君は、分別を持たねばなりません。私は毛皮の法衣を身にまとった者より法律の細目《さいもく》を心得ております。多く

を学び、法律によく通じております。ヴォルデンの法王館で[159]私は干し草の寝床を与えられておりました。他の動物が固い地面にゴロ寝というのに。更に、何か訴訟がある時には発言が許されて、[160]誰よりも先に耳を傾けていただきました。それも、私が法律を十分承知していたからです。セネカ[161]が書き物を残しております。主君たるもの、常に正義と法を心がけるべし。いったん保護を与えし者には、正義と法《のり》を越えて訴えてはならぬ。法が等しく万民に届かないような事態は許されませぬ。ここにおいでの方も、己の過去の行動をよくよく考えてみれば、レナルドに寛容と慈悲の心を持っても罰は当りますまい。みなさん、銘々自分の胸に手を当ててみるんですね。これが私のお勧めしたいこと。確固たる地歩を占めていても、ときには、つまずき転ぶこともある世の習い。悪事も罪も犯したことのない人こそ、聖人、善人で、身を改むる要もなき人。過ちを犯しても助言をもって悔い改めたとすれば、それが人の常。当然そうあるべきです。しかし、常に悪事をなし、罪を犯しながら悔い改めぬこと、これこそ極悪、呪われた一生と申せましょう。福音書にある言葉も思い出してください「情け深《エストーテ》くあれ《ミセリコルデス》」。[162]更に、こうも言います「人を裁《ノリテ》いてはならぬ《イウディカーレ》、己《エット》が裁《ノーン》かれぬためなり《イウディカービミニ》」。[163]更に、こうも。パリサイ人が姦淫《かんいん》せし女を連れ来たりて、石叩きの刑を行わんとせし時、いかがかと主に問うた。主、答えて「汝らのうち、罪なき者に第一の石を投ぜしめよ。」[164]すると、誰一人留まる者なく、女をそのままにせり、と。

「思いまするに、今の場合もそれに似ております。人の目の藁を見ても己のうつ梁が見えぬ輩が多いもの。[165]他人をとやかく裁きながら、実は本人が一番の悪者という輩も多いもの。一時は罪に落ちても、最後に立ち直って神の恵みを授かる人は、地獄に落されることはありません。神さまは恵みを望むものを誰でも受け入れてくれるものです。誰も人を咎めることのないように。たとえ悪事をしたことを知っても、その者に自分の落度に気付かせれば、まず自らを正すことが可能になります。そうすれば、わが甥のレナルドも、並以上のひどい目に遭わずに済むに違いありません。彼の父も祖父も、この法廷では一目《いちもく》置かれて評判もありました。狼のイセグリム、熊のブルーンとその友達、一族のものを合わせても及びません。甥のレナルドの知恵と身に受けた名誉に比べたら、彼らの助言はこれまで全く比較にもなりませんでした。彼らは世の中がどういうものかまるで分っていないのです。私が思いますに、この法廷は全くあべこべになっております。卑劣な悪党、おべっか使い、裏切り者がのし上がり、諸侯のお覚えめでたく出世をしている。一方で、善良、正直、賢明な者がおとしめられています。長らく、真実の助言を、しかも王さまの名誉のためにしてきたにもかかわらず、こんな状態がいつまでも続いているのが解せません。」そこで、国王が言った「御夫人、奴によって同じような目にお遭いになれば、あなたもお嘆きになりますよ。余が奴を憎むのが不思議か。余の保護を破ってばかりおる。提出された訴えの数々をお聞きなかったか。殺し、盗み、裏切りの訴えを。あなたはそれほど奴を信用しておるのか。これでも奴が善良潔白と思われるか。ならば奴を祭壇に祭りあげて聖人よろしく拝み敬うがよい。しかし、奴について良いことを言う者は誰一人おらん。奴のため大いに弁じても、しょせんあいつは無法者だと悟るのがおちじゃ。現に助けようと買って出る親族も仲間も友達もおらんではないか。それも奴の心がけじゃ。全く、あなたには驚き入った。今までに聞いたことがない。奴を友と呼び、奴に感謝し誉めあげたのはあなただけです。これまで奴は皆んなをなぶってばかりいたのだ。[166]」雌猿は答えて言った「我が君、私はレナルドが好きですし、想ってもいます。甥がかつて御前で行った一つの善行を知っています。陛下が大いに感謝できるものです。このような事態になってはおりますが、最良の忠告が一番目方があるもの。[167] 友を愛すのも程よく、敵も過度に憎んではなりません。断固不変の態度こそ、王侯には似つかわしくふさわしいもの。世の中がどう回転しようと、夜になるまではその日を誉めあげてはいけません。よい助言はそれに従おうとする人には役に立つものです。

⚜ 寓話　蛇を死の危険から救った人間[168]　（第三十章）

「今から二年前のこと、ひとりの人間と一匹の蛇が当法廷に来て裁決を求めましたが、陛下とお取り巻きさまには、たいそう断定の難しい裁定でした。生け垣を通り抜けようと思った蛇が、首を罠にはさまれてしまった。助けがなければ逃れられずに、そこで命を失うところでした。そこへ男が通りかかり、蛇が声をかけて泣いて頼んだ。罠から助け出してください、さもないと死んでしまいます。

男は憐れんで言った「もし毒牙をむいたり危害を加えなければ、この危難から救ってやろう。」蛇は喜んで、その時もその後も、決して何の危害も加えませんと大いに誓ったので、男は罠をゆるめて蛇を助け出してやった。連れ立ってしばらく行くと、蛇はひどい空腹を覚えた。しばらく前から何も食べてなかったのです。そこで男に襲いかかって殺そうとしました。男は跳び退き、怖くなって言った「わしを殺そうというのか。あれほどの誓いを忘れたのか。決して私に悪さをしたり危害を加えないと言ったではないか。」蛇が答えて「そうしても世間には立派に言い訳が立つさ。背に腹は変えられんからな。[169]」男が言う「仕方ない、この件を正しく裁いてくれるものに出会うまで、しばらくの猶予をくれんか。」蛇が同意したので揃って行きますと、ようやく大鳥のティセリンと息子のスリンドペールを見つけました。[170]それぞれ自分の言い分を語り聞かせましたが、大鳥ティセリンは蛇に人間を喰うがいいと即決しました。自分も分け前を食べたかったのです。息子もそうでした。蛇が男に向い「どうだ、どう思う。わしの勝ちではないか。」男が言った「盗人にこの判断がかなうものか。奴はそうして得をするのだからな。それに、まだ一人だ。少くとも二三人、正義と法律をわきまえる者がなくてはならぬ。その後での判決だ。ただでさえ、私はじゅうぶん不利な立場にいるのだからな。」同意の上、二人揃って行くと、ややあって、熊と狼に会いました。事情を話すと、蛇に人間を殺して構わんと即決した。飢えに迫られれば誓いを破るのが常という。そこで、男は大いに恐れおののいた。蛇はさっと毒を吐きかけたが、危うく男は跳び退いてから言った「何ともひどいではないか、騙してわしを殺そうとは。そんな権利はあるまい。」蛇が言うには「まだじゅうぶんじゃないと?二回も判決があったではないか。」「確かに」と男が言った「殺しと略奪が稼業の者どもの判決だ。奴らは誓約、約束の一つも守ったためしがない。私はこの件を我が君さまの法廷に訴えよう。それを否とは言うまいな。法廷で下される判決は何であれ、私は受けて従い、決して違反いたさぬ。」

熊と狼はそうなくてはかなわぬと言い、蛇も願ったりだった。陛下の前に持ち出されれば、希望どおりになると思ったのです。陛下はこの件をよく覚えていらっしゃいますよね。さて、みな揃って法廷の陛下の前に進み出ました。二匹の子狼も、男を食べたくて父についてきました。あだ名を「空き腹」と「不満腹」と言います。[171]空腹のあまりひどく吠えますので、陛下は退去を命ぜられましたね。男は恐怖におののき、陛下にすがって言いました。蛇が自分の命を狙っている。命を助けてやったのに、誓約に反して自分を喰おうとしている、と。蛇が答えるに「私は何も悪いことはしてません。真実、それを王さまに訴えます。自分の命を救おうと思ってしただけのこと。命の危機にあっては、誓言も破ることが許されましょう。」我が君、そのとき、陛下と顧問団はこの件にハタとお困りになった。陛下は、男の大いなる悲しみをご覧あって、その優しい親切心がもとで死罪にしてはならぬと思われた。その一方で、飢えという命にかかわる難儀も早急に何とかしてやらねばならない。法廷中に誰として、いずれが正義か判断できるものはありませんでした。男を助けたいと思う者がなくはなかった。この中に何人かおられますね。確かにこれは決着が難しいと考える方もいました。そこで、陛下は甥のレナルドを呼んで、この件について助言せよと命ぜられましたな。当時、彼は誰よりも法廷で信用され傾聴されていました。陛下は命じて、正義の真髄にかけて裁決せよ、みなそれに従うであろう、汝が法の根本をわきまえおるから、と申されました。レナルドは『我が君、双方の言い分によって正しい判決を出すのはむずかしゅうございます。嘘が混ざっていることもございますから。しかし、男が蛇の罠を解いて自由にしてやった時と同じ危機難儀の状態に戻してみれば、どう判断すべきか知れまする。これ以外の方法をとろうとする者は、正義に逆らう者となりましょう。』そこで、我が君はおっしゃいました「レナルド、よくぞ申した。一同承知したぞ。これ以上の提言はあるまいのう。」男と蛇はもとの場所に戻りました。レナルドは蛇を前のとおり罠にはさむように命じ、実際にそうされました。そのとき、我が君はおっしゃいました「レナルド、さあどうだな。いかなる裁決をしたものか。」狐レナルドが『我が君、両人とも以前のままになり、どちらも損得なしの状態です。ご覧ください、我が君、確かに正義にのっとり裁いてご覧に入れました。陛下のお気に召されましたかどうか。今でもなお、男が先の誓約のまま、蛇を罠からはずして自由にしてやる気があれば、それもいいでしょう。しかし、また、もし蛇に対して何か含むところがあったり、もしくは、飢えに責められて誓約を破ろうと思うのなら、当初、男に可能であったように、どこへ行こうと自由勝手、蛇は罠にはまったままに残すよう裁決致します。蛇は、男がそのような恐ろしい危難から救い出してくれたにもかかわらず、その誓言を反故《ほご》にしようとしたのです。だから、男が以前と同様、自由選択権を持つべしというのが、正しい裁決と思われまする。』

「さて、我が君、この裁決を、陛下も、当時おそばにいた顧問団もよしと思われ、それに従って、男を許し自由にしたレナルドの知恵を誉められました。こうして、真の家来なら当然主君にすべき如く、狐は賢くも陛下の名誉、面目を守りました。熊なり狼が、いつ陛下にこれほどの栄誉を与えたことがありましょう。彼らは、吠える、わめく、盗む、かっぱらう、脂っこい珍味を食らい腹を満たすことは能くしても、正義と法のために裁断するとなると、めん鶏、ひよっこを盗むようなコソ泥を絞首刑にするのです。ところが、牛や馬を盗む当人たちは無罪放免、殿様気取り。[172] ソロモン、アヴィセーネ[173]、アリストテレスより賢いと思っている。各々、自分は天晴《あっぱれ》堂々のものと思われたい、勇敢な偉業で尊敬されたいものと思っている。然るに、何か事があると、真っ先に逃げ出すのも彼らです。仕方なく身分の低いものが矢面《やおもて》に立ち、奴らはしんがりを勤めます。まったく、我が君、ああいう輩はお頭《つむ》が弱いので、町も城も国も破壊し、人も傷つけます。誰の家が焼けても構いません。焼け残りの炭火で暖をとれさえすれば良いのです。我が身大事に、個人の利益を求めてやみません。然るに、狐レナルドとその友だち一族の者たちは、遺憾な事態を憂いて、主君の名声名誉の増大、利益、おん為を図るを旨としております。当法廷では、[174] 慢心や大言よりずっと役に立つ賢明な助言を目指してレナルドは懸命であります。全く感謝いただけぬのが残念に思います。長いうちには、誰が最良で、また誰が最大の貢献をしたか、じゅうぶん知れましょう。我が君、陛下はおっしゃいましたね。狐の欺瞞《ぎまん》、ずる賢い策略ゆえに、親類一族がみな彼を見限って味方するものはいないと。陛下以外のお方の発言なればよかったものを。そのときには、その発言に復讐の手段が構じられ、狐の味方を見るたびに恐怖を覚えることになりましょう。しかし、陛下なればお許しいたします。陛下は御心《み》のままお話しになって結構。先ほどの復讐なんのは、陛下についてではございません。言葉にせよ行為にせよ、陛下に失礼なことをしようという者がいたら、私どもが片をつけて、さすが狐の親族よ、と言わせてみせましょう。[175]闘いのあるところ、私どもはかって恐れたことはございません。我が君、失礼ながら、レナルドの友だちと親族についてお知らせしとうございます。レナルドのためなら、命も財産も賭けようという者はたくさんおります。私がその一人です。女の身ながら、必要とあらば、命も財産も賭けます。私には成長した三人の子供がいますが、勇敢で強い子です。レナルドが殺されるのを見るくらいなら、子供たちに揃って彼のため命を賭けるよう望みます。とは言うものの、目の前で息子たちが憂き目に遭うくらいなら、私は死んだほうがましですけど。それほどレナルドを想っているということです。

⚜ 誰が　狐レナルドの味方で親族か[176]　（第三十一章）

「長男がビテルイスといいましてね、ひどく可愛がられて、仲間受けがいいので、厚いトレンチャー[177]を与えられ、ほかのおいしい食べ物もたくさんいただけます。弟のフルロンプにもおこぼれがきて得をしています。三番目は娘でハテネットといいまして、頭からシラミとその卵をつまみ出すのが実に巧みなんですよ。この三人は互いに相手思いですので、私は可愛くてなりません。」[178] と、ルケナウ夫人は三人を呼び出して言いました「よく来ましたね、可愛い子供たち。進み出て、愛すべき甥のレナルドの側に立ちなさい。[179]」更に、彼女は言いました「私の親族、レナルドの親族、みな前に出なさい。皆んなで王さまにお願いしようではありませんか、レナルドに国の掟を正しく適応してくださるように。」たちまち多くの動物が進み出ました。りす、ムセホントてん、フィチュースいたち、マーテンてん、ビーバーと妻のオルディカレ、じゃ香猫、オストロール、ボンシングいたち、フェレットいたち――この二人はレナルド同様、鶏が大好きですが――かわうそと妻のパンテクロートをすんでのところで忘れるところ。皆それまではビーバーと同じく、狐の敵だった者たち。今はルケナウ夫人に歯向う気もなく、ただ恐れていたのです。夫人はレナルドの親族中で一番の知恵者で、最も恐れられていました。夫人が怖くてレナルドに味方しようという者が二十人以上も進み出ました。アトロタ夫人が二人の妹と、ウェゼルいたち、ろばのヘルメル、[180] こうもり、川ねずみと、更に、数にして四十人以上やってきて狐レナルドの味方につきました。

「我が君さま」とルケナウは言った「これをご覧ください。レナルドに友達がありやなしや。ご覧の我々は、陛下の忠実な家来、仰せとあらば陛下のために、命も財産も投げうつ覚悟のものたち。陛下は勇敢にして強大、強力ですから、私どもが互いに親しくしても、陛下の身に危害が及ぶことはあり得ません。ただ今、陛下が訴えられました数々について、レナルドによく反省させ、弁明できなかった場合には、当然の処置をなさってください。これ以上の特別な計らいはお願いしません。この権利は何人《なんぴと》たりとも、当然、拒まれてはならないものでございます。」このとき、お妃が口をきいた「私も陛下に昨日申し上げたんですわ。でも、あまり激しく怒ってらしたので、お聞き入れいただけませんでした。」豹も言った「陛下、臣下の下す判決を越えて裁決してはなりません。気まま、力ずくで先に進まれることは、御自身に不名誉となりましょう。双方の言い分を、とくとお聞きの上、最上最良の助言に従い、正義に照らして慎重に裁断ください。」王様が言った「全くそのとおりじゃ。だが、キワルトの死を知り、その首を見た折り、あまりにも怒り心頭に達したので、怒りにまかせて事を急いでしまった。狐の言い分を聞いてやろう。訴えについて言い訳が立ち弁明できるならば、喜んで無罪放免にしてもいい。親友、親族の願いもあることじゃ。」レナルドはこの言葉に喜び『かたじけない、おばさん。枯木に花を咲かせてくれたわい。よくぞ私を助け出してくれました。これでダンスをする足掛りができたというもの。[181] 今こそ、我が身大事に根《こん》限り、一世一代のもっともらしい嘘を繰り出して、この危機を脱するのだ。』と内心思った。

⚜ 狐が　野兎キワルトの死とその他すべての訴えに関し　巧みに言い抜けたこと　また　甘言をもって　王様と仲直りしたこと　（第三十二章）

そこで、狐レナルドは口を開いて言いました『悲しいことだ、何とおっしゃいます。キワルトが死んだ。山羊のベリンはどこにおります。奴は陛下に何を持ち帰りましたか。私は三つの宝を持たせたのですが、どこ

にいってしまったのか知りたいもの。そのうち一つを我が君さまに、他の二つを奥方お妃さまに差し上げることになっておりました。』[182]王様が言った「ベリンは、キワルトの首しか持ってこんぞ。先ほど言ったとおりじゃ。それゆえ罰して命をとった。卑劣な悪漢は、袋の中の手紙を書くに当って、自分が係わったと申したからな。」『いやはや、我が君、それは真でございますか。何と悲しいことだ。生まれた日が悪かったか。この大切な宝が失われるとは。嘆きのあまり胸も張り裂けそうだ。生きているのがいやになった。これを聞いたら妻は何と言うだろうか。悲嘆のあまり気が狂ってしまうでしょう。一生、妻に恨まれることになりましょう。聞いたらさぞ嘆くに違いありません。』[183]雌猿が言った「レナルド、可愛い甥よ、そのように嘆いて何になります。おやめなさい。それより、宝物のことを話しなさい。この世にあるものなら取り戻す思案もありそうなもの。アケリン師が、[184]その書き物の中で探索に力をお貸しくださるでしょう。ありかが知れるまで、全教会において、持ち主を呪うことにしましょう。無くなるわけがありませぬ。」『だめです、おばさん、その考えは。手に入れたら最後、容易に手放す代物じゃありません。王様の中にも、あれほどの宝物を贈り物にした方はいません。でも、今のお言葉で少し安心して心が軽くなりました。ああ何ということだ、これでよくおわかりのことでしょう。一番信頼を置いている者に、しばしば裏切られるのです。たとえ世界中を巡り、命を危険にさらすことになろうとも、あの宝がどうなったか知らずにおくものですか。』

上辺だけ悲しみをこめて狐はこう言いました『お聞きください、親族、友だちの皆さん。どんな宝物であったかお知らせしましょう。そうすれば、大変な損失であったと、どなたもおっしゃるでしょう。そのうちの一つは純金の指輪。その内側、指に近い側に、黒と藍色で彩色された文字がエナメルで書いてあって、中にヘブライ語で書かれた三つの名前がありました。私自身はヘブライ語を知らないので、読み書きできませんが、トリエルのアブリオン師は賢い方で、[185] あらゆる言語に通じ、[186] あらゆる薬草の効能も御存知ゆえ、彼にかかってはどんなに凶暴で強い動物でも静められないことはありません。師を一目見ただけで言いなりになってしまいます。ただ、師は神を信じません。ユダヤ人だからでしょう。[187] 頭抜けて学問が深く、とりわけ宝石の効能に通じていました。[188] あるとき、この指輪を見せましたところ、師が言うには、これはセツが父アダムに慈悲の油を持ってきたとき、天国から持ち出した三つの名前とのこと。[189] この三つの名前を身につけているものは誰であれ、雷、稲妻で傷を負うことなく、いかなる魔法といえど、その人には効かず、唆《そそのか》されて罪を犯すこともない。また、ひどい雪、嵐、氷の冬の長夜を三晩も戸外に寝ても、寒さに痛めつけられることもない。この名前の持つ力はこれほど大きいのです。アブリオン師の証言があります。指輪の外側には三色の宝石が一つあって、一部が真紅の水晶のようで、中が燃えるように輝きますので、夜でも歩くとき、ほかに明りはいりません。石の輝きが辺りを昼間のように明るくするのです。[190] 二つめの部分は白く澄んで、研きあげたようです。目の痛い人、腫れ物のある人、頭痛のする人、何であれ体外の病気の人が、患部をこの石でこすればたちまち平癒《へいゆ》。また、毒当り、食当り、疝痛《せんつう》、へん桃膿瘍《のうよう》、結石病、潰瘍《かいよう》、癌腫《がんしゅ》、その他の病気には――死ばかりは逃れませんが――この宝石を小量の水に浸して、その水を服すれば、たちどころに病が治ります。ああ残念！』と狐が言った。『それほどの宝石を失っては、悲しむのもあたりまえ。更に、三つめの色はガラスの緑色ですが、所々に紫の斑《ふ》がございます。師が真実として語るには、この宝石を身につける者、敵から傷を受けることさらになく、危害を加えようとするものがいかに強く勇敢であろうと、また、どこで戦おうとも、宝石を固く握っている限り、昼夜の別なく勝ちをおさめるであろう。また更に、どこに行こうと、誰と交わろうと、たとえそれまで憎んでいた者からでも愛されるであろう。指輪を身につけている者の姿を見るなり、誰でも怒りを忘れてしまうのです。また、戦場において百人の武装した兵に素手で当ることになろうと、少しも臆することなく名誉をもって逃れ得るであろう。ただし、当人は気高い高貴な生まれでなければいけません。ごろつき根性では駄目であります。そのときには、石は何の効能もありません。これほど貴く素晴らしい宝石なので、私風情が身につけるのは不相応、それに値しないと密かに思いましたので、親愛なる我が君さまにお贈りしたのです。陛下こそ、この世で一番気高く、我々の安寧《あんねい》でも名誉も陛下のおかげですから、陛下こそあらゆる恐怖、窮乏、不幸から護られるべきだと思ったわけです。

『この指輪は父の宝の中にあったものです。ガラスの鏡と櫛もありましたが、妻が前からどうしても欲しいと言っていました。この宝物は人も目を見張るようなものでした。大変優しく良くしていただきましたので、これを奥方お妃さまにお贈り申しました。この櫛も誉めて誉めすぎることのない品。パンテラ[191]という清らかな貴い動物の牙で造られています。この動物は大インドと地上の楽園の間に住んで、[192]輝くほど美しく、麗しく、色鮮《あざ》やかで、この世にまたとない色をしております。更に、その甘い芳香は万病を治し、美しさと香りに惹かれてあらゆる動物が跡を慕います。その芳香が病を癒すからです。このパンテラにはみごとな牙があり、それは平くて薄いものです。殺されると甘い芳香が全て牙に留まり、折れることも腐ることもなく、火に燃えず、水に解けず、打っても壊れない。この上なく硬くて緻密にもかかわらず、その軽さといったらない。甘い芳香には大きな効能があって、この香りをかいだ人は、世の中に他の楽しみを忘れ、あらゆる病気、疾患《しっかん》が治ってしまう。同時に、心浮き浮き陽気になります。この櫛は純銀のように研きあげられ、その目は細かくまっすぐです。大小の歯の間には、かなりの空間があって、多くの絵図が巧みに描かれて、まわりを純金箔で押えてありました。[193] 地は黒と銀の縞模様、朱と藍でエナメル彩色されていました。そこには絵物語りがあり、ヴィーナス、ジューノー、パラスが、黄金の林檎こそわが物と争い、その論争の決着がパリスに委ねられ、三人のうち最も美しいものに林檎が与えられることになった次第が描かれていました。[194]

『当時、パリスは牧人で、トロイ城外で父の家畜を飼っていました。その林檎を託されたとき、ジューノーが約束したのは、自分に林檎を与えると決めてくれたら、この世で一番の富を与えよう。パラスは、林檎が自分のものになれば、知恵と力を授けて偉大な王者にして、敵を平らげ、望む相手すべてを負かすことができると言い、ヴィーナスはこう言いました「富や力があなたに何の用がありましょう。あなたはプリアムスの王子、ヘクトルは兄上さま。皆さまで全アジアを支配下に置いているというのに。あなたは偉大なトロイの支配者の一人ではありませんか。私にあの林檎をくだされば、この世の至宝、絶世の美女を差し上げましょう。彼女に勝る美人はおりません。あなたは誰よりも豊かになり、あらゆる人の頂点にたちましょう。あれこそ誰もが賞賛してやむことのない宝物。誠実で麗しく優しい女性というものは、心の憂さを追い払ってくれます。しとやかで賢く、男を喜びと幸福に誘《いざな》います。」パリスはヴィーナスがこの大きな喜びと美人を与えようという言葉を聞いて、それほど美しいというその美人の名を、またどこにいるのか尋ねました。ヴイーナスが言うには「名はヘレン、ギリシャ王メネラウスの妻。かれに優り富貴にして優雅、賢明なる女性はこの世におりません」。そこでパリスはその林檎を与えながら、ヴィーナスこそ三人の中で一番美しいと言った。その後、ヴィーナスの助けで、いかにヘレンを手に入れてトロイに連れ帰り妻としたか、二人の間の熱烈な愛と甘い生活について、一部始終その櫛に刻まれ、その顛末《てんまつ》が書かれていました。

『これから鏡のことをお聞かせしましょう。[195] そのガラスは大変な効能があり、一マイル以内に起こったことは、人についても動物についても、また人が知りたいと思うことは、全てその中に見ることができます。鏡を覗《のぞ》けば、目の痛みも塵もとれて、あらゆる眼病がたちどころに平癒してしまう。これほどの奇効のある鏡です。これほどの宝を失ったのですから、わたしが腹を立てて怒るのも不思議ありますまい。この鏡の枠木は、軽いうえに堅くて、シティムといいます。長持ちして、容易に腐ったり虫喰ったりしませんので、ソロモン王は神殿の内側をこれで木張りしたほどです。純金より貴重に思う人もいます。黒檀によく似た木で、クロムパルト王は、モルカディス王の美しい娘を得ようと、彼女のためにこの木で木馬を造りました。[196] この木馬には仕掛があって、乗った人は誰でもその気になれば、一時間足らずで

百マイルも行くことができました。立派に証拠のあることです。王子のクレオメデスは、木馬にそんな神通力があるわけがないと、信じようとしませんでした。若い彼は、精気あふれて武勇に富み、世に名をあげようと武勲を求めていましたので、この木馬に跳び乗りました。クロムパルトが馬の胸にあったピンを回しますと、たちまち馬は飛び上がり広間の窓から出て行きました。主の祈りを唱える間もなく十マイルも行ってしまいました。クレオメデスはひどく恐れ、帰館を危ぶみました。更に詳しい話が語られていますが、王子がどれほどの恐怖を抱き、また、馬の操り方、技法を身につけるまでに、黒檀の木馬でどこまで飛び、また、その術を知ってどんなに喜び、一方、いかに人々が彼のことを悲しみ、彼もみなの嘆きを知って、帰館した時にどんなに喜んだか、時間がないので省略いたします。以上の話の殆どすべては、この木の効能から発したものです。鏡の枠はこんな木で造られて、鏡の周り十五センチほどの縁には、金、黒、銀、黄、藍、朱色で不思議なお話がいくつか書かれていました。この六色は話にふさわしく配されて、それぞれの話に従って言葉が刻まれ彩色されていたので、何の話か誰にもすぐ分りました。私の判断では、これほど高価で美しく、これほど観て楽しい鏡は前代未聞です。まず、一頭の馬の話がありました。[197] 肉付きもよく強壮でしたが、一頭の雄鹿をひどくうらやんでいました。鹿は野原を遠くまで軽快に走っていました。自分の遥か先を走って追い付くことができないので、馬は腹を立て、捕まえて懲らしめてやろうと考えました。そのためなら少しはつらい思いをしてもいいと、狩人にこう語りかけました「私がお見せする鹿を捕まえれば、大いにもうかりますよ。その角、皮、肉を高く売れるでしょうから。」狩人は言った「どうやって捕まえるね。」馬が言いました「私にお乗りください。お運びしますので、捕まえるまで一緒に鹿を狩りましょう。」狩人は馬に跳び乗り、鹿を見つけると後を追いかけましたが、鹿は足が軽く俊足で、馬を遥か引き離して逃げて

狐が野兎キワルトの死とその他すべての訴えに関し巧みに言い抜けたこと　また甘言をもって王様と仲直りしたこ

しまいました。遠くまで追いかけたので疲れた馬は、背中の狩人に言った「さあ、降りてください。休みたくなりました。すっかり疲れ果てました。自由にしてください。」狩人が言うには「お前を捕まえたぞ。わしから逃げられん。頭に勒《くつわ》はつけたし、靴のかかとには拍車もある。こいつを有難いと思うことはあるまいな。[198] いやだなんのと言ったら、いくらでも懲らしめて言うことをきかせてみせるぞ。」このように、馬は愚かにも囚われの身となり、自分で仕掛けた罠に掛かってしまったのです。愚かな嫉妬心から、わざと捕まり乗り回されるとは、何という捕まり方なのでしょう。他人に仇をなさんと苦心して、自分が怪我をして同じ憂き目に遭う輩も多いものです。

『金持ちの家に飼われていたロバと犬の話も描かれていました。[199] 犬はたいそう可愛がられて、よく主人と遊んでいました。じゃれついたり、尻尾をじゃらつかせたり、主人の口のまわりをなめたり。ロバのボードウィンがこれを見て、大いに妬《ねた》んで内心思うには「これはどうしたことだ。ご主人さまは、この性悪《しょうわる》犬のどこがいいんだろう。じゃれついたりキスをするほかは何のためにも役にも立っている様子はないが。しかるに、このわしは、荷物を運んだり引っ張ったり働かされて、やつが十五匹の仲間と一年で働く以上のことを一週間でやっている。なのに、奴は食卓ではご主人のそばに座って、骨や肉、厚いトレンチャーをもらい、わしはただ、あざみ草とイラクサしかもらえず、夜は固い地面に寝て、いつも馬鹿にされていなければならない。もう我慢がならん。犬のように、ご主人さまに可愛がられる方策を考えよう。」そこへ主人が来たので、ロバは尻尾を振り、跳び上がって主人の肩に前足を乗せると、ベロを出して歯を見せて唄い、足で主人の耳の辺りに腫れをつくって、犬を真似て主人にキスをしようとしました。主人は恐怖のあまり叫びました「助けてくれ！助けてくれ、ロバに殺される！」頑丈な棍棒をもって召使が駆けつけ、ロバを散々殴りましたので、ロバは死ぬかと思いました。それから、馬小屋へ戻って、あざみとイラクサを食べ、前と変わらぬロバでいました。このロバと同様に、他人の幸福を羨《うらや》み妬んで、それにあやかりたいと思う人には、この話が十分役に立つことでしょう。こんなわけで、ロバはあざみとイラクサを食べ、袋を背負う運命にあります。人が彼をたてようとしても理解できず、相変わらず粗野な振舞いしかできないのです。ロバが上に立って治めているところでは、ろくな治世が行われません。自分の利益追及のほか眼中にないからです。重く用いられて出世でもすると、なおさら、手に負えなくなります。

『更にお聞きください。父と猫のティベルトが旅をしていた時のこと、[200]たとえ火の中水の中、[201]決して別れまいと、信義にかけて誓いあいました。そして獲物は半分ずつ分けることになっていました。あるとき、狩人がたくさんの猟犬を連れて野原をやってくるのに出会いました。二人とも、ひとっ跳びすると、命惜しさに懸命に走って逃げました。「ティベルトよ」と狐が言いました「どこへ逃げるのが一番よいかな。狩人に見つかってしまった。何かいい手だてはないものか。」父は互いに誓った約束を頼り、どんなに困っても見捨てることなどない、と信じていたのでした。「ティベルト」と父は言いました「必要とあらば、わしには悪知恵袋がある。一緒にいる限り、狩人も猟犬も恐れることはない。」ティベルトは溜め息をつき、ひどく恐れて言いました「レナルド、言葉をいくら費やしても何の役にも立たぬ。わしには一つの策しかない。それをせねばならぬ。」と、高い木に登ると、狩人も猟犬もどうしようもないてっぺんの葉に隠れてしまいました。父ひとりを命の危険にさらしたのです。ここぞとばかり、狩人は父に猟犬をけしかけました。角笛を

ウィリアム・キャクストン訳『きつね物語』

吹き鳴らし、叫び、大声で犬を励まします「狐だ、つかまえて殺せ！」猫のティベルトはそれを見ると、父を嘲《あざけ》り馬鹿にして言いました「どうした、いとこのレナルド。悪知恵袋を開く時だ！賢いと評判ではないか、自分で何とか助かってみるがいい。どうもその必要がありそうだからな。」父は、一番信頼をおいていたものの口から、この嘲りの言葉を聞かねばなりませんでした。寸でのところで、捕まって殺されそうになりました。命が危うかったので走って逃げました。身軽になろうと思って袋も捨てましたが、役に立ちません。犬は足が速く、父に食い付きそうになりましたが、ここに一つの幸運があって、近くに古穴を見つけてもぐり込み、やっと、狩人と猟犬から逃れたのでした。このように、かの偽り者のティベルトは誓った信義を裏切ったのです。嘆かわしいことです。何と多くのものが今日、約束を守らずに破っても平気でいることか。この件で、私がティベルトを憎んでも不思議はないでしょう。でも、決して憎みません。自分の魂の救いを願う気持ちの方がはるかに大きいからです。しかし、ティベルトが危険な目に遭おうと、怪我をしようと、財産が災難にあおうとも、私のせいでなければ、決して悲しんだりしないでしょう。彼を憎むことも羨むこともない。神の愛を思えば、許さねばなりません。でも、あの件を思い出すと、心からすっかり消えたわけではないので、奴に対する少しの恨みは残っています。それは、本能は理性を越え難いからです。

『鏡には狼も描かれていました。[202] あるとき、ヒース野原で馬が皮を剥がれて死んでいるのを見つけましたが、肉は食べつくされていました。そこで、大骨を喰いちぎると、空腹の余り一度に三、四本飲みこんだのです。あまりガッついたので、骨の一本が口のなかで斜めに引っかかってしまいました。痛みがひどく、死ぬかと思うほどです。賢い医者を求めて辺りを探し回り、治してくれたら充分報酬をやると約束しました。

結局、どこでも治療してもらえなかったので、長い首とくちばしを持った鶴のところへやって来て助けてくれと頼みました。今後は味方になろうし、十分報いるから、将来にわたって困ることはないと言って。鶴は大きな報酬に耳を傾け、首を狼の口に入れて、骨をくちばしでくわえて取り出しました。骨が引き抜かれると同時に、狼は脇に跳び退いて大声で言いました「何だ、痛いじゃないか！だがまあ、許してやろう。以後、気をつけることだ。他のものなら容赦しないところだ。」鶴が言いました「イセグリム殿、機嫌を直してください。もう治ったのですから。さあ、お約束の品をいただきましょうか。」狼が何と言ったと思われます「痛い目にあって訴えねばならんのはわしの方だ。なのに、奴はわしに何かよこせと言っている。わしの親切を感謝もしないでだ。奴はわしの口に首を入れたのに、そのまま無傷で引き抜かせてやったのだぞ。しかも、わしを痛い目に遭わせた。ほうびをもらうとすれば、当然このわしのはずだ。」近頃は、恩知らず者が、世話になった者にこんな報い方をするのです。卑劣、狡猾な者が出世して偉くなると、名誉とか公共の利益が失われます。困ったとき助けてくれた人に報いて恩返しをするのが当然なのに、痛い目にあったのは自分の方で、償いをしてもらわねば、などと言う輩が実に多い。彼らこそ恩を返し報いなければならないはずなのに。ですから、他人を非難叱責《しっせき》するものは、身が潔白であることを心すべしとは、よく言われることでもあり真実でもあります。

『今まで述べたこと、また、今思い出せる以上のものが、この鏡には書かれ描かれておりました。これを造った名匠は腕利きで、知識の豊富な学者でありました。この宝物は私風情が所持しているには、あまりにも見事で高価なものでしたので、親愛なる我が君、王さまとお妃さまに贈り物としたのです。これほどの贈り物を主人に献上するものが今どこにいるでしょう。鏡を贈った時に、二人の息子がどんなに嘆いたことか。日頃から鏡を見ては、衣装が体に似合うか姿を映していたものです。ああ、何と言うことだ。知らなんだ、野兎キワルトにこの宝物といっしょに頭陀袋を渡した時に、彼が死の瀬戸際にいたとは。私にはキワルトと山羊のベラルト[203]のほかに宝物を託せるものがいなかった。親友の二人でしたから。何とひどいことを！殺した奴を呪ってやる。世界中駆け巡ることになっても捜し出して、正体を暴《あば》いてやる。殺しは隠し通すことはできない、必ず現れるものだ。[204]口にこそ出さないが、キワルトがどうなったか知っている者がこの中にいるかも知れない。卑劣な悪者が善人と交わっていることも多く、そいつから逃れるのは難しいものです。手管を心得、偽りを包み隠す術を知っているから。ただ、私が一番驚くのは、我が君さまが、父も私も陛下に何一つましなことをしたことがないと、あれほど残酷にも、おっしゃったことです。王さまの口から出たというので、びっくりしています。しかし、陛下の前にはたくさんのことが持ち出されるので、あれやこれ、お忘れになるのでしょう。私のこともそうに違いありません。親愛なる殿さま、お忘れでしょうか、父君陛下が御存命で、陛下が御年二歳の若者であられた頃、[205]父がモンペリへの大学で五年間、薬の処方の修行を積んだのち帰って参りました。尿の兆候について、たなごころのように知っていましたし、全ての薬草のこと、その効能も、どれが下痢止めで、どれが下剤かを心得ておりました。その方面の知識では父は第一任者でした。絹の衣に金色の帯をするのも当然でした。[206]あるとき、宮廷に伺候したところ、父王さまが大変な御病気になっておられましたの

で、心中嘆きました。どの君より陛下を愛していたからです。父王さまも、私の父を手元から放しませんでした。父がやってくると、他の者たちは追いやられるのです。父ほど信頼されている者はいませんでした。王さまがおっしゃるに「レナルド、どうも具合いがよくない。刻々悪くなっていくような気がする。」父が言いました「親愛なる我が君、ここに検尿びんがございます。ここに小水をお溜めください。一目で何の病《やまい》か言い当て、その治療法もお教えいたしましょう。」王さまは勧められたとおりにしました。父を一番信頼してましたから。その父が今上《きんじょう》陛下に対して当然すべきことをしなかったのは、邪な悪漢の入れ知恵によるもので、私もあれには驚いています。でも、あれは死を目前にした狂気だったんですね。[207] 父が言いました「我が君、全快を望まれるなら、七歳の狼の肝臓を食べることです。それを怠るわけにはいきません。お命に係わります。陛下の尿に明白に現れておりまする。」狼は同席していましたが何も言いません。そこで王さまが「イセグリム殿、聞いての通りじゃ。わしが治るためには、そちの肝臓をもらわねばならぬ。」狼が答えて言いました「とんでもない、我が君。そうはなりますまい。私はまだ五歳にもなっておりません。母がそう申してました。」私の父が言うには「奴が何を言おうと構いません。腹を切り開いて肝臓を一見すれば、陛下に効くかどうかわります。」そこで、狼は台所へ連れていかれて、肝臓が摘出されました。王さまがそれを召し上がると、たちまち病は全快しました。父陛下は私の父に心より感謝し、御家族一同に命じて、それからは父をレナルド先生と呼ぶように、違反の場合は死刑とお定めになりました。

『父は常に王さまの側《そば》に侍べり、あらゆることについて信用され、どこへ行くにもお側について行かねばなりませんでした。王さまからバラの花冠を賜り、父はいつも頭にかぶっていました。しかし、世の中もすっかり変わってしまいました。父の行った昔の善行は全く忘れ去られてしまい、貪欲、強欲な悪漢が重用され、高座に座り、傾聴され、偉くなって、賢人たちが後ろに追いやられております。そのため諸侯は、時にどうすることもできず困り果てて嘆いております。生まれの卑しい貪欲漢が上に立ち、強力になって、隣人にまで勢力を振るうようになると、身のほどを忘れ氏《うじ》素性《すじょう》も忘れ、賄賂《わいろ》と引き換えでなければ人の痛みに情けを覚えず、人の訴えに耳を貸さなくなります。奴らがひたすら望み、ひたすら求むることは、富を蓄え更に強力になること。現在、いかに多くの貪欲な輩が、諸侯の宮廷に跋っこしていることか。お追従を言い、取り入って主君を喜ばす。ただただ、己れ個人の利益のため。しかし、主君が彼らを必要としたり、その財産が入用となったとき、主君が死ぬのも、塗炭《とたん》の苦しみを味わうのも平気で知らん顔、何も差し上げたりお助けしたりしません。ちょうど、かの狼が肝臓をやるくらいなら父王さまが亡くなっても構わないと言うのと同じでございます。私はむしろ、王さまやお妃さまが苦しまれるくらいなら、そんな狼が二十匹命を失っても構わないと思います。大した損失でもありますまい。我が君、私の父が以上のようなことをしたのも、陛下がまだお若い頃のできごと。きっとお忘れのことと思います。私めも、同様に陛下を敬い、名誉を思い、礼をつくして参りましたが、気に留めていただけませんでした。[208]現在も、私は少しも陛下から感謝いただけません。恐らく、これから申し上げることも、御記憶にはございますまい。別に、陛下を咎めだてするつもりなど、微塵《みじん》もありません。陛下は、誰からもあらゆる栄誉、尊敬を受けてしかるべきお方。それは御立派なご先祖さまから継承され、天もお許しになったものでございます。当然、卑しい下僕《しもべ》であるこの私、あらん限りの勤めをなすのが義務と心得ております。[209]

あるとき、狼のイセグリムと歩いていました。たまたま二人で一頭の雄豚をつかまえたと思し召せ。大声でわめきますので、打ち殺しました。ちょうど、陛下が遥か離れた茂みから我々の方にやって来られ、親しく声をおかけくださいまして、あとからお出になられたお妃さま共々、空腹であるが何も召し上るものがない、獲物の一部でも分けてくれまいかとのお願い。イセグリムは他人《ひと》に聞こえないような小声で何か言いましたが、私ははっきり申し上げました「かしこまりました、我が君、喜んで。いくらでもお分け申します。」その時、狼がいつものように分配して、半分を自分で取り、陛下には四半分――陛下とお妃さまにですよ――残りの四半分を、人にやらじと急いでがつがつ食べてしまいました。私には何と、肺臓の半分だけ。本当に、神さまのバチが当らねばいいが。

『奴の性格がよく出ている話ではありませんか。信教を唱える間もなく、我が君は御自分の分を召し上ってしまいましたが、ご満足であろうはずもなく、もっと望まれました。奴がそれ以上差し上げませんし、どうぞとも言わなかったところ、陛下は右手を挙げて彼の頭を殴られました。目の上の皮が破れて我慢できないほどです。血を流し吠えながら走り去った後には、彼の取り分が残されていました。そこで陛下が奴におっしゃったには「もっとたくさん持って、急ぎ戻ってくるのだ、よいな。今後は、分配の仕方に気を付けるんだな。」そのとき、私が『我が君、恐れながら、私めが一緒に行って参ります。』陛下のお言葉は良く覚えております。一緒に行きましたが、奴は血を流し痛さをこらえてうなっていました。恥ずかしくて大声は出せなかったのですね。遠くまで行ってやっと子牛を見つけましたが、我々が獲物を持ってくるのをご覧になっ

て、陛下は御満足の体《てい》に、ニッコと笑われました。陛下は私の素早い狩りをお誉めくださいました「引き受けたとなると、そちは狩りがうまいのう。困ったとき使いに出すには、そちは適任じゃのう。子牛はよく太っておるな。そちのいいように分けるがよい。」私はこう言いました「我が君、かしこまりました。我が君、半分は陛下のものといたします。残りの半分は、奥さま、お妃さまへ。腸、肝臓、肺臓とはらわたを王子さま方のものとしましょう。首は狼のイセグリムに、私めは足をいただきます。』そこで、陛下はおっしゃいました「レナルド、かくも礼儀にかなった分配の仕方を誰に習ったのじゃ。」『我が君』と私が言いました『ここに頭から血を流している坊さんが教えてくれました。彼は礼儀を弁《わきま》えず野豚を分配したため、頭皮を失い、貪欲、強欲ゆえに、憂き目をみて面目を失いました。嘆かわしいことです。近頃、正当な理由もなく、弱いものを殺し食べている狼がたくさんいます。肉を食らい血をすすり、友達も敵も容赦しません。手に入るものは何でもつかまえます。狼が治めているような国や町は災いなるかな。我が君、私は、只今のことなど、ほかにもたくさんの善行を陛下のためにしてきました。時間が許せばそれもお話できますが、陛下のお口ぶりでは、殆ど記憶にないご様子。来し方をよくよくお考えあれば、よもやただ今のような仰せはございますまい。重要な事件がこの法廷で、私の助言なしで結審することはないという時代もありました。確かに、現在こうした仕儀にはなっておりますが、正義が勝れば、私の言い分がほかの者の言い分と同様に傾聴され信用されることもなきにしもあらず。私が願うは、それればかりでございます。十分な証人を立てて、私が罪を犯したと明言し立証できるものがおれば、その結果生ずる公平な処罰には従いましょう。しかし、何か私を訴えて証人も立てられないならば、当法廷の定め、仕来《しきた》りに従って処置いただきとう存じます。』王様が言われました「レナルド、もっともな言い分である。キワルトの死について余が知っておることは、巡礼袋に山羊のベリンがキワルトの首を入れて持ってきたことだけじゃ。そのことについては責任を問うまい。キワルトの死については証人がおらんでな。」『親愛なる我が君』とレナルド『有難や、陛下、そうなくては叶いません。キワルトが死んだとは、悲しくて胸が張り裂けそうです。二人と別れた時、悲しみのあまり気を失いそうでしたが、思えば、あれが我が身に今しも迫りくる不幸の前触れだったのですね。』その場にいて宝物の話を聞き、レナルドが自信たっぷり色々な仕草、表情をするのを見た者は誰でも、[210]それがよもや偽りとは思わず、真実だと思ってしまいました。宝の紛失、彼の不幸、嘆きを気の毒に思いました。王様もお妃さまも哀れを感じて、レナルドに向かって、あまり嘆かずに宝物はなお努力して探索するがよいと言いました。狐がずいぶん誉め挙げたものですから、二人とも宝物をぜひとも欲しいと思ったのです。ましてや、それが自分たちへの贈り物と知らされて、決して手に入るわけでもないのに、狐に感謝し、何とか手に入るよう働いてくれと頼みました。

狐はその魂胆《こんたん》がよく分って、両人に少しもよかれとは思いませんでした。しかし、それはおくびにも出さずこう言いました『身に余る光栄に存じます、我が君、奥方さま。悲嘆に暮れる私を、かくも親しくお慰めいただきました。私も、私に協力してくれるものたちも、夜昼休まずに走り回り、拝み倒し、脅しすかし、地の果てまで探すことになろうと尋ねまわり、宝物がどうなったか突きとめましょう。我が君さま、お願い申したきは、万一、宝物の有り所が知れたにも係わらず、懇願、腕づく、依頼によっても引き渡してもらえない時、陛下のお力添えをいただき、お見捨てなきよう願います。陛下御自身に係わる大事ですし、宝物は陛下のものでありますから。この事件に係わる窃盗と殺害の罪を正すのも陛下のお役目でございます。』「レナルド」と王様が「宝の所在が明らかになれば、違わずそうするであろう。いつでも助けられるようにしておるでな。」『何と、親愛なる殿さま、これはあまりにも恐れ多い仰せにございます。力の及ばん限りおつくし申すでありましょう。[211]』今や狐は王様を自由に操っていたので、全て思うままにことが運びました。思いがけなく、ずっと優位の立場にいることに気づきました。嘘八百並べ立てた結果、誰にも訴えられずに、自由に好きなところへ行けるようになりました。ただ一人イセグリムだけは、彼に対し怒って不快に思ってこう言いました「ああ、気高き王さま、陛下は何ゆえそれほど幼く、この卑劣で悪賢い策士めを信用され、悪《あく》辣《らつ》な嘘にコロリと騙されたもうか。私めは、そう易々《やすやす》あいつを信じたりいたしません。奴は殺しと裏切りに染まりきっており、陛下を目の前で欺いておるのですぞ。奴には別の話をしてやろうかい。ちょうど、ここに居合わせたのが百年目、いくら嘘を並べ立てて逃れようとしても役に立つまいぞ。」[212]

⚜ 狼のイセグリム　再び狐を訴えたこと　（第三十三章）

「我が君、心に留めおきくださるよう願わしゅう存じます。この卑劣な悪党は、かつて、狡猾にも汚い手段で我が妻を騙したのです。[213]ある冬の日でした。二人は広い河を一緒に渡っていました。彼は妻の手を取り、魚を尻尾で捕る方法を教えてやろうと言いました。十分長い間水にたらしておくと、多くの魚が食らいついて、四人がかりでも食べきれないくらいになると。愚かにも妻はこれを真と思い、ぬかるみに腹までつかりながら水辺まで来ました。一番の深みに入

ると、奴は、魚がくるまで尻尾を動かさないでじっとしているように命じました。あまり長い間垂れていましたので、尻尾が氷の中で固く凍ってしまい、引っ張っても抜けません。それを見ると奴めは妻に躍りかかって、何ということだ！その場で妻の体を自由にし、浅ましくも力づくで犯したのです。いま語るもお恥ずかしい次第。妻は身を守ろうにもどうしようもありません。この愚か者めが。ぬかるみに深くはまり過ぎていたのです。この件を、狐めは否定できますまい。現場を見たのですから。私が土手に登ってみますと、下の方で奴が妻に乗っかって押したり突いたり、例の遊戯をやっています。ヤヤッ、何と浅ましい。心中どんなに苦しんだか知れません。悲しみのあまり五感も失いそうになりながら、大声で怒鳴りました「レナルド、そこで何をしておる！」私を近くに見て、奴は妻からとび降りると行ってしまいました。私は重い気持ちで妻の方へ、泥沼の奥まで入って水の所へ行き、やっと氷を割りました。尻尾が抜けるまで妻はひどく痛い思いをしましたが、それでも、その一部を残してこなければなりませんでした。我々二人はこのため、すんでのところで命が危ういという目に遭ったのです。抜く時の痛さで妻が散々泣き叫びましたので、村人が棍棒、鉾《ほこ》槍、殻竿、三叉《みつまた》を手に、女たちは糸巻棒を手にやってきて、無情にも叫びました「殺せ！殺せ！ぶちのめせ！」このときほど恐怖を覚えたことはございません。もう逃げられない、と思いました。走りに走って、大汗をかきました。槍でつ突いた奴がいて、ひどい傷を受けました。奴は強くて足も速かった。夜でなかったらきっと殺されていたことでしょう。残酷なあばずれババアどもが我々をぶとうとしました。我々が羊を喰ってしまったというのです。散々悪態をつかれました。やっとエニシダとイバラの野原に出て、村人から隠れることができました。夜でしたので、それ以上追わずに家に帰ってくれました。我が君、この卑劣な行いはどうです。まさに人殺し、強姦、裏切り行為にほかなりません。陛下が厳しく裁かれんことを願います。」

レナルドが答えて言いました『それが真なら、私の名誉に係わること。断じて事実ではございません。確かにある所で魚の釣り方を教えて、泥水に入らなくても水際に行ける、適当な道を案内してやりました。ところが、魚と聞いただけで、もうたまらず走り出して、道を通らず氷の中へ入り込んで、凍りついてしまったのです。長く居すぎたんです。ほどほどで満足しておれば、魚をたくさん捕れたでしょうに。よくあることです、全てを望んで元も子も無くすことは。[214]貪欲もほどほどにしないといけませんが、動物は足るということを知りません。彼女が氷にしっかりはまったのを見て、助けようと思い、あちこち持ち上げたり押したり突いたりして、引き出そうとしました。しかし、みな徒労に終りました。私には重すぎたのです。そこへイセグリムがやってきて、私が押したり突いたり、できるだけのことをしているのを見て、浅ましい下須《げす》根性で、筋違いもいいところ、怪しからんことに二人の仲を中傷したのです。こういう下須下郎の常ですが。しかし、我が親愛なる殿さま、でたらめです。偽って私を中傷しているのです。上から見下ろしたとき、まぶしくて目がくらんだのでしょう。大声で私を呪うと、必ず仕返しをすると誓いました。狼の奴があまり口汚く罵《ののし》り脅すので、私はその場を去り、勝手に疲れさせておきました。そこで、奴は奥さんを持ち上げたり押したりして救い出したのです。二人で跳んだり走ったりしていましたが、体を温めるためで、そうでもしなければ凍え死んでしまったでしょう。私が申し上げたことは何事によらず、明らかなる大真実。純金千マルクをいただこうと、陛下に嘘一つたりともつくものではありません。私の沽券《こけん》にかかわります。この身がどうなろうと、真実のみ申し上げます。我々が理性をわきまえるようになって以来、先人たちもそうでありました。この私が真実に違うようなことを言ったと少しでもお疑いなら、どうぞ八日の猶予をください。熟考の上、十分信頼に足る証拠を添えて、奴を訴える確たる資料をお持ちします。陛下は一生涯、顧問の皆さまも同様、私を信頼し信用することになりましょう。私と狼、何の係わりがございましょうか。これまでに十分明らかになっていることではありませんか、奴が邪悪な悪党で意地汚い動物だということは。野豚を分配した時によく知れました。そして、今や、彼自身の口からも、全て陛下に明らかになったと思いますが、奴は、あれほど女性を誹謗《ひぼう》して平気でいます。皆さんもよろしいですか、考えてもご覧ください、誰があれほどの賢婦に戯らをする気になるでしょう。死ぬか生きるかという場合だというのに。奴の言うとおりか、彼の妻にお尋ねになってください。真実を隠すのでなければ、私が申し上げたとおりのことを言うでしょう。』そこで、狼の妻エルスウィンドが口をききました「何と呆れたことを、レナルド。あなたにかかっては誰もかないませんわね。あなたは何と巧みに言葉を繕い、よくまあ口から出任せを並べ立てましたね。でもね、いずれ悪の報いを受けることになりましょうよ。いつのことでしたか、わたしをうまく井戸に連れ出しましたね。[215]そこには釣瓶が二つあって、滑車に通した綱にぶる下がっていました。一つが上がると一つが下がるようになって。あなたは、穴の底の釣瓶に座って大変危うい状態にありました。わたしが来かかって、あなたが嘆き悲しんでいるのを耳にして、そんなところへどうして入り込んだのか尋ねました。あなたが言うには、井戸で多くの美味しい魚をたらふく喰ったので、お腹

がパンクしそうだと。「どうしたら、そこへ行けますか。」と、わたしが言いますと、あなたは言いました「おばさん、そこに下がっている釣瓶にとび乗れば、すぐにわたしのとこへ来られます。」言われたとおりにすると、わたしは下に行き、あなたは上がってきました。わたしはすっかり腹を立てましたが、あなたは「一人が上がれば、もう一人が下がるのが、世の中なのですなあ。」[216]と言って、釣瓶から跳び出して立ち去ってしまいました。私はひどい飢えと寒さに責められながら、一日中そこにたった一人で取り残されてしまいました。しかも、そこを逃げる前にさんざんぶたれたのですよ。」『おばさん』と狐が言いました『いくらぶたれたとしても、ぶたれたのが私でなくて、あなたでよかったですよ。あなたの方が我慢強いでしょうから。いずれにせよ、どちらかがぶたれなくてはならなかったのですし。あなたには、いいことを教えてあげたんです。その件をよくよく考えて、これからは「これは友達だろうか、親族だろうか」と、もっとよく気をつけて、誰もあまり軽々しく信じないことです。誰だって自分の利益しか求めやしません。だいいち、今どき、そうしない輩は馬鹿ですよ。とりわけ、命が危ういなんていう時にはね。』

（第三十四章）

おもしろい寓話　狐と狼

「我が君」とエルスウィン夫人がいいました「願わくは、お聞きください。あのように彼は全てを自分に都合よくねじ曲げ、己に係わることを、いかにももっともらしくみせるのです。まったく、呆れるばかりです。こんな手で、今までに幾度か、私を傷つけ痛めつけてきたのです。」夫の狼も言いました「かって、奴

は私を裏切って、おばの雌猿に引き渡し、大変な危険と恐怖に陥れました。片耳をそこで失うところだったのです。もし狐がその間の事情を話す気があるなら、先に話させてやってもいい。私は話がうまくないので、必ずや奴は難癖《なんくせ》をつけるにちがいないのです。」[217]『ならば』と狐が言いました『一部始終、お話しましょう。真相を語ります。どうかお聴きください。奴が森へ来まして、ひどい空腹で我慢ならんと私に訴えました。しかし、腹があんなにふくらんでいるのを見たこともありませんでしたね。奴はいつも喰い足りないのです。奴が殺して捕った肉はどこにいっちまうのか不思議に思いますよ。今だって、あの顔を見れば、空腹で険悪になっていくのがわかります。奴がこう訴えるものですから気の毒に思いましたが、実は私も空腹なのだと言いました。それから二人して半日も歩きまわりましたが、何も見つかりません。奴は泣きごとを言って吠えました。もう一歩も歩けないというのです。そのとき、私はイバラがびっしり生い茂った薮の下、その中央に大きな穴を見つけました。中でガサゴソ音がしますが、それがなんだか分りません。そこで、私が言いました「中に入って、我々のためになりそうなものがあるか探って見たらどうでしょう。何かあるに違いありません。」すると奴が言いました「いとこよ、まず何が中にいるか分らないうちは、いくら金を積まれても、入り込むなんて御免だね。[218]思うに、何か恐ろしいものがいるに違いない。わしはこの木の下で待っていることにする。よかったら、お前がまず入りたまえ。だが、すぐ出てくるんだ。そして、中に何があるか教えてくれ。お前は多くの策略を心得ておるから、いざという時どう対処すべきか、わしよりもよく分っておる。」どうでしょう、我が君さま、このように奴は、哀れな私を先に危険の中に入らせて、大柄で背も高く強い自分が外で待って安全に休息していたのです。私が奴のためにどう働いたかお聞きください。[219]

『逃げ出す手立てを知らない限り、そこで覚えた危険と恐怖は、もう二度と経験したくありません。[220] 私は勇気を振るって中に入りました。暗く長い道で巾広でした。穴に入り込む前に、向こう側から洩れてくる強い明りを認めました。そこには、大きな二つの目玉の雌猿が横になっていて、その目玉は火のように燃えていました。歯の長い大きな口と、手にも足にも鋭い爪を持っています。マーモイス猿かバブーン猿、またはメルキャット猿[221]だったと思います。これほど醜い動物を見たことはありません。そばに三匹の子猿もいましたが、全く母親にそっくりだったので、揃ってひどいものでした。私が来るのを見ると、目を皿のようにして見つめて、じっと動きません。私は恐ろしくなって、そこから逃げ出したいと思いました。しかし、中に入ったことでもあり、一通りのことはして首尾よく出ようと思いました。その雌猿を見るに、狼のイセグリムよりも大きく、その子供も私より大きい体つきです。これほど醜い家族を見たことはないくらいで、小便だらけの汚れた藁の上に横たわっていました。耳もとまで体じゅう糞がこびりついて、その臭さといったら息がつまるほどでした。下手なことを言ってはまずいと思いまして、こう言いました「おばさん、おばさんと可愛いお子さんたちに、今日も良き日でありますように。お年にしては何とも可愛らしいお子たちではありませんか。とても私の気に入りました。何と愛くるしい、何て可愛いらしいのでしょう。お一人お一人が、その高貴さゆえに、王子さまと申し上げてもよいくらいです。本当に、私たちの眷属《けんぞく》がこのように増えることをあなたに感謝しないとなりませんねえ。親愛なるおばさん、無事にお産をなさって、産褥についていらっしゃると聞いた時に、私は居ても立ってもいられず、ぜひ親しくお見舞い申し上げねばと思いました。もっと前に耳にしなかったのが残念でなりません。」雌猿が言いました「いとこのレナルド、よく来てくれました。わざわざ私のところをこのように見舞ってくれて、本当にありがとうよ。愛すべきいとこよ、お前は全く誠実なひとだねえ。たいそう賢いことでも国々に評判だよ。おまけに、進んでひと助けをして一族の名を高めてくれています。あなたのお子たちと一緒にわたしの子供にも知恵を授けて、すべき事と、してはならない事をわきまえるようにしてくださいな。あなたが適任だと私は思いついたのです。あなたは進んで善良なものたちと交わっていますものね。」私はこの言葉を聞いて、どんなに気を良くしたことでしょう。親族でも何でもないのに、彼女をおばさんと呼んだところ、始めからこんなに誉められるとは。本当のおばさんはあそこにおられるルケナウ夫人で、産まれるお子様たちが揃って賢いので有名です。私はこう言いました「おばさん、私の命も財産もあなたの自由になさって結構です。私が、夜であれ昼であれ、つくせることなら、喜んでできるだけのことをお子さんにお教えしましょう。」あまりの臭さに、そこから出たくて仕方ありませんでしたし、イセグリムのひどい空腹も気の毒に思いましたので、こう言いました「おばさん、あなたと可愛いお子たちに神様の加護がありますよう祈って、私はおいとまします。妻が私のことを心配するといけませんので。」「親愛なるいとこよ」と彼女が言いました「何も食べ物をあげないうちにお帰しするわけにいきません。このままお帰りになったら、ひどい方だと私は思いますよ。」そう言うと、彼女は起き上がって私を別の穴に連れていきました。そこには、たくさんの食べ物――幾種類もの鹿肉、雉やうずらの肉、その外たくさんの肉――がありました。一体どこからきたのか不思議に思うほどでした。たらふく食べ終えますと、家に帰って妻子と食べるようにと赤鹿肉の大きな塊をくれました。とてもいただくわけにいかないと辞退しましたが、受け取らざるをえませんでした。十分お礼を述べて、その場を辞しました。近々またいらっしゃいと言いましたので、そうしますと答えて、幸運だったこともあって、陽気な気分でそこを出ました。急ぎ出てみると、イセグリムが呻きながら横になっていました。どんな具合いか尋ねますと「甥よ、すっかりいかんぞ。生きているのが不思議なくらいだ。何か喰い物を持ってきたか。飢え死にしそうだ。」と答えたので気の毒に思いまして、持っているものをあげて、その場で命を救ってやりました。彼はそのことで、そのときは、私にとても感謝したものです。現在は何か恨んでいるようですけど。

『ペロリとたいらげると、こう言いました「レナルド、親愛なるいとこよ、穴の中には何があったのだ。前より空腹になってしまったわい。牙が研がれて、いくらでも喰えそうだ。」そこでこう言いました「おじさん、ならば急いで穴の中に入りなさい。いくらでもありますよ。私のおばさんが子供たちといます。本当のことは我慢して言わずに大嘘をつけば、欲しいだけもらえるでしょう。本当のことを言うと、ひどい目にあいますよ。」我が君、理解力のあるものなら、これで十分忠告を受けたことになりませんか。見たもの全ての正反対を言えばいいんだということを。しかし、粗野で愚かな動物は機略というものがわからないんですね。だから、揃ってみな、巧妙な嘘を嫌います。考えも及ばないんです。なのに、よし、中に入っていくらでも嘘をついてやるといって、結局とんでもない目にあって、どうしてこんなことに、とみな驚くのです。そんなわけで、狼がそのひどい悪臭ぷんぷんの穴の中に入ってみると、マーモット猿がいました。悪魔の妹かと思えるほどで、子猿は体じゅう糞がこびりついていました。そこで彼が叫んだ「何ということだ。この醜い悪魔どもを見ると怖じ気がつくぜ。この餓鬼は地獄からでも来たのか。さすがの悪魔もこいつらにはびくつくだろうさ。つまみ出して水に溺れさせて、ひどい目にあわせてやるがいい。こんな醜い化け物は見たことがない。全く、身の毛がよだつようだ。」「イセグリム殿」と雌猿が言った「だからといって、私にはどうしようもありませんが。皆んな私の子供ですし、私は母親に違いありません。醜かろうが美しかろうが余計なお世話です。あなたに何の迷惑をかけたというのです。今日ね、あなたより先に、子供の親類にあたる方が見えましてね。あなたよりずっと立派で賢いお方ですよ。その方がおっしゃるには、子供たちはみんな可愛いらしいですって。一体誰があなたにこんな事を言わせによこしたのですか。」「奥さん、いやなに、食べ物のお裾分けにあずかろうと思いましてね。こんな醜い餓鬼にやるより、わしにくれた方がずっと有益だろう。」「ここには食べ物なんてありゃしませんよ。」「いや、十分ある。」そう言って、食べ物のある方へ向きなおると、食物蔵へ入って行こうとしました。しかし、おばさんは子猿ともども跳び起きると、彼に走りかかって、鋭く長い爪を思いきり立てましたので、血が両目に流れ落ちました。彼がひどい叫び声をあげ吠えるのが聞こえました。彼は身を守ることを何もせずに、ただ穴から急いで走り出てきましたが、引っかかれ噛みつかれ、毛皮や肌が穴だらけ、顔じゅう血だらけで片耳が殆どちぎれていました。彼は苦しさに呻き、私にひどく訴えました。そこで私は、うまく嘘をついたかと尋ねましたが、彼が言うには「見たままに言ったさ。あいつは、醜い餓鬼どもをつれたひでえ女《あま》だなあ。」「いけませんな、おじさん」と私は言いました「麗しい姪よ、あなたも可愛いいとこの美しいお子達も元気かな、とか言うべきでしたねえ。」狼が答えて「そんな事を言うくらいなら、奴らを吊し首にする方がいい」「そう、おじさん、だからそんな報いを受けなきゃならないんですよ。真実を言うより嘘を言った方がいい時もあるんです。私どもより立派で賢くて強いものたちが、以前から、そうしてきてるじゃありませんか。」我が君さま、いかがでしょう。こうして、彼は赤い被り物をかむっているというわけです。[222] 今は何事もなかったかのようにしらばっくれて立っていますが、どうか彼にこの通りでなかったかお尋ねください。私の知る限り、事実からそれほど外れてないと思いますよ。』

⚜ イセグリムが手袋を狐に投げて決闘することになったこと（第三十五章）

狼が言いました「わしはお前の嘲《あざけ》りと嘲弄《ちょうろう》と悪質な悪口を十分こらえてみせるがな。お前は何とも呆れた悪党である。困っているわしを助けたとき、わしが殆ど飢え死にしそうだったとぬかしたが、それは真っ赤な嘘だ。くれたといってもわずか骨一本だったぞ。ついていた肉は一人で喰っちまっていたではないか。それに、わしを馬鹿にして、現在この場でも、わしが腹ペコだとかぬかしたな。これはわしの名誉に係わる大事じゃ。口から出任せに、何と多くの軽蔑の言葉を並べ立てたことよ。とりわけ、お前がハルステルロにあると言った財宝ゆえに、わしが王さまの命を狙ったとはよく言ったものだ。更に、貴様はわしの妻を恥ずかしめ中傷した。この不名誉は決して取り返しできるものではない。この仇を報じなければ、わしもそれで一生名誉を失うことになる。貴様のことはこれまで長い間大目に見てきたが、もはや逃さん。これは決して誇張ではないぞ。陛下とここにいる皆の前ではっきり宣言する、貴様は嘘つきの裏切り者で殺し屋だ。そして、そのことを証明してみせる。野原にある競技場で、命と命を懸けてな。[223] その時こそ、我々の争いの終る時だ。そのために、お前に手袋を投げる。拾いあげるがいい。[224] 貴様の体にきいて正義を勝ち取るか、さもなくば死ぬまでだ。」狐レナルドは思った『一

騎打ちになるとは！奴と俺では話にならん。この手強《てごわ》い無法者に立ち向かえるわけがない。これまで言い抜けてきたことも、これで終りだ。』

⚜ 狐が手袋を取り上げ　王様が決闘の日と場所を定めたこと（第三十六章）

しかし、狐はこう思いました『わしには有利な条件がある。わしのために靴を脱がされたとき、奴の前足の爪は全てなくなっておるし、そのため、まだ足はひどく痛んでいる。少しは弱っているに違いない。』そこで狐は言いました『わたしを裏切り者、殺し屋と言うものは誰であろうと、私ははっきり言う、そ奴は大嘘つきだ。イセグリム、とりわけお前はそうだ。お前のおかげで、願ってもない事態になったものだ。これまで幾度望んでいたことか。よいか、ここに誓うぞ。お前の言い分は全て偽りだ。この身を賭して、お前が嘘つきであることを証明してみせる。』王様がこの誓言を受けて決闘を許し、翌朝出頭のうえ一騎打ちをして義務を果たすとの保証を両人から得た。それから、熊と猫が狼の保証人となり、狐には穴熊グリンベルトと猿の長子ビテルイスがなった。[225]

⚜ 雌猿ルケナウが　競技場で狼を相手にどう振舞うか　狐に知恵を授けたこと　（第三十七章）

雌猿が狐に言いました「甥のレナルドよ。闘いでは十分気をつけ、落ち着いて知恵を働かせるのですよ。むかし、私の夫、あなたのおじさんが、闘う人には大そう効き目のあるお祈りを教えてくれました。おじさんにそれを教えたのは偉大な先生で偉い学者、ブデロの大修道院院長でした。[226] そのお方がおっしゃるには、このお祈りを熱心に心から唱える者は、その日、いかなる闘いにおいても負けることはないとのこと。ですから、愛すべき甥よ、恐れることはありません。明日、お前にそれを読んで聞かせましょう。そうすれば、狼なんかへっちゃらです。誓言を違えて首を切られるより闘った方が賢明です。」『ありがとう、親愛なるおばさん。』と狐が言いました『これは正義の争いです。だから、きっと勝つと思いますが、そのお祈りは大いに助けになるに違いありません。』彼の一族は全員、一晩じゅうレナルドのもとに留まって時を過ごしました。おばさんの雌猿ルケナウ夫人は、いつも彼の利益やためになることを考えていました。そこで、頭のてっぺんから尻尾の先まで、きれいに毛を剃り落とすと、体じゅうにオリーブ油を塗りたくりました。[227] こうすれば体がつるつる滑らかになって、狼はつかまえることができなくなります。おまけに、狐は体が丸く太っていました。おばが言いました「愛すべき甥よ、明日おしっこがよく出るように、これからたくさん水をお飲み。でも、競技場に行くまで我慢するのですよ。必要になったら、その房ふさした尻尾に十分おしっこをして、それで狼の面《つら》を張ってやりなさい。うまく目に当てることができれば、相手は目が見えなくなります。彼には大きな痛手になるに違いありません。それ以外のときは、尻尾を股の間にしっかりと挟み込んで捕まれないようにして、両耳もピッタリ

頭に伏せて捕まれないようにしなさい。賢く身を守って、始めのうちはぶたれないように逃げなさい。相手に後を追わせて、その先を走って、たくさん砂のあるところまで行きなさい。そして、両足を使って砂を舞い立たせ、相手の目に飛び込ませるのです。相手の視力を大いに減ずるでしょう。目をこすっている間に、隙《すき》を見て、一番の急所を打っては噛みつきなさい。そして、絶えず、おしっこを染み込ませた尻尾で顔面を打つことです。きっとそれは彼を苦しめて、自分がどこにいるか分からなくなるに違いありません。それから、後を追いかけさせて相手を疲れさせなさい。お前が靴を脱がせたために、彼の足はまだ痛いはずです。それに、彼は図体は大きくても勇気がありません。甥よ、以上が私が授ける策です。

「力より奇策です。だから、心して、頭を使って身を守ることに専念しなさい。そうすれば、あなたも私たち一同も名誉を得ることになります。あなたが不幸な目にあっては、私は悲しむでしょう。あなたが敵を負かすことができるように、おじさんのマーティンが教えてくれた文言を教えましょう。必ずあなたが勝つと思います。」こう言うと彼女はレナルドの頭に片手を置き、次の言葉を唱えたのです。ブラエルデ　シェイアルフェニオ　カスブエ　ゴルフォンス　アルスブイフリオ。[228] 甥よ、今やお前はあらゆる災いや恐れから安全になりましたよ。どう、少し横になったら。夜明けまでには気持ちがずっと落ち着くことでしょう。ち

ょうどいい時分に起こしてあげます。」『おばさん』と狐が言った『今、とても嬉しいです。おばさんのおかげです。こんなによくしていただいて、とても十分報いることはできないでしょう。これで、何も私を傷つけることはないと思います。私にあの聖なる言葉を唱えてくださったのですから。』それから彼は木の下の草むらまで行って横になると、日が昇るまで寝ました。かわうそが来て彼の目を覚まして、起き上がるように言って、おいしいあひるの雛を与えながらこう言いました「親愛なるいとこよ、夜のうちに水の中へ何度も飛び込んで、やっと、この太ったあひるの子をつかまえたんです。猟師からくすねたんです。[229] さあ、食べてください。」レナルドが言いました『これは素晴らしい贈り物だ。これを断ったら私は愚か者ということになる。いとこよ、わしのことを覚えていてくれて有り難とう。無事だったらきっと御礼をするからな。』

狐はあひるをソースもパンもなしに食べましたが、とてもおいしく、食べやすいものでした。続いて、水を四杯たっぷり飲んでから闘いの場へ向いました。彼の味方も全員ついて行きました。

⚜ 狐が競技場に来て　両人が闘ったこと（第三十八章）

王様はレナルドがこのように毛を剃り落として油を塗って

あるのを見て言いました「何と狐よ、その姿をお前は自分でどう思っておるのか。」王様は醜い姿の彼を訝《いぶか》ったのでした。しかし狐はひとことも言わずに、ただ王様とお妃さまの前で、地面まで膝を折り深々と挨拶すると、勇んで競技場へ進みました。狼は既にそこに待ち構えていて、盛んに大言を吐いていました。審判と進行係りは豹と大山猫で、聖書が持ち出されると、狼はその上に手を置いて誓いました。狐は裏切り者、殺し屋、類を見ない大嘘つきであり、それを狐と闘って、真実を証明してみせると。[230] 狐レナルドが誓った。奴こそ邪な悪党、神も見放した大泥棒の大嘘つきであり、それを狼と闘って、真実を証明してみせると。二人の宣誓が終えると、競技審判は、各々最善をつくすように命じた。それから全員、雌猿のルケナウ夫人を除いて、競技場の外に出た。彼女は狐のそばに留まって、教えたことをよく思い出すように言った「いいですか、あなたは七歳の時すでに十分賢く、夜中というのに、提灯《ちょうちん》も月明りもないのに、何か得になると思うところへは出かけましたね。あなたは賢く聡いと世間では評判になっています。奮闘努力して勝利を納めるのです。そうすれば、長らく名誉を保つことができるでしょう。あなたの友達である私たちも全員それにあやかれましょう。」狐が答えました『親愛なる私のおばさん、よくわかっています。最善をつくして、あなたの忠告を忘れません。我が一族が名誉を得ることができるように、そして、敵側の恥辱と大敗となるようにやってみましょう。』彼女が言いました「神のご加護がありますように。」

⚜ 狐と狼が　共に闘ったこと　（第三十九章）

そう言って彼女は競技場から出て、二人だけにしました。狼は大いに怒って狐めがけて進み、前足を広げて狐を抱え込もうとした。しかし、狐は軽く跳びすさった。狼より足が軽かったからです。狼は跳びかかって狐を激しく追い詰めた。友人たちは競技場の外にあって二人を見守っていました。狼は大股なので、しばしば狐に追い付いては、片足を振りあげて打とうとしたが、狐は狙いを定めては小便をたっぷり染み込ませた房ふさした尻尾で狼の顔面を打った。そのとき、狼は全く目が見えなくなったと思った。[231] 小便が目に入ったので、追跡を休んで拭わなければならなかった。レナルドは己の優位を思い、風上に立つと両足で砂を引っ掻き投げつけた。それがまともに狼の目に飛び込んでひどく目をくらましたので、狐を追いかけるのを止めざるをえなくなった。砂と小便が両目に入り込んで、ひどく痛むので、こすって洗い除かねばなりませんでした。そこで、レナルドは近付くと、怒りにまかせて鋭い歯で頭に喰いつき、大きな傷を三つもつけてこう言った『どうした、狼殿。誰かに噛みつかれたのかい。具合いはどうだ。わしがもっと痛めつけてやるぞ、覚悟しているがいい。何か新手《あらて》の趣向でな。お前は多くの子羊を盗み、多くの罪ない動物を殺したではないか。そのうえ、今、邪心をもってわしを訴え、こんな災難に遭わせている。今こそ、その仇を報じてやる。お前に旧悪の報いを受けさせるためにわしが選ばれたのだ。というのもな、神様がもはやお前の大それた強奪と悪行をお許しにならないのだ。これからお前の罪を許して魂を救ってやろう。じっとしてこの告解の秘跡を受けるがいい。これ以上生きながらえることは許されないのだ。地獄がお前の煉獄となろう。お前の命は今やわしの意のままだ。跪《ひざまづ》いて許しを

ウィリアム・キャクストン訳『きつね物語』

乞い、負けを認めなければな。どんなに邪なお前でも、わしは許してやろう。わしの良心がな、進んで人を危《あや》めてはならんと忠告しておるからだ。』人を馬鹿にし悪意に満ちたこの言葉を聞いて、イセグリムは気が狂うかと思った。あまりの悔しさに何を言ったらよいかわからず、ひとことも言えなかったが、心中、怒り狂っていた。レナルドが与えた傷からは血が流れ、ひどく痛んだ。そこで、彼はどうしたら十分この仕返しができるか考えた。

大いに怒って彼は片足を振りあげると、力いっぱい狐の頭を殴ったので、狐は地面に転がった。狼が跳びかかって捕まえたと思った。が、狐は身軽でずる賢かった。素早く起き上がると猛然と襲いかかった。それから、熾烈《しれつ》な闘いが始まり、それは長く続いた。狼が狐に深い恨みを抱いていることは明らかだった。次々と十回も跳びかかって狐を捕まえたと思ったが、その肌は油でつるつる滑べりやすく、いつも逃げられてしまった。狐があまりにもずる賢く素早いので、狼が今度こそ確実と思ったことは何度もあったが、股の下、腹の下をするりとくぐり抜けられてしまった。そして向きなおると、たっぷり小便を含んだ尻尾で狼の両目に一撃を加えたために、イセグリムは視力を失ったのではないかと思った。狐はこれをしばしば繰り返した。そして、このように尻尾でぶっては風上に行って砂を巻き上げたので、狼の目に色々なものが入り込んでしまった。イセグリムは大いに悲しみ、形勢が不利だと思った。しかし、彼の力の方がレナルドより遥かに大きかった。レナルドは狼に捕まったときに散々殴られた。隙を見ては二人とも相手を何回も打ち、噛みついた。どちらも相手を殺そうと必死だった。私はこんな闘いを見てみたいと思います。一方はずる賢く、他方は腕力があり、片や力で闘い、片や策略で闘いました。

狐がこんなに持ちこたえたので狼は怒った。前足が完治していれば、狐はこんなに持ちこたえなかったでしょうが、傷口が開いてよく走れないほどでしたので、狐がしばしば優勢になりました。そして、また小便を含ませた尻尾を目の前で何度も振り回されたので、狼は目玉が飛び出すのではないかと思った。遂に彼は自分にこう言いきかせた「この闘いにけりをつけよう。このチンピラめ、いつまでわしを相手にこのように頑張るつもりなのか。わしはこんなに大きいのだから、奴を捕まえることができさえすれば、押し殺してやるのだが。こんなに愚図々々奴を自由にさせては、わしにとって大変な不名誉だ。ひとに嘲りを受け、後ろ指を差されて、わしの恥辱ともなり面目を失うことになろうぞ。今のところ、わしの方が分が悪いからな。しかし、わしはひどい傷を負うて血もひどく流れている。おまけに奴めは溺れるほど小便をひっかけ、いやというほど砂ぼこりを目の中に投げ込んだので、これ以上好き勝手にさせておいたら、間もなく何も見えなくなるに違いない。えい、一か八かやって、結果を見よう。」こう言うと彼は前足でレナルドの頭を殴ったので、彼は地面に転がった。そこで、起き上がる前に両足で抱え込んで押し殺そうとした。狐は急に恐くなった。また、彼が組敷かれたのを見て友達もしまったと思った。片や、イセグリムの味方はみな喜び嬉しがった。狐は仰向けに転がりながら爪を立てて懸命に身を守り、何度も殴り返した。狼は足で押え込むだけでは大した傷を負わせることができなかったので、牙をむいて喰いつき噛み殺そうと思った。狐は噛まれると思って、大変な恐怖に襲われたので、前足の鈎爪を狼の頭にぶち込んで、こめかみの皮を引き裂いた。狼の片目がダラリと垂れ下がってしまった。あまりの痛さに狼は吠え泣き大声をあげ、哀れな声をだした。血が川のように流れ落ちてきました。

⚜ 狼に組み敷かれた狐が　甘言をもってお上手を言い　再び逆転したこと（第四十章）

狼は目を拭った。それを見て狐はしめたと思った。狐は懸命にもがいて、狼が目を擦っている隙に跳び起きた。狼はこれが全く気に入らなかった。狐が逃げる前にうしろからぶち倒し、両腕で捕まえると、血を流しながらもギュッと締めあげた。レナルドは再び嘆いた。両人は長いこと激しく組み合った。狼が怒りを爆発させて、疼きも痛みもすっかり忘れて、狐を投げるようにしてドッシリ組み敷いてしまった。これは狐にとって運悪い事態となった。というのも、倒れるはずみに、身を守っていた片腕がイセグリムの口の中に入り込んでしまったのだ。そこで、片腕を失うのではないかと恐れましたが、そのとき狼が狐にこう言った「さあどうだ、負けを認めて降参するか。さもないと、とてものことに命はないぞ。砂ぼこりを巻き上げても、小便をひっかけても、色々中傷しても、いくら防戦しても、いかに策略に長《た》けていようとも、もはや何の役にも立たんわい。わしから逃れることはかなわんぞ。貴様はこれまでわしにとんでもない悪さをして恥辱を与えおったな。今わしはここで片目を失ったうえ、ひどい傷も受けたぞ。」レナルドはこれを聞いて、もはや負けを認めて降参せざるをえない、さもないと死なねばならないところまで事態は進んでしまったと悟って、この場でその選択をするのが得策と考えた。[232] いずれどちらかを選ばねばならないのだ。何を言うかすぐに決めると、言葉巧みに狼にむかってこう口を開きました『親愛なるおじさん、喜んで財産もろとも私はあなたの家来になります。そして、あなたのために聖墳墓《せいふんぼ》まで赴き、聖地の全教会を巡って、罪の許しとあなたの修道院のために善行のお裾わけ[233]をいただいて参ります。大いにおじさんの魂とご先祖さまの魂のためになることと存じます。私が信じます

に、これほどの提案がいまだかつて、いかなる王さまにも申し出されたことはありません。さらに私は、我らが聖なる父、教皇さまにお仕えするつもりで、あなたにお仕えします。私の所持しているものは全てあなた様の物と思い、常にあなたの僕でありましょうし、さらに、我が一族のもの全員に私に習うように仕向けましょう。そうすれば、おじさんは諸候の上に立つことになります。その時には、一体誰があなたに刃向うことができましょうや。まだあります。私が手に入れるものなら、にわとり、がちょう、うずら、ちどり、魚、肉、その他何であれ、一口たりとも私の口に入る前に、まずあなたに一番おいしいところを取っていただきます。奥さまとお子たちもです。さらに、いつもあなたの側に待《は》べり、どこにいらっしゃってもあなたの身に怪我過ちのないようにいたします。あなたはお強く、私めは知恵があります。一緒に行動いたしましょう。片方が助言役、もう片方が実行役ということでいかがでしょう。そうすれば何の災いも我々に降りかかることはありえません。それに、お互いにとても近い親族でもありますから、もちろん二人の間に怒りの気持ちなど入る余地もありません。避けることができれば、あなたとは闘いたくありませんでした。でも、初めおじさんの方から闘いを挑《いど》まれたので、不本意ながらお相手をしました。でも、この闘いでは、私はあなたに礼をつくしたと思いますよ。まだ私の力の奥の手をお見せしていません。あなたが赤の他人だったらしたかも知れませんが。甥はおじさんには手加減するのがあたり前です。それは理にかなったことでもあり、そうなくてはならないことでもあります。親愛なるおじさん、今だってそうしたでしょ。私が先を逃げたとき、よくおわかりのことと思います。逃げるなんて本心じゃなかったんです。だって、実際よりもっとおじさんを痛めつけることができたのです。でも、そんなことを考えもしなかった。その証拠に、あなたを痛みつけるようなこともしなかったし、傷つけるようなひどい危害も加えていません。ただ、あなたの片目に起きたあの不幸を除けば。ああ、そのことを私は済まなく思って、心で深い悲しみを覚えているのです。親愛なるおじさん、あんなことがあなたの身にでなく自分の身に降りかかればよかったと本当に思いますよ。それならあなただって満足だったでしょう。でも、そのために一つ大きな得をしたことになります。だって、今後寝る時に、ほかの人は目を二つ閉じるところ、あなは一つでよくなったんですからね。私の妻子も一族もあなたの足元にひれ伏し、さらに王さまの前に、あなたが望まれる全ての方の前に、ひれ伏して、謹んでお願い申し上げます。甥のレナルドの命をお助けください。私はしばしばあなたに対して罪を犯したことを認めますし、ついた嘘の数々も認めます。私が捧げます以上の名誉を、どの君が持ちえましょうか。これをほかの人に献じても何の役にも立たないでしょう。どうか、これで御満足いただきとうございます。

『おじさんがその気になれば私を殺せることはよくわかっています。でも、そうなさったとして、一体何が得られるでしょう。これから先ずっと、私の友達や一族を避けて暮らさなければならなくなります。ですから、怒りの中で己を見失わず、あまり性急にならず、後で自分の身に何が起こるかを十分見極める人こそ賢いと申せましょう。誰であれ、怒りの中でも己に良き忠告ができる人は確かに賢いのです。怒りに駆られて事を急ぎすぎて、後になって後悔しても手遅れという愚か者が多いものです。でも、親愛なるおじさん、あなたは賢いのでそんな事はなさらないと思います。名声、名誉、安らぎ、平和、そして喜んで助けてくれる友を多く持つ方が、恥辱、危害、不安、そして仇なさんと待ち伏せる敵を多く持つよりずっといいもの。そして、人を負かしたあと殺すなんて少しも名誉なことではありません、大変な恥であります。命かけて、そんな事がありませんように。私が死んだからって何の面白いことがありましょう。』

狼のイセグリムが言った「この悪党め。そんなにわしから逃れて自由になりたいか。今の言葉からは明らかにそう聞こえるがな。万が一にも、お前を自由に起き上がらせてみろ、お前はわしのことなど卵の殻ほども思わなくなることだろうよ。わしに山吹色の黄金を山ほど約束しようとな、お前を放してなるものか。お前もお前の友人も一族も、わしは屁とも思っとらん。貴様がいま言ったことはみんな嘘偽り以外の何でもない。わしを騙せると思っておるのか。お前を知るようになってもう長いぞ。籾殻《もみがら》なんぞで罠にはまったり捕まったりするひよっこだとでも思っておるのか。上等の粒は十分良く知っておる。もしわしがお前をこんな事で逃そうものなら、お前はどんなにわしを嘲笑《あざわら》うか知れたものではない。お前を良く知らない奴に言ってやれば良かったな。だが、わしに言ったんでは、おべっかも甘い笛吹きも、ただ無駄になるばかりよ。お前の巧みな三百代言は先刻ご承知だ。散々騙されてきたからな、今度は貴様には十分な用心が肝腎じゃよ。この邪な糞ったれ野郎め、闘いで手加減したとぬかしたな。わしをよく見ろ。片目が飛び出しているではないか。しかも、頭に二十箇所も傷を負わせたぞ。一度でもゆっくり息つく暇をくれたか。今ここでお前を許し情けをかけたら、わしは底抜けの大馬鹿ということになろうぞ。お前がわしに与えた数々の恥辱と恥しめ、とりわけ最もわしを怒らせるのが、わしが愛してやまない妻のエルスウィンの名誉を奪い中傷し操を奪い騙したこと、これは決して忘れることはあるまい。思い返すたびに貴様に対する怒りと憎しみが新たにわき起るのだ。」イセグリムがこのように話している間、狐はどうやって我が身を救おうかと考えた。そして、もう片方の手を狼の股に突っ込むと、力任せに睾丸をつかんだ。[234] しかも、ひどく捻《ひね》ったので、狼は苦しみと痛さのあまり大声をあげて吠えた。しめたと狐は片手を口から引き抜いてしまった。狼はひどく捻られて痛がり苦しみ、狐は玉を捻りに捻った。ついに、狼は血を吐いて、あまりの痛さに糞を漏らしてしまった。

⚜ 狼のイセグリムが敗北して闘いが終了し　狐が面目を施したこと　（第四十一章）

睾丸の痛みの方が、出血がひどい目の痛みよりも狼を悲しませ嘆かせた。そして、あまりの痛さにすっかり気を失ってぶっ倒れてしまった。血を多量に失ったのと、玉を締めあげられたことで、気が遠くなって力がなくなってしまった。そこで狐レナルドは、あらん限りの力をふりしぼって跳びかかり狼の両足を摑むと、[235] 皆んなに見えるようにして競技場をズルズル引きずった。そして、散々突いたりぶちのめしたりした。そこで、イセグリムの友達は大いに悲しんで、泣きながら主君の王様のところへ行き、闘いを終らせて、お手掛りにしてくださいと願いました。[236] 王様がそれをお許しになって、競技場の役人の豹と山猫が行って狐と狼に言いました「我らが君、王さまが、御両所とお話をしたいとのこと。そこで、この闘いをやめるようにお望みです。陛下がお手掛りの決着をつけられます。争いを陛下に御一任されるようにとのこと。この場でどちらが命を落されましても、双方にとって名誉なことではございますまい。この闘いで、望み得る名誉はお二人とも、もう得られたわけですから。」審判は狐に向って言いました「この闘いを観戦した全ての動物が、あなたの勝ちとしております。」狐が言いました『まことに有り難いことです。我が君のお命じになられますことなら何であれ、否やは申しません。私には闘いに勝つこと以外、何の望みもありません。友達にここに来るように言ってください。どうしたらいいか、皆んなの助言を得ようと思います。』それはよいことだと審判たちも言った。更に言葉を継いで、重要な事柄では友達の助言を得るのが理にかなっていると言った。そのときやってきたのは、スロペカード夫人とその夫穴熊のグリンベルト、二人の姉妹とビテルイスとフルロンプの二人の息子と娘のハテネッ

トを連れたルケナウ夫人、こうもりといたちでした。更に二十人以上も来ましたが、みな狐が負けたら来なかった者たちでした。こんなわけで、勝って上に立ったものは誰でも賞賛と名誉を受け、打ち負かされひどい目に遭った者の側には、誰も好んでは来ません。同じようにして狐のもとにやってきたのは、ビーバー、かわうそと、その妻たちパンテクローテとオルデガレ、オストローレ、てん、毛長いたち、フェレットいたち、鼠、りす、それに名前をいちいちあげられないくらい多くの者たちがやって来ました。これもみんな狐が闘いに勝ったからでした。以前に彼を訴えていた何人かも来て、一番の親類の仲間入りして、とても優しい顔をして見せました。今の世の中なんてこんなものです。金があって運命の車[237]の頂にいる者には、多くの親族や友人がいて、こぞってその富にたかります。しかし、困窮して苦しむ貧乏な人には、友達も親族もほとんどいません。誰もが付き合うのを避けるからです。[238]

それから、大宴会が催されました。ラッパを鳴らし笛を吹き鳴らしました。みな声をあげて言いました「親愛なる甥よ、勝利を得たのは神様のおかげだ。組み敷かれたときは、みな大いに心配し恐れたものだ。」狐レナルドはみなに親しくお礼を言い、とても嬉しそうにみなを迎えました。それから彼は、どうしたらいいか相談しました。闘いの決着を王様の仲裁に委《ゆだ》ねるのがよいかどうか。スロペカーデ夫人が言いました「そのとおりですとも。いとこよ、それを陛下のお手に委ねるのが名誉というものです。陛下にお任せしなさい。」そこで、みな揃って審判と一緒に王様のところに行きました。ラッパ、笛その他の楽器が鳴る中を、狐のレナルドは先頭に立ちました。狐は国王の前に跪きました。王様は立ち上がるように命じてこう言いました「レナルドよ、お前はさぞ嬉しいであろうな。本日は十分立派に振舞ったぞ。お前を無罪放免にして、好きなところへ自由に行くことを許す。お前たち二人の争いはわしが預かった。理に照らし、また貴族の助言を得てよく吟味した上、イセグリムが全快する頃には、理にかなった処置を定めよう。その折りには、余からあなた方に使いを出すから、お出まし願いたい。そのときに、神の加護を得て、判決を言い渡すであろう。」

⚜ 闘いに勝ったとき　狐が王さまに語った　たとえ話　（第四十二章）

『我が尊敬すべき、親愛なる君、王さま』と狐が言った『ただ今のお言葉、大変かたじけなく嬉しゅうございます。しかし、最初わたしが法廷に入ってきたときは、私に邪心を抱き恨みに思っている方がたくさんいました。私に傷つけられたことも、その言い分もない者たちなのにです。私の上に立てると思ったのでしょうか。みんな私の敵と一緒に大声で私を糾弾し、私を殺そうとしました。それも、陛下のつつましい家来の私より狼の方が陛下に評判がよく重用されていると思ったからです。みな何も事情が分っていないのです。結果がどうなるかということを考えないからです。賢い人ならそうするでしょうに。我が君、これは私がかつて、主人の館のゴミ溜めにいるのを見た一群の犬に似ています。奴らはそこで人が食べ物を持ってきてくれるのを待っています。そのとき、一匹の犬が台所から出て来るのが見えました。配給される前に牛肉の立派なあばら肉を盗んできたのです。そして、それを持って素早く走り去りましたが、逃げる前に料理人が見つけて、大釜の煮えたぎったお湯を後ろから犬の尻にひっかけました。料理人に感謝するどころではありません。臀部の毛が火傷《やけど》のために抜け落ち、肌

はすっかりびしょびしょになりました。しかし、何とか逃げて盗んだものを放しませんでした。立派なあばら肉を持って来る彼を見て、仲間の猟犬が声をかけました「あの料理人は何と良い友達なのでしょう。そんなにおいしそうな骨肉をくれたのですからね。ずいぶんたくさん肉が付いているじゃありませんか。」その犬が言うには「お前たちは何も知らないのだ。前の方から骨を持った私を見て誉めているが、後ろの方を見てないだろう。注意して後ろの方、わしの尻をよく見てくれ。どんな目にあったか分ろうというものだ。」彼の後ろの尻を見て、肌がむき出しになってびしょ濡れになっているのがわかると、皆んなぞっとして、その煮え湯を恐れ、彼と掛かり合いになりたくないと、その場から走り去って、彼一人そこに残したのでした。[239] いかがでしょう、我が君、狼など邪な動物どもが諸候の地位に昇って好き勝手に振舞うようになれば、彼らは特別な権利を持つことになります。そして、強力になり恐れられるようになったら、強奪者となり、人々から苛酷な取り立てをし略奪し、飢えた猟犬よろしく、貪り喰ってしまうのです。彼らは口に骨をくわえている輩ですから、誰も事を構えたいとは思いませんし、すること全てに異議を唱えることもありません。誰も彼らの気に入るようなことしか言わなくなりますが、それも、権利、財産を奪われたくないからで、中には進んで悪事に荷担する者さえいます。分け前をもらって指をなめてみたい、邪悪な暮らしと行動で地歩を固めようと願うからです。ああ、親愛なる殿さま、こんなことをする人は後ろを、[240] お尻が一体どうなるのかを殆ど見ないのです。ついには、高みから転げ落ちて大きな恥と悲しみを味わいます。更に、これまでの行状が明るみに出て誰も知るようになり、困った目に遭っているのに、誰も同情したり憐れんでくれるどころか、皆んな揃って呪い悪口を言い立てて辱かしめ、面目を失わせる。これまでに多くのそういう輩が指弾され、全てを剝奪されて、その結果、名誉も富も失い、先ほどの猟犬のように毛皮まで失いました。毛皮とは、例えれば、それまでの友達たちで、彼の悪行、強奪の数々を覆い隠す手助けをしてきたのです。ちょうど毛皮が肌を隠すように。積悪の報いのために、憂き目を見て恥辱を受けると、みんな手を引いて逃げてしまう。ちょうど、猟犬たちが煮え湯で火傷をした仲間から逃げて、この強奪者を悲しみと不幸の中にうっちゃっておいたようにです。[241]

『我が親愛なる国王陛下、願わくは、ただ今の例をよく記憶にとどめおきください。陛下の名誉と知恵の妨げにはなりますまい。いかが思し召しましょうか、近頃、かくも多くのそのような性悪な強奪者が、町にも諸侯の宮廷にも跋っこし、例の骨をくわえた猟犬よりもはるかに悪質であること。また、威圧的に表面を飾って言語道断にも貧しい人々を虐《しいた》げ、その自由と権利を食い物にし、身に覚えのない事柄を並べ立てて糾弾することを。しかも、すべて自分一人が得をするためです。そんなことをする輩は誰であれ神様が懲らしめて、たちどころにその命を奪いますように。しかし、有難いことに』と狐が言った『私を非難できる者は誰もいないし、また親類一族の中にも、申し開きをして潔白の身になれないほど悪に染まった者もいない。正直者がすべきことに反した行いをしたと、少しでも私を非難する者がいても、私は恐れません。常に狐は狐です。たとえ敵がそうでないと断言しようとも、親愛なる我が君さま、私は他の諸侯にも増して、心底から陛下のおん為を思っています。誰が何と言おうと陛下から引き離されることはありません。最後の最後までおそばにお仕えいたします。どんなに誤った噂が陛下のお耳に入っていようとも、私はこれまでも常に最善をつくしてきましたし、さらに一生できる限りのことを致すつもりであります。』

⚜ 王様が全てのことについて狐を許し　国の最高位につけたこと

（第四十三章）242

王様が言いました「レナルドよ、お前はわしに忠誠を誓ったひとりである。余はお前が常にそうであって欲しい。同時にまた、いずれお前にはわしの相談相手になって、判事の一員にもなってもらわねばならぬ。今後は十分心して必ず過ちを犯したり、罪を重ねてはならぬぞ。以前のような権力の座に戻してやろうほどに、全てを公明正大に進めるのじゃ。そちの知恵と助言を徳と善に向けてさえくれれば、この宮廷はそちの助言と教えなしではいられないのだ。ここには、難事、難件、困難にあってお前のように鋭く高邁《こうまい》絶妙な提案をもって解決策を得るものはおらん。それに、そち自ら語ったたとえ話、また自らは正義を行いわしに忠実であると言ったことに、よく思いを致すがいい。わしは今後そちの助言と提案を得て事を行うことにする。そちに不当なことをした者で、わしが厳しくその責任を問いもせず仕返しもしない者はいないであろう。どこにおいても、そちの言うことはわしの言葉となろう。そして、国中において全ての者の上に立ち、わしの代官となるであろう。その地位を汝に授ける。名誉と思ってその職に就くがよいぞ。」レナルドの味方、一族の者はみなこぞって王様に感謝しました。王様が言いました「そちたちのために期待以上のことをしてやろうほどに、皆のもの、彼が忠誠心を忘れぬよう気をつけてはくれまいか。」そのとき、ルケナウ夫人が言いました「かしこまりました、確かに、我が君。彼は常に忠実であるに違いありません。それはお疑いなきように。そうでない時は、彼は我々の縁者でも一族でもなくなり、私は彼との関係を一切否認し、力の及ぶ限り痛めつけてやります。」狐レナルドは上品で丁寧な言葉で王様に感謝して、こう言いました『親愛なる君、陛下が授け下された名誉はこの身に余る

王様が全てのことについて狐を許し国の最高位につけたこと

もの。私はそれによく思いを致し、命ある限り陛下に忠誠を誓い、陛下のおん為になる有益な助言を差し上げる所存にございます。』こう言うと彼は友達と一緒に王様のもとを去った。さて、お聴きください、狼のイセグリムがどうしたか。熊のブルーン、猫のティベルト、エルスウィン夫人と子供が、一族を連れて狼を競技場から運び出して、干し草のベッドに横たえ暖かいものを掛けてやり、二十五ケ所もある傷の手当をしました。[243] 賢い先生や医者が来て傷を洗って縫いました。狼は具合いが悪く弱っていたので意識を失っていました。皆んなでこめかみや目の下あたりを擦《こす》ったりさすったりしたところ、とつぜん正気づいて大きく吠えましたので、みな恐ろしくなりました。てっきり気が狂ったと思ったのです。

しかし、先生が飲物を与えますと、それで心が落ち着いたのか、眠ってしまいました。医者が妻を元気づけて、致命傷はどこにもないし命に別状ないと言いました。それから閉廷となり、動物たちは去り、もと来た所、我が家へ戻って行きました。

⚜ 狐が 友達と一族を引き連れて 堂々と王様のもとを去り マレペルデュイスの城館へ帰ったこと

（第四十三章）

狐レナルドは恭しく王さまとお妃さまにいとまを告げました。ふたりは、あまり長逗留《とうりゅう》はならぬ、早々に戻って来るのじゃと命じました。狐は答えて『親愛なる王さま、お妃さま、お召しにはいつでも喜んで参上

致します。神様がお許しにならないことで何か必要になられましたら、この私が、我が身、我が財産を投げうっても、常に陛下をお助けするつもりでおります。私と同様に、私の友人も一族のものも、必ずや陛下の命令お望みに従うことでありましょう。君は立派にそれに値するお方でございます。神さまが陛下に報いられて、長い御代《みよ》になりますように。陛下の許可ご承認をいただきまして、妻子の待つ家へ帰りとうございます。もし、陛下が何かお望みでしたら、私めにお知らせください。いつでも即、馳せ参じましょう。』このようにお上手を言って狐は王様のもとを去りました。[244]

⚜ さて、レナルドの策謀をよく身につけ、彼のように阿諛《あゆ》と嘘つき三昧に振舞うことができるものは、俗界聖界を問わず、諸侯から耳を傾けてもらえること請け合いです。狐の足跡を巣穴までこっそりつけるものは多い、いや、ほとんどがそうだと言ってもいいでしょう。いつの世にあっても狐は狐。彼はこの世の中に、その策謀を身につけたものを多く残しましたが、その仲間は絶えず増大し強力になります。というのも、今の時代にレナルドの策謀を利用しない者は、権力のあるいかなる地位にあっても、この世の中で何の価値もないのです。一方、レナルドのあとについてその弟子となる時には、皆んなの仲間というわけです。彼は出世して誰よりも上に出るすべを十分心得ているからです。狐によって蒔かれた大きな種がこの世の中にあっていたる所で盛んに生長し繁茂しています。赤い髭はありませんが、現在、昔よりはるかに多くの狐を見ることができます。正義の人はすっかり絶えて久しくなりました。真実と正義は居所がなく追放されてしまいました。それに代ってあるのは、貪欲、欺瞞、憎悪、嫉妬で、どこの国においても強力な力を振るっています。法王庁においてもしかり、どこの皇帝、国王、君主、貴族のお屋敷においてもしかりです。誰もが、他人から名誉を奪い、高位から突き落とし、権力を奪おうと必死です。嘘、阿諛迎合《げいごう》、聖物売買、賄賂、力づくで出世するためです。いま宮廷で最も愛され知られているのは、金《かね》以外の何ものでもありません。お金は神様よりも崇められております。お金があればもっと多くのことができるからです。お金を持って来るものは誰でも大いに歓迎され、望みのものを何でも手に入れることができるのです。たとえそれが諸侯のもの、奥方や誰のものであろうとも。しかし、それは大きな災いをもたらすこともあります。お金は多くの人を恥辱と死の危険に陥れます。そして、金を得るために偽証人を真実の人の前に連れてきます。汚れた生活、欺瞞、好色の原因となります。今や、学僧はローマ、パリその他のいろいろな所へ行って、[245]レナルドの策謀を学びます。学僧であれ俗人であれ、誰もがこぞって狐の道を歩み、その穴を捜し求めます。世の中がすっかりそんな状態ですので、皆が皆、あらゆる事において己の利益を求めてやみません。こんなことで我々がどうなるのか、その結果はわかりません。賢い人がみなこの事態を嘆くのももっともです。私が恐れますに、ひどい欺瞞、窃盗、強奪、殺戮《さつりく》が、現在あまりにも頻繁に日常的に行われて、また、恥知らずの色欲、姦淫が自慢げに吹聴されているので、これは余ほどの悔い改め懺悔がない限り、神様がその科《とが》で我々に復讐をして、厳しく罰するのではないでしょうか。神さまに私は謹んで懇願致します――何も隠しごとは叶わないのですから――恩寵をもちまして、我々がその償いができますように、また御心に添って己を律することができますように。これでわたしは、おいとまをいただきます。上記の不行跡の数々について一体何を私が書けましょうか。私自身のことで手がいっぱいなのです。だから、私は黙って耐え、現在この時に、できる限りのことをして自己を改めるのがいいでしょう。[246]そして、どなたさまにも、この世に生きている間にそうなさるように助言いたします。それが一番私たちのためになるに相違ありません。死んでからでは、専心己のために自己を改められる時など来ないからです。死んでしまえば誰でも、自分の行いの申し開きをして自分の重荷を背負わなければなりません。[247]
四十人という多くのレナルドの友だちと親族が王様にいとまを告げ、みな狐と一緒に行ってしまいました。当の狐はまさに大喜びでした。事態が思いがけず好転して、こんなに王様の覚えがめでたくなったのです。彼はこう思いました。不名誉は晴れた。王様のお気に入りになったので、友だちを助けてその利を図り敵をくじくことが可能になり、また同時に、知恵を働かせば非難されることなく思い通りにすることができそうだと。

狐とその友だちは一緒に長い道のりを歩いて、ようよう彼の城館マレペルデュイスへ来ました。その場で、みな互いに優しい上品な言葉使いで別れの挨拶をしました。レナルドは深々とお辞儀をして、みなが示してくれた誠意と尊敬に対して優しくお礼を述べると同時に、各々に、まさかの時には体と財産を張ってでもお役に立ちましょうと申し出ました。こうして、みな別れ別れ、それぞれ家路につきました。狐が妻のエルスウィン夫人のもとに行くと、優しく迎えられました。妻と子供たちに、法廷で起った思いがけないことを全て語って聞かせました。ひとこともらさず、逃れてきた次第を一部始終話して聞かせました。すると皆んな、父親がそのように出世して国王のお気に入りになったことを喜びました。そののち、狐は妻と子供たちと喜びのうちに暮らしました。[248]
さて、[249]この狐について皆様が、ただ今お聴きになったかお読みになった以上のことを話す人がいたら、それは嘘だと申し上げたい。けれども、皆様がただ今お聴きになったかお読みになったこと、これは十分信用していただけます。これを信じないお方も、あながち疑り深いとも決めつけられません。しかし、目の当たりに見れば疑念を減ずる方はたくさんおられます。見たこともないことを信ずる方もたくさんおられますが。ですから、現実には演じられたことも行われたこともない人物や芝居が、たくさんつくられています。これは、人々の良い手本となって、そのおかげで、徳に従って行動して、罪や悪徳を避けることができるように、とのためです。それと同じように、次のことがこの本で可能になります。この話を読まれる方は、たとえそれが戯れ冗談についてであろうとも、その中に立派な知恵と教えをたくさん見いだすことができます。[250] その結果、人並み優れ、名誉を得ることも可能になります。この話の中で善良な者が非難されていることはありません。これは一般的に書かれておりますので、おのおの自分にふさわしいように自分の役割を演ずればよろしい。どの部分であれ、身に覚えがあると思い当たる方は、その身を改め改心すればよろしい。そしてまた、本当に善良な方は、なにとぞ神さま、そのままでいるようにお護りください。また、もし何か誰かを怒らせたり気分を害したりすることが語られていたり書かれてあっても、私を責めないで狐を責めてください。狐の言ったことで私のことばではありません。[251] さらに、このささやかな本をお読みになる全ての方にお願いします。到らぬ箇所がありましたら、訂正くださいますように。私は何も加筆削除してはおりませんで、できるだけ忠実に原文オランダ語の本のままに従ったまでのことです。この私ウィリアム・キャクストンによりウエストミンスター寺院にて、この粗い拙《つたな》い国語に翻訳され、西暦一四八一年六月六日王エドワード四世の御代二十一年目に完成されたものであります。

解説

この狐物語（総称）についてまず言いたいことは、これは読んでたいへんおもしろいお話だということです。わたしがここに邦訳したのは十五世紀にフラマン語からキャクストンなる人物が英訳した狐物語ですが、ご承知のとおり、このキャクストンは、イングランドにはじめて活版印刷を導入した人です。彼にとって、狐物語が持つ、世の中をうまく渡っていく処世訓・教訓的なところが、これを翻訳印刷販売する動機でした。現在の世の中を見渡してみると、これは今日でも狐物語を世に出す動機として十分通用するものと思われます。フォンテーヌも『寓話』の中でこう言っています。

「有益なことと楽しいこと、このふたつより望ましいことがあるでしょうか。」

狐物語は独立した形で日本に定着したようすがありません。狐が出てくる日本昔話は少なくありませんが、ヨーロッパの狐物語は恐らく「狐の裁判」として入りました。それも、狐物語群のひとつとしてより、むしろイソップ寓話風の、悪賢い狐の話として。ですから、やはりねらいは「おもしろくて、かつ、ためになる」教訓的なところにありました。

これからの解説にはいくつかの項目があります。興味のないところは読みとばしてください。昔の低地ドイツ語訳の翻訳者もこう言っています。

「各章の後ろについている…解釈を読みたくない方は…読みとばして…物語だけ読んでも構いませんし、そのほうが楽しいでしょう。」

何よりもまず狐物語そのものを読んでみてください。狐だらけの世の中で、がちょうにならないためにも。

1　キャクストンの狐物語

はじめに、キャクストン訳の『きつね物語』とはどんなものか、そしてどういう状況のもとで世に出ることになって、その後どうなったかをここでまとめておきましょう。

一四八一年六月六日、キャクストンはフラマン語から『狐レナルド物語（*the historye of reynart the foxe*)』[1] の英語翻訳を終えて、その年の内に印刷も終えています。ロマンス語系作品の英訳の多い時代に、十三世紀には既にヨーロッパに広まっていたフランス語『ルナール物語』でなくて、フラマン語の作品を英語に翻訳する原典としたのはめずらしいと言わなければなりません。フラマン語とはフランダース語、フランドル語とも言いますが、中期オランダ語です。次の「2　狐物語の系譜」の項で述べるように、キャクストンが翻訳の原本としたのは、一部変更もありますが、ゲラルド・レウのゴーダ版『狐ライナルト物語』(一四七九年八月十七日印刷)です。これは、フラマン語作品『ライナルト』(一二五〇年頃)に続編を加筆した韻文新訳『ライナルト物語』(一三七五年頃)を更に散文訳したものでした。キャクストン訳には前半と中頃に重複して、獅子王による大法廷の布告と狐の召喚、更にその道中の穴熊を相手にしたレナルドの告解がありますが、これは、そのフラマン語続編を原本にしたためといわれています。フラマン語続編散文訳が出た二年後に、キャクストンの英語翻訳版が出るという驚くべき早さからも推測されるように、かなり急いで訳したようです。フラマン語の単語をそのまま用いたり、原文を誤解して訳したり、そのために意味不明の訳になっているところもあります。しかし、地理的にも近いフランダースとイギリスの間には大量の交易がありましたし、もともと英語とフラマン語は系統上似通った言語で、語彙もかなり共通であったので、ある程度ことばは互いに通じたものと思われます。ただ、当時は通用したものの英語に定着しなかったり、その後の英語の変化によって、今では分りにくくなってしまった語句が訳本に含まれているために、邦訳の原本とした初期英語テキスト協会のブレイク版には、フラマン語から入った語句のグロサリーが付いています。ゴーダ版にもキャクストン訳にも挿し絵はありません。キャクストンの翻訳原本である一四七九年のフラマン語散文訳をもとにした、キャクストン訳の兄弟訳にあたる低地ドイツ語訳は挿し絵入りです。キャクストン訳に遅れること十七年の一四九八年に出た『狐ラインケ』ですが、この低地ドイツ語訳で一つ一つの話の終りにつく教訓も、キャクストン訳にはなかったものです。キャクストン訳の『きつね物語』の話の中心は、狐レナルドと狼イセグリムの二度にわたる「狐の裁判」にからむエピソードです。一章の中に複数のエピソードが語られることもあるので、全ての話がおもてに出ているわけではありませんが、全四十三章にわたる見出しからだけでも、英語で広まった枝話しの一端を知ることができます。裁判に関した見出しだけでも、狼のイセグリムが（二章）、犬のクルトイスが（三章）、雄鶏チャンテクレールが（五章）、熊のブルーンが（九章）、小兎ラプレルが（二十三章）、みやま烏のコルバントが（二十四章）狐を訴えていますし、狐が法廷で申し開き（十三章）告白（十六章）懺悔（二十七章）をしています。

　キャクストン訳の『きつね物語』には、翻訳印刷者キャクストン自身の序文とあとがきがついていますが、その序文では、この話がいかに人生訓として役に立つかを述べています。「この物語には、心に留めおいても損のない例え話やためになる教えがたくさん書かれています」[2]と書き出して「これを自分で読んでもよし、読んでもらってもいいでしょう。世の中で毎日のように行われている巧妙な嘘やごまかしを見抜くことができるようになります」[3]とも言っています。あとがきには「この話を読まれる方は、たとえそれが戯れ冗談についてであろうとも、その中に立派な知恵と教えをたくさん見いだすことができます」[4]とあります。また、一四八一年版あとがき前半のお説教のあとでは、本文の内容で「私を責めないでください、狐が言ってることです。私は加筆も省略もせずオランダ語を忠実に訳したのですから」[5]と、断りを述べています。これは、作品の中で自分に当てこすっているのではないかと、身に覚えのある偉い人からの不当な圧力なり危険から身を守るために現代でも必要な文言かもしれません。

このキャクストン訳の『きつね物語』は大いに売れたものとみえて、後に何回か再版されて世に出ていています。現在六冊残っている初版本一四八一年版のキャクストン自身による再版が一四八九年版、[6] ピンソンによる再版が一四九四年に出ます。[7] キャクストン一四八九年再版の再版がドゥ・ウォード（Wynkyn de Worde）一五一五年版で、ウォード一五一五年版の再版が一五五〇年ロンドンで出版のガルティエ版です。[8] ただ、再版リプリントといっても、活版印刷本が世に出始めた初期のことです。当時の植字職人の中には、綴り、語順などの変更、削除、加筆などをした者もありましたし、再版となれば新しく活字を組み直すことになり、その段階で内容も改変されることもありました。また、同じ頃に英語は大きな変革期にありました。ですから、出版の時代に合わせた語句の異同は多少なりともあると思わなければなりません。

十五世紀から十六世紀にかけてキャクストン訳『きつね物語』の再版がいくつか出たあと、[9] 一六五〇年のベル版『痛快狐レナルド物語』が章建て二十五、木版画入りで出版されます。[10] これは一六六七年に、綴り字もずっと新しくなって、内容も再版というより翻案的語り直しで再版されています。一六八一年には、これに補遺がついた「若者には痛快、お年寄りには楽しみ、そして、皆んなのためになるように、多くの素晴らしい教訓を添えて」書かれた作品が出ます。[11] ベネット編キャクストン一四八九年版リプリント（一九七六年）の解説によると、木版画挿し絵入りで各章に教訓と解説を添えた『痛快狐レナルド物語』（一七〇一年、印刷ロンドン）がケンブリッジ大学モードリン学寮図書館にあるようですが、他になんの説明もありませんので、同タイトルの一六五〇年ベル版との関係は不明です。[12] 韻文訳の試みや、後には児童書もあります。[13] 初期の韻文訳の狐物語としては、シャーリー一六八一年版がありますが、これは前述のベル版『痛快狐レナルド物語』（一六五〇年）散文を、章建ても同じく韻文にしたものです。[14] 一七〇六年にはショッパーのラテン語から韻文英訳したという『悪賢い廷臣　狐レナルド』があります。[15] その後の十八世紀の改訂版も時代の英語に合わせるために多かれ少なかれ手が加えられたもので、キャクストン一四八一年初版の再版の試みは、一八四四年のパーシー協会叢書のトムス版まで待たなければなりませんでした。十九世紀の社会風潮をもろに受けたこの版については、「8　邦訳の原本と後の教養本と児童版」の項を参照してください。トムス版の註から、一五五〇年のガルティエ版が、キャクストン版とウォード版の語句をどう改めているかの一部を知ることができます。その後、オリジナルの綴りと句読点を心がけたという一八七八年アーバー編の英国学術叢書版（再版一八九五年）や、[16] 私家本のゴールズミドの稀覯図書版（一八八四年）や、[17] これも私家本ですが現代綴りに改めた一八九二年スパーリングのケルムスコット版[18] などが出ています。一八八九年モーレイ編『初期散文ロマンス』[19] にも『きつね物語』が収められています。更に、一八九五年にジェイコブズが序文と註を付して編集してマクミラン社クランフォード叢書の一冊として『痛快狐レナルド物語』を出しています。[20] 挿し絵はコールデロンで、天地正面三方金箔の美装本です。はしがきにこうあります「コール卿（Sir Henry Cole）が‘Felix Summerley’[21] の名で挿し絵入りの子供向け愛蔵版を何冊か出した。その中に、主にキャクストンから翻案した *Reynard* があった。これに少々の変更を加えた蘇生版（‘resuscitation’）が当版である。」先行する作品についてこれ以上のことは言っていませんので一六五〇年の同名版との関係は不明ですが、同じ全二十五章からなるので、どこかで結びつくのではないかと思われます。挿し絵の豊富な美装本です。このほか、一八九七年エリスがナット社から註付き、クレインの挿し絵と飾り章節をつけて出しています。タイトルは『狐物語――その友人と敵　その罪科　きわどい免罪と最後の勝利』[22] となっています。これは、彼が一八九四年に出した版の改良版だと言っていますが、原本などについては漠然とキャクストンとケルムスコット版によると言っているだけです。序とあとがきを含んで本文二七七頁、四十五章からなる脚韻詩です。エリスが狐物語についてどう考えていたかは、フランス語『ばら物語』の英訳（一九〇〇年）の序文でこう述べています。残念ながら現在忘れ去られている大事な本があるといって、『ばら物語』と『黄金伝説』に並べて『きつね物語』をあげています。この三冊は、ロジャー・ベーコン、アッシージのフランチェスカ、トマス・アキナス、ダンテなど十三世紀に生きた賢人の心に光を当ててその時代精神を明らかにしてくれる本で、長らく大いにもてはやされてきたもの。忘れられているとは残念でならないので自分が本を出して再び世に広めようと思う。『きつね物語』と『黄金伝説』の翻訳出版を済ませたので、ここに『ばら物語』を出す、という。『ばら物語』英訳の序文でエリスは、『きつね物語』について次のように述べます。「これは、どの世にも通じる政治上の風刺を提供してくれる。今となってはその特別な目的や対象に関する鍵は失われてしまって知ることができないが、才気縦横のヒューモアと辛辣な皮肉は人間の愚かさを如実にあらわにして不滅である。」[23]

現代に近づいて、一九六〇年にサンズ版がハーヴァード大学から出ます。[24] その序文には、一四八一年キャクストン訳とその元になった一四七九年ゴーダ版と低地ドイツ語作品との関係を中心にした解説があります。また、二五六項に及ぶ註の多くは、キャクストン訳とゴーダ版の原文との比較コメントからなっています。サンズは、序文において、中世散文作品の編者のとりうる態度を、「現代風綴りと句読点を用いて、学者には不満を覚えさせる」か、「校訂本を出して、一般読者から反発をくらう」かの二つに分けて、[25] 自分は前者の立場をとると言っています。サンヅがあきらめたキャクストン初版の校訂本のほうは、一九七〇年に、解説と註とグロサリー付きで、ブレイクの手で世に出ます。[26] 一般読者を対象としたものではありませんが、これが、今回の邦訳の原本となったものです。

このようにみてくると、狐物語はイギリスでもかなり読み続けられた物語だということがわかります。いつの世にも、おもしろい話があれば聞かせて欲しい、読んでみたいという要求は多かったでしょう。聞いてためになる、読んでためになる話なら、なおさら歓迎されたことでしょう。日本でも、そして恐らくヨーロッパでも、つい最近まで、お話や読み物でよく歓迎されたのは勧善懲悪的なものでした。実例の豊富な説話集や教訓本のなかには、一種の権威となって何かと引用されるものもあって、その伝統的な語り口や、ある種のサワリで聴衆を楽しませたものです。このような共通の知識をもとにして新しい話を作ると、誰もが「ふむふむ、なるほど」と思う。成立期の狐物語に枝話を加えていった無名の人たちは、人間社会の習慣や風潮や悪癖を材料にして、人間の代わりに狐を主人公にした、イソップ風動物ものがたりに倣った小話に仕立てた。ここに民衆に歓迎されるおもしろさがあったのではないだろうか。そして、その小話には、毎日、いやというほど聴かされていたカトリック的善悪の説教話を逆手にとった、悪が善を騙す痛快さがあります。そこに奇妙なユーモアが生まれてきます。そのおもしろさにつられて、ついそんな話に丸め込まれるような人に、「おっと、あぶない」、だから騙されないよう注意しなさいよ、という説教的処世訓までが加わって、いつの世にも通じる話として好まれたものと思われます。いつ誰が編纂してもイソップ寓話には定まった数がないのも、イソップ風寓話が次々と加わる素地がもともとあるからでしょう。

このように、かなり人生訓めいた所の多い動物ものがたりの狐物語がこの時代に、印刷本の初期に、他の作品に先がけて英訳されなければならなかったのはどうしてかを考えるには、キャクストンがその前後に何を翻訳印刷しているかみてみるといいかもしれません。当時の人たちの読み物の、または語ってもらって聴くお話の好みが反映されているのではないかと考えられるからです。

十四世紀から十五世紀にかけて封建制度が衰退してきます。そして、英仏百年戦争（1337-1453）が終わる十五世紀も後半になると、その前の時代に栄えたトロイ物語、テーベ物語、エネアス物語、アレクサンダー大王物語、アーサー王物語、トリスタン物語などの叙事詩や騎士道物語は衰えてしまいました。それまで、大陸のラテン語やロマンス語からの翻訳を通して、好んで読まれ語られた話は、揃いも揃って一部に伝説も含んだ古典に属する王侯貴族が主人公です。どの話も古典としてお馴染みの語りものですが、簡単にテーマとなった話の粗筋を述べてみましょう。

『トロイ物語』といえばトロイの木馬でお馴染みの物語ですが、イギリスへはホーマーの『イリアッド』などのギリシャ語経由ではなく、ラテン語で書かれた創作〈従軍記〉の翻訳から入っています。[27] スパルタ王メネラウスの妻ヘレンが、トロイの王子パリスに連れ去られたことからひきおこされたトロイ戦争に登場する、ギリシャとトロイの勇者にまつわる話です。『テーベ物語』は、キャドムスによるテーベの町の建設、ジョカスタとイーディプス王の悲劇、そして、その二人の息子エティオクレスとポリニシースの一人の女性を巡る激しい憎しみと争いによるテーベ滅亡の物語りです。『エネアス物語』は、トロイの勇者エネアスがトロイ落城後に落ち延びて、遍歴の末にローマを建設。その孫のブルートがブリテン島に王国を建てたという、イギリス人には半ば〈建国史〉扱いされた話です。『アレクサンダー大王物語』は、紀元前四世紀のマケドニアの王で、当時知られていたの世界の半分を征服した彼の戦いと、若くして毒殺された大王の伝説まじりの物語りです。『アーサー王物語』は、それまで大陸で流布していた伝説上のケルトの王アーサーと、その主だった円卓の騎士の冒険と愛の物語を、十五世紀になってイギリスでマロリーが集大成することになる一大ロマンスです。アーサー王物語群の中にある『トリスタン物語』は、コーンヲールのマルク王の甥でハープの名手トリスタンとマルク王の妃イゾルデの話です。マルク王の妃となるイゾルデをアイルランドに迎えに行ったトリスタンが、帰路航海の船上でイゾルデと愛の秘薬を飲んでしまったことから起こる悲恋物語です。

このような武勲詩や宮廷に花咲いた文学は、上に立つ者が自分を昔の偉人になぞらえることができたり、その生き様や治世術を知るよすが的なところがあったためか、中期英語でも数多く翻訳されていたのですが、十四―十五世紀という時代は宮廷文学に代って、台頭めざましい庶民の娯楽としての説教・物語集が好まれる時代に移っていました。商売人であるキャクストンは、この好みの移り変わりを見て取った。そして、庇護者や資金援助者の発言力もあったので彼だけの判断ではありませんが、翻訳印刷するタネ本を選択したものと思われます。

この時代は翻訳が大変盛んになった時代で、十五世紀にイギリスで印刷された本の六冊に五冊は翻訳本であったといわれます。翻訳者の多くは翻訳するにあたっては逐語訳することが多かったし、物語には並列構文が多く用いられています。十五世紀一番の翻訳多作家のベリー修道院長リッドゲイトがそうでした。[28] キャクストンも例外ではありません。さらに、翻訳者は原作を好きなように加筆したり削除して、むしろ翻案と言った方がいい作品も少なくなかったのです。[29]

こういう状況のもとに、キャクストンは、一四七五年にフランス語からの翻訳『教訓チェスゲーム』をブルージュで出版していますが、これは人生をチェスになぞらえた道徳的な内容の本です。この二版（一四八三年）で彼は「この本を読むか読んでもらう人は、この本を手本に身を改めるように」と人々に諭しています。[30]

一四七七年に出た『賢者の金言諺集』は、キャクストンがイギリスのウェストミンスター印刷所で印刷した第一号の本です。一四七九年、一四八九年と続けて再版されていること、また翻訳者が他ならぬエドワード四世の義弟のリヴァース伯であったことからして、当時、貴族階級の間で、いかに諺や金言などが好まれていたかわかります。さらに、キャクストンは、一四七八年にリヴァース伯英訳のピサンの『箴言諺集』を印刷、続いてチョーサーのボエティウスの英訳『哲学の慰め』を印刷していますが、そのエピローグには「多くの人の魂の健全化に資するように、また、逆境にあって忍耐強くあるようにと願って」とあります。[31]

そして『きつね物語』を翻訳印刷するのが一四八一年で、一四八四年にはフランス語からの英訳『イソップ寓話』を印刷しています。前年の一四八三年、実例豊富な説教集である聖人伝説『黄金伝説』を自ら翻案的に英訳して印刷します。同じ年、ブルフがフランス語から英訳した『カトー箴言』を、ロンドン市民の子弟の教育に最適な本であるといって出しています。これらのモラルの書を世に出すにふさわしいと考えたのでしょう。『きつね物語』の序文でも、処世訓としての役割を強調していたこと、また、『イソップ寓話』の教えが若い娘の教育に役立つと考えていたということを思い起こしてください。

キャクストンはアーサー王伝説さえもモラルを説く材料にしました。彼は同時代のマロリーが集大成した『アーサー王物語』を一四八五年に印刷していますが、騎士道衰えたりといえどもこの物語全編に、為政者に対する警鐘や教訓を読みとって、世の人に喜ばれ、また、ためになると判断したものと思われます。印刷された英語本の第一号としてキャクストンが一四七五年にブルージュで印刷した『トロイ物語集成』も、同じ主旨からの翻訳出版であったでしょう。一方、一四七八年印刷の『カンタベリー物語』のオムニバス形式の話は、大いに聴衆を楽しませたに違いありません。古典にくわしく、当時の大陸の文芸に通じ、イタリアやフランスの新しい教養を身につけたチョーサーの著作集の印刷は、当時のイギリス社会に大変有意義であったと考えられます。

キャクストンが手がけた翻訳本が何冊くらいあるか、確かなことはわかっていませんが、二十から三十の間と言われています。彼は翻訳するにあたって、適切な母国語を探したでありましょうし、従来の語を新しい意味に用いたこともあるだろうということは想像できます。翻訳者・印刷者としてのキャクストンが、英語の発達史において重要な役割を果していることはよく言われるところであり、また翻訳者として、英語の語彙や統語法に少なからぬ影響を与えたことも指摘されています。イギリス初の印刷業者として、初版の編集と印刷に際して彼がどういう態度で望んだか、また、彼の弟子のドゥ・ウォードやピンソン、コプランド(Robert Copland)が再版や重版を出すときに、初版をどのように校訂しているか、廃語となった語を新しい語と差し替えているか、時代に即した綴りや構文表現に改めているかどうかは、近代英語成立期の急激な英語の変化や当時の英語の状態を知るのに役に立つものと考えられます。翻訳にあたっての苦労を吐露した文言で有名な *Eneydos* のプロローグで、翻訳には結局「日常使われている普通の言葉」[32]を用いるのが一番だとして、以後、彼はこれを翻訳・印刷の基本態度にしています。イングランドの翻訳・印刷業第一人者のこの方針は、その後の英語に大きな影響を与えずにはおきませんでした。庶民が日常使う言葉が本の形で印刷されるわけですから、ロンドンの日常語が英語の主流になっていくことに力を与えたことは明らかでです。

当時の英語をふりかえってみると、英語は発音の面では大母音推移が進行中で、語彙の面では外来語の流入によって増加の傾向にありました。宮廷とロンドンの英語が標準語とされていた時代に、キャクストンは教養はありましたが、本来商売人であって、物書きの修行をしたわけではありません。彼は、博識と話術と洗練された社交術が必要とされた商業ブルジョワの世界にいたのですから、商人として彼が身につけた教養は、おそらく中世的なものではなかったでしょう。「10　翻訳者キャクストン」の項で述べるように、彼はブルージュのイギリス商人の代表としての商才と、ブルゴーニュ宮廷にかかわることによって得た、洗練された文学趣味をもって本の製作に関わったのです。本は当時まだかなり高価なものでしたから、彼の印刷本の献本先と購入層は、イギリス宮廷と貴族と豊かな大商人でありました。かれらは、しばしば資金援助者でもありました。当時はまだ、写本も印刷本も第一義的には商品の一つにすぎなかったと考えられます。ですから、商人であるキャクストンにとって、またそのスポンサーにとって、印刷出版の仕事は儲かる商売でなければならなかった。単に文化活動でなかったことは日本でも同じです。やっと活版印刷の技術が入ってきた日本の幕末明治初期に、薩摩学生とその資金援助者の豪商が薩摩辞書を上海や長崎、江戸で出版していますが、英学生は海外留学渡航費捻出のため、商人は儲けのためでした。

写字生の用いる綴りが、地域あるいは印刷所ごとに標準化の方向にあった時代なのに、キャクストン工房が活字を組んだ英語は、『きつね物語』をオランダ風に、『トロイ物語集成』はフランス風に、チョーサーの『カンタベリー物語』では英語風に綴っているなど、翻訳した原本の言語に引かれたスペリングをしばしば用いています。ここから推測すると、彼は自分の印刷所で統一した綴りで出版することにはあまりこだわっていなかったようにみえます。『きつね物語』は初版再版とも外国人ドゥ・ウォードを助手にしてオランダ風綴りが見えますが、再版本を基にしたドゥ・ウォード版は、より標準化された英語の綴りになっています。

キャクストンの用いた語彙は、原文に引かれて翻訳しているときや、先の時代の文人や翻訳家たちの英語の作品から文言を借用する際は、どうしてもラテン系語彙が多くなりますが、自分で書いた序文とあとがきの英語になると単純な語彙を用いています。翻訳においても原文に忠実にというのがキャクストンの態度であったので、彼は借入語を瀕用するとか新語を作るなどして、英語を豊かにする貢献は特別しなかったと考えていいでしょう。一見して彼が新語や外来語を多く用いていることは確かですが、十四―五世紀は、廃語になりつつあるアングロサクソン語がロマンス系の語に取って変わられつつある時代であったことを忘れてはなりません。同時に、アングロサクソン系の語彙も、流行が変って新しい大陸風に置き換えられつつあったことも考えると、残念ながら、キャクストン個人が外国語作品の翻訳や先人の翻訳を印刷したことによって、英語の語彙なりスタイルに与えた影響を過大評価することはできません。ロンドンと宮廷人の間では、キャクストンより前に、チョーサーやガウワーといった人気作家がロマンス語系文学語彙を広めて、フランス語風文体が好まれ広がる方向づけをしてあったと考えられるからです。文構造の点からみても彼は原本のフランス語やオランダ語をかなり忠実に英語に置き換えています。序文とあとがきにはフランス語作品やチヨーサー、リドゲイトなどの作品からの文言を借用することもありましたが、それ以外の箇所や翻訳中に挿入された彼自身の文は、だらだらと続いていく傾向があります。ただ、これはキャクストン一人の特徴ではなくて十五世紀英語の特徴の一つです。

印刷業に従事した十七年間に彼はかなりのスピードで翻訳して、出版するにあたっては編集者のように序文とあとがきをつけて宣伝して広めました。キャクストンが英語で印刷して出版したおかげで、その印刷本が広まって多くの人の目に触れるようになったわけです。ただ、前述のように、印刷本は宣伝して売る商品でした。翻訳と印刷出版は彼にとって儲かる商売であったし、そうでなければならなかった。だからかも知れません、彼は聖書の印刷をしていません。代わりに、聖者伝という形で中に聖書の話を組み込んだ『黄金伝説』を出していますが、その理由の一つに、宗教改革の先駆となったロラード派の活躍した時代に、聖書原典そのものに対する需要が見込めなかったことがあります。キャクストンの思惑どおり『黄金伝説』は一四八七年に再版されています。モラルを説く箴言集が好まれた時代だから、商売人の彼はその方面の英訳を多く手がけました。娯楽としての語り物という姿をとりながらも教訓話しを基調とする動物ものがたり『きつね物語』の翻訳も、その延長線上にあると考えられます。

2　狐物語の系譜…キャクストン訳『きつね物語』（1481）の位置

紀元前六世紀のイソップの動物ものがたりは諸国に広まり、ヨーロッパ、特に北ヨーロッパには多くの独立した説話からなる寓話の流れがありました。文字がない社会の語り物と、あっても、長い年月にわたって口承で伝えられたものが、ある時に文字に書き留められます。一方、口承のままで伝えられた話は、民衆の楽しみのために昔話を、多くの場合そのまま受け継ぎます。しかし、書き物になった話は、往々にして、時の為政者に都合のいいように内容が変更されることもありました。イソップの寓話はイソップ風の寓話を加えながら語り継がれて、その一部が後に狐物語の枝話しとして入ることになりますが、キャクストンは一四八一年に『きつね物語』を、続いて一四八四年に『イソップ寓話』を英訳印刷出版しています。

キャクストンの狐物語も、総称としての〈狐物語〉の系列にあります。その狐物語は昔からある動物ものがたりの系列の中でも主要な位置を占めるものです。これから、狐物語の系譜の中でキャクストン訳『きつね物語』が世に出る前の作品と、その後の流れを追ってみましょう。イギリスにおける狐物語タネの作品については、次項「3　イギリスに渡った狐物語」の項を、またキャクストン訳が出た後のイギリス国内での作品群については、「1　キャクストンの狐物語」の項を参照ください。注などで言及した参考文献・翻訳および解説書などの情報をまとめると、次のようなヨーロッパにおける狐物語の流れが見えてきますが、以下に簡単にふれる作品のほかにも、今は失われた数多くの狐物語があったと思われています。

ヨーロッパの狐物語系動物ものがたりの第一冊目と言えそうなものが、イッソプ寓話的な教訓寓話詩『エクバシス・キャプティヴィ』です。[1] 九四〇年頃北フランスのツール（Toul）の修道僧によって書かれたもので『囚われ人の徒然草』とでも訳せるでしょうか。ここでは狼が主人公です。続いて、同じくラテン語で書かれた『イサングリムス』（六五七四行）がありますが、[2] これは一一五〇年頃フランダースの修道士ニヴアールによって書かれた作品で、ここで動物たちに名前が与えられます。タイトルのイサングリムスというのは狐に騙される主人公の狼の名前です。後に『ルナール物語』としてまとめられる以前から流布していた動物話しを集めたような韻文作品で、教訓詩といってもいいものです。ずる狐に酷い目に遭わされたり殺されてしまう動物が多い中で、雄鶏だけが狐の裏をかいてその魔の手を逃れています。七話からなるこの物語は、狐と狼の反目が主題となっていますが、狼の死で終わります。

このあと、狐物語がヨーロッパ各地に枝篇とともに広がる大本となったのは、一一七五年頃ピエール・ド・サン・クルーが編集したと考えられているフランス語『ルナール物語』（狐物語の総称）でした。[3] この作品では、ルナールと狼イザングラン（Isengrin）との争いが話の中心になりますが、たび重なる狐の悪行を動物たちが百獣の王である獅子ノーブル（Noble）に訴える話の数々が続きます。この作品で、ルナールに騙されたイザングランが尻尾で釣りをして凍りついた池で尻尾をとられる話、井戸に入り込んで出られなくなったルナールとイザングラン、ルナールに喰い殺されためん鶏クーペの葬列、ルナールの裁判、ルナールの巡礼の話など、お馴染みのエピソードが揃ってきました。話の多くは、滑稽で笑いを誘うものです。この『ルナール物語』は十三世紀のフランスで順に加筆されてその枝が広がってきますが、話と話の間に特別な脈絡はありません。十四世紀から十五世紀にかけて新しい枝話しが加わるにつれて、初期に見られたような、筋運びの早い軽い陽気な話から、人間世界を映した教訓的な話に変化してきます。ルナールが擬人化されてくるからです。偽善や奸計、悪徳などを示したり、罪の象徴、変装した悪魔といった役割を果たすようになります。ここに登場する面々は、主人公ルナールと仇敵イザングランのほか、ルナールの妻エルメリン（Hermeline）、イザングランの妻エルサン（Hersent）、猫のチベール（Tibert）、熊のブラン（Brun）、穴熊

のグランベール (Grinbert)、雄鶏のシャンテクレール (Chanteclere)、烏のティセラン (Tiecelin)、犬のローネル (Roonel)、ロバのベルナール (Bernard)、雄牛のブルイアン (Bruiant)、猿のコワントロ (Cointereax)、鷹のユベール (Hubert)、そして司祭など人間も登場します。

マリ・ド・フランスは、生まれもその生涯もはっきりしていませんが、彼女はラテン語フランス語英語をよくした教養ある宮廷人で、一一八九年頃、その多くをイソップ話しからとった百三篇の寓話短詩『イゾペ』を書いています。[4] そのエピローグで、これは英語からの翻訳であると述べていますが、もとになった作品は後述の *Romulus* の英訳本であったとされています。

十三世紀になって、以下に並べるような独立したフランス語の狐物語系の作品が世に出ています。ルータブフ作『変貌ルナール』(一二六〇-七〇年)[5] ではルナールが宗教上の偽善の象徴として登場します。作者不詳の『ルナールの戴冠』(一二六三-七〇年)[6] では、獅子王ノーブルが死んだあとで王位についたルナールの偽善政治と不正の数々が語られます。ジレ作『新版ルナール』(一二八八-八九年)[7] では、善を象徴するノーブルと悪を象徴するルナールが戦いますが、悪が勝利をおさめる次第を語ります。

十四世紀初期には、トロイ (Troyes) の学僧とだけ知れる無名氏の手になる『偽作ルナール』[8] が出て、ルナールの口を借りて、政治と宗教の世界の腐敗堕落を厳しく非難します。その後、十四―五―六世紀にわたって象徴的な役を与えられたルナールの小品が幾つか出ているようです。

高地ドイツ語でもフランス語と同じ一一八〇年頃の作品『狐ラインハルト』があります。本文は二二六五行で、写本はハイデルベルクの大学図書館とハンガリーのコソクサのメトロポリタン図書館にあります。それより古いと思われるものの不完全な写本がカッセルの州図書館にあります。作者は〈偽善者のハインリッヒ〉と自称しています。[9] 狐ラインハルト対狼イセグリム、熊、猫との確執、狐と雄鶏チャンテクレールとその妻ピンチの話のほか、獅子王の発病の原因が、蟻山を潰された蟻王が仕返しのために密かに耳の中に入り込んだためという、他の作品に見られない話が含まれています。病気回復のための処方をする狐に騙されて、毒を飲まされた獅子王の死までを語る作品です。

次に世に出たのが、北ヨーロッパ及びイギリスに大きな影響を与えたフラマン語（中期オランダ語）の作品です。エピソードをフランス語『ルナール物語』からとりながら、十三世紀、一二七四年より前、一説に一二五〇年頃[10]にヴィレムなる人物によって書かれた韻文三四七二行の『ライナルト』がそれです。車座になって座った獅子王ノーブルの宮廷をアーサー王と円卓の騎士になぞったと言われる作品で、内容は枝話しの一つ「狐の召喚と裁判」ですが、結局、狐の悪知恵が勝ってしまう。フランス語『ルナール物語』には見られない、王様ノーブルの暗殺計画という狐の作り話が加わるのはこの作品からです。十四世紀前半のComburg写本（3,469行）とDyck写本（3,394行）に完全な形で今日に伝わっています。この『ライナルト』に加筆した続編的な韻文新訳『ライナルト物語』（七七九四行）が、十四世紀後半（一三七五年頃）に出ましたが、作者不詳です。[11] この版からイソップ風寓話の「蛇を助けた人間の話」なども入ってきます。唯一ブリュッセル写本に残っていて、一八三六年ウィレムス（Jan-Frans Willems）の注釈本、一八七四年マーティン（Ernst Martin）版が出ています。全体に風刺が減じてずっと教訓的になっていますが、加筆部の最後にある狐と狼の一騎打ちは、英雄物語をすっかり茶化してしまっています。上記二つの韻文作品には章建てがありません。この韻文新訳『ライナルト物語』をかなり忠実に散文訳したものが『狐ライナルト物語』です。訳者は不明で、一四七九年ゲラルド・レウによって印刷されオランダのゴーダで出版されました。[12] 四十四話に章分けされて、現存する二つの写本は、大英博物館とハーグの王立図書館にあります。一四八五年と一七八三年にリプリントされて、[13] 一八九二年にはミュラーとロゲマンによる注釈本が出ています。[14] キャクストンが一四八一年に *the historye of reynart the foxe* として英訳したのはこのゴーダ版（一四七九年）でした。

低地ドイツ語でも、上記フラマン語散文訳（一四七九年レウ印刷のゴーダ版）を典拠にしたヒンレック・ファン・アルクメルの『狐ラインケ』が一四九八年リューベックで印刷出版されています。[15] これは北ヨーロッパに狐物語を広めるのに大いに貢献した作品です。その序文には、この寓話を読者の有益な教訓となるように翻訳したとあり、その言葉通りに本書を四部に分けた上、更に枝篇の各章の終りに、まとめの教訓とキリスト教の教義的解釈が付いています。この付け足しの教訓部分については、訳者自身が最後に「本書の読者で物語や寓話を読むのが好きで、各章の後についている教訓や解釈を読みたくない方は、いつも各章の解釈は読みとばして韻文の物語だけ読んでも構いませんし、そのほうが楽しいでしょう。」と言っている。お説教はご免だが楽しいお話なら聞きたいという層はいつの世にもいるものだからでしょう。この作品の唯一の写本がヴォルフェンビュッテル（Wolfenbuttel）図書館にある。一四九八年リューベック版『狐ラインケ』の再版が、一五二二年のバウマン（Nicolaus Baumann）編の挿絵入り版と、一七一一年のハックマン編の『狐ラインケ』、[16] 一七九八年のブレドウ編、[17] 一八二五年のシェラー編、[18] そして、リューベック版（一四九八年）によると銘打った一八三四年ホフマン編『ラインケ狐』[19] です。

フラマン語の低地ドイツ語訳をさらに高地ドイツ語に翻訳したものがミヒャエル・ボイターの『ライネケ狐』（一五四五年）です。[20] 一六五〇年訳『ライネケ狐』（第二版は一六六二年）がロストックで、[21] 一七五二年ゴットシェット編訳の『アルクマールの狐ライネケ』もライプツィヒとアムステルダムで出ています。[22] 挿し絵は前項註 20で言及されたサマリーの『痛快狐レナルド物語』と同じエルヴェルディンゲンによるものです。一七九四年にはゲーテによるフラマン語からの翻案詩『ライネケ狐』（ヨーハン・フリートリヒ・ウンゲル書店）が出て、[23] 一八〇三年にはゾルタウ訳（ベルリン、一八二三年にブルンスウィックで第二版）が出版されている。[24]

デンマーク語訳が一五五四年にリューベックで出ていますが、これは高地ドイツ語訳『ライネケ狐』（一五四五年）から翻訳したものです。第二版が一六五六年コペンハーゲンで、改定三版が一七四七年に出ています。このデンマーク語訳から、更にスウェーデン語の韻文訳 *Reyncke Foss* が一六二一年、散文訳 ***Reinick Fuchs*** が一七七五年にストックホルムで出ています。

以上のように北ヨーロッパに伝播した狐物語も、ヨーロッパ南方には広まらなかったようです。一つだけ十三世紀にイタリア語で書かれた『レナルドとレセングリーノ（*Rainardo e Lesengrino*）』がありますが、これは枝篇の一つで最もポピュラーな「狐の裁判」です。スペインには独立した作品は残っていません。狐物語系の話が残っていない原因はこの国の強いカトリック精神に関係ありそうですが、はっきりしたことはわかりません。狐物語の翻訳が広まっていく時期は、イベリア半島の諸王国がイスラム相手の失地回復戦にあけくれていた頃です。対イスラム戦終了の一四九二年以後は、国外における福音の布教にも力を注いだ国柄で、国民の中に十六世紀ルッター派の宗教改革に対抗できるほどカトリック教は浸透していました。他のヨーロッパのあらゆる文学に比べてはるかに強くカトリック的精神が漂っている国の文学に、ファブリオ的寓話教訓文学は入る余地はなかったのであろうか。しかし、中世期の文学には、失地回征レコンキスタにつくした人物の伝説的挿話、騎士物語、教会の典礼から生まれた聖劇などに混って、キリスト教に改宗したムーア人やユダヤ人との接触と混血によって、東方的な格言文学や寓話文学に対する好みが生まれていたことも指摘されています。マヌエルによるデカメロン風の小話集『ルカノル伯』[25]のほかに、処世的知恵を格言や寓話に盛り込んだものが十三世紀『カリラ・エ・ディムナ（*Calila e Dimna*）』やシンドバッド物語『センデバル（*Sendebar*）』、十四世紀セム・トブの『道徳的箴言』、[26]十五世紀作者不明の物語集『猫物語（*Libro de los gatos*）』となって現れています。さらに、スペインの民話集にある動物昔話には、バリャード地方採集の「狼にとって食べ物のあたるよい日」「生きながら皮を剝がれた狼」「月がチーズだと思った狼」、カビーリャ地方採集の「平和のお触れ」、レオン地方採集の「恩を仇で返す」など、狐物語りのエピソードとして取り入れられたイソップ風教訓昔話もあります。[27]こいう流れの中になぜ狐物語が入らなかったのかは不明です。

このように、狐ルナール（レナルドともラギンハルト、ライナルト、ライネケ、ラインケともいいます）

が登場する主な作品と、その広まりをみてくると、狐物語が中世期にはイギリスを含むヨーロッパで大いに流布した話であったことがわかります。このことは、残された多くの彫刻や写本の挿絵などからも知ることができます。写本の中や建築物の装飾の一部になっているため、普通目に触れることが不可能な場所にある挿し絵や彫刻の数々を、我々はケネス・ヴァーティー編の大判写真解説書で見ることができます。[28] この本は、フランス語『ルナール物語』が中世イギリスにおいてどのように知られて影響を与えていたかを、画像と彫像をもとにして調べあげたものです。前半では一〇三頁にわたって中世文学に現れる狐がとる色々な姿(司祭、医者、巡礼など)や「狐の裁判」その他についての解説があります。続いて、ほとんどが教訓説教的な目的で製作されたり挿入された狐物語タネの彫像画像の一六九枚に及ぶ写真とその説明があります。一九九九年、ヴァーティーは更に包括的な研究書『レナード・ルナール・ライナルト――中世イングランドにおける狐、その図像上の象徴――』を出しています。写本の挿し絵や建物飾り彫刻の数々を見ると、狐物語がいかに深く中世イングランド社会にかかわっていたか知ることができます。[29]

3　イギリスに渡った狐物語

イギリスには動物ものがたり(Bestiary)が以前にもありましたが数は多くありません。中期英語の間に、大陸もの、特にフランスのロマンス系作品の英語翻訳が多いイギリスで狐物語が本格的に入ってこなかったのは不思議に思えます。フランス語『ルナール物語』が十二世紀末頃、ある程度の説話集になった時点においてもその英訳はなくて、フラマン語からのキャクストン訳『きつね物語』が出るまでは散発的に狐物語タネの作品が出ているだけという状態です。
中期英語で書かれた独立した物語としては、一二五〇年頃の作者不詳作品『狐と狼（*Of the Vox and of the Wolf*）』があります。二九五行の韻文で、写本が一つだけ残っています。[1] この話はフランス語『ルナール物語』の枝篇の一つ「ルナールがイザングランを井戸にはめた話」をもとに簡略化したものです。[2] 英語作品のもとになったフランス語の話はイソップ寓話タネで、イソップでは井戸の水に映った月をチーズと偽って狼を井戸に誘い込んだ狐の話です。[3] 中期英語では話の筋が次のように変ってきます。

ある庭の小屋にもぐり込んで、めん鶏を喰ったところを、おん鶏に非難された狐レナルド（Reynard）が、放血して病を治してやったのだとうそぶいた後、喉の渇きに耐えかねて、後先も考えず井戸の釣瓶に乗り込んで底に閉じ込められてしまう。ちょうどそこへ通りかかったのが腹ペコ狼シグリム（Sigrim）。奸計を巡らした狐は、井戸の中はまさに天国である、飲食物に不自由することもなく世の憂いもないと、ここぞとばかりに褒めそやす。すっかり騙されて中に入りたくなった狼は、それまで狐に対してやったことを懺悔までさせられて、反対の釣瓶に乗ってしまい、そのまま井戸に取り残される。狐は昇りの釣瓶で無事に井戸を脱出して逃げ去ってしまう。翌朝、水汲みに来た修道士エイルマーは、釣瓶に乗って上がってきた狼の姿を見て「悪魔が井戸の中にいた！」と大騒ぎ。集まってきた皆んなにシグリムは散々ぶちのめされる。

十四世紀になって、チョーサーが『カンタベリー物語』（一三九〇年）中の「尼僧付き僧の話（Nun's

Priest's Tale)」で狐物語を利用しています。話そのものは韻文六二五行。狐はラッセル卿(Daun Russell)として登場しますが、後半は『ルナール物語』の枝篇の一つ「ルナールが雄鶏シャントクレールを捕まえた話」[4]の前半がもとになった話です。中期英語の話はこうです。

こげ茶色の犬に似た動物――狐のことです――に襲われる夢をみて、夢は正夢であると先例を引くチャンテクレール(Chaunteclcer)と、単なる体調の悪さから夢を見るのだから下剤でもお飲みなさいと言う妻ペルテローテ(Pertelote)。夢判断についての議論がひとしきりあってからの事件です。それは3月3日金曜日のこと。腹ペコ狐がやってきて、おん鶏チャンテクレールを、唄がうまいの、父君は両目を閉じて首を伸ばして唄の練習をしたのと、甘言で騙して捕まえて持ち逃げします。ところが、途中で背中にしょったおん鶏に唆かされて、追跡してくる人間に無駄口をきいたために逃げられてしまいます。

この話は偽りの友を軽々に信ずるな、という教訓でもあります。この後半の出来事は、イソップ寓話(キャクストン訳では第五巻三話)の「狐と雄鶏の話」からですが、喰うためにある口を本来の目的で用いなかった罰、不要な多弁を戒めた話になっています。フランス語『ルナール物語』でもルナールは悔し紛れに「押し黙っておるべき時に、余計なことをほざく口なんか呪われちまうがいいや」と言っています。一方、助かったシャントクレールも「目を覚ましていなければならぬ時に、こともあろうに眠りこける目玉なんか眼病に罹って潰れちまった方がいいと俺もつくづく思うよ。」と反省しています。

狐レナルドは十四世紀の他の英語作品の中でも言及されています。『ガウェイン卿と緑の騎士（*Sir Gawayn and the Grene Knyght*）』（一三九〇年頃）で、ガウェインは緑のチャペルを探しにいく途中、森の空き地の小丘にそびえ立つ城に泊まる。その城主が毎日狩りに出かけますが、三日目の獲物が狐で、それをガウェインに贈りながら「このお粗末な狐の毛皮（þis foule fox felle, line1944）」と言及する狐の名前がRenaud（1898）です。その名前は、Reynarde（1920）と'Renaude saule'（狐の魂 1916）にもある。この中でも「レナルドはかくも手管に長け（so Reniarde watȝ wyle, 1728）」と、ずる賢い狐として描かれています。

また、チョーサーの『善女列伝　ピュリス伝（*Legend of Good Women: The Legend of Phyllis*）』では、息子デモフォン（Demophon）が父テーセウス（Theseus）に似ている如くという比喩に「父に似て、恋においてもまた不誠実。これは生まれながらのこと。狐の子レナルドが学ばずして父親の習性を心得るが如し。（And（was）fals of love; it com hym of nature. As doth the fox Renard, the foxes sone, of kynde he coude his olde faders wone withoute lore, 2448-50）」と引き合いに出されています。狐は生まれながらその性「不誠実（'false'）」なのです。

一四八一年のキャクストン訳『きつね物語』が出た後は、彼の弟子による再版が続いて出ますが、それ以降はキャクストン訳を基にしたと言いながらも、手を加えた翻案的な話が、私家本も含めて幾つか出ています。この辺りについては、前述の「1　キャクストンの狐物語」の項を参照ください。

4　人間の世界の反映と動物の世界

動物ものがたりは登場する面々が動物同士だということを忘れれば、そのまま人間世界の出来事になります。狐物語は全編、教訓的な挿話の集まりと考えることもできますから、当時の、いや現在わたくしたちのまわりの人に当てはめて読むことも可能になります。その意味では、いつの世にも通用する物語ということができます。これから、本文から例を引きながら、狐物語を人間世間の話に置き換えて読んでみましょう。

たとえば、ローマ法王庁のことに話が及ぶとき、我々の住む現在の宗教界が本来の魂の救済になんら寄与していないのと同様に、当時のカトリック教会の狂信と強欲ぶりに対する揶揄となってあらわれます。レナルドのおじ、猿のマーティンが法王庁で顔が利くことを自慢げに話すくだりをみてください。そこで言及される関係者の名前は、揃いも揃って嘲笑やあざけりを暗示するものでした。[1]

> 甥よ、恐れることはない。いつまでもお前をこんなことで嘆かせておくよりはだ、わしはローマへの道は心得ておる。こういう仕事はお手のものだ。彼の地でわしは司祭の書記マーティンと呼ばれてな、ちょっとした顔じゃ。助祭長を法廷に呼び出し訴えて、否が応でもお前の赦免状をふんだくってきてやろう。彼の地ですべきこと、なさざるべきこと全て心得ておる。おじのシモンもおる。かなりの実力者よ。賂次第ですぐ味方になる。…友達仲間もいるぞ。必要かも知れんで、現ナマも少々持参してみよう。頼みごとは進物の後押しで強気になるものだ。金で善がまかり通る。…法王はひどく耄碌して、殆ど無視された存在

じゃ。金箔塗りの枢機卿が全権を握ってな、まだ若いが友達も多い。ねんごろな妾もいて、何でもその言いなりじゃよ。よいか、甥よ、その妾がわしの姪でな、わしは実力者というわけだ。気に入られておるから、わしの望むことが叶わぬことはない。いつもうまく運ぶのだ。[2]

これは宗教界だけではありません。本文一六六ページによると、世俗の指導者層も汚染されています。

いま宮廷で最も愛され知られているのは金《かね》以外の何ものでもありません。お金は神様よりも崇められております。お金があればもっと多くのことができるからです。…しかし、それは大きな災いをもたらすこともあります。お金は多くの人を恥辱と死の危険に陥れます。汚れた生活・欺瞞・好色の原因となります。

レナルドが、一回目の法廷で詭弁を弄した弁明が立って放免になった後の話です。ローマ法王庁に出かけて破門の赦免を請い、更に聖地イェルサレムまで贖罪の巡礼に出かけると言ったとき、彼には改悛の気持ちも本気で出かけるつもりも全くなかった。言い抜け術も大いに参考になりますが、ここでは、そのころ巡礼者の一部が批判の対象であったことを思い起こさなければなりません。まず、巡礼行きの標章と通行証を持った乞食や浮浪者が放浪していたことがあります。いつの世にも、こういった証明書には偽物がつきものです。巡礼者の中には男と密会する目的で巡礼に出かけた女性がいたり、女巡礼が男の巡礼者の誘惑のタネになるとして批難されました。そして、本来は裁判の判決によって課せられた贖罪巡礼なのに、犯罪者が監視なしで、時には海の彼方まで、巡礼の旅に出るのは、道中で再犯の可能性があるから危惧される存在であったわけです。物語ではその心配が現実になります。巡礼に出た振りをしたレナルドは、見送りについて来させた兎のキワルトを喰い殺し、奸計をもって山羊のベリンを死に追いやるという罪を再び犯します。破門された身であるというのも嘘で、レナルドははじめから贖罪巡礼になんか行く気はなかったのです。

作り話と嘘八百でうまく裁判を逃れるレナルドが、真実ばかりで世の中を渡ることはかなわない、必要なら真実と嘘をないまぜにするのが世渡りの術だと、甥のグリンベルトに言って諭しますが、これも人の世を反映した言です。

行く手には数多くのつまづきの石や足跡があって、これはみな自堕落な高位坊主や裕福な司祭が陥った罠だ。たちまちわしも再びからまれて…俗欲がしゃしゃり出て…わしはすっかり善心を失い決心が鈍ってしまう。そこに歌声、笛の音、笑い戯むれる声、浮かれ騒ぎが聞こえてくる。更に聞こえるのは高位聖職者や裕福な助任司祭が、日頃の行いとは正反対に説教を垂れている声。その場でわしは嘘をつくことを学ぶわけだ。確かに、嘘はどこの宮廷でも日常茶飯事、主君も奥方も司祭も学者も、みな嘘つきの名人揃いだ。今や、誤りあるところでも主君に真を言うのをはばかる者ばかりで困ったことだ。わしは仕方なくおべんちゃらを言い、空言も言う。さもないと仲間外れだ。[3]

第三十四章では、マーモット猿の穴に入り込んで、自分はおべんちゃらを言って歓待されてうまく逃れたレナルドが、自分の後から入って思ったままを言ったために散々な目にあった狼イセグリムに、内心はあざけり馬鹿にしながらも、こう言う。

真実を言うより嘘を言った方がいい時もあるんです。私どもより立派で賢くて強いものたちが以前からそうしてきているじゃありませんか。[4]

キャクストン訳と兄弟訳になる『狐ラインケ』（第四之書第四章）では、同じ話の最後に「悪い不愉快な仲間の中にあって…そこから無事逃れられるとあらば、たとえ真実でなかろうと、嘘も方便という手を使うべきである。」という教訓があります。また、フォンテーヌ『寓話』（巻の七―6「ライオンの宮廷」）では「宮廷で喜ばれようと思うなら、つまらぬおせじを言っても、正直すぎることを言ってもいけない。」とあります。このマーティンやレナルドのことばは、後に『イソップ寓話』との関連でもふれるように、上手な世渡りの必要悪としての知恵ならば、他人を騙し嘘を言うことを許容しようという態度の人生訓です。

この術をしっかり身につけて言葉使いも滑らかで耳を傾けてもらえさえすれば、甥よ、まさに奇跡が可能になり、綾錦に身を包むことができるのさ。聖俗裁判所であれ、どこで何をしようとも勝利間違いなし。[5]誰が考えてもも当然と思う真実を言ったところで、そんなのは知恵でも何でもない。そんなとんまは卑劣なずる賢い奸物にしてみればとんだお笑い草さ。なにせ奴らは、嘘八百並べたて、黒を白と言いくるめ、書類を作成しでたらめを書き込み、不正を見ても見ぬふり——みんな金儲けのためだぞ——その嘘のつかい棒のため舌に油を塗るなんてことを、知恵をつけて手ほどきしている輩だからな。[6]

粗野で愚かな動物は機略というものが分らないんですね。だから、揃ってみな、巧妙な嘘を嫌います。考えも及ばないんです。[7]

ただ、ひとたび嘘が信じ込まれてしまうと、いくら真実を言っても信じてもらえないという危険もあるんですよ。そのを覚悟はしていなさいという教訓も忘れずについています。そして、方便としての嘘は巧妙な嘘でなければなりません。あそび半分の嘘ではすぐバレますから、イソップ寓話の「羊飼のいたずら」の少年のように身を滅ぼします。

登場人物が騙したり騙されたりするのがファブリオの世界ですが、狐物語では狐はもっぱら騙す側で、獅子王ノーブルはじめ狼のイザングラン、熊のブルーン、猫のティベルトなどはもっぱら騙される側に描かれています。洋の東西を問わず、昔から物語で狐に騙される相手は、粗忽者や威張った人、悪者などで、そういう彼らをからかいとか冷やかしの目で見ている話が多い。狐物語の枝話しで語られる話の多くは狐の一人勝ちですが、己を戒める教訓として今なお私たちがよく出くわすことです。我々のまわりにもこのような悪癖を持った人物が多くいるに違いない。レナルド狐に言わせれば「騙すという段になれば人間の上に出るものはない。しかし、そんな生活をしていると身を滅ぼす。」[8]という。ただ、狐物語に登場する人間は、狐などが盗みを目的にその食物蔵や納屋にもぐりこむ牧師や村人であり、レナルドは彼らを騙す対象にしていないし特別悪意を持っているわけでもない。司祭もその妻（おそらく、妾）ユロクもからかわれているだけのようです。第十章にある、ティベルトに司祭が金玉の片方を喰いちぎられて気絶したあとのユロクの嘆きとレナルドのからかいは、この物語を読んでもらっている聴衆にはたまらなく笑いを誘う場面でしょう。

一物は床に落ちました。ユロク夫人はこれを知ると、一年分のお布施全部と引き換えても司祭がこのようなひどい傷と恥を受けない方が、こんな事が起らなければよかったと神懸けて言いました「あそこに罠をかけたのが呪われたのです。見てご覧なさい、可愛い息子のマルティネ、これが父さんにぶら下がっていた物の一部よ。これはひどい恥辱だわ。私にとっても大損害よ。傷が治っても役に立たない人になってしまって、あの甘い楽しいお遊びがこれっきりできないわ。」狐は穴のすぐ外側ですっかりこの言葉を聞いて大笑い、立っていられないほどでした。彼は優しくこう言いました『ユロク夫人、まあ落ち着いて。そんなに悲しむこともないって。司祭が睾丸《たま》の一つを無くしたからって妨げにゃなりませんや。あんたとはうまくやれますって。世の中には鐘玉が一個しか鳴らないチャペルはいくらでもありますからね。』このように狐は、悲しみでいっぱいの司祭の妻ユロク夫人をからかい馬鹿にしました。[9]

もっとおもしろいフランス語『ルナール物語』は訳註 55を参照ください。『聊斎志異』にも狐がついて科挙試験に合格した夢を見た王子安がいます。彼も騙されたのではなくて泥酔したところを狐にからかわれたと言ってごまかしたのです。[10]

偉ぶった人が騙しとからかいの対象になって笑い者にされていますが、これは世渡りに自信過剰は禁物という教訓になります。世の常として、偉ぶって自信満々な者に運命の女神がいつまでもほほえんでいてくれることはありません。王様からの数度にわたる召喚にも応じなかったレナルドがグリンベルトに自慢します。

わしが直接話しに出かけて御前に出頭すれば、王さまもわしに情けをかけてくれるであろう。わしがもっとひどい悪事を働いたとしても、宮廷はわし無しにはやっていけないのだから。そのことは王さまがよくご承知のはず。…顧問連中はわしの助言によって結論を得ることがしばしばであるしな。多くの王侯貴族が集まり、巧妙な助言を必要とするような大法廷では、このレナルドが巧妙な手段を見つけ出さねばならん。てんで勝手に主張しても、わしのが一番で全てに格段と優っているんじゃ。[11]

出廷した宮廷において、裁判長である獅子王にレナルドが次のように自慢して訴える。

私は今まで陛下に数多くの適切で有効な助言をして参りました。難局にあってほかの動物がみな諦めて立ち去った時も、いつも側でお助け申し上げました。…以前は私の申し上げることが何よりも重用されたこともございました。今の状況が変わって昔のようになればと思います。古くからある良いしきたりは忘れてはいけません。[12]

しかし、このように諸侯の意志決定に欠かせない人物がいても、その地位がそれほど確固としたものでないことに、この『きつね物語』を読んだ読者は気がつきます。獅子王の宮廷で顧問格の狐がその悪行非道ゆえに死罪と決まってレナルドの仇敵の狼と熊が出世したかと思うと、ありもしない財宝に目がくらんで狐の詭弁にころりと騙されたお妃と王様によって狼と熊はその地位を追われて狐が重役に返り咲く。[13] 運命の女神の車からの転落は今の世にもいくらでもあることです。こうして、狼夫婦は足の毛皮を、熊は背皮を剝がれて、偽巡礼のレナルドの靴と頭陀袋にされてしまいます。また、かってレナルドにひどい目に遭わされたことがあって、今の今まで狼イセグリムといっしょに狐を王様に訴えていた動物たちが、レナルドのおば、雌猿ルケナウの第二十九章から三十一章にわたる長い演説のあとで、レナルドの味方に寝返るところなどは、弱者が強者に巻かれる世の常の現れと考えられます。

世の常の別の例として、「これ、秘密だよ」が秘密でなくなって思いがけない人まで知っているということを、私たちは経験で知っています。獅子王殺害と熊の新王誕生という陰謀が、仲間の一人、穴熊グリーンベルトからその妻へ、彼女からレナルドの妻へ、そこから狐レナルドが知ることになったという法廷での告白は——これは狐の作り話ですが——実によく秘密の伝わり具合を伝えています。法廷に居合わせた聴衆は皆んなもっともだと信じてしまいます。グリンベルトがへべれけに酔っぱらってうっかり妻に秘密を漏らしてしまった、と言うのも、度を過ごした飲酒のなせるわざ、酒のこわさがよくわかります。

動物ものがたりは動物に見立てた人間世界の反映にほかなりませんから、人間のする事を動物がします。パンも食べれば、明かりに提灯も持ちます。

「私は（小兎ラプレルに）上等な白パンにおいしいバーターを塗ってやりました。」[14]

「（甥のレナルドよ）あなたは七歳の時すでに十分賢く、夜中というのに、提灯も月明りもないのに、何か得になると思うところへは出かけましたね。」[15]

また、犬と猫にみられる犬猿の仲、[16] つい好物の蜂蜜とねずみに釣られて酷い目に遭う熊と猫の戒め、狼と山羊の強者と弱者の関係もあれば、いつの時代にも変わらぬ家族愛もあれば同族意識も読みとれます。狐レナルドは家族思いで、次のように子供の自慢をする。

「愛すべき甥ごよ、子供のローゼルとレナルディンをどう思うな。我が眷属の自慢の種になるだろう。既になかなかの仕事ぶりでな、一方が雛鶏を捕らえると思えば、他方がめん鶏をやっとる。タゲリ、アヒルを追って水くぐりもうまい。時には食料も捕りにやりたいが、まず先に、わな、猟師、猟犬に近付かないよう教えるつもりだ。十分仕込んで賢くなった暁には、二人で豊富な食料を数多く調達してくれると期待しておるんじゃ。今は乏しいでな。わしを良く見習い、良く言うことを聞く。すごみ方も堂に入ってると思うと、悪意のあるところを上辺は優しく陽気に見せる。こうやって、足で押えこんで首をかき切る。これが狐の真骨頂というもの。狩りが敏捷なのもわしの誇りだ。」

「おじさん」とグリムベルト「賢い息子さんで、さぞ鼻が高いことでしょう。私だって親族だと思えば鼻高々ですよ。」[17]

雌猿ルケナウ（Rukenaw）は娘のハテネットが頭からシラミとその卵をとるのが得意だと自慢しています。[18] ルケナウは中期オランダ語で'smell enough'「おくささん」の意味があります。フランス語『ルナール物語』[19] より短いとはいいながら、『きつね物語』（第十一章）には、狐が獅子王の法廷に出かける前の妻との別れの場面が次のようにありますし、レナルドは妻に向ってこう告げました「エルメリン夫人よ、子供たちをそなたに託すので、よく面倒を見てやってくれ。とりわけ末っ子のレネキンをな。やつは俺によく似てな、きっと後を継いでくれるに違いない。それにロゼルもおる。なかなかの盗み上手じゃ。わしが子供を思う心は誰にも負けぬ。もし神の加護があって罰を逃れることができれば、戻った時、心から感謝するであろう。」[20]

口から出任せにせよ、おじの猿のマーティンに、ローマ法王庁まで破門の赦免を請うために旅をしている留守中の妻子のことをこう心配してみせる。

私はローマに行って赦免を請わねばなりませんが、そうすれば妻子は大変な辛い思いをしなくてはならない。私を嫌うあの邪な動物たちが、あらん限りの悪さをして、ことあるごとに追い立てるに違いありません。破門されてさえいなければ十分護ってやれるものを。[21]

一方、先に引用したように、レナルドのおじ猿のマーティンが甥レナルドのためにローマの法王庁で尽力することを約束して安心させるのも、その妻ルケナウが宮廷中に誰一人弁護に回る者のないレナルドを擁護して、獅子王にあきれ顔をされる（第二十九―三十一章）のも、かわいい甥を死地から救おうと弁舌を振るうおじさんとおばさんの同族意識に他ならない。裁判においての異議は、しばしば親族によってなされたのです。彼女はセネカや福音書の教えやたとえ話を引き合いに出してレナルドを弁護して、皆んなの同族意識に訴えて法廷内で狐の味方を増やし、レナルドを絞首刑から救うことになります。ルケナウは、また、狼との一騎打ちに臨む甥のレナルドに、かなりずるい戦術を授けます。第三十七章をごらんください。第二十章において、獅子王を騙したことがばれて身が危うくなってきたから、水も空気もうまいし多くの野鳥のいる新しい森へ引っ越そうというレナルドの提案をいやがって、

ほかの森に行ってよそ者扱いされて惨めな思いをするなんてよしにしましょう。ここには欲しいものが何でもあるわ。ここら辺りじゃ、あなたは王様よ。なのにどうしてここを捨てて、悪い条件の所で危険を冒さなきゃならないのさ。[22]

と言う妻エルメリンの態度は、住み慣れた町を後に転勤や転職する夫に容易に賛成しないサラリーマンの妻を思い起こさせます。

物語の中で、狐レナルド一家のほかに家族が出るのは、まず百獣の王ライオン夫婦がいる。レナルドが贈ると約束するありもしないエルメリック王の遺宝に目がくらんで、狐に対する判断を誤る夫婦ですが、物語からは妃に甘い獅子王ノーブルの姿が浮かんできます。狐の甘言にのった妃の勧めで狐を無罪にした後で許したことを後悔する時、彼が「これもみな奥のせいじゃぞ。奥が勧めたのじゃ。女の勧めに騙されたのは余が最初ではないな。」[23]などと、皆の手前を繕っているこの件は、上に立つ者が判断を誤ったときにする強弁を我々は毎日のように見ているから、ついニヤリとしてしまう。後悔に先立って、一向に悪事を止めないレナルドに怒りをあらわにしている獅子王に、百獣の王である身にみっともない、おやめなさい、と言って窘

言するのが豹のフィラペル（Firape(e)l）です。昨今まわりを見渡すと、上を誤らせる結果となるのに保身を図って箴言を怠りへつらう輩の多いことに驚きます。獅子王はフィラペルを叱るどころかこの箴言により反省して冷静を取り戻しています。フィラペルという名前は、古フランス語で'fier a pel'（毛皮自慢の）という、なるほどと思われる意味がありますが、獅子王に付いた名前のノーブル（Noble）は、表面上は「高貴で立派な」という獅子の属性を表すものとして考えていいでしょうが、フランス語『ルナール物語』をみると、そう単純ではないようです。「6　狐物語とイソップ寓話」の項の「ライオンの分け前」のエピソードの解説をごらんください。

狼のイサングランとその妻エルスウィンの夫婦には子狼もいますが、父狼の留守に勝手に上がり込んだ狐がエルスウィンの体を自由にした後、彼らに悪態をつきながら小便を引っかけたため危うくめくらになるところでした。狐物語の一大テーマである狐と狼の反目の大本は、これが原因だと考えることができます。エルスウィン夫人は、フランス語『ルナール物語』に比べて英語訳（そして当然ながら原本も）ではそのコケットぶりがだいぶ薄らいでいます。このエピソードは訳註3に引用してあるのでそちらを見ていただきますが、前述のマーティンの宗教界を揶揄するような話も、狐と狼の決闘での玉ひねり、司祭が猫に睾丸をかじりとられる話、夫婦の楽しみについての言及、狐と狼夫人エルスウィンの情事など猥談に近い話も、その場限りの座興としてなら当時でも許されたでしょう。有閑婦人たちに最も好まれたのはいわゆるコキュ物語（寝取られ話）であったことを思い出していただきたい。フランス語の狐物語のエルスウィンにみられる「なら仕方がないわ……」と言ってレナルドに体を許したり、それを子狼に口止めしたりする態度はキャクストン訳にはありません。英訳全体が、少し毒気が抜かれて、どぎつい文言が少ないといっていいでしょう。これは、イギリス文学には、チョーサーの『カンタベリー物語』中の「粉屋の話（*The Miller's Tale*）」[24]「家扶の話（*The Reeve's Tale*）」[25]などのほかには、『シリツ夫人（*Dame Siritz*）』[26]『大工の貞淑な女房（*The Wright's Chaste Wife*）』[27]『コケインの国（*The Land of Cokaigne*）』[28]あたりが思いつくらいで、一つのジャンルをつくるほどには独自のファブリオが少ないことと関係があるかもしれません。[29]

獅子と狐と狼以外の動物についても少しふれておきましょう。動物を人間と置き換えても十分通用することは、もうお分かりになりますね。前述のように、親戚関係をうまく利用して法王庁の実力者になっている猿のマーティンとルケナウ夫婦には三人の子ども——ビテルイス（Byteluys）フルロムプ（Fulrompe）ハテネット（Hatenette）——がいます。彼らを除けばレナルドの唯一の味方で、獅子王暗殺の片棒をかついだと濡れ衣を着せられても叔父のレナルドに抗弁もしないお人好しの甥、穴熊グリムベルト（Grimbert はゲルマン語起源で'mask＋bright'の意味）とその妻スロペカーデ（Sloepecade）がいます。前述のように「誰にも言っちゃダメよ」というのにしゃべっちゃったのは彼女でした。勅命でレナルドを召喚に行ったものの職務を忘れて、好物——今なら賄賂——に釣られて騙されてひどいめに遭う熊と猫。熊の名前はブルーンまたはブラウン（毛が brown 褐色なのです）で、猫はティベルト（Tibert）。腕力があって図体の大きい熊が失敗した後なので、いやいやながらティベルトが狐召喚に行く途中に（第十章）、聖マルティヌスの鳥が飛んできますが、ティベルトの望みに反して、行く手の左の木にとまって凶兆となります。元来、左は不吉の印と考えられていたのです。彼は「こんなときに多くの人がするように、心で思った以上に希望をつないで、この凶兆を努めて悪く考えないようにして」狐の家へ行きますが、果たしてティベルトはレナルド狐に騙されて片目を失う羽目になるのです。

巡礼を装った狐レナルドに耳を喰いちぎられた穴兎ラプレル（Lapre(e)l）もいます。ラプレルとはフランス語で「子兎」のこと。有り難いお経を教えてやると言われて首に食いつかれそうになった経験もあるのに、恐さもあって天敵の狐に向かっていやと言えずに、巡礼姿のレナルドについて行って喰い殺される野うさぎのキワルト（Cuwa(e)rt）。この名前は、語源的には'coward'（臆病者）です。日頃、日陰の身の自分がレナルドのお陰で宮廷で認められるだろうと、分不相応なことを妄想したために、レナルドの奸計にひっかかって命を失う山羊ベリン（Bellyn）は、おだてられてうぬぼれたのが命取りになっています。あきらかに彼はレナルドに仕返しされたのです。レナルドが偽巡礼に出発という朝、彼のためにミサを行って巡礼杖と頭陀袋を授ける式を、彼は破門者だからという理由で拒んだからです。[30] わたしたちが忘れてはならないのは、このキワルトとベリンは、第十九章の終りで、自分を怒らせたことがないし、礼儀を知り友情に厚く、生きざまも敬虔で立派な身分の方だという狐のおべんちゃらにすっかり気を許したのが身の破滅につながったということです。そのほか、プディングを狐に取られたと訴えたところ、別の自分の悪事がばれてしまった犬のクルトイス（Courtoys）などがいます。前述のように、裁判官の職にある獅子王に対して、怒りに駆られず冷静な判断をするように箴言する豹も登場しますが、この豹フィラペルには、レナルドが口から出任せに言う王妃への贈り物の宝物の一つ、櫛の材料となっている豹パンテラ（Panthera）（の骨）とは異なり、伝説的な不思議な獣パンサーのイメージ[31]は全くありません。第三十一章で、雌猿ルケナウが王様の前にレナルドの味方として呼び出す動物には、てん、いたち、ビーバー夫妻（妻のオルディガレ（Ordegale）は古フランス語で'dirty scab'「疥癬膚《かいせんふ》」の意）、かわうそ夫婦、こうもり、川ねずみなど、四十人以上いたということになっています。揃いも揃って風見鶏の日和見主義の者だったことを思い出してください。

鳥はあまり出てきませんが、百獣の王である獅子の宮廷には鳥類もいます。大鴉ティセリン（Tyselyn）は、絞首刑寸前だったレナルドが許されて昔の地位に返り咲いて立場が逆転したことを、絞首台を用意している狼と熊と猫に通報します。みやま烏のコルバント（Corbant）は、死んだ振りをしたレナルド狐に妻シャルプベック（Sharp(e)beck「とがり嘴」の意）を喰い殺されたことを獅子王に訴えます。ところが、空を飛ぶ鳥を喰い殺せるはずがないと狐に言い抜けられてしまいます。彼と兎ラプレルは、立場が強くなったレナルド狐に、訴えるなら証人を連れてこい、さもなくば決闘で勝負だと言われて、抗弁しなければ嘘つきレナルドを利するばかりとわかっていてもコソコソ逃げ出さねばなりませんでした。弱い二人は遠い野原までやってくるとこう愚痴をこぼします。

残酷な殺人鬼め、地獄に落ちるがいい。あいつは自分の嘘をうまく包み隠す術を知っているから、言うことが福音書のように真に思えてしまう。真実を知っているのは我々のほかない。どうして証人が立てられようか。決闘となって奴と戦うより、身を引いて逃げた方がいい。あいつはずる賢いからな。五人がかりでも守り切れずに全員殺されるのが落ちだ。[32]

決闘裁判では、とにかく、勝負に勝った方が正しいという時代だったのです。

それ以外に登場する鳥は、修道院や牧師館に飼われているおん鶏めん鶏と、家族の殆どを喰い殺されたにわとりチャンテクレール（Chauntecleer は、名は体を表すの通り'clear singer'「唄上手」ということです）だけです。彼も娘のコッペン（Coppen, 仏 Coupee）を喰い殺されたことを法廷に訴えに来る。その妹のカンタート（Cantart）とクリアント（Cryant）と孫の二羽のめん鶏が棺をかついで一緒に来ますが、カンタートはフランス語起源で'singer'の意味です。クリアントはフランス語『ルナール物語』には登場しませんが、中期オランダ語 **craeyen 'to crow'** にフランス語語尾 **-ant** がついたものです。十五羽の雛のうち十一羽と妻を喰い殺されたというチャンテクレールの訴えは王様に認められて、皆の前で手厚く葬られます。そして、この件で、第一回目の狐の法廷喚問となるわけです。宮廷との関係結びつきは読みとれませんが、猫のティベルトがレナルドを召喚に行く途中出会う聖マルティヌスの鳥については前に述べました。

このように色々な動物や鳥が登場しますが、最後の狼との一騎打ちで勝利を収めたレナルド狐の側になびいてくる多くの動物は、それまで狐を法廷で訴えていたものたちでした。強者に擂り寄る様は世の常、これはまさに「勝てば官軍」の人間の世界です。

狼との一騎打ちに勝利したレナルド狐は、王様お妃さまに別れを告げて帰りしなにこう言います。

神様がお許しにならないことで何か必要になられましたら、このわたしが我が身我が財産をなげうっても、常に陛下をお助けするつもりでおります。[33]

これはつまり、王様として手に入れたりやったりしてはふさわしくないことは、自分が引き受けるから、いつでもお召しくださいと言っているわけで、これはまるでヤクザの世界の話ではありませんか。

動物ものがたりの動物の世界には、獅子王が発する「国王の平和」なるものがあって、獣であれ鳥であれ争いを止めるように命令が出ます。そして、「国王のもとで皆んな平和に護られている」ということになっています。しかし、次のようなエピーソードをみると、「王様の保護権」はどうなっているのか疑問になります。

あるときレナルドは狼のイセグリムと一頭の雄豚をつかまえたが大声でわめくので打ち殺す。ちょうど、獅子王が来て、お妃さま共々、空腹だが何も食べるものがないと言うので、獲物の一部を分けてやる。(ここでお馴染みのイソップ話し「ライオンの分け前」になる)それでも足りないので、遠くまで行ってやっと子牛を捕らえてくる。獲物を持ってくるのを見て、獅子王はレナルドの素早い狩りを誉める「そちは狩りがうまいのう。子牛はよく太っておるな。そちのいいように分けるがよい。」(三十二章)

かわうそが来て彼の目を覚まして、おいしいあひるの雛を与えながらこう言いました「親愛なるいとこよ、夜のうちに水の中へ何度も飛び込んで、やっと、この太ったあひるの子をつかまえたんです。猟師からくすねたんです。さあ、食べてください。」レナルドが言いました「これは素晴らしい贈り物だ。」(三十七章)

肉食動物の餌をどうするか、この問題は平和主義の動物社会ならばいつでも起こりうることです。『オズの魔法使い』に出てくる弱虫のライオンでさえ、ドロシーに気づかれないように夜こっそりどこかに消えていましたし、『ジャングル大帝』でも問題になっていたことでした。そんなことにお構いなく、好きなときに好きなように捕らえては喰っていたのが狐レナルドだったのですが。

動物ものがたりといいながらも話は人間世界に置き換えられていますから、話が展開する舞台は宮廷、修道院、村や街道筋ということになります。宮廷は獅子ノーブルを王様とするものですが、登場する面々は動物ですから、話の中で人間と関わる場所は、もっぱら狐が盗みに入る、といっても金銭でなく食い物目当てに入る、納屋とか食物蔵、食堂といったところです。昔話に出てくるような狐のすみかや狩場、および狐狩りの背景となる森、薮、野原ではありません。レナルド狐のすみかにはマレペルデュイスという名前まで付いています。これは、名は体を表すというように、「悪の穴」という意味です。[34] 城館とも言える立派な造りということになっていて、獲物をかっさらって追手の目をくらますために、出入口は方々に備わっていました。いっこうに法廷への召喚に応じない狐を攻めたてることになっても、兵糧攻め以外に陥落しない堅固な砦です。この城館を第二十六章で攻めたてることになった王軍は、弓隊に鉄砲隊、歩兵と騎馬隊に戦車隊を繰り出し、松明と大天幕も用意されます。落城または降参した場合に備えて、第十一章では、城門前に攻め道具と絞首台が用意されることになります。これは中世武勲詩の攻城のパロディーですが、甥のグリムベルトの勧めでレナルドが出廷するのでこの攻撃は実現しません。戦いに入る前に傭兵を徴募したり味方の軍勢を固めておかなくてはなりませんが、その様子は、レナルドの父が熊、狼、猫と図って獅子王暗殺を企てたというでっち上げ話（第十七章）にあります。

さあ、彼らが何をしたかお聴かせします。熊のブルーンと狼のイセグリムは、褒美が欲しいものは誰でもブルーンのところに来れば前もって報酬を与えようと、国中に使いを出しました。父は国中を駆け巡り密書を運びました…エルヴェ河とソム河の間の土地を隈無く回り、翌夏にブルーンの助勢に来る手筈の多くの兵士を集めると、父は熊とその仲間のところへ戻って、みなに語って聞かせました。サクソンの地では行く先々でどんなに大きな危険に出会ったか、また狩人たちが日毎に猟犬を引き連れ馬で彼を散々狩り立てたので、命からがらやっとの思いで逃れたことなどを、この四人の極悪な裏切り者に語り終えると、一通の手紙を見せました。これは大いにブルーンを喜ばせました。そこには熊、狐、猫、穴熊のほかに、イセグリムの一族九十二名の名が書き連ねてあったからです。この者たちは報酬を一ヶ月前払いでもらえれば、第一報が届き次第、準備を整え熊を助けに馳せ参ずると誓っていました。[35]

一方、悪さをする狐や狼を見つけて追いかけるときに人間が手にする得物として物語中に出てくるものは、貴族の狐狩りの場合とは異なり、実用的な手元にあるものばかりです。牧師は十字架の杖、女は糸巻き棒、男は棍棒・熊手・ほうき・殻竿・杭棒・鉤棒など、生活に直結したものや、鉛を埋め込んだ棒・鉛の大玉のついた鞭などです。

人間世界の決闘に模した狐と狼の一騎打ちの場面（第三十九―四十一章）は、先に述べた攻城と同じ中世武勲詩のパロディーとして読むことができますが、人間と動物の両方の性格を持ちながら闘うので、次のようになりますし、

狐は仰向けに転がりながら爪を立てて懸命に身を守り何度も殴り返した。狼は足で押え込むだけでは大した傷を負わせることができなかったので、牙をむいて喰いつき嚙み殺そうと思った。狐は嚙まれると思って、大変な恐怖に襲われたので、前足の鈎爪を狼の頭にぶち込んで、こめかみの皮を引き裂いた。狼の片

目がダラリと垂れ下がってしまった。あまりの痛さに狼は吠え泣き大声をあげ、哀れな声をだした。血が川のように流れ落ちてきました。[36]

また、中世騎士物語風でありながら、もはや伝説と古き良い時代へ追いやられてしまった騎士道精神の片鱗も、次の箇所のようにあるにはありますが、[37]

レナルドは…もはや負けを認めて降参せざるをえない…と悟って…言葉巧みに狼にむかってこう口を開きました「親愛なるおじさん、喜んで財産もろとも私はあなたの家来になります。そして、あなたのために聖墳墓まで赴き、聖地の全教会を巡って、あなたの修道院のために罪の許しと善行のお裾わけをいただいて参ります。大いにおじさんの魂とご先祖さまの魂のためになることと存じます。…さらに私は、我らが聖なる父、教皇さまにお仕えするつもりで、あなたにお仕えします。私の所持しているものは全てあなた様の物と思い、常にあなたの僕でありましょうし、さらに、我が一族のもの全員に私に習うように仕向けましょう。そうすれば、おじさんは諸侯の上に立つことになります。その時には、一体誰があなたに刃向うことができましょうや。まだあります。私が手に入れるものなら、にわとり、がちょう、うずら、ちどり、魚、肉、その他何であれ、一口たりとも私の口に入る前に、まずあなたに一番美味しいところを取っていただきます。奥さまとお子たちもです。さらに、いつもあなたの側に侍べり、どこにいらっしゃってもあなたの身に怪我過ちのないようにいたします。あなたはお強く、私めは知恵があります。一緒に行動いたしましょう。片方が助言役、もう片方が実行役ということでいかがでしょう。そうすれば何の災いも我々に降りかかることはありえません。」[38]

騎士道精神など全くお構いなしの最後の部分になると、多分にシモがかった話になり、これでは正々堂々の一騎打ちどころでなく、やくざな喧嘩つかみ合いになっています。

（狐は）たっぷり小便を含んだ尻尾で狼の両目に一撃を加えたために、イセグリムは視力を失ったのではないかと思った。[39]

狼は…片足を振りあげて打とうとしたが、狐は狙いを定めては小便をたっぷり染み込ませた房ふさした尻尾で狼の顔面を打った。その時、狼は全く目が見えなくなったと思った。小便が目に入ったので、追跡を休んで拭わねばならなかった。[40]

狐は…もう片方の手を狼の股に突っ込むと、力任せに睾丸を摑んだ。しかも、ひどく捻ったので、苦しみと痛さのあまり狼は大声をあげて吠えた。…狼はひどく捻られて痛がり苦しみ、狐は玉を捻りに捻った。ついに、狼は血を吐き、あまりの痛さに糞を漏らしてしまった。睾丸の痛みの方が、出血がひどい目の痛さよりも狼を悲しませ嘆かせた。そして、あまりの痛さにすっかり気を失ってぶっ倒れてしまった。血を多量に失ったのと、玉を締めあげられたことで、気が遠くなって力がなくなってしまった。そこで狐レナルドは、あらん限りの力をふりしぼって跳びかかり狼の両足を摑むと、皆に見えるようにして競技場をズルズル引きずった。そして、散々突いたりぶちのめした。[41]

先の法廷で、頭陀袋をかついで杖をついた巡礼の形《なり》で後足で立つ姿を、騙し専門の狐にさせたこと自体が大変な戯画と言えますが、聖書の上に手を置いて誓って始まったこの一騎打ちの場面は、宗教も含めて中世的なものが過去のものになりつつあった時代、中世の戯画化が格好の題材になっていた時代の風潮を伝えるものと思われます。

以上みてきたように、狐物語では動物に人間を演じさせたところが笑いを誘う教訓になったわけで、動物を主人公にした物語について、フォンテーヌも『寓話』でこう言っています。

この英雄たちの物語は嘘だとしても真実をふくみ教訓になる。…わたしは動物をつかって人間を教える。[42]

イソップ以来の動物ものがたりの効用は、まさにこれなのです。

5　騙しのテクニック

当時の習わしに従うと、法廷で訴えられた狐レナルドとしては、まず証人をたてて、神に宣誓をして、自己弁護して、相手を非難して言い負かせば、神の前で訴訟に勝ったことになるのです。さて、口から先に生まれてきたように言葉の達者なレナルド狐のことは、本文五十六ページでも「嘘八百袋の口を開いて口から出任せ、甘言と巧言をもって自分に都合のいいことを並べ立てましたので、本当の話と思われてしまうのです」とあり、また次のように言っていますが、レナルドの弁明の巧みなことはあきれるばかりです。

誰が何を言って狐を非難しようと、レナルドは一つ一つに申し開きをしました。動物たちが訴える狐のこれほどずる賢い入れ知恵、これほど巧みな作り話は前代未聞でしたが、一方、狐はどの訴えも鮮やかに能弁に言い抜けましたので、聞いていた者たちは舌を巻きました。その場に居た者は狐の言い分がもっともだと言えるくらいでした。[1]

まず、絞首刑が言い渡されたあと、死ぬ前の懺悔のなかにあるもっともらしいせりふをお聞きください。この訴えで自分の嘘八百を信じ込ませてしまうのですから。

「私がどういう状況に置かれているかは、ご覧のとおりです。私が魂を地獄に落とすようなことをするとお思いですか。今、真実を違えて言ったとて何の役に立つでしょうか。死が目前に迫り、念仏も富も私にとって何の役にも立たないのですから。」ここで、狐は恐怖におののいているような振りをして、体をブルッと震わせました。[2]

また、二度目の出廷（二十八章）のときの次のせりふもお聞きください。

私の言い分もじゅうぶん聞くのが筋ではありますまいか。たとえこの身が死罪だとしても、たしかに最後まで聞いてしかるべきです。…陛下、何かやましい行為か罪科で身に覚えがあるとしたら、私が法廷の敵の真っ只中へ、のこのこやって来たと思われますか。全くもって、陛下、とんでもない。…有難いことに、不正行為などの覚えが全くないからこそ、白昼堂々と、誰がどう訴えようと全ての訴えに申し開きしようと来たのであります。

前述のように、小兎ラプレルとみやま烏のコルバントも、こう言って法廷を逃げ出します。

あいつは自分の嘘をうまく包み隠す術を知っているから、言うことが福音書のように思えてしまう（67/23-24）。

狐レナルドの言い抜け術は、現在でも所と姿を変えて使われていると思われます。その巧妙な弁明にコロリと騙されて、あとで憂き目をみないようにするためにも、ここで彼の手口を少しさらっておきましょう。ことの真相は、法廷に召喚されたレナルドが道すがら甥の穴熊にする告解で述べています。怖い物知らずのレナルドでも、地獄に堕ちるのはやはり怖いのでしょう、自らの非道を懺悔の形で告白しています。

《告解―1》「私はこの世にいる全ての動物に対し罪を犯しました。とりわけ熊のブルーンおじさんには、その頭のてっぺんを血だらけにしました。」[3]

このエピソードの真相をかいつまんで述べましょう。

《真相―1》　レナルドは熊のブルーンに、たらふく蜂蜜を食べさせると騙して、大工が割りかけて楔をはさんである大木の割れ目にもぐりこませておいて楔を引き抜いたので、ブルーンは切り口に首を耳の後ろまで挟まれてしまう。村人に見つかったブルーンは散々殴られて、必死になって頭を引き抜く際に、頭と耳の毛皮と両手の毛皮とかぎ爪を失って血だらけになって逃げます。（八章）

これを法廷で弁明する段になるとレナルドはこう巧みに言い抜けます。

《言い抜け―1》「ブルーンの頭のてっぺんが血だらけだとしても、それが私に何の関係があるでしょう。彼が村でラントフェルト家の蜂蜜を食べてしまって、随分ひどいことをしたのですから。だから散々ぶたれたのです。その気にさえなれば腕力があるのだから、川に飛び込む前にいくらでも仕返しができたはずです。」[4]

ところが実際は、蜂蜜なんかない割れ目に首を突っ込まされたまま散々殴られ、頭から流れ落ちる血で目も見えず、両前足もかぎ爪もろとも毛皮がはげて、人間に刃向かうどころではなかったのでした。

以下の事件についても、この事件と同じように三つにわけて並べてみましょう。いかにレナルドが狡猾で弁舌さわやかかがわかります。でも、騙されてはいけません。

《告解―2》「猫のティベルトには鼠を捕ることを教えましたが、実は罠に跳び込ませたのです。そのため彼は散々殴られました。」[5]

《真相―2》狐レナルドは猫のティベルトを、司祭の納屋に山ほどの鼠がいると騙して、壁の割れ目から飛び込ませる。ところが、実は、前夜レナルドが鶏を盗んだので仕返しに司祭がわなを仕掛けたことを知っていたのです。飛び込んだとたんにティベルトはわなに首を挟まれてしまい、散々殴られて片目をつぶされてしまう。（十章）

《言い抜け―2》「猫のティベルトがやって来たとき、私は優しく迎えましたよ。彼が私の忠告も聞かず司祭の家に鼠を盗みに出かけて、司祭にひどい目にあわされたとして、私がその責任を負わねばなりませんか。もしそうなら、なんという不運かと嘆くよりありません。でも、私に責任はありません。」[6]

《告解―3》「雄羊ベリンと野兎キワルトを連れ出してキワルトを殺し、その首をベリンに持たせて王の奴をなぶってやった。」[7]

《真相―3》キワルトとベリンは巡礼に出かけるというレナルドを途中まで見送りに行った。悲しむであろう妻子を慰めてくれと騙して、キワルトを家に誘い込んで喰い殺してしまう。その首を頭陀袋に入れて、外に待たせておいたベリンに、手紙が入っているからと王様に届けさせる。その手紙のために、ベリンはキワルト殺害加担の罪で死罪となる。ここでは〈狐の陰険なこわさ〉を思い知らされます。（二十章）

《言い抜け―3》「悲しいことだ。何とおっしゃいます。キワルトが死んだ。山羊のベリンはどこにおります。奴は陛下に何を持ち帰りましたか。私は三つの宝を持たせたのですが、どこにいってしまったのか知りたいもの。」[8]

「ああ、何と言うことだ。知らなんだ、野兎キワルトにこの宝物といっしょに頭陀袋を渡したときに、彼が死の瀬戸際にいたとは。私にはキワルトと山羊のベラルトのほかに宝物を託せるものがいなかった。親友の二人でしたから。何とひどいことを！　殺した奴を呪ってやる。世界中駆け巡ることになっても捜し出して、正体をあばいてやる。人殺しは隠し通すことはできない、必ず現れるものだ。口にこそ出さないが、キワルトがどうなったか知っている者がこの中にいるかも知れない。卑劣な悪者が善人と交わっていることも多く、そいつから逃れるのは難しいものです。」[9]

ところが、実は、宮廷付きの司祭ベリンが、巡礼に出かけるというレナルドが破門の身だというので、頭陀袋と巡礼杖とお祈りを授けるのを拒んだことを根に持ってわなにはめたのです。狐は、キワルトが真っ先に法廷で自分を訴えたと聞いて、頭にきて喰い殺したことをベリンの仕業だとうまく仕組んだのだった。宝物云々は、もちろん実在しないうそっぱちです。

《告解―4》「小兎の両耳の付け根を押えつけて、奴はすんでのところで御陀仏だった。残念ながら逃げられちまったが、これがまた逃げ足が速いんだ。」[10]

《真相―4》マレペルデュイスの城館の脇を通り過ぎて祭の宴に向おうとした小兎のラプレルが、戸口の外に巡礼の姿で立っていたレナルドに挨拶をした。狐は一言も言わず兎の両耳の間をむんずとつかむが、兎は持ち前の身軽さで跳び退いてそのかぎ爪から逃れた。逃れはしたものの、片耳を失うやら、頭に受けた爪痕から血が吹き出したので、気を失いかけた。しかし、命が惜しくて跳び起きると、走って逃げた。（二十三章）

《言い抜け―4》日頃から目をかけてやっている親友の小兎によって、身に覚えがないのに訴えられている。彼がやってきて、疲れておなかは空くし何か食べ物はないかというから、家の中に入れて、上等な白パンにおいしいバターを塗ってやった。兎が腹いっぱい食べ終ったとき、末っ子のラセルが出てきて残りを少し持ってこうとした。怒った小兎がラセルの口元を殴ったので、子狐は歯から血を流して気絶して倒れてしまった。これを見た長男のレナルディンが兎に跳びかかって首を捕まえた。自分はそれを助けて自由にしてやった。そうしなければ殺されたでしょう。ところが、小兎ラプレルは、私が殺そうとしたと言って訴えた。これは濡れ衣だ。（二十八章）

この言い抜けは、おじの猿のマーティンに自分は理由もなく訴えられていると事情を話したことを、獅子王の法廷で間接的に話すという、手の込んだ弁明の形をとっています。このマーティンに会った話だとて本当かどうかわかったものではありませんが、マーティンは甥に有利な判断をしますから、そこまで話すことができる狐には好都合です。次の弁明もそうです。

《告解―5》「みやま烏も訴えて当然だな。妻のシャルプベック夫人を一飲みにしちまったのだから。」[11]

《真相―5》　妻とヒース野原へ遊びに出かけたみやま烏のコルバントが、地面に倒れていてコト切れてる様子の狐レナルドを見つけます。両眼をカッと見開き舌は口からダラリと垂れ下がっています。腹を触ってみても生きてる印がないので、妻が口元に耳を当てて息があるか聞こうとした。妻がじゅうぶん近付いたと見るや、卑劣漢レナルドは首をガブリと噛み切って妻を貪り喰ってしまった。（二十四章）

《言い抜け―5》　みやま烏のコルバントが悲しそうに泣きながら飛んできた。何が悲しいのか尋ねると、彼が言うには「悲しいかな、妻が死んだ。蛆のわいた野兎の死骸を食べ過ぎたら蛆が妻ののどを喰いちぎってしまった。」理由を聞いても、それ以上何も言わずに飛び去った。ところが、奴は私が妻を噛み殺したと言っている。あちらさんは空を飛び私は歩きなのに、どうやってそんなに近付けるっていうんです。

このように私は裏切られてしまった。（二十八章）

ところで、この件で、レナルド狐が作り話で弁明して罪を逃れる一方で、野兎ラプレルとみやま烏のコルバントが真実を主張して、彼の嘘を暴くことができないのは不思議に思われますが、この二人が法廷で弁明できないのは、本文（二十八章）にも述べられているように、自分たち以外に証人がいないから、決闘になったらとても勝ち目がないからです。勝った方が正しいという時代、だったのです。

《告解―6》「私は彼の妻エルスウィン夫人と関係を持ちました。あんな事をしなければよかったと思います。申し訳なく思っています。奥さんにとっては大変な不名誉ですし、私はとても悔いています。」[12]

狐がエルスウィン夫人の名誉を傷つけた事件は、イセグリムが「狐レナルドが私と妻に対し行った、途方もない罪過と不当な仕打ちを哀れみくださいますよう。」「奴が妻に与えた恥辱と破廉恥行為については、私に十分な償いをしない限り、決して不問にしたり仇を討たずにおくものではありません。」（第二章）と訴えている、訳註3に述べた事件もありますが、法廷で次のように言い訳している行為は、狼が狐を訴えている「尻尾の釣り」事件です。イセグリムの訴えは、かいつまむとこうです。

《真相—6》卑劣な悪党狐は、狡猾にも汚い手段で我が妻を騙した。ある冬の日、彼は我が妻に、魚を尻尾で捕る方法を教えてやろうと言った。愚かにも妻はあまり長い間垂れていたので、尻尾が氷の中で凍ってしまった。それを見ると奴は妻に躍りかかって浅ましくも力づくで犯した。妻は身を守ろうにもどうしようもなかった。来かかった自分が土手から現場を見ると、下の方で奴が妻に乗っかって押したり突いたり、例の遊戯をやっていた。大声で怒鳴ると、奴は妻からとび降りて逃げてしまった。私は苦労して氷を割った。妻はひどく痛い思いをしてやっと尻尾が抜けたが、抜く時の痛さで泣き叫んだので、村人が得物を手にやってきて槍でつ突いたりして、ひどい傷を負わせた。走って逃げたが、我々はすんでのところで命が危ういという目に遭った。夜でなかったらきっと殺されていた。この卑劣な強姦を厳しく裁いてほしい。（三十三章）

《言い抜け—6》レナルドは、エルスウィンにある所で魚の釣り方を教えて適当な道を案内してやったという。ところが、彼女は魚と聞いただけで、もうたまらず走り出して、道を通らず氷の中へ入り込んで、長く居すぎて凍りついてしまった。氷にはまった彼女を助けようと思い、あちこち持ち上げたり押したり突いたりして、引き出そうとしたけれど、重すぎたのでみな徒労に終った。そこへイセグリムがやってきて、自分が押したり突いたり、できるだけのことをしているのを見て、浅ましい下司根性で、筋違いもいいところ、二人の仲を中傷した。しかし、でたらめだ。偽って中傷しているのだ。上から見下ろしたとき、まぶしくて目がくらんだにちがいない。彼は大声で私を呪うと、必ず仕返しをすると誓った。狼があまり口汚くののしり脅すので、自分はその場を立ち去ってしまった。そのあと、奴は奥さんを持ち上げたり押したりして救い出した。二人で跳んだり走ったりしていたが、体を温めるためで、そうでもしなければ凍え死んでしまったでしょう。これは明らかな大真実。…「みなさんもよろしいですか、考えてもご覧ください。誰があれほどの賢婦に悪戯をする気になるでしょう。死ぬか生きるかという場合だと言うのに。」（三十三章）

《告解―7》「私はまたチャンテクレールに、雛鶏のことでとてもひどいことをしました。雛のほとんどを奪ってしまったからです。」[13]

《真相―7》八羽の息子と七羽の娘のいるチャンテクレール夫婦は、壁に囲まれた庭で六匹の番犬に守られていたが、修道士姿の狐に騙されて雛を十一羽、次々と喰われてしまう。（五章）

この件についての弁明は、間接的ながら次にあります。

《言い抜け―7》私は乳離れするまでは、どこを探したっていないくらい良い子だった。ある時、子羊と遊んでいるうちに、つい嚙みついて血をすることを覚えた。とてもいい味だった。その肉も食べてみると、無性に肉を食べたくなり、森の子山羊を二匹殺した。しまいには見つけしだい、めん鳥やがちょうなどを喰い殺すようになってしまった。(十六章)

このように、レナルド狐は、自分は全く関わりないとか、関わりあるのはここまででその先のことは相手が勝手にしたことだとか、助言したのに言うことを聞かなかったからだとか、いろいろ虚言を弄して、相手がひどい目にあったのは自分のせいではないと主張しています。

以上の話には告解と真相と言い抜けが揃っていましたが、作品中に言い抜けのない狐の悪行もあります。法廷での弁明はないものの、甥の穴熊にする告解から知ることができる狐の悪行の数々を見てみましょう。自分のひどい仕打ちの対象となった者に対する、皮肉・からかい的文言のおまけがついているもあります。宿敵のイセグリムに対する悪さはたくさんありますが、イソップ寓話を地でいって、狼を馬のひづめに蹴っとばさせた話――詳しくは次項「6　狐物語とイソップ寓話」の項をごらんください――のほか、次の告解があります。

《告解―81》　狼のイセグリムを数えきれないほど騙してきた。おじさんなんて呼んでたが、それは欺くためで、彼は親戚でも何でもありません。エルマレで彼を修道士に仕立てましたが彼はひどい目に遭っただけで何の得にもならなかった。あいつの両足を釣鐘の紐に結び付けてやりました。鐘の音がひどく気に入って鳴らし方を覚えたいと言ったからです。(これはイセグリムの反証がないので真偽のほどは不明です）鐘をあまり激しく鳴らしたので街中の人が何事かと恐れおののき、一体何が鐘に取り付いているのか訝って駆けつけてきた。奴はその場で死ぬほどぶたれてしまった。（十二章）

《告解─82》別の折り、魚の捕り方を教えてやったが、ここでも散々殴られた。（十二章）

《告解─83》イセグリムをヴェルメドスの司祭の食物蔵に入り込ませた。彼は食べ過ぎて入り込んだ穴から出られなくなったので、自分は村へ行って大声をあげて大騒ぎをした。近所の人がみな杭棒や棍棒を手に走って来て、狼を打ちすえて大きな石を投げつけたので、彼は倒れて生きている様子もなかった。そこで砂利道を村外れまで曳きずって、狼を溝の中に放り込んだ。彼はその中に一晩中横たわっていた。（十二章）

《告解─84》丸まる肥えた鶏がいる所へ彼を連れ出した。そこにあった落し戸から入り込ませると、奥の方を探らせておいて前へぐっと押し出して、奴を床に突き落としてしまった。ひどい落ち方をしたので、寝ていた者たちが目を覚まして狼を見つけると散々打ち据えて死ぬほど痛めつけた。（十二章）

「このように私は、彼のところを数え切れないくらい多くの危険な目に遭わせました。よーく思い起こせばもっとたくさんあるだろう」とまで言っています。

告解─1以外で、熊のブルーンに対する悪さと、熊と狼に対する悪さに関する告解は、

《告解─9》「熊には重傷を負わせてしまった。奴の毛皮を剥いで頭陀袋を作ったのだからな。又、狼夫婦からは靴を奪ってしまったし、大嘘をついて王さまを喜ばし、うまく騙して狼と熊が陛下を裏切り殺害

を図っていると吹き込んでやった。王様はことのほかご立腹だったが、奴らには濡れ衣だ。」[14]

《真相―9》　レナルドは、熊のブルーンを新しい王様にたてるという謀反をでっちあげて、エルメリック王の財宝に目がくらんだ獅子王と王妃が、巡礼の旅に出るというレナルドの頭陀袋をブルーンの背皮から、靴をイセグリム・エルスウィン夫婦の脚皮からつくらせる。（十七―八章）

レナルドは主君である獅子王ノーブルに対しても、臣下の兎キワルトを喰い殺してその首を送りつけるなど、散々悪さをしていますが、そのほかにも、

《告解―10》「王さまとても全く安全というわけではありません。王さまとお妃さまのことを何度も悪口を言ったので、その不名誉は決して晴れることはないでしょう。」[15]

キャクストン訳の全編を通じてこの件についての言及は何もありませんので、真偽のほどは知れません。告解―9で王様についた「大嘘」というのは、

《告解―11》「王さまにはハルステルロに宝物が山とあると言ったが、これは口から出任せだから少しもお宝は手に入るまいさ。」[16]

この件についてはレナルドは既に二十章で、法廷から帰ったとき妻にこう言っているので真相は明らかです。

《真相―11》「王さまがわしを自由にしてくれたのは、クリーケンピットに莫大な財宝があると教えてや

ったからじゃ。だがな、いくら探したところで何もありゃしない。これにはカンカンになって怒るに違いない。まんまと騙されたとわかったらな。」[17]

どう言って王様を騙したかというと、

「フランダースの西の端に一つの森があって、名前をフルステルロといいます。その近くにクリーケンピットという池があります。辺りは大変な荒れ地なので、よほどのことがない限り、時には丸一年、誰もそこへ足を踏み入れることがありません。…この荒野に例の財宝が隠されています。…御承知おきください、場所はクリーケンピットと言います。…陛下と奥方さまお二人で御一緒に行かれるがおよろしいかと存じます。」[18]

前述のように、以上の告解はグリンベルトが法廷に出頭する道中で聞いているのですが、伯父のこれほどの悪行の告解を聞いて、どうしてグリンベルトはその悪に怒らないのか。告解をして罪償行為をおこなったから罪障消滅したという考えなのであろうか。告解をした後にレナルド狐が、次のように明らかに常識にはずれたことを言ったときも、伯父と甥の会話は以下のようになっています。

「明朝、お前と法廷に行こう。わしに喋る機会があって聴いてもらえさえすれば、巧みに言い抜けて、誰かほかの者を確実に陥れて見せるのだが。甥よ、お前は真の友だな、わしの味方をしてくれんか。」

「誓って請け合いましょう、親愛なるおじさん。私の命も財産も自由になすってください。」

「かたじけない、甥よ。よくぞ言ってくれた。命あったら必ず報いようほどにな。」
「おじさん、諸侯の前に出て弁明したらいいです。言いたい放題喋れる限り、誰も逮捕したり拘留したりできやしません。お妃と豹はそう心得てます。」
そこでレナルドが言う「だから、わしもしめたと思っておる。こうなりゃ、ほかのどんなお偉方でもクソ食らえだ。うまくこの身を救ってみせるって。」[19]

どうも常識が今と異なるようです。グリンベルトは法廷で伯父がでっちあげた謀反の片棒を担がされても、腹を立てた様子もありません。

不思議といえば、レナルドが井戸にはまったときの話が法廷で出たときです。

レナルドが井戸の底に閉じこめられて大変危うい状態にあった。そこには釣瓶が二つあって滑車に通した綱にぶる下がっていた。来かかったエルスウィン夫人に、中で美味しい魚をたらふく喰ったので腹がパンクしそうだ、とうまいことを言って、上にある釣瓶に乗せる。レナルドはもう片方の釣瓶で上がりながら「一人が上がれば、もう一人が下がるのが、世の中なのですなあ。」と言って、釣瓶から跳び出して立ち去ってしまう。エルスウィンはひどい飢えと寒さに責められながら、一日中そこにたった一人で取り残されてしまった。しかも、そこを逃げる前にさんざんぶたれた。(三十三章)

という彼女の訴えに対して、狐が言うには、

「おばさん、…ぶたれたのが私でなくて、あなたでよかったですよ。あなたの方が我慢強いでしょうから。いずれにせよ、どちらかがぶたれなくてはならなかったのですし。あなたには、いいことを教えてあげたんです。その件をよくよく考えて、これからは「これは友達だろうか、親族だろうか」と、もっとよく気をつけて、誰もあまり軽々しく信じないことです。誰だって自分の利益しか求めやしません。だいいち、今どき、そうしない輩は馬鹿ですよ。とりわけ、命が危ういなんていう時にはね。」[20]

このレナルドの話の後半のへりくつを、判事の席にある獅子王が、よく平気で聞いていたものだ、と思いませんか。王様はこれに対して何も言っていません。

このからかい・へりくつ的な言い訳は、次の場面でも聞かれます。一騎打ちでイセグリムに組敷かれた狐が、狼のこめかみの皮を引き裂いて、片目がいっしょにとれてしまったこと（三十九章）に関して、嘘ともおべんちゃらとも思える言い訳をしています。

「あなたの片目に起きたあの不幸のことを私は済まなく思って、心で深い悲しみを覚えているのです。あんなことがあなたの身にでなく自分の身に降り掛かればよかったと本当に思います。それならあなただって満足だったでしょう。でも、そのために一つ大きな得をしたことになります。だって、今後寝るとき

に、ほかの人は目を二つ閉じるところ、あなは一つでよくなったんですからね。」[21]

イソップ風ものがたりをうまく取り入れて話をでっち上げるかと思うと、訴えられた悪行を一つ一つ巧みに言い抜けるテクニックをまとめてみれば、騙されないためには用心深くその裏を読んだり、逆を行けばいいことがわかってきます。

6　狐物語とイソップ寓話

中世ヨーロッパではギリシャ語のイソップ寓話は殆ど知られていません。ラテン語で書かれたイソップ寓話タネの話を集めた紀元一世紀のフェドルス（Phaedrus）の韻文集と四世紀頃のアヴィアヌス（Avianus）の散文集の二つが、子弟の教育に好んで用いられていたようです。このフェドルスをもとにした十世紀頃の散文集がロミュルス（*Romulus*）で、これは大いにもてはやされて、後の教訓寓話詩の雛形となる。同じ頃出た *Ecbasis captivi* とその後の流れは「2　狐物語の系譜」で述べました。ヨーロッパに連綿と続いている動物譚イソップと狐物語をキャクストンは放っておかなかった。前述のようにキャクストンは一四八一年に『きつね物語』をオランダ語から、一四八四年に『イソップ寓話』をフランス語から英訳印刷出版しています。この英訳イソップ寓話には、狐物語に入ったいくつかの話が挿絵入りで納められています。

狐物語もイソップ寓話のように、人間の代わりに動物に語らせる動物ものがたりですから、教訓めいた所や、なるほど物語めいたところがあります。[1] 話の最後に、その内容について筆者の感想や批判を加える手法は、古来イソップ風寓話に用いられてきた方法ですが、教訓話しがあまりにも自明なのでついていないことも、また、本文との関係が曖昧なこともあります。

寓話はふたつの部分から成り立つ。ひとつを肉体と呼び、もうひとつを魂と呼ぶことができよう。肉体は話であり、魂は教訓である。（フォンテーヌ『寓話』序文）[2]

イソップ寓話集のように、当初は動物を擬人化して寓意をこめた作品群が、寓意から教訓と説教へ移行するのはそれほど難しいことではありません。現に、狐物語の低地ドイツ語訳には話の終わりに教訓がついています。フォンテーヌも『寓話』の序文や話の出だしに、こう語っています。

寓話というものは見かけのようなものではない。…なまのお説教は不快な思いをさせる。お話はそれと一緒に教訓を呑み込ませる。こうした種類のつくりばなしでは教えかつ楽しませる必要がある。有益なことと楽しいこと、このふたつより望ましいことがあるでしょうか。
見かけはたしかにたあいないことです。しかし、そのたあいないことが大切な真実をつつんでいる。[3]

前述のように、キャクストン自身も『きつね物語』の序文とあとがきに、この本を繰り返し読んでそれを人生訓とし、狐的な知恵をつけるように勧めています。しかし、彼が翻訳出版の対象としていたのは庶民ではなく、諸侯、聖職者、紳士、豪商たちでした。写本も印刷本もたやすく手に入らない庶民は、所持している人に読んでもらうか教訓として説教されるしかなかったのです。序文に「これを自分で読んでもよし、読んでもらってもいいでしょう。世の中で毎日のように行われている巧妙な嘘やごまかしを見抜くことができるようになります。」[4] とあり、また、あとがきに「皆様がただ今お聴きになったかお読みになったこと、これは十分信用していただけます。」[5] とあるのは、処世訓やためになる話を書き物や口承で説教する伝統があったからでしょう。ここは、一時代前の、語り聴かせるという伝統がこの時代まで残ったものと思わなければなりません。キャクストンの印刷所から本が出て始めて〈読者〉というものが意識されてくるわけです。

物語に寓意をこめるほかに、登場人物の口を借りたり、作中に翻訳者や作者が顔を出して教訓的コメントを与えたりもします。これは中英語期の翻訳や翻案に広く用いられた手法です。『きつね物語』第四章では、使徒信教を教えると騙して兎キワルトを喰おうとしたレナルドを弁護して穴熊にこう言わせています。

> 習い事を正しく読めたり覚えなければ、先生であるレナルドが罰としてぶってはいけないでしょうか。怠惰な生徒は打ち懲らしめ叱らなければ、決して何も身につくものではありません。[6]

第八章では、熊のブルーンが村人に散々殴られるところで語り手が顔を出して次のように諭します。

> 皆さま、ここから教訓を得ましょう。苦しみ困っている人は、みんなが寄ってたかって更に苦しめようとするものだ、と。この熊の例でよくわかります。[7]

次は、狐と狼の一騎打ちでレナルドがイセグリムに勝ったあとにつくコメントですが、「勝てば官軍」という世の常を思い起こさせます。

こんなわけで、勝って上に立った者は誰でも賞賛と名誉を受け、打ち負かされひどい目に遭った者の側には、誰も好んでは来ません。[8]

今の世の中なんてこんなものです。金があって運命の車の頂にいる者には多くの親族や友人がいて、こぞってその富にたかります。しかし、困窮して苦しむ貧乏な人には、友達も親族もほとんどいません。誰もが付き合うのを避けるからです。[9]

さらに、最終の第四十三章の中ほどの部分には、[10] 当時の風潮を嘆いた文言が長々と続いています。

今の時代にレナルドの策謀を利用しないものは、権力のあるいかなる地位にあっても、この世の中で何の価値もないのです。一方、レナルドの後についてその弟子となる時には、我々の仲間というわけです。彼は出世して誰よりも上に出るすべを十分心得ているからです。狐によって蒔かれた大きな種がこの世の中にあって、いたる所で盛んに生長し繁茂しています。赤い髭はありませんが、現在、昔よりはるかに多くの狐を見ることができます。[11]

ついでに、正しく世の中を治める心得として、ライオン的性質とともにこの狐的性質をも兼ね備えることを勧めているマキャヴェリ『君主論』の次のくだりも参照下さい。

君主たる者、野獣の性質をも持ち合わせていなければならないというその野獣についてだが、わたしは、野獣の中でも狐とライオンに注目すべきであろうと思う。ライオンだけならば罠から身を守ることはできず、狐だけならば狼から身を守ることはできないにしても、狐であることによって罠から逃れられ、ライオンであることによって、狼を追い散らすことができるからである。罠を見抜くには狐でなくてはならず、狼を追い散らすにはライオンでなければならないということだ。それゆえに、ライオンであるだけで満足している君主はこの点がよくわかっていないのである。もちろん、狐であることで満足しているリーダーについても、同じことが言える。ただし狐的な性質は、巧みに使われねばならない。非常に巧妙に内に隠され、しらばっくれてとぼけて行使される必要がある。なに、人間というものは単純な動物だから、現に眼に見えることに引きずられやすいのだ。これが現実では、だまそうとする者は、だます相手に不足することはないのである。[12]

確かに、一個人に力と智恵の両方が揃わない場合が多いわけですから、上に立つ強者は現在よりもっと強く、その下の者の立場はもっと弱かった時代には、強いものに対抗するには力ではなく処世的実効のある狐的な「智恵」が必要であったろうと思われます。イセグリム夫人のエルスウィンが「何と呆れたことを、レナルド。あなたにかかっては誰もかないませんわね。あなたは何と巧みに言葉を繕い、よくまあ口から出任せを並べ立てましたね。でもね、いずれ悪の報いを受けることになりましょうよ。」[13]「我が君、願わくは、お聞きください。いかに彼が全てを自分に都合よくねじ曲げ、己に係わることを、いかに尤もらしくみせるか、呆れるばかりです。こんな手で、今までに幾度か、私を傷つけ痛めつけてきたのです。」[14]と言って訴えるように、レナルド狐の弁明にはわれわれを驚嘆させるような呆れた詭弁もありますが、[15]マキャベリーの言うような狐的な手法で、自分に不利な裁判を次々と切り抜ける主人公レナルドの話を翻訳したゴーダ版の訳者とキャクストンは、この動物ものがたりの中に、政争に明け暮れた時代の諸侯に勝者として時代に生き残るための処世法、治めるべき庶民のあり様について有り難い有益な話を織り込んだつもりであったろうか。[16]物語の中でも、レナルドのおば猿のルケナウ夫人が獅子王の良き顧問としての狐親子三代にわたる忠誠をぶりを強調して、正しい政を行うように、悪人と善人を峻別するようにと諫言しています。

彼の父も祖父もこの法廷では一目置かれ、評判もありました。狼のイセグリム、熊のブルーンとその友達、一族のものを合わせても及びません。甥のレナルドの知恵と身に受けた名誉に比べたら、彼らの助言はこれまで全く比較にもなりませんでした。彼らは世の中がどういうものかまるで分っていないのです。私が思いますに、この法廷は全くあべこべになっております。卑劣な悪党、おべっか使い、裏切り者がのし上がり、諸侯のお覚えめでたく出世をしている。一方で、善良、正直、賢明な者がおとしめられています。長らく真実の助言を、しかも王さまの名誉のためにしてきたにもかかわらず、こんな状態がいつまでも続いているのが解せません。[17]

狐の悪行に対して怒りをもって死罪を言い渡そうとする獅子王に対して、彼女はまた、判事の席にいるときに怒りにかられてはいけない。心から全ての怒り憤りを捨て去ることが肝要、と諭しています。[18] 他人を訴える者についてもこう注意を喚起します。

人の目の藁を見ても己のうつ梁が見えぬ輩が多いもの。他人をとやかく裁きながら、実は本人が一番の悪者という輩も多いもの。[19]

王妃も、夫の怒りが静まるのを待ってからこう諭します。

陛下、カミカケテ、ヒトガ言フコト全テヲ真ニ受ケテハイケマセン。マタ、軽々ニ判断ヲ下シテハイケマセン。名誉を重んずる人は事態を明かに知るまで軽々しく信じたり、大げさに宣誓したりしてはなりません。同時に、相手方の言うことに耳を傾けるのも当然のこと。相手を訴えながら自分の方が悪い輩もままあること。相手側の言い分もお聞きください。[20] しかし、結果がどうあれ、彼が悪でも善でも、陛下のおん為にも、あまり性急に彼の不利に事を運ばれますな。それは正当でもなく名誉あることでもありません。[21]

決闘の場で、狼に組み敷かれて降参する振りをしたレナルドも、狼の怒りを何とか鎮めようと一所懸命です。

怒りの中で己を見失わず、あまり性急にならず、後で自分の身に何が起こるかを十分見極める人こそ賢いと申せましょう。誰であれ、怒りの中でも己に良き忠告ができる人は確かに賢いのです。怒りに駆られて事を急ぎすぎて後になって後悔しても手遅れという愚か者が多いものです。でも、親愛なるおじさん、あなたは賢いのでそんな事はなさらないと思います。[22]

さらに、権威ある教えとして聖書へ言及して助言・教訓とする場合もあります。第二十九章で猿のルケナウ夫人が王様に言います。

福音書にある言葉も思い出してください「情け深くあれ」。更に、こうも言います「人を裁いてはならぬ、己が裁かれぬためなり」。更に、こうも。パリサイ人が姦淫せし女を連れ来たりて、石叩きの刑を行わんとせし時、いかがかと主に問うた。主、答えて「汝らのうち、罪なき者に第一の石を投ぜしめよ。」すると、誰一人留まる者なく、女をそのままにせり、と。[23]

このように、動物譚としての『きつね物語』には処世訓的文言が全編にわたってみることができます。同じようにモラルを説く人生訓が話の最後につくイソップ寓話風の話は、人間世界に広く通ずるところがあるために、各国に類似の話が見られます。イソップから取り入れたと思われる場合でも、その教え諭す内容が変わってくることがあります。わが国でも有名な「蟻ときりぎりす」や「うさぎとかめ」の結末と教訓部分が日本に入ってから異なっていることは、よく知られているところです。赤頭巾にしてもシンデレラにしても、もとの話に比べると甘くなっています。これは、昔からの厳しい、また時には怖い教訓が、後の時代の文化的な圧力や教育的配慮、自己規制によって、文部省推薦のように棘を抜かれてしまったと考えていいでしょう。ギリシャ本のように「あなたは、なぜ夏のあいだに、たべものをあつめておかなかったのです。」「夏のあいだうたったら、冬のあいだ踊りなさい。」と、冷たく追い返すのはいけないことだといって、困った人を助けることがモラルとして推奨されると、実はその結果、冬半ばにして蓄えのなくなった蟻も、蟻から食べ物を分けてもらえなくなったきりぎりすも、餓死するという厳しい現実に目をつぶることになります。きりぎりすは一回の食事で蟻の百二十五日分を食べてしまうというのですから。一方で、他人はどうあれ自分は休まずに努力することが人生訓として強調されすぎると、賢かった亀、ひょっとしてずるかった亀のような相手に対して無駄な努力をすることになりかねません。そもそも、わき目もふらずに勝つことばかり考える人物ばかりができあがりませんか。改変された昔話のもとを探ろうという試み、また改変することに懐疑的な立場のパロディーが生まれるのも理解できます。[24]「ありときりぎりす」「うさぎとかめ」、この二つのイソップ話しは、独立したまま時代に合わせたかたちで話の展開とその教え諭す内容が変わってくるのですが、ほかの話の中にイソップ風寓話を採り入れたらどうなるでしょう。

『きつね物語』の翻訳を手がけたキャクストンは、教訓や処世訓話として利用できるものとして以前からあった『イソップ寓話』を二年後の一四八三年に翻訳印刷しています。内容が同方向を向いたこの二つの作品が集大成される過程において互いに影響しているであろうことは容易に想像できます。寓話とは、ある性格を持つ主人公の行為が教訓になっている作り話ということができますが、それを説得の一手段として用いるときには簡潔であることが求められます。『きつね物語』では、簡潔で教訓のあるイソップ風寓話タネの話をレナルド狐が自分に都合よく色々内容を変更しながら引き合いに出すのですが、これには大幅に脚色されたものとそうでないものがあります。

イソップをたとえ話としてそのまま用いたものに「蛙とこうのとり」（第十七章）があります。現在、流布しているイソップ話し「蛙とユピテル」は次のような筋です。[25]

> かえるが自分たちを治めてくれるもののないことを嘆いて、ゼウスの元に使いを送り王様を求めた。ゼウスは彼らの知恵のなさを見てとって、まず、池の中に一本の丸太を投げ入れた。しかし、丸太が全く動かずにいるので、かえるたちは丸太の王様をすっかり軽蔑するようになり、その上に跳び乗ったり座り込んだりした。こんな王様に支配されるのは名誉に係わると、彼らは再びゼウスに王様を変えてくれるように願った。ゼウスは、うみへびを彼らのもとに送った。へびは捕まえ次第いくらでもかえるを食べてしまった。

woodcut from *AESOP* (Scolar Press, 1976)

この話がどう狐物語に入ったかをみてみましょう。現代訳ペンギン・クラシックス『イソップ寓話』四十二話「人は自分に相応の指導者を持つものだ（We get the rulers we deserve）」の教訓は「悪さをする暴君より怠惰でも無害な支配者といるほうがいい」ということです。キャクストンが英訳した『イソップ寓話』（二巻第一話）の教えるところは「公正に自由の身で生きることほど結構なことはない。自由独立はいかなる金銀にも勝るからである。このことに関してイソップはこんな話をしている。」で始まり「自由を享受しているものは、よくそれを守るべきである。自由に勝るものは無く、自由はこの世の金銀全てと引き換えにしても売り渡してよいものではないからである。」で締めくくられる。[26]

『きつね物語』でこの話が組み込まれているのは、熊、狼、猫、穴熊とレナルドの父狐による、獅子王ノーブル廃位の陰謀が、穴熊グリンベルトの妻の口から露見する話（第十七章）です。偶然グリンベルト夫人からその企みを聞いた妻が「数々の証拠」をあげるので、レナルドはこれは確かだと感じて、恐さと恐ろしさで総毛が逆立ち、心臓は鉛のように重く氷のように冷たくなったという。そして「これはかつて蛙どもの身に降りかかったことに似ている」と思う。しかし、イソップとちがうのは『きつね物語』では指導者がいないのではなく、現在の「真に生まれは高貴にして偉大、優しく慈悲深く」「貴く偉大にして堂々たる」獅子王ノーブルを廃して、「悪者、略奪者」「下賤の身、裏切り者、盗人以下」である熊のブルーンを新王に立てようという狼、熊、猫、レナルドの父らの企てが、他の臣下にとっては危ういと述べている。だから、蛙がまず与えられた、物を言わない丸太の王様のことは語る必要がない。イソップの「蛙とユピテル」が使われた話は、悪行の数々を訴えられたレナルドが、法廷で弁明する際に繰り出した嘘八百の中に出てくる話の一つです。法廷で自分を訴えている狼、熊、猫を陥れるためにでっちあげた獅子王廃位の作り話を、更にもっともらしく真実味を与えるために、いつも唯一人の味方の甥の穴熊グリンベルトと今は亡き自分の父まで悪人輩《ばら》に加えたたとえ話でした。イソップ寓話で神様が二度目に送った王様は鷺であったりヘビであったり、また『きつね物語』『狐ラインケ』のようにコウノトリであったりします。フォンテーヌ『寓話』（巻の三—

六）では鶴になっています。キャクストン訳と兄弟訳の低地ドイツ語訳『狐ラインケ』でこの話が使われるのも、第一之書第二十四章の同じエピソード中で、筋は『きつね物語』とほぼ同じ。最後の教訓の部分は次のようになっています。

この章では三つのことを認めることができる。第一には敵意である。いかにももったいを付けようとラインケが嘘をでっち上げ、自分の父親に罪を着せたように、敵に害を与えるためには、おのれの友人に罪をなすりつけることを辞さない人が少なくない。第二はラインケが自由の身になってから敵に罪を着せようと、王を亡き者にせんとする輩がいると王を恐れさせたように、中傷者、偽りの告発者は君王の宮廷において多くの人々に害を与える。第三はそそのかされたばかられて、嘘つきに弁明の機会を与える君王が少なからずいること。ところがここでラインケが王にしたように、すべて真赤な嘘であった。[27]

このように『きつね物語』でも『狐ラインケ』でもイソップ話しとは教訓が異っています。もとは、「自由な身ほどいいものはない」から「無能な指導者の方がいい」「とかく民衆は現在の指導者に不満を感ずるものだ」という諭しですから、狐物語にはこのイソップ話しの教訓に直接係わるものはありません。レナルドが言っているのは、現在王様である立派な獅子王が最高で、この企みが成功して熊なんかに支配されたら、ひどい王様を持ってとんでもない目に遭った蛙と同じになってしまう、ということです。『きつね物語』では、獅子王ノーブルを無能扱いにしてその廃位を狙って悪口をまき散らす狐の話は別の箇所にあります。『きつね物語』では、ただ「王さまとお妃さまのことを何度も悪口を言ったので、その不名誉は決して晴れることはないでしょう」[28]と言及されていますが、具体的にレナルドがどういうことをしたかの挿話はありません。また、「自由に勝るものはない」という主旨の教訓なら、『きつね物語』では使われていませんが、キャクストン訳『イソップ寓話』三巻十五話「狼と犬（of the wulf and of the dogge）」とフォンテーヌ『寓話』巻一の五「オオカミとイヌ」にもあります。キャクストン訳の粗筋は、

狼が犬に、どうしてお前はそんなに太って陽気なのかと尋ねる。主人に飼われて家の番をするので肉もたくさんもらえると言う飼い犬。ふと、犬の首のまわりの毛がすり切れているのに目を留めて、奴が首輪でつながれていることを覚った狼は「わしは自由の身さ。君が今の境遇でよけりゃそれを続けるがいいさ。わしは腹を満たすためにしばられるなんてご免だね。世界中の金に比べたって、自由に勝る宝はないからさ」と、うまい食べ物と引きかえに自由を売るほどの愚か者ではなかった。

という話です。

「蛙とユピテル」のように教訓も含めてあまり変更を受けずに使われたイソップ話しの一つに、『きつね物語』（第三十二章）に使われた、忘恩の輩に親切を施す無駄を説くお馴染みの「鶴と狼」があります。

骨がのどにひっかかった一匹の狼がそれを取り除いてくれる誰かを探し回りました。鶴に会って、骨を取ってくれたら報酬をやろうと申し出ました。鶴は首を狼の喉に入れて骨を引き抜くと約束のほうびを要求

しました。「お前は満足ではないのか、友よ」と狼が言いました「狼の口からその首を無傷で出すことができたのだぞ。それなのに、報酬までよこせというのか。」

これは、狐が口から出任せに獅子王に贈ると言ったエルメリック王の遺宝の鏡の縁に描かれていたという物語りですが、後半を読めば明らかなように、実のところは、イソップ寓話タネの邪な狼の話を引き合いに出して、仇敵の狼イセグリムの悪口を言うためにうまく使ったものです。『きつね物語』では骨を三四本飲み込んで、その一本が喉にひっかかったとして、狼の喰い意地の汚さを強調します。また、狼の死ぬほどの苦しみをことさら強調すると同時に、医者を方々捜し求めてから、困り果てて鶴のもとへ助けを求めに行かせています。狼イセグリムに当てこすっているレナルドにしてみれば、ザマみろというところでしょう。また、痛い目を見たからほうびをもらうのは自分のほうだと狼に言わせて、ここぞとばかり、狼の性悪さを強調しています。

woodcut from *AESOP* (Scolar Press, 1976)

イソップの教訓は忘恩の戒めですが、邪な者に為された善行からは何の益も生まれない、そんな輩に危害を加えられなかっただけでも良かったと思いなさい、ということです。この話を持ち出した狐レナルドは、イセグリムに対する十分な当てこすりと、彼奴なんか信用なりませんぞ、ということを、うまく獅子王ノーブルに訴えることに成功したことになります。イソップ話しのあと狐は言葉を続けて、忘恩の輩が世にはびこり出世して困ったものだと言って、自分を訴えている狼イセグリムなんぞに訴える資格がないことを、それとなく獅子王に訴えています。拙訳をご覧ください。

キャクストン訳『きつね物語』の中には、イソップ風寓話タネが変形を受けて取り入れられた話もあるので、いくつか紹介しましょう。お馴染みの成句「ライオンの分け前（the lion's share）」とは「大部分、全体のほとんど」の意味ですが、このもとになった話が『イソップ寓話』には二つある。一つは、ライオンと組んで狩りに出かけて、捕らえた獲物を分配する話ですが、話によって狩り仲間の動物とその数は異ります。キャクストン訳『イソップ寓話』と『きつね物語』、『狐ラインケ』と『天草本　伊曾保物語』では獲物を分配する際に四等分しています。鹿を捕らえたフォンテーヌ『寓話』（巻の一―6）でも四等分です。ペンギン版『イソップ寓話』（二十一話）ではライオンとろばが狩りをします。何疋かの動物を捕まえるとライオンが獲物を三つの山に分けてからこう言う。

「第一の山はわしがもらうぞ。王さまとして皆の上に立つ身分じゃからな。二つ目の山も、狩りの仲間としてもらうぞ。この三つ目の山じゃが、そちが進んで取り分を少なくせんと由々しき事態になろうぞ。」

この寓話についた教訓は「何をするにも、己の力量を見極めて、あまり不釣合いに強力な者と仲間を組むことは避けるが賢明だ」です。

キャクストン訳『イソップ寓話』一巻第六話「獅子と雌牛と山羊と羊のこと（of the lyon and of the cowe / of the goote and of the sheep)」では、狩り仲間は三頭の弱い動物、雌牛と山羊と羊、になって、獲物をライオンと四つに分けています。そのたとえ話はこうなっています。

ある時、雌牛と山羊と羊がライオンと一緒に狩りに出かけて一頭の雄鹿を捕まえた。それぞれ分け前をもらおうとしたところ、ライオンが言うには「わしはそち達の主人じゃによって第一の分け前はもらうぞ。第二は、わしはそち達より強いによってもらう。第三は、わしがそち達より格段と足が速かったゆえにももらうがよいな。第四の分け前に手をつけようと思う奴がおらば、そ奴はわしの仇敵になろうぞ。」こうして、彼は鹿を独り占めしたのでした。こんなわけで、このたとえ話は皆の人に教えているのです、貧乏人が金持ちで力の強いものと組んで物を分けてはいけない、なぜなら、強力なものは貧しいものに決して忠実ではないからです。[29]

この話が『きつね物語』では、レナルドが二回目に出廷した第三十二話の裁判の場面に取り入れられています。この話では、狩りの仲間に狼が加わって、[30]狼の貪欲さと狐レナルドの知恵で結果的に「ライオンの分け前」が実現することになりますが、物語りのエピソードの中にあって上記のイソップ話しからは出てこない話――ライオンが一緒に狩りをしていた仲間の一人に獲物を分配させることと、その分け方から学んだ狐がうまく獅子王の怒りを逃れて、かえって褒められる件り――は、さらに次のイソップ話しも組み込んでいるからと思われます。ペンギン版『イソップ寓話』にある二つめの話、第十三話「経験に学ぶ

（Taught by experience）」はこうです。

ライオンとろばと狐が仲間を組んで狩りに出かけます。かなりの獲物を捕った時、ライオンはろばにそれを分けるように言う。ろばは三等分にしてライオンに一つ選ぶように言うと、ライオンは怒って躍りかかり、ろばを喰ってしまう。それから、狐に命じて獲物を分けさせると、狐はそのほとんどを一山に集めて、自分用にほんの僅かを残してから、ライオンに好きな方を選ぶように言う。ライオンがこのような分け方を誰に習ったのかと尋ねると狐が答えて「ろばの身はどうなりましたっけ？」

この話の教訓は「人は他人の不幸を見て知恵を得るものだ」です。以上みてきたイソップの二つの話が狐物語に入ると、だいぶ話の展開が変わってきます。キャクストンの『きつね物語』（第三十二章）では、獅子王は狩りの仲間ではない。イソップ話しが取り入れられているのは二度目の裁判の法廷の場面で、我身が危うくなったレナルドが、自分を訴えている狼イセグリムを陥れるためにうまく利用しています。以前、自分が王様とお妃さまに施した恩と知恵を思い起こさせる昔話をして、実は狼の自己中心的な貪欲心を強調することをもくろんだものです。こんな奴とその仲間を宮廷の重臣に据えて勝手気ままにさせては陛下の名誉に係わり民の為にもならないというのです。その昔話をかいつまんでいうとこうです。

ある時、レナルドが狼のイセグリムと一頭の雄豚をつかまえたので殺します。ちょうど、獅子王がお妃とやって来て獲物を分けてくれと願う。不満面の狼イセグリムがいつものように半分を自分で取り、王様とお妃に四半分、残りの四半分を急いでがつがつ食べてしまう。狐には肺臓の半分しかこなかった。王様はもっと望んだが狼はそれ以上与えようとしないので、獅子は彼の頭を殴った。目の上の皮が破れて血を流しながら狼が走り去った後には彼の取り分が残されていた。そのあとを追うように獅子王が言う「今後は、分配の仕方に気を付けるんだな。」そのとき、狐が一緒に行って獲物を捕ってくると言って出かけ、子牛を見つけて持ち帰ると獅子王は狐の素早い狩りを誉めて、レナルドのいいように分けるがいいと言う。狐は半分を王様に、残りの半分をお妃へ、腸、肝臓、肺臓とはらわたは王子へ、頭首は狼のイセグリムに配分し、自分は脚部しかとらなかった。王様が、これほど礼儀にかなった分配の仕方を誰に習ったのか、と尋ねると、頭から血を流している坊さんが教えてくれた。彼は礼儀を弁えず野豚を分配したため、頭皮を失い、貪欲・強欲ゆえに憂き目をみて面目を失った、と答えた。[31]

レナルドがイセグリムに当てこすって「彼奴の性格がよく出ている話ではありませんか」と嘆息しながら語るこのイソップ話しタネの変形話しに続いて、レナルドは長舌を弄して、いかに狼が利己的か、狼が治めている国は災いの多いこと、そして逆境にある自分が、それまでどんなに陛下に尽してきたかを力説して、不利な裁判を何とか切り抜けようと図る。その結果、すっかり形勢逆転、最後には自由の身になって狼のイセグリムと決闘することになります。

『狐ラインケ』（第三之書第十三章）でも話の大筋はほとんど変わりませんが、『きつね物語』と異なるところが無くはありません。豚の分配は、狼が勝手にやったのではなく獅子王の命令であったことと、あとで捕えた牛を配分するとき、レナルドが美味しいからと言って頭部を狼に与えているところ、王さまが食べ物をくれと言った時に狼の言った言葉が蚊の泣くような声で「承知しました」であったこと、『きつね物語』では王様とお妃に四分の一しか与えなかったのに、『狐ラインケ』では四分の一づつ与えたこと、などです。以下は『狐ラインケ』に付された教訓です。

この章で教師は二つのことを教える。第一は君主の宮廷において幾人かの貪欲で不実な高官たちが、一番いい所を自分のために取っておくことである。彼らは主君のために貧者の汗と血を、つまり貧者の物を手に入れようとする時、自分がいつも一番いいところを取るように、主君と分け合うのである。…第二は思慮分別のある賢者は他人の損害や恥辱を見て反省し、それを他山の石とし、他人が陥ったような目に合わぬように心すべきである。ここでイセグリムが頭から血を流すのを見て、ラインケが雅な分け方を会得したと言っている通りである。[32]

北ヨーロッパ系狐物語に比べて、もっとギクッとさせる会話が多いフランス語『ルナール物語』では、全てを自分のものにしてから獅子王はこう言っています「お前たちが満足している以上、誰も文句は言うまい。獲物は全部もらうぞ。お前たちは勝手に食べ物を探しに行け」云々。少しは分けてくれと言う狐の願いも無視されます。これには狼ばかりでなく狐も大憤慨します。[33] 上に立つ者が臣下を保護すべきなのにしない、このことは一七九四年『狐ライネケ』を出したゲーテがよく読みとって、フランス革命の指導者に対する風刺という形であらわしています。邦訳者の舟木重信の解説によると「当時の為政者を痛烈に批評し、攻撃している。狐は言ふ（二三六頁）『今は危険な時代だ。世の中で上に立つ人々は一体どうしているのだ？

人々はそんなことを話してはならないことになっている。』しかし彼は獅子に就いて言ふ『王様自身と雖も、他の者と同様に略奪を行ふことは我々の知る通りだ。彼自身が取らないものは、熊や狼に命じて取らせ、それが正当なことだと信じている。』『獅子は私達の王様であって、あらゆる物を奪ひ取ることが彼の威厳にふさわしいことだと思っている。』

獅子王の名前はノーブル（Noble）。この話は、上に立つ貴族連中の貪欲を揶揄っているのではないかと思わせます。

イソップ寓話にある「腹がいっぱいになって穴から出られなくなる話」を狐物語で実行して仇敵イセグリムを散々な目にあわすのもレナルド狐です。ただ、もとのイソップ話し、ペンギン版第一話「忍耐が肝要（A Case for Patience）」では狐が自分で木のうろに入り込んでいるので、イソップ話しに付された教訓「難問も時が解決する」[34]を使って、どうこうしようとしたのではないようです。この短い話はキャクストン訳『イソップ寓話』にはありませんが、ペンギン版イソップ話しはこうです。

飢え死に寸前の狐が木のうろに羊飼いが隠したパンと肉を見つけて入り込み食べます。腹が膨らんで出られなくなり嘆いていると、別の狐が通りかかって言います「入ったときと同じくらいにペチャンコになるまでそこにいるがいい。」[35]

この話が『きつね物語』（第十二章）では、一回目に出廷する道中で、狐レナルドが甥の穴熊グリムベルトに告解する罪の数々のうちの一つに取り入れられています。盗みにもぐり込むのはイソップ話しのように狐ではありませんし、自ら入るのでもありません。騙すのが狐、騙されて入り込むのが狼になり、蔵の中にあるのはビーフやベーコンの詰まった樽に変わります。このエピソードには、狐の悪知恵を示すおまけがついています。話はこうです。

レナルドは狼イセグリムを金持ち司祭の食物蔵に連れて行って、破れ穴からイセグリムを入り込ませる。そこにはビーフやベーコンがつまった樽が幾つかあって、狼は食べ過ぎたために、入り込んだ穴から出られなくなる。こうしておいて狐は村へ行って大声をあげ大騒ぎをする。それから司祭の家へ走って行って、ちょうど食卓にあった丸焼きのおん鶏をひっつかんで逃げる。司祭は追いかける。狐はわざとイセグリムのいる所におん鶏を落しておいて、穴抜けをして助かる。司祭がイセグリムとそばにあった雄鶏を見つけて「盗人狼だっー」と叫ぶと、みな杭棒や棍棒を手に走って来て打ちすえる。彼は倒れて生きている様子もないので、みんなで砂利道をゴロゴロ村外れまで曳きずって行って、狼を溝の中に放り込む。彼はその中に一晩中横たわっていた、という。[36]

『狐ラインケ』（第一之書第十七章）[37]につく長たらしい教訓の三番目は、聖俗を問わず、何でも貪欲にかき集めて自己の儲けと利益だけを求めて人々のことは考えない貪欲漢は、死に臨んで敵の悪霊どもに襲われ打ち据えられ堕地獄へ投げ込まれたあげく、その悪業を償わねばならない、と警告を発します。

『きつね物語』の第二十七章にあって、レナルドが告解する罪の一つ、「馬と狼と狐」の話は、『イソップ寓話』の「馬のひずめに蹴られた話」が下敷きになっています。馬を喰おうと思ったライオンが、うまく騙されてひづめで蹴とばされるという、お馴染みの話です。ペンギン版『イソップ寓話』第百十一話「餅は餅屋(Every Man to His Own Trade)」で登場するのは狼とろばです。

草をはんでいたろばが狼の姿を見てびっこを装う。足にとげが刺さっているので喰う前にそれを抜いた方がいいと言われた狼が足裏を調べていると蹴とばされる。

本業を忘れて医者の役をしてひどい目にあった例で、「自分にかかわりないことに干渉する者は災難に遭う」という教訓。キャクストン訳『イソップ寓話』にも馬のひずめに蹴られるライオンと騾馬に蹴られる狼の話の二つがあります。一つは、第三巻二話「ライオンと馬 (of the lyon and of the hors)」にある次の話、

野原で草をはむ馬を見つけたライオンが医者を装って、足が痛そうだから診断して治してやろうと言う。その魂胆を知った馬は治療を依頼して、覗き込んだライオンの額を蹴とばす。ライ

woodcut from *AESOP* (Scolar Press, 1976)

オンは大怪我をしてひっくり返る。

己の本性を偽った報いを悟る、という話です。「ひとに悪をなさんとする者には天罰てきめんに下る」という教訓でもあります。キャクストン訳の二つめの話は、知ったか振りをする者を'ass'と呼ぶが、そんな例をと言って、第五巻一話「騾馬と狐と狼（of the mulet of the foxe and of the wulf）」の話をする。

野原で草をはんでいた騾馬のところへ森から狐が出てきて、お前は何者か、親は誰かと尋ねる。騾馬は、父親は馬だが、子どもの頃に亡くなったので自分の名前を教えてもらってない。左後足の裏に書いておいてくれたらしいから、知りたくば足の裏を見てくれと答える。騾馬の企みを悟った狐はそのまま森へ行って狼に会うと騾馬のことを教えて、腹を満たすがいいと言う。騾馬と狼の問答があって、足裏を覗き込んだ狼の額を騾馬は脳味噌が飛び出すほど蹴っとばす。そのざまを見ていた狐はあざけり笑う。字も読めないくせに読もうとしてひどい目にあったのは自業自得だと。

「できもしないことに係わる愚」を諭す教えです。[38] 上記二つのイソップ話しでは馬も騾馬も一頭ですが、『きつね物語』で狼が喰おうとするのは母馬が連れた子馬なので、キャクストン訳『イソップ寓話』五巻十話「おならをした狼の話（of the wulf whiche made a fart）」も組み込まれていると考えられます。その比較的長い話の中ほどにある、馬の親子のエピソードに言及していると思われます。

早起きして伸びをしたときにおならをして、今日はいい日になるぞと思った狼の話である。餌を探しに出かけて獣脂の詰まった袋を見つけたが、もっとおいしい食べ物にありつけると信じて食べずに臭いをかいだだけ。ベーコンを見つけても、のどが渇くといけないからと食べなかった。代々医者でもないのに、子馬を連れた母馬の足の裏にささった刺を抜こうとして頭を蹴られた。代々裁判官でもないのに、二頭の雄羊の遺産争いを仲裁しようとして角で両脇腹を刺された。坊主でもないのに、母豚から、子豚を喰うなら洗礼を受けさせてからにしてくれと言われて水に突き落とされた。喰われる前にお祈りをするので先導をしてくれと羊たちに頼まれて、司教でもないのに大声で唱和したために人間に叩きのめされた。

などなど、結局、とんだ一日になってしまって後悔する狼の話から、「できもしないことをしようとしてはいけない。身の程をわきまえよ。」という主旨の教訓話しになっています。こうみてくるとイソップ話しは三つとも教訓が同じだということが分かります。

この三つのイソップ話しが『きつね物語』（第二十七章）[39]に取り込まれると次のようになります。一度目の法廷に出頭する道中で甥の穴熊に告解を聴いてもらった時に忘れていて、その後思い出したことだ、といって二度目の出頭の途中でレナルド狐が話すには、

狼イセグリムと一緒に歩いていると子馬を連れた雌馬に出会う。空腹で倒れるばかりの狼に代って子馬をいくらで売る気かと尋ねたところ、値段は後足の裏に書いてあると母馬は言う。母馬の魂胆がピーンときた狐は狼のところへ行って、自分は恥かしながら学校へ行かなかったのでイロハのイも知らないと嘘を言

う。イセグリムは、フランス語、ラテン語、英語、オランダ語、何でもござれ、オックスフォード大学に行ったし、誰が書いたどんな書き物でもスラスラ読んで見せると自慢して、足の裏の値段を読もうとしたところを、母馬は新たに蹄鉄を打ったばかりの足で狼の頭を蹴っとばす。狼はひっくり返って倒れ血を流し泣きわめく。狐はさんざんからかった挙句「いや、驚きましたね。おじさんは世にも希な学者さんと思ってましたが、これでよく分りました。なるほど、最高の学者が必ずしも賢人ならず。凡人の方が時に賢くなる。学者が一番賢くなれない理由は、学問のしすぎで、その中で迷子になっちゃうんですな。」[40]

と、このように、イセグリムを目も当てられぬひどい目に遭わせ傷を負わせたというのです。同じ話を扱った『狐ラインケ』（第二之書第六章）[41]にある五つの教訓の五番は、

偽善である。…自分は賢明で学があると多くの人が考える。イゼグリムは外国語や文字も分かると言ったのに、賢さにかけては牝馬の方が一枚上手で、おまけに狐から嘲られねばならなかったのである。

イソップ話しの教訓は「自分の出来ないことをしようとする」「自分の本性でないものの振りをする」ことを戒めている。ただ、『きつね物語』の狼は字が読めないのに読める振りをしたわけではありません。イソップの教訓は使っていないことになりますが、狐レナルドは狼イセグリム憎さにこの話を出して、彼の貪欲さ、愚かさを強調したもので、これまでみたほかのたとえ話と同じ効果を狙っているわけです。

イソップ話しタネの、飼い犬と身の程をわきまえないロバの話、ペンギン版では、第三十二章「己の限界を知る (Know your limitations)」もレナルド狐の口から語られます。これは、キリスト教説話集として代表的な、十四世紀『ゲスタ・ロマノールム』第七十九話「おべっかを使うロバ」にもありますが、[42] 狐物語ではレナルド狐が、愚かなものが出世して人の上に立つ不幸を、現在立場が逆転している狼と熊に当てつけてたとえに話しているものです。ペンギン版イソップの話はこうです。

ある男がマルチーズ犬を飼っていて、これが寄ってきてじゃれつくと、よく戯れていた。ろばは羨ましく思い、ある日、主人の元へ駆け寄ると、その周りで跳びはねた。蹴とばされて怒った主人は、召使いに命じて棍棒で打ち追いやり、まぐさ桶に繋いでしまった。

教訓は「自然は皆に同じ力を授けているわけではない。我々にはできないこともある。」[43] ということです。キャクストン訳『イソップ寓話』では、自分にできないことに係ずりあってはならない、というたとえ話として、第一巻十七話「ろばと子犬の話 (of the asse and of the yong dogge)」にあります。

woodcut from *AESOP* (Scolar Press, 1976)

ある家にろばが飼われていたが、そこには一匹の小犬もいて、主人は犬をとても可愛がり、食卓で食事を与えていた。小犬はぺろぺろなめたり、ガウンの上に跳び乗ったり、家中の者にじゃれついた。ろばは羨ましくなって、これからは、じゃれついてふざけて主人や家の皆を喜ばせようと思った。ちょうど家に入ってきた主人を見かけて、ろばは踊ったり足拍子を踏んだり甘い声で歌いだし、主人に近付いて両肩に脚を乗せるとキスをしてなめだしました。主人は金切り声をあげて叫んだ「こいつ、わしを傷つけ噛みつきおる。こいつをぶって追い払ってくれ。」そして、召使いたちに棍棒でひどく懲らしめぶたれたので、ろばは踊ったりじゃれついたりする気が無くなった、という。

「誰も自分に不可能なことをしようなどと思いを致してはならない。愚か者は、喜ばせようとして不興を買うのが落ちだから」という教訓である。[44]

この話は『きつね物語』では、第三十二章にあるエルメリック王の宝物の不思議な鏡の枠木に描かれた話の一つですが、全編を読んでも、狐がろばに特別の恨みを抱いて悪く言う理由は何も見あたらない。このろばにはボードウィン（Bowdwyn）という名がついています。話は拙訳を読んでいただくことにして、レナルド狐が垂れる教訓の部分はこうなっています。

このロバと同様に、他人の幸福を羨み妬んで、あやかりたいと思う人には、この話が十分役に立つことでしょう。こんなわけで、ロバはあざみとイラクサを食べ、袋を背負う運命にあります。人が彼をたてようとしても理解できず、相変わらず粗野な振舞いしかできないのです。ロバが上に立って治めているところでは、ろくな治世が行われません。自分の利益追及のほか眼中にないからです。重く用いられて出世でもすると、なおさら、手に負えなくなります。[45]

『狐ラインケ』（第三之書第九章）にある同じ名前（ボルデウィーン）の「ろばと犬の話」[46]の後についているのは次の教訓です。

身の程をわきまえず、他人の幸せをうらやむ愚者は今日でも少なからず見受けられます。こういう人が名声をえても、匙で食らう豚よろしく、ろくなことはできません。ロバには袋を運ばせ、お似合いの薊やアザミを食わせておけばよいのです。ロバに他の名誉を与えたところで、古い教えを守るものです。ロバどもの支配するところ、栄えたためしはありません。連中他人の幸せは知らん顔で、おのれの利益を求めます。しかし、こんな手合いが日ごとに勢力をえております、これこそがよく聞く嘆き。

上述の本章では結びの部分以外は特に注解はない。その要諦は不作法で無学で粗野な連中が支配権を握っているところでは、ロバが王冠を戴いているということである。その心は、国や都市にとって酢いも甘いもかみ分けた賢者が支配権を握り、ロバの如き粗野で無学な輩は袋を運ばせておく方がましである。そうでない所では良い秩序は長続きしない。

この教訓は『きつね物語』よりくどいですが、既に紹介した話――情け容赦のない〈こうのとり〉に治められる話、無頼者〈熊のブルーン〉に治められる話――などと並んで、ここでは、このような愚か者の

〈ろば〉に治められる話をすることによって狐レナルドは、賢明な獅子王ノーブルさまに取って代って狼など悪人輩に治められては大変だ、と言外に言いたいのです。狼の強欲ぶりや悪者ぶりを強調する話には、既に述べた、鶴が狼ののどにささった骨を抜いてやったのにほうびをもらえなかった、お馴染みの「鶴と狼」（第三十二章）[47]もありますし、「ざま見ろ」的に狼イセグリムをやりこめる話には、レナルドの父の時代の話として「王様の病気を治すために肝臓を摘出される狼」（第三十二章）[48]の話もある。とくに、「尻尾の釣り」（第三十三章）[49]では、騙されて氷に尻尾を挟まれるのが狼イセグリムでなく妻エルスウィンに脚色されて、しかも身動きならぬ彼女がレナルドに犯されるおまけまでついて、ますますイセグリムを悔しがらせる。レナルドが逃げ去ったあと、尻尾を抜こうとしているところを人間に見つかって危うく命を失うところだった狼夫婦です。「井戸に落ちた狐」（第三十三章）[50]でも、騙されて井戸にとじこめられて飢えと寒さに責められたのが狼の女房エルスウィンになっています。自分が裁判にかけられている現在、狐レナルドは、地位が逆転している仇敵の狼イセグリムと熊ブルーンの悪口を散々言い立てて、彼らをあくまでも現在の高位から引きずり降ろさなければならないのです。果たして、形勢逆転したレナルドは第十八―十九章では王妃に働きかけて、偽巡礼に出かける頭陀袋をつくるために熊のブルーンの背皮を一フィート四方はぎ取らせてしまいますし、巡礼用の靴が必要だと言って、狼イセグリムと妻のエルスウィンの二人から足の皮を剝がさせてしまいます。[51]

「猫と狐」（第三十二章）[52]では、イソップ話しが変じて、猫のティベルトによって酷い目にあわされるのはレナルドの父ということになっています。[53]王様の命令でレナルドを召喚に来た猫ティベルトを、鼠を喰わせるからといって誘い出して散々な目にあわせたことで自分が裁かれている現在、いかに猫ティベルトが悪者かを獅子王に訴えることが目的の作り話です。この他にも、死んだ振りして烏チェスランの妻を喰ってしまった「狐と烏」（第二十四章）[54]、俊足の鹿をうらやんで墓穴を掘った馬の話を通して妬《ねた》み嫉妬《しっと》心を戒めた「馬と狩人」（第三十二章）[55]、台所からあばら肉を盗んだかわりに熱湯をあびて尻の毛が抜け落ちてしまって仲間に見捨てられる猟犬の話（第四十二章）[56]などが取り込まれています。前述のように、イソップ寓話タネの「狐と雄鶏の話」はチョーサーの『カンタベリー物語』の「尼僧付き僧の話」に使われて有名になり広く知られています。

以上、引用は長短でしたが、総じて寓話は、ある状況のもとで特定の聞き手に向けて教訓として語られるものですから、『きつね物語』のなかに取り込まれたこれらのイソップ寓話タネの話は、レナルドが懺悔の折、また法廷で自己弁護のために、訴えた連中を陥れたりその名誉を傷つけたりする魂胆から、機智を駆使して大いに脚色して述べられています。その変更の程度も大巾小巾と色々であり、簡潔明解なイソップの筋をどうねじ曲げたかを比較することはそれだけでおもしろく、優に一冊の本になるテーマといえます。[57] レナルドの知恵者ぶりを強調するために、おば猿のルケナウが話を膨らませて語る「蛇を助けた人間」のたとえ話（第三十章）[58]も、かわいい甥を死地から救うために持ち出したイソップ風寓話タネで、『ゲスタ・ロマノールム』第一七四話「蛇の解放」にもあります。[59] アラビアンナイトやフォンテーヌ[60]にもあり、よく知られた話ですが、狐物語では、獅子王の法廷に持ち込まれた難題を見事に解決したレナルドの知恵者ぶりを強調する話として有効に使われています。

このように、イソップ寓話タネの話をふんだんに取り込んだ狐物語を翻訳したキャクストンの意図は、序文とあとがきにある文言から知ることができます。[61] 主旨をまとめると、曰く、この本は、

世の中で日々行われている巧みな嘘や欺瞞を見抜けるようにという意図であって、実践してもらう積もりは少しもなく、狡猾な悪だくみから身を遠ざけて騙されないようにするためです。だから、幾度も読み返して善く善く心に留めおいていただきたい。これを読まれる方は、中に立派な知恵と教えをたくさん見いだすことができる。その結果、人並み優れ、名誉を得ることも可能になります。この話は一般的に書かれているので、各々自分にふさわしいように自分の役割を演じてほしい。どの部分であれ、身に覚えがある方は、その身を改め改心してください。

そうすればこの本の意図を十分理解してくださったことになるし、これをよく理解された方々にとって、この本は楽しく愉快で役に立つことを請け合うというのです。

7　キャクストンの狐物語の中の脱線エピソード

脱線的エピソードは、狐が二回目に呼び出された法廷で旧悪を弁明するとき、山羊のベリンに持たせたという王様と王妃への贈り物である宝物を語る第三十二章に集中しています。この宝物は実在しないレナルドの作り話なのですが、宝の素晴らしさを訴えるために長々と語られるので、獅子王夫婦は自分たちへの贈り

物と聞いて、狐の尋問も忘れて身を乗り出すようにして聞き入ります。レナルドが口から出任せに話す不思議な効能を持った宝物の指輪（とその宝石）、その芳香が憂い悲しみを消し去り病も癒すという、大インドに棲むパンサーの牙で作られた櫛、シティムという銘木で作られた鏡などにまつわる話、またその木でクロンパルト王が作らせた空飛ぶ木馬の話がある。その櫛に絵物語として描かれていたのは有名なトロイ物語のエピソード「争いの林檎」の話。鏡の周りの十五センチほどの木枠に描かれ彫られていたという六話のうち四つしか述べられていませんが、これは揃ってイソップ寓話タネです。上述の「馬と狩人」「ろばと犬」「猫と狐」「鶴と狼」が順番に出てきます。このうち、レナルドの父と猫のティベルトが登場する「猫と狐」が宝の鏡の枠に描かれ彫られていたというのは、ティベルトを貶《おとし》めるために持ち出しただけの、全くおかしな話といえます。

物語の中に前後の脈絡と合わない話が見られますが、これは、第一に、キャクストン版に『ルナール物語』の前半が欠けていることによります。同時に、キャクストンが翻訳を急いだと言われていますので、そのために、つなぎの話または文言が足りないことにも原因の一部があると考えられます。例えば、キャクストン訳で、グリンベルトがおじレナルドを弁護する演説で次の話が出るときには、まだ狼はこのことを訴えてはいません。

「おじさんのレナルドが彼の妻をひどい目に遭わせた、おじさんが妻と寝たなんて訴えてますが、それは七年も前の、しかも結婚する前の話です。だから、もしレナルドが愛情と好意から彼女を自由にしたとしても、それがどうだと言うのでしょう。傷はすぐ治ったことですし、イセグリムが賢ければこんな事は訴えるべきじゃないんです、全く。そっとしておくべきでした。このように自分の妻を辱めて、いい笑い物ですよ。奥さんは訴えていないんですから。」[2]

しかし、これはキャクストン版がフランス語『ルナール物語』の前半を欠いたゴーダ版の翻訳であったからで、前半には、イザングランの留守中にルナールが家に上がり込んで妻を犯し子狼に小便をひっかけた上に散々イセグリムのことを悪く言う話があります。拙訳の後註において、キャクストン訳とフランス語『ルナール物語』との対応関係に一部言及しておいたので参照していただきたい。[3]

レナルド狐が語るかなり長い脱線エピソードの「狐と狼のおもしろいたとえ話し」（第三十四章）では、「かって、奴は私を裏切って、おばの雌猿に引き渡し、大変な危険と恐怖に陥れました。片耳をそこで失うところだった」と、イセグリムがレナルド狐を訴えますが、自分は話し下手だからといってレナルドにそのときの事情を都合よく語らせてしまうから、狐は知恵の足りないイセグリムを散々に皮肉って狼の面目をつぶしてしまう。[4]『狐ラインケ』（第四之書第四章）にもあるこの話には「粗野で不作法な振舞いをする人びとは、賢明な方法を理解せず、計略を思いつかないということである。」という教訓がついています。[5]

話に矛盾が出ている箇所がもうひとつ十七章にあります。レナルドが言うには、父がエルメリック王の財宝を見つけて隠した穴を自分が探り出して、

「妻のエルメリンに手伝わせて、昼夜をかけ大変な骨折りと苦労のすえ、この素晴らしい宝物を別の場所、自分たちにもっと便利な生け垣の根元の深い穴へ運び去りました。」[6]

と言う。ところが、その宝物がほしくなった王様が、狐に全面的赦免を与えた後にレナルドがそのありかを教えるときには次のような説明になっている。

「フランダースの西の端に一つの森があって、名前をフルステルロといいます。その近くにクリーケンピットという池があります。辺りは大変な荒れ地なので、よほどのことがない限り、時には丸一年、誰もそこへ足を踏み入れることがありません。…この荒野に例の財宝が隠されています。…御承知おきください、場所はクリーケンピットと言います。」[7]

もともとこの財宝の話は王様の歓心を買うためのでたらめですから、この喰い違いはどうでもいいことかもしれません。

このようにして、レナルド狐の罪の言い逃れや狼イセグリム批判非難は、全編にわたって概ね成功をおさめていると言わざるをえません。その多くが、口から出任せの驚くべき作り話と言い逃れによっているにもかかわらずです。ここで、もう一度フォンテーヌの言葉を思いおこしましょう。

> この英雄たちの物語は嘘だとしても真実をふくみ教訓になる。…わたしは動物をつかって人間を教える。見かけはたしかにたあいないことです。しかし、そのたあいないことが大切な真実をつつんでいる。有益なことと楽しいこと、このふたつより望ましいことがあるでしょうか。

『きつね物語』は、イソップ風寓話の担う役割、つまり、世間に警告を発する書から娯楽への傾斜がよほど強くなった「有益」で、かつ「楽しい」物語に仕上がっています。ことに臨んでのレナルド狐の機智や知略を存分楽しむことができます。[8]

8　邦訳の原本と後の教養本と児童版

この翻訳の原本はノーマン・ブレイク（N.F.Blake）編のEETS版 ***THE HISTORY OF REYNARD THE FOX***（Oxford University Press, 1970）です。この版には句読点がついていないので、訳出にあたっては章立てはブレイク版に従い、それ以外の文のつながりと文の区切りは訳者の読みによります。原文は翻訳ということもあって、話がスムースに流れないところもあり、また、翻訳家であったキャクストンの英語が、ストーリー・テラーとしての格調高い文体とはいえないところもあります。日本語訳は、その並列構文の多い文体を生かしながら、なるべく読みやすくしたつもりです。参考にしたのは、キャクストンの一四八一年初版に基づいたというウィリアム・トムス（William J.Thoms）編による ***EARLY ENGLISH POETRY, BALLADS, AND POPULAR LITERATURE OF THE MIDDLE AGES*** Vol.XII に収録された

REYNARD THE FOX, FROM THE EDITION PRINTED BY CAXTON IN 1481（Percy Society, 1844, 再版1965）と、キャクストンの原構文に基きながら廃語と古語を現代語に置き換えたドナルド・サンズ（Donald B.Sands）編 *THE HISTORY OF REYNARD THE FOX* TRANSLATED AND PRINTED BY WILLIAM CAXTON IN 1481（Harvard University Press, 1960）です。このトムスとサンズの版には編者の読みによる句読点がはいっています。訳出に当って参考になりましたが、ブレイク版を白文で読んだ訳者の読みと重ならないところもありました。更に、読みやすさを考慮したためか、両版ともパラグラフの区切りがブレイク版と異って細かく分れています。訳出にあたって段落は基本的にブレイク版のままですが、読みやすさを考慮して拙訳でも次の数箇所でパラグラフを改めました。

　ブレイク版86ページ10行、105ページ25行、最後のパラグラフ・マークで始まる後書きに当る110ページ3行、その中に別の話が挿入された111ページ15行、再び結びの言葉に戻る111ページ35行の五箇所です。

　サンズ版は、綴りが現代風になっているもののかなり忠実なキャクストンの訳ですが、一方、トムス版は、出版当時の〈上品ぶる〉風潮の反映とでもいおうか、下品と思われる部分を削除または言い替えてしまっています。これは序文にある出版の主旨から察することができることです。パーシー協会のメンバーに「不快な気持ちを持つことなく楽しんでいただける一巻（a volume which may be perused, it is hoped, with pleasure, certainly without offence（Introd. ii）をお届けしたい」というのです。以下に具体例を見てもらいますが、ブレイク版をもとにして、削除された箇所の例をイタリック体で示して、代りに加筆された語を＋　＋で囲って出しておきます。十八世紀半ば以降の紳士淑女ぶりがどんなものかお分かりいただけると思うからです。どんな改作になっているか実際を見てみましょう。語句の削除と言い替えの対象となったエピソードは三つあります。

一つめは、狐レナルドを召喚に行った猫のティベルトが、鼠をえさに騙されて罠にはまる話です。すんでの所で命が危ないという時、寝ていたために裸で追いかけてきた司祭の金玉の片方をちぎり取ってしまう場面です。ここでは、睾丸《たま》（cullion, ballock）とか夫婦の楽しみなどに言及する箇所が削除の対象になっています。

but tybert that sawe that he muste deye sprange bytwene the prestes legges wyth his clawes and with his teeth *that he raught out his ryght colyon or balock stone* +so+ that leep becam yl to the preest and to his grete shame. *This thynge fyl doun vpon the floer,* whan dame Iulocke knewe that she sware ... that she wolde it had not happed and said ... see mertynet lyef sone *this is of thy faders harneys* This is a grete shame and to me a grete hurte *for* though he be heled herof +.+ *yet he is but a loste man to me and also shal neuer conne doo that swete playe and game* The foxe stode wythoute to fore the hole and herde alle thyse wordes and lawhed so sore that he vnnethe coude stonde he spack thus al softly dame Iulock be al stylle and lete your grete sorowe synke *Al hath the preest loste one of his stones it shal not hyndre hym* he shal doo *wyth you* wel ynowh ther is in the world many a chapel in whiche is rongen but one belle.

（キャクストン版「殺されると思ったティベルトは、司祭の股に飛びかかり、鈎爪と鋭い歯で右のふぐりを引きちぎってしまいました。このひとつ跳びは司祭にとって不幸でもあり大変な恥にもなったのです。一物は床に落ちました。ユロク夫人はこれを知ると、…こんな事が起らなければよかったと神懸けて言いました『…見てご覧なさい、可愛い息子のマルティネ、これが父さんにぶら下がっていた物の一部よ。これはひどい恥辱だわ。私にとっても大損害よ。傷が治っても役に立たない人になってしまって、あの甘い楽しいお遊びがこれっきりできないわ。』狐は穴のすぐ外側ですっかりこの言葉を聞いて大笑い、立っていられないほどでした。彼は優しくこう言いました『ユロク夫人、まあ落ち着いて。そんなに悲しむこともないって。司祭が睾丸の一つを無くしたからって妨げにゃなりませんや。あんたとはうまくやれますって。世の中には鐘玉が一個しか鳴らないチャペルはいくらでもありますからね。』」

トムス版「殺されると思ったティベルトは、鉤爪と鋭い歯をたてて司祭の股に飛びかかったので、このひとっ跳びは司祭にとって不幸でもあり大変な恥にもなったのです。ユロク夫人はこれを知ると、…こんな事が起らなければよかったと神懸けて言いました『…見てご覧なさい、可愛い息子のマルティネ、傷が治ってもこれはひどい恥辱で大怪我よ。』狐は穴のすぐ外側ですっかりこの言葉を聞いて大笑い、立っていられないほどでした。彼は優しくこう言いました『ユロク夫人、まあ落ち着いて。そんなに悲しむこともないって。彼はうまくやれますって。世の中には鐘玉が一個しか鳴らないチャペルはいくらでもありますからね。』）

この事件に言及しているのが次の箇所で、レナルドが首つりの刑に決まって処刑台が用意されている場面です。

Tyberte hath a stronge corde whiche caught hym in the prestes hous whan he bote *of* the prestes *genytoirs.*

（キャクストン版「ティベルトが丈夫な縄を持っていますよ。司祭の一物を嚙み切ったあの時にふんじばられたヤツさ。」[2]

トムス版「…司祭にかみついた時にふんじばられたヤツさ。」）

二つめは、レナルドが尻尾で魚を釣ることを教えて、氷に閉じこめられて動けなくなった狼イセグリムの妻を犯すところ。

he sprange vp after on her *body*. Alas *there rauysshed he and forcyd my wyf* so knauishly that I am ashamed to telle it.

（キャクストン版「奴めは妻に躍りかかって、何ということだ！その場で妻の体を自由にし、浅ましくも力づくで犯したのです。いま語るもお恥ずかしい次第。」[3]

トムス版「奴めは妻に襲いかかった。何とも卑劣だったので言葉にするのも恥ずかしい」）

herof he can not saye naye *For I fonde hym with the dede*. for as I wente aboue vpon the banke I sawe hym bynethe *vpon my wyf shouyng and stekyng as men doo whan they doo suche werke and playe*. Alas what payne suffred I tho at my herte.

（キャクストン版「この件を、狐めは否定できますまい。現場を見たのですから。私が土手に登ってみますと、下の方で奴が妻に乗っかって押したり突いたり、例の遊戯をやっています。ヤヤッ、何と浅ましい。心中どんなに苦しんだか知れません。」[4]

トムス版「これは彼奴も否定できまい。わしが土手に登ってみると奴が下にいるのを見たのだからな。ヤヤッ、何と浅ましい。心中どんなに苦しんだか知れません。」)

三つめは、狼との一騎打ちの場面で、狐が小便をたっぷり含ませた尻尾を武器にするところです。ここでは'pysse = piss'(小便、小便をする)という語を全て避けていますし、一つめと同じく睾丸(testicles)の意味で現在は廃語になっている genitor, cullion という単語をカットしています。

ye muste now drynke moche that to morrow ye may the better *make your vryne but ye shal hold it in tyl* +when+ ye come to the felde And whan nede is and tyme so shal ye *pysse ful* +fil+ your rowhe tayll and smyte the wulf therwyth in his berde.

(キャクストン版「明日おしっこがよく出るように、これからたくさん水をお飲み。でも、競技場に行くまで我慢するのですよ。必要な時になったら、その房ふさした尻尾に十分おしっこをして、それで狼の面を張ってやりなさい。」[5]

トムス版「明日、競技場に行ったとき首尾よくいくために、今たくさん水を飲むんです。そして、必要な時がきたら、そのふさふさした尻尾を満たして、それで狼の面を張ってやりなさい。」)

And alleway to hytte hym wyth your tayll ful *of pysse* in his visage and ...

(キャクストン版「(目をこすっている間に、隙を見て、一番の急所を打ち噛みつきなさい。)そして、絶えず、おしっこを染み込ませた尻尾で顔面を打つことです。」[6]

トムス版は'full of piss'ではなく'hit … full in his face'と、副詞に変更したので「尻尾でもって奴の顔面をまともにぶつ」の意味になります。）

but the foxe sawe to and smote hym wyth his rowhe tayle *Whiche he had al be pyssed* in his visage tho wende the wulf to haue ben plat blynde *the pysse sterte in his eyen* thenne muste he reste for to make clene his eyen.

（キャクストン版「狐は狙いを定めては小便をたっぷり染み込ませた房ふさした尻尾で狼の顔面を打った。その時、狼は全く目が見えなくなったと思った。小便が目に入ったので、追跡を休んで拭わねばならなかった。」[7]

トムス版「狐は狙いを定めては房ふさした尻尾で顔面を打ったので狼は全く目が見えなくなったと思った。そこで目をきれいにするため休まねばなりませんでした。」）

For the sonde *and pysse* cleuyd vnder his eyen that it smerted so sore …

（キャクストン版「砂と小便が両目に入り込んで、ひどく痛むので」[8]

トムス版「砂が目の中に入り込んで……」）

and thenne torned he agayn and gaf the wulf a stroke wyth his tail *ful of pysse* in his eyen

（キャクストン版「そして向きなおると、たっぷり小便を含んだ尻尾で狼の両目に一撃を加えたために」[9]

トムス版はキャクストン訳のイタリックス部分を省略。）

And also he swange his tayl *wyth pysse* ofte vnder his eyen …

（キャクストン版「また小便を含ませた尻尾を目の前で何度も振り回した」[10]
トムス版「目元で尻尾を何度も振り回した」）

and he drowneth me *wyth his pysse* and caste so muche dust …

（キャクストン版「おまけに奴めは溺れるほど小便をひっかけ、いやというほど砂ぼこりを目の中に投げ込んだので」[11]
トムス版「おまけに奴めはわしを溺れさせ、大量の砂をかけたので」）

The foxe … stack his other hond after bytwene his (i.e. Isegrym's) legges And grepe the wulf fast *by the colyons*. And he wronge hem so sore that for woo and payne he muste crye lowde and howle …. The foxe dowed and wronge *his genytours* that he spytte blood *And for grete payne he byshote hym self*. This paine … made hym to ouerthrowe alle in a swowne For he had so moche bledde and also the threstyng that he suffred *in his colyons* made hym so faynt that he had lost his myght.

（キャクストン版「狐は（どうやって我が身を救おうかと考えた。そして、）もう片方の手を狼の股に突っ込むと、力任せに睾丸を摑んだ。しかも、ひどく捻ったので、苦しみと痛さのあまり狼は大声をあげて吠えた。…狼はひどく捻られて痛がり苦しみ、狐は玉を捻りに捻った。ついに、狼は血を吐き、あまりの痛さに糞を漏らしてしまった。睾丸の痛みの方が、出血がひどい目の痛みよりも狼を悲しませ嘆かせた。そして、あまりの痛さにすっかり気を失ってぶっ倒れてしまった。血を多量に失ったのと、玉を締めあげられたことで、気が遠くなって力がなくなってしまった。」[12]
トムス版「狐は…もう片方の手を狼の股に突っ込むと、力任せに摑んだ。しかも、ひどく捻ったので、苦しみと痛さのあまり狼は大声をあげて吠えた。…狼はひどく捻られて痛がり苦しみ、狐は捻りに捻った。ついに、狼は血を吐いてしまった。この痛みの方が…狼を悲しませ嘆かせた。そして、あまりの痛さにすっかり気を失ってぶっ倒れてしまった。血を多量に失ったのと、締めあげられたことで、気が遠くなって力がなくなってしまった。」)

以上、トムス版をキャクストン版と並べて訳してみましたが、省略と言い替えに無理があるために、話がうまくつながらないで不自然になってしまうところがあります。それでも、十八世紀半ば以降の紳士淑女ぶりがどんなものかお分かりいただけたでしょうか。

翻訳者キャクストン自身も、できることなら下がかった語は使いたくなかったのだろうか。第四十一章でレナルドは、多量の血を失ったうえに玉を締め上げられて気絶したイセグリムの両足をつかんで競技場をズルズル引きずっていますが、実は、訳註235のように、ゴーダ版では金玉をつかんで引きずったのでした。キャクストンが上品ぶったのは、この箇所だけです。「両足を引っ張る」で十分自然な表現だからでしょうか。

一八九七年エリスの韻文訳は大人向けですが、トムス版と同じような変更を受けています。猫のティベルトと司祭のくだりですが、ガブッと嚙みきられるのは、ふくらはぎで、大量の出血のために生死のほどはわからないままになっています。トムス版のような一部の言いかえではないので、訳の方を先に出します。

「くたばれ!」と司祭は怒鳴った。そして、一撃を加えたがそれてしまった。さもなくば、猫は地上に伸びていたことだろう。「なにくそ、そう易々と殺されてなるものか」と、争いながらティベルトが叫んで、司祭のふくらはぎに噛みつくと、ほとんど半分食いちぎってしまった。「ワー！」と司祭は悲鳴をあげた。「もうだめだ」と気を失って地面にぶっ倒れて、大量の血を流したので、その魂はおぞましい黄泉国の忘却の川水を飲んだかと思われた。これを見て、狂気のごとくその妻が金切り声をあげた「助けて、誰か、助けて！わが夫よ、わが命よ。起きてよ、目を覚まして、起きてったら。ああ、何ということ。どうしたらいいの。こんなひどい罠を仕掛けたのがいけないのよ。私の大事なだんな様が、こんな惨めな運命に見舞われたのもそのせいだわ。狐が鶏を全部食べちゃったって、それが何だってんです。いくらでもいるでしょ。つまらない鶏をうちの主人の命と同じにされちゃたまんないわ。」（“Thou shalt die,”/ Roared forth the priest, and draw a blow / Which missed its aim, or else alow / The Cat had lain, “Nay, then my life / Shall dear be bought,” above the strife / Shrieked Tybert, as the parson’s calf / He seized and wellnigh bit in half./“Harrowe!” yelled out the priest “I’m dead.”/ And fainting, kissed the ground, and bled / In such full tide, that well ’twould seem / His spirit drank drear Lethe’s stream./ Hereat in wild despair his wife / Screamed, “Help! Oh! help! my love, my life,/ Awake! look up! awake, I say,/ Ah me! alack and well-a-day! / Accursèd be the hand which set / This hideous trap, through which hath met / My dearest man such evil fate!/ What though the Fox should extirpate / All fowls that flock the teeming earth!/ Shall wretched birds be counted worth / My husband’s life?”）

（中略　粗筋――狐は、ユロク夫人にこう言う。ご主人は地上で口やかましいあなたから逃れられて天国で平安を楽しんでいるでしょう。説教が好きな方だったし、聖人の国にいて大喜びでしょう。さあ涙をふいて。そのように嘆くことないですよ。）

「寡婦になっても、間もなくどこかの間抜けがやってきて、結婚生活の楽しみを味わうことができますよ。あなたが、幾度、がみがみ女の懲らしめ椅子のお世話になったかを知らないでさ…」（Though thou be widowed, yet thou may'st / Ere long the joys of wedlock taste / Once more, if fortune send some fool,/ Unware how oft the cucking-stool / Had charge of thee for thy sharp tongue / In days gone by.”）（pp.43–45）

この変更は、ユロク夫人を、共同社会から制裁を受けるほどの、亭主を尻に敷くがみがみ女房に仕立てたり、恐らく皮肉でしょうが、司祭はこの世にいたときは説教好きだったから、聖人だらけの天国で今頃は喜んでいるだろうと狐に言わせたりして、それなりに滑稽な話にしています。

氷にはまったイサングランの妻を犯すところは、次のように書き換えられてしまいましたが、これは、先の書き換えほどおもしろくありません。

邪なレナルドは、ひとことも言わずに（彼女は尻尾の紐でしっかり固定されていたので）氷の上に落ちていたガチョウの羽根を一本とると、それで彼女の目と顔をくすぐった。馬鹿にしたにたにた笑いを浮かべ、意地悪そうな顔をして。それから、汚れた前脚で妻の両頬を穴があくかと思うくらい何回もぶった。「釣りはお気に召したかな、もし。今日は十分召し上がったでしょうか。」と言いながら。ちょうどそのとき、たまたま私が土手に来て見おろすと、この卑劣なひどい仕打ち。私はカッと怒り心頭に達し正気も失いそうになりました。私が近づくのを見ると、奴めは気も狂わんばかりに恐れて、こそこそ逃げ出して、死の暗闇を、こわごわ飛ぶように逃れていったのです。(No word malicious Reynard spoke,/ But (she fast fixed with tail for tether) / Caught from the ice a stray goose feather,/ And tickled therewith her eyes and face,/ With mocking grin and foul grimace./ And then his unclean paw he claps / Athwart her cheeks with stinging slaps,/ Crying: 'How like you fishing, pray?/ Hast thou thy fill thereof to-day?'/ Just then I chanced to reach the bank,/ And looking down beheld the rank / And foul offence, which into fits / Of anger drove me, till my wits / I wellnigh lost. Soon as anear / He saw me draw, in dastard fear,/ The wretch slunk off, and death's dark night / Escaped by craven-hearted flight.) (pp.230–31)

狐と狼の決闘の場面(三十八章から四十一章)ですが、狐が尻尾にしみ込ませるのは小便ではなくて酢(eisel)になっています。

ここぞと思うときはいつでも、たっぷり酢を浸したふさふさ尻尾で狼の両眼を打ちなさい。(your thick brush tail,/ Well steeped in eisel, never fail / To strike the Wolf with, o'er the eyes,/ Whene'er ye may, ...) (p.247) それから、彼が怒りで内心煮えくり返っているあいだに、何度も何度もその尻尾で、殻竿のように彼の面を張ってやりなさい。(and then while rage his soul doth fire,/ Again, and yet again, thy tail / Strike in his visage like a flail, ...) (p.248)

狼がしばしば狐に追いついてぶん殴ろうと手を挙げる度ごとに、彼は敏捷なずるい動きで尻尾を振り上げて、巧みに狼の両眼をたたいたので、狼はそのひどい痛みとつらさで目も見えなくなって、あっちこっち滅多やたらに飛び回った。(and though he oft / O'ertook the Fox, and raised aloft / His foot to strike him, he with swift / And skilful movement would uplift / His tail, and therewith deftly smite / the Wolf across the eyes, till, sight / Obscured by grievous pain and smart,/ Hither and thither would he dart, /) (p.253)

酢をしみ込ませたごわごわ尻尾で両眼を一打ちすれば、奴をうまくやっつけることができるでしょう。(and then a cuff / Would deftly deal him with his rough / Well-eiselled tail across the eyes,)

狐が狼を苦しめるのも、玉捻りではなくて舌に嚙みつくように変更を受けます。

狼が怒ってこう話している間に、狐は死から逃れる方法をあれこれ思案した。狼の真っ赤な舌が、長演説で疲れて乾いてダラリと口から垂れ下がっていた。それを見取ったレナルドは、グイっと力を入れて片腕を引き抜いたと思うと、下から回り込むように顔を突き出して、その舌を歯でかみついて、そのままぶる下がったので、真っ赤な血が流れ落ちてきた。その時イセグリムの苦痛の悲鳴が響きわたり、レナルドの悩みは全てたちどころに消えてしまった。狐は組敷かれた狼の下からとび抜けると、高らかに勝利の鬨の声をあげたのでした。(while Isegrym in wrath thus spake,/ The Fox but schemed some means to make / Escape from death. The Wolf's red tongue,/ Wearied and parched with speaking, hung / Outside his mouth;

this Reynard saw —/ With one great jerk he freed his paw,/ Thrust up his head from underneath,/ Seized fast the tongue betwixt his teeth / And hung thereto until the red / Bright blood streamed down; then straightway fled / All thought of Reynard, as forth rang / Isegrym's scream of anguish. Sprang / The Fox from 'neath him, and on high / Raised paeans of "Victory!")（p.262）

前述のように、狐物語は書きようによっては子供向けの「おもしろく、かつ、ためになる」物語として商業ベースに乗ると考えられます。狐物語は子供にとっても教訓話しになるものですから、挿し絵入りなどで児童向け本も出ています。大人の教養人向けのトムス版で上述の削除加筆があったくらいです、児童書ともなればなおさら、下がかった箇所は削除の対象となりました。トムス版で変更を受けていたあたりを一八九五年ジェイコブズの児童版でみてみましょう。

ジェイコブズ版では、猫は司祭の身体のどこも嚙み切ったりしていません。猫はその爪でひっ搔いたり（scratch）切り裂いたり（tear）して司祭を気絶させるという話に変っています。原文を知ってしまったあとでは、全く平凡な書き換えに思えますが、児童書ともなればしかたないことでしょうか。

しかし、死が間近に迫っていると思った猫は、必死になって司祭にとびかかって、滅多やたらにひっ搔いたり引き裂いたりしたので、可哀そうに司祭は気絶して倒れてしまった。そこで、みんな猫のことをうっちゃって司祭を生き返らせようとした。こうしている間に、狐は自分の家マレパルドスへ帰ってしまった。猫はとても逃げることはできないと思ったからです。しかし、哀れな猫は、敵がみんな司祭のことにおおわらわになっているのをみて、必死に罠をかじり嚙んだ。そして、穴から跳び出すと、大声をあげて、転げるように王様の法廷に行きました。ちょうど、熊がそうしたように。(But the cat perceiving his death so near him, in a desperate mood he leaped upon the priest, and scratched and tore him in so dread a manner, that the poor priest fell down in a swoon, so that every man left the cat to revive the priest. And whilst they were doing this, the fox returned home to *Malepardus*, for he imagined the cat was past all hope to escape. But the poor cat seeing all his foes busy about the priest, he presently began to gnaw and bite the cord, till he had sheared it quite asunder in the midst. And he leaped out of the hole and went roaring and stumbling, like the bear, to the King's court.)(p.49)

イセグリム狼が　レナルドに妻が騙されて氷にとじ込めたことを王様へ訴えるくだりは、こう変更されてしまいます。

この上辺飾りで偽りの裏切り者は、先頃わが妻をひどく破廉恥なやりかたで辱めました。ある冬の日のことです、…彼が指示するまま彼女は尻尾を水の中にじっとしておきました。今にも魚がそれに食らいつくかと思って。しかし、身を切るような凍る寒さの中、あまり長くそこにいたので尻尾が凍り付いてしまいました。いくら力んでも引き抜くことができません。いくら厚顔でもこれを否定できますまい。私が通りかかってそれを目撃したのですから。その時、どんな嫉妬心と悲しみと怒りが私を襲ったことでしょう。二人を見て気も狂いそうでした。「レナルド！悪党め。何をしている」と怒鳴りましたが、私が近づいて来るのを見ると、たちまち逃げてしまいました。わたしはとてもつらく重い気持ちで妻のところへ行って、まわりの氷を砕くのに大変な苦労をしたのでした。(this disembling and false traitor not long since did betray my wife most shamefully; for it happened upon a winter's day, that .... As he directed her, she held her tail down still in the water, expecting when there the fish would cleave to it; but the weather being sharp and frosty, she stood there so long that her tail was frozen hard to the ice, so that all the force she had was not able to pull it out. This no impudence can make him deny, for I came and saw him there. Oh how much jealousy, grief, and fury assailed me at that instant, I was even distracted to behold them; and I cried, "*Reynard*, villain, what art thou doing?" but he seeing me so near approaching, presently ran his way. So I went unto her with much sorrow and heaviness, having a world of labour ere I could break the ice about her;)(pp.198-200)

一騎打ちに臨む前にレナルドの伯母ルケナウ猿が与える忠告ですが、ただ尻尾で打つだけで、その尻尾には小便も酢も浸していません。

それから、一番の打撃を与えると思われるところを打ったり嚙んだりしなさい、いつも尻尾で顔面を打ちながら。そうすれば、奴から視力も思考力も奪うことになりましょう。(... and smite and bite him where you may do him most mischeif, ever and anon striking him on the face with your tail, and that will take from him both sight and understanding.)(p.219)

次の狼と狐の決闘の場面でも同様です。

狐は狼の攻撃を逃れては尻尾で彼の顔面を打ったので、狼は殆ど目が見えなくなったかと思って、目をこするために攻撃を休めなければならなかった。(the fox avoided the blow and smote him on the face with his tail, so that the wolf was stricken almost blind, and he was forced to rest while he cleared his eyes;)（p. 224)

狐は狼に噛みついたり尻尾で顔面を打ったりしたので、可哀そうに狼は殆どこの戦いに絶望してしまいそうになった。((the fox) gave the wolf a bite with his teeth, or a slap on the face with his tail, that the poor wolf found nothing but despair in the conflict,)（p.228)

そして、戦いの最後に近くなって狼が負ける原因になったのは、玉捻りでもなく、舌を噛まれたのでもなく、首を締め上げられたためということになっています。

イセグリムがこのように話している間、狐はどうやって自由になろうかと考えた。そして、もう片方の手をグッと伸ばして狼の首をギュッと摑むと、これでもかこれでもかと締め上げたので、苦しさのあまり狼は悲鳴をあげてほえた。しめたと狐は片手を狼の口から引き抜いてしまった。狼は大変な苦しみようだったので、気を失わないようにするのがやっとのことでした。首を締め上げられた苦しみの方が両眼の痛みよりも格段にひどくて、しまいには狼は何度か気を失って倒れたのでした。（Now whilst *Isegrim* was thus talking, the fox bethought himself how he might best get free, and thrusting his other hand down he caught the wolf fast by the neck, and he wrung him so extremely hard thereby, that he made him shriek and howl out with the anguish; then the fox drew his other hand out of his mouth, for the wolf was in such wonderous torment that he had much ado to contain himself from swooning; for this torment exceeded above pain of his eyes, and in the end he fell over and over in a swoon;）（pp.232–33）

もう一箇所短いくだりですが、教養が邪魔をして一部のテキストで変更または削除されたところがあります。第十二章で、狐が法廷に出廷する途中のことです。穴熊グリンベルトに告解をする数々の悪行の中に、狼イセグリムの妻エルスウィンと不義をしたことをにおわせて、こう言いますが、狐が遠まわしに言うので穴熊は二度もききなおします。

私は彼の妻エルスウィン夫人と関係を持ちました。（I haue bydryuen wyth dame erswynde his wyf.）
（Blake 27 / 26–27）
私は彼の妻と一線を越えてしまったのだ。（I haue trespaced with his wyf.）（27 / 29）
自分のおばさんと寝たのだからな。（I haue leyen by myn aunte.）（27 / 33）

これは、キャクストン訳にはなくて犯行が言及されているだけの注3の事件なのですが、この箇所をトムス

とサンズはそのまま残しています。韻文訳のエリスは、

甥ごよ、恥ずかしくて、いくつかのことは話さずにおかねばなるまいが、とても若者の耳に明かすにふさわしい話ではないからのう。しかし、過去の肉欲は深く悔いておる。（Dear Nephew, shame admonisheth / My tongue to leave some things untold / That scarce were fitting to unfold / To youthful ears, but deeply I / Repent my past carnality.）（p.55）

と言って、それとなく口にできない肉欲の罪のあることをほのめかすだけです。児童書のジェイコブズはこれを告解の対象から全くカットしています。エリス以上に「若者（子供）の耳」には毒だからでしょう。

以上、トムス版と十九世紀も末に出版されたエリスの韻文訳とジェイコブズの児童書を見てきましたが、おそらく、このようにしてイソップ寓話やグリム童話などの、昔から語り継がれてきた話というものは、時代の風潮に左右されて姿を変えてきているものなのでしょう。

9　狐と狼　物知り事典——物語の中の狐と狼の姿

動物と動物が、そして動物と人間も同じ言葉を話した時代と世界を想像できたのが動物ものがたりです。ですから、話の中では、それぞれの習性からくる性格をそなえた動物が人間のように考えたり行動したりし

ます。獅子は猛く、狼は残忍、熊は乱暴、羊は柔和、驢馬は愚鈍、猿は知恵者という具合いです。『きつね物語』の中でも登場する動物の習性がうまく使われています。王様の使者として狐を召喚に行った熊のブルーンは、大好物の蜂蜜を喰わせるからと言われて、また、猫のティベルトも、大好物のねずみをを食べさせるからと狐に騙されて、使命を果たすどころか散々の目にあわされます。また、猿については、そのシラミ取りに言及したところが第三十一章にあります。娘のハテネットについて母猿ルケナウが言います「三番目は娘でハテネットといいまして、頭からシラミとその卵をつまみ出すのが実に巧みなんですよ。」[1]

さて、狐物語の主人公の狐はというと、後期中英語の作品に、時には比喩として、登場するそのイメージは決して芳しいものではありません。用例を拾ってどんな修飾語で形容されているかをみると、かなり好ましくないキャラクターを負わされていることがみてとれます。実例を見る前に、現代英語辞典で動物学的説明以外にどんな言及がなされているかさらっておきましょう。

「狐は伝統的に賢く（clever）人を騙すのが得意（good at deceiving people）だと考えられていて、人間も時に狐に例えられている」[2]（He's *a wily old fox.* ——Oxford Advanced Learner's Dictionary, 2000）

「その悪賢さと家禽を襲うことで有名」[3]

「狐は伝統的にずる賢く（sly）て悪智恵が働く（crafty）と考えられている」[4]

そして、このイメージは後期中英語作品まで遡るもので、ひとことで言うと狐はずる賢くて信用のおけないもののようです。形容詞を並べてみましょう。

狐は ‘false, deceivable, sly, wily’ なもの

Thin entre lich the fox was slyh.（狐のような悪知恵でその地位を得た。 a1393 Gower *Confessio Amantis* 212.3033）/ Descyvable as foxis.（狐の如く人を欺く。 a1415 *Lanterne* 111.11）/ Wylyer than foxes.（狐以上に狡猾。 1479 Rivers *Cordyal* 56.26）/（A Fox）... is a false beast and deceivable;（狐は偽り騙す動物。 1535 *Bartholomew Berthelet*, bk.xvii.ss.114）

狐は ‘feign, fawn’ するのがうまいもの

The fox feyneth hym dede til briddis comen to his tounge, and thanne he schewith hym on lyve.（死んだ振りして、鳥が口元近くに来るのを待つ。 c1400 *Of Clerks Possessioners* in Wyclif EW 123［21-2］）/ when him lacketh meat,he feigneth himself dead, and then fowls come to him, as it were to a carrion, and anon he catcheth one and devoureth him.（食べ物がなくなると死んだ振りをして、死肉だと思って近づいた鳥を捕らえて喰う。 1535 *Bartholomew Berthelet*, bk.xvii.ss.114）/ For than the Fox can fagg and fayne When he would faynyst hys prey attayne.（どうしても獲物を捕らえたいとき、甘言を弄し本心を包むことが得意。 1471 Ripley Compound 159［13-4］）

狐は ‘fickle’ で信用おけないもの

Ffraus is fykyll as a fox.（まるで狐のように不誠実。　a1500 *Virtues Exiles*（in Brown Lyrics xv 269.13））

狐は 'gluttonous' なもので、好物の鶏やがちょうを見れば、腹が一杯でも羽をむしるもの

Whan the vox ys ful, he pullyth gees.（c1470 *Harley MS*.3362 f.2b. in Retrospective 309［21］）

狐は 'malicious' なもの

He is hardy as leoun ... lyk the ffox malicious.（猛きこと獅子に似て、悪意あること狐も同然。　a1449 Lydgate and Burgh *Secrees* 73.2301）

狐は 'stinking' なもの

The Fox is a stinking beast and corrupt, and doth corrupt oft the place that they dwell in continually, and maketh them to be barren.（臭くて不潔で住処を汚す。　1535 *Bartholomew Berthelet*, bk.xvii.ss.114）

狐は獲物を狙って身を低く伏せるもの

As flat as fox, I falle before your face.（這いつくばった狐のように、面前にひれ伏す。 c1485 Mary Magdalene（Digby）82.730）

悪事露見に及べば逃げ足の速いもの

Thei ffle fro him as ffox to hole.（狐が穴に逃げるように。 c1400 *Laud Troy Book* I 181.6117）

坊主を装い説教しはじめたら、がちょうをとられないように気をつけよ

Whan the fox preacheth, then beware your geese.（1546 *Heywood D* 84.154）（これは「うまい話には乗るな」という教訓である。）

狐に嚙みつかれると危ない

His biting is somedeal venomous.（その一嚙みには毒があり。 1535 *Bartholomew Berthelet*, bk.xvii. ss.114）

犬に追いかけられると、臭い小便を含んだ尻尾を振り回す

he ... swappeth his tail full of urine in the hounds' faces that pursue him. And the stench of the urine is ful grievous to the hounds. and therefore the hounds spare him somewhat.（…あまりの悪臭に猟犬は追跡をあきらめる。 1535 *Bartholomew Berthelet*, bk.xvii.ss.114)

そして'foxery'とは「狡猾、奸計、欺瞞」の意味であり

I ... have wel lever, ... Bifore the puple patre and preye, And wrie me in my foxerie［OF renardie］Under a cope of papelardie（わしは、皆の前で主の祈りを唱え、偽善の箕に隠れて欺瞞に身を包んでみせる。 a1425 *RRose* 6795)

しょせん、狐の生まれついた性格は変わらないもの

The fox may chaunge his skyn, but nought his will.（皮は変えられても習性は変えられない。a1387 *Higden-Trevisa* IV423［10-3］)

だから、世の「狐ども」の中にあっては'foxish'（狐の如くずる賢く）あれ

Among foxis be foxissh of nature.（1449 Lydgate *Consulo* 13)

という忠告が発せられます。

さらに現代英語で、‘foxy’とは「狡猾でずるい」こと、‘fox’s sleep’とは「片目を開けて寝ること」「無関心を装うこと」で、‘fox する’とは「ずるい悪賢さでだます、盗む」こと、「空とぼけて」「惑わす」ことであり、‘play the fox’とは「ずるを決め込む」こと、‘fox trap’といえば俗語で「女をひっかけるために特注したかっこいい車」のことです。

童話の中の狐も騙しが得意です。J.O.Halliwel-Phillips 収集のイギリス古童話の一つ‘Chicken-licken’（別名 Henny-Penny, Chicken Little）では、森の中で頭上にどんぐりが落ちてきたのを天が落ちてきたと思った若いめんどり Chicken-licken は、友だちにその危険を知らせ、連れだって王様に報告に出かけるが、途中で狐に騙されて狐穴に連れ込まれ、みんな喰われてしまう。

このように、かなり負のキャラクターを負わされて、比喩として使われたり諺に言及されて寓話や民話に登場する狐は、決って「ずる賢い」赤毛の狐ということになっています。[5] 足と耳と尻尾の毛先だけが黒い狐（col-fox）がチョーサー『カンタベリー物語——尼僧付き僧の話』（line 3215）に登場しますが、その「総序」では、粉屋の姿形を描写した部分に、赤毛の狐に例えて、

His berd as any sowe or fox was reed.（その髭の色はまるで豚か狐の赤の如し。 c1387–95 Chaucer *CT* I［A］552）

とありますし、『梟とナイチンゲール』では、

Ne kan he hine so bipenche ... þat he ne lost his rede uel（= fell, skin）.（赤い毛皮を失わないように思いめぐらすことができずにそれを失う。828–30）

とあり、『きつね物語』でも、

thenne spacke the rede reynart（そこで赤毛のレナルドが言いました。Blake 14 / 22–23）/ alle they ... were there sauying reynard the foxe the rede false pilgrym.（狐のレナルド、赤毛の偽巡礼を除いてみんなそこにいました。51 / 30–32）/ he sorowed in hym self for reynart his rede eme.（赤毛のおじさんレナルドを気の毒に思って。55 / 21–22）

と描かれています。また、レナルドの末の息子がRoselという名前ですから、赤毛の狐だとわかります。[6]写本などに描かれた狐は、そのふさふさした尻尾も特長になっていますが、'fox' の語源はゲルマン語で「尻尾のあるもの（the tailed one）」の意であろうと考えられています。

日本では狐狸狐狸話しといって、狐と対をなすのは狸ですが、ヨーロッパの狐物語には狐の仇敵として狼がいます。ついでに狼のイメージもさらっておきましょう。現代英語辞典では、

「狼は悪賢くて貪欲で、獣や鳥、羊や牛に危害を加える。通常は臆病だが人間を襲う」こともありま

す。[7] 狼に例えられた人間は「悪賢くて獰猛で貪欲で危害を及ぼす」うえに、[8] もう一つの特徴は「がつがつと大量を食らう」ことです。[9]

中期英語で、中には、狐のように ‘sly’（ずる賢い）という狼もいます。

Since such a slye wolfe was entred among them, that could make justice the cloake of tirannye.（そんなずる賢い狼が入り込んで、易々と正義を暴虐の隠れ蓑にする。 a1586 Sidney *Arcadia* iv. (1922) 134）

次は「不精な」豚と「ずるい」狐と並んで、狼の本性の「貪欲さ」を的確に表した例です。

Hog in sloth, Foxe in stealth, Wolfe in greedinesse.（1605 Shakes. *Lear* iii. iv. 96）

現在でも ‘as greedy as a wolf’ といえば残忍で貪欲な人に使いますが、中期英語の作品の中にも使われています。

Gredy as a wolf（1456 Hay *Governaunce* 157.18）/ Lyke gredy wolfes ... They slough.（貪欲な狼のように殺しまくる。 1439 Lydgate *St.Alban* 178.990–1）/ inward we ... ben gredy wolves ravysable.（(上辺は子羊を装い）狼の略奪的貪欲を内に包む。 a1400 *Romaunt C* 7013–6）

狼の属性として'greedy'に通じる'hungry','(en)famished'（腹ペコの、飢えた）もあります。

Nevertheles ye devoured him ..., As hungry wolves doth the lambe innocent.（飢えた狼が無垢の子羊をむさぼるように食らう。 c.1475 *Lamentation of Mary Magdalene* 420［20–1］）/ Lyche a wolfe that is with hunger gnawe, Right so gan he ageyn his foon to drawe,（飢えに責められた狼のように敵に立ち向かう。 a1420 Lydgate *Troy* III 639.2549–50）/ The paynyms cryed and brayed as wulves enfamysshed,（異教徒は飢えに瀕した狼のように叫びわめいた。 1485 Caxton *Charles* 175.17–8）

狼はいつも'ravenous'（飢えて、貪欲）で、

As raveynows wulvys be wone to do Among a flok of sheep,（羊の群の中でいつも飢えた狼のするように。 1447 Bokenham 93.3415–7）/ Agysor ... thatt as a ... wolffe ys ravennous.（狼のように貪欲なアギソル。 a1450 *Partonope* 82.2055–7）

狼は'wood','enraged'（激しく怒って、怒り狂って、獰猛）で、

［He］Bigon anan ase wed wulf to weorrin hali chirche.（狂った狼のように聖なる教会に戦いを挑む。 a1225 *Leg. Kath.* 31）/ Was nevere ... wilde wolf ... That was so wod, beste to byten As Wawayn was.（ガ

ウェインに比べれば、噛みつき専門のあれほど獰猛野蛮な狼も影が薄かった。 a1338 Mannyng *Chronicle* A II.478.13795-8) / On that other syde cam upon theym Neptunus ... as a wulfe enraged brayeng.（反対側からネプテューンが叫び怒り狂う狼のように襲いかかった。 1490 *Eneydos* 39.17-9)

狼は 'eager', 'fell', 'keen'（= fierce, cruel)（残酷で、残忍）なもの。

Kynge Arthure lykened ... sir Gareth and sir Dynadan unto egir wolvis.（アーサー王は騎士ガレスとディナダンを例えて獰猛な狼という。 a1470 Malory II 734.21-4) / This womman fauht(e) lik a fell wolvesse.（女傑に使われた例で「男勝り」「女とも思えぬ」と勇猛ぶりを強調します。 a1439 Lydgate *Fall of Princes* II.397.2456) / Lyons, libardes and wolues kene.（ライオン、豹、そして残忍な狼。 1340 Hampole *Pr. Consc.* 1228)

「情け知らず、非情な」人も狼に例えられます。

For o kynrede had no more pite of that other than an hundred wolfes haveth on o shepe.（百頭の狼が1匹の羊に情けをかけないと全く同様に…。 c1400 *Brut* I.220.16-7)

そんな狼に「決して羊の番をさせてはいけない」。

In no place ... place a wolfe, the flocke to kepe.（1556 Heywood *Spider* 430［10］）
これまでの例などでもわかりますが、狼の残酷、貪欲さは羊や子羊の柔和さ、優しさと対極におかれていることが多い。

Al so wolf the schip gan driue, Arthour smot hem after swithe.（狼が羊を襲うように…。c1330 *Arth. & Merl.* 4047）/ Al fledde before hym, as lambes doth fro the wolfe.（彼を前にみな逃げた、子羊が狼から逃げるように。a.1533 Berners *Arthur* 181［9–19］）

また、既に幾つかの例で見たように、戦いの場面で引き合いに出されるときに限って、狼が悪者の姿でなく勇者の姿になることがありますが、これは武勲詩や騎士物語の善人が悪人を退治するさまの激しさ勇猛さを強調するときです。

Alisaunder ferde on uche half Als it were an hungry wolf, Whan he cometh amonges shepe — with teeth and clowes he gynneth hem strepe.（縦横無尽に駆けめぐった、飢えた狼が羊の群におどり込んで——牙と鈎爪でずたずたに引き裂くように。a1300 *Alisaunder* 2179–82）/ As a hongre wolf renneth upon sheep so dide he renne upon the enemyes of god.（腹ペコ狼が羊の群に猛然と進むように、神の敵に襲いかかった。c1500 Melusine 287.11–2）/ He fore with his fos in his felle angur, As a wolfe in his wodenes with wethurs in fold.（狼が狂って囲いの羊に向うように。c1400 *Destr. Troy* 10207）

立場を変えても攻撃の残酷さ非情さには変わりありません。異教徒に襲われるキリスト教徒を（おりの中の）羊に例えるような場面ではそうなります。

Assyrian came down like the wolf on the fold.（1815 Byron *Destr. Sennacherib* 1）

「子羊の皮を着た狼」'a wolf in a lamb's skin（*or* in sheep's clothing, etc.）'といえば、悪意や残忍さを柔和な優しさに包んだ危険な人物について使います。この類の比喩表現は数多くみることができます。ヴァリエイションとして猫被りの狐の場合もあります。
また、'to be in the wolf's mouth' といえば「大変な危うい状態にある」ことですし、'wolf of hell'（= the Devil or his agents）というと、信仰の厚い人を襲う悪魔の手先としての敵や迫害者を狼に見立てた、聖書のマタイ伝（Matt. vii. 15, Acts xx. 29）に言及している表現です。

thu eart deofles wulf.（a900 O.E. *Martyrol*. 24 Jan. 30）/ The feend the woulfe of hell.（悪魔、地獄の狼。1577 Kendall *Flowers Epigr*. 43）/ As seith seint Augustyn, they been the deueles wolues that stranglen the sheepe of Ihesu crist.（やつらは悪魔の狼、キリストの羊の首を絞め殺す。c1386 Chaucer *Pars*. *T*. 3694）/ It putteth from us the wulf the deuyll deuourer of mannes soule.（人の魂を喰らう悪魔の狼からわれわれ

を遠ざける。 1497 Bp. Alcock *Mons Perfect.* A iij)

「破壊、飢え、飢饉」などの意味で'wolf'を用いた十五世紀からの熟語表現'to keep the wolf from the door'といえば、今では「どうにか飢えをしのぐ」ことですが、次は字義どおりの意味で使われています。

The wolf from the dore To werryn and to kepe From theyr goostly shepe. (a1529 Skelton *Col. Cloute* 153)

一九三三年に始まったディズニー短編映画で有名になった「三匹の子豚」に出てくる悪役の狼については、'Who's Afraid of the Big Bad Wolf?'(デカ悪狼なんかこわがるもんか)と、歌にまでなってすっかり茶化されていますし、次の引用のように「狼は生きている間はろくな事をしない、死んではじめてみんなのためになる」とは哀れな扱いだったものです。

For the wolf doth never good tyll he be dede. (1474 Caxton *Chesse* 109 [1-4])

以上、ほんの少しの実例を見ただけですが、狐も狼もそれぞれの動物としての属性からくる比喩的イメージでふんだんに使われていることがわかります。『きつね物語』最後の両者の決闘場面でもその属性がうまく生かされています。こうして、方々で顔を出すその賢い狐の名前は、ラテン語でReinardusといい、フランス語でRenart, Renard、フラマン語でReinaert, Reinarde、ドイツ語でReinhart, Reineke、イタリア語でRainardo、英語ではREYNARDといいました。語源は古期高地ドイツ語OHG *regin-hart* = brave in judgement, counsel「判断の大胆な、助言の確かな」の意味だといわれます。狐物語のもう一方の主役である狼イザングランIsengrym（Isengrin）の名前もゲルマン語起源で'iron＋mask'「鉄の面」の意味です。主人公の名前がゲルマン系ということは、狐と狼を中心にした話はゲルマン起源ではないかと思わせます。物語りの中にフルステルロー（Hulsterlo(o)）、クレーケンピット（Kr(i)ekenpit）、ヴェルメドス（Vermedos）、フートフルスト（Houthulst）、エルヴェルディング（Eluerdynge）などフランダース地方、ドイツ南部のトリエル（Trier）、エルマレ（Eelmare）、イフテ（Yfte）などの地名、エルヴェ（Elve）河、北フランスのソム河（Somme）などが出てくるのも、なんとなくそれを裏付けているように思えます。

前述のように、狐ルナールを主人公にした狐物語は、枝話しがふくらみながらヨーロッパ各国語に翻訳翻案されて大いに流布したものですが、このルナール狐が活躍する狐物語の評判が高まりすぎてしまって、フランス語で〈狐〉を表す従来の単語goupilは今や古語として生き延びているだけで、それに代わって固有名詞だったRenardが普通名詞として使われるようになってしまいました。英語では本来語のfoxが消えることはありませんでしたが、フランス語と同様にRenard（＝Reynard）を小文字で綴ると普通名詞として〈狐〉の意味になります。十四世紀中西部方言で書かれた『ガウェイン卿と緑の騎士』の中で、城主に狩り出される一匹の狐はreynarde（1927行）と言及されていることは既に述べました。動物を使った教訓的『イソップ寓話』には狐が多く登場しますが、ここでも狐の名前はReynardとなっています。トマス・ベウィックの木版画挿し絵入り『イソップ寓話』（一七八四年）のなかでは十六編の寓話に狐が登場しますが、そのうち三つの話で登場する狐に Reynard が固有名詞として与えられています。[10]
こうして、Re(y)nard といえば狐の名前、狐といえばその名は Re(y)nard と決まってしまったのです。

10　翻訳者キャクストン

主として生業はイギリスを代表する織物貿易商人で、人生半ばから翻訳者、そして印刷業者も兼ねることになったキャクストンなる人物はどんな生涯を送った人なのでしょうか。以下、Crotch: *The Prologues & Epilogues of William Caxton*, Blake: *Caxton and his World*, Deacon: *William Caxton* などを参考にして簡単に紹介しましょう。[1]

この時代、大陸ではイングランドの貿易相手ハンザ同盟の活躍めざましく、国内ではバラ戦争の直中にあって、ヨーク家のエドワード四世（在位一四六一―七〇、一四七一―八三年）は、ウオリック伯（Clarence, Earl of Warwick）と争い、ランカスター家で亡命中のヘンリー六世（Henry VI）とその后の暗躍によるいざこざと駆け引きに明け暮れていた時代でした。外交的にも貿易上政治上の争いが多かった時代でした。

ウィリアム・キャクストン（William Caxton）は一四二二年に誕生しています。『トロイ物語集成（*The Recuyell of the Historyes of Troye*）』の序文にこうあります。

(he) was born ... in Kente in the Weeld.

ここから彼がケント州生まれだということが、また『チャールズ大帝（*Charles the Great*）』の序文にある次の文言、

also (I) am bounden to praye for my fader & moders soules that in my youthe sette me to scole.（子どもの頃わたしを学校へ通わせてくれた父母の魂のために祈らねばならぬ）

から、生家がウィリアムを学校に通わせることができるほど裕福であったことがわかります。

一四三八年　主に毛織物を扱うロンドンの貿易商ロバート・ラージ（Robert Large）の店に奉公していますが、一四四一年に、ロンドン市長まで勤めた奉公先の主人が死ぬと、フランダースのブルージュ（Bruges）に行って冒険商人組合（Merchant Adventurers）という毛織物貿易のギルドに関わることになります。ブルージュは十五世紀後半には北ヨーロッパの毛織物貿易の本拠地でした。下水道が発達し、イングランド、スコットランド、デンマーク、ノルウェー、リューベック、ハンブルグ、ガスコーニュ、フローレンス、ボルドー、ポルトガルなどと交易が盛んで、大量の交易物の積み降ろしのできる港町で、大艦隊も停泊可能な町でした。

一四五三年　イギリスに戻っています。

一四六二年　この年からはイギリス絹織物業組合の業務を取り仕切ることになります。一四六五年にはブルージュのイギリス代表部の長 'Governor' という重要な地位について一四七〇年くらいまで勤めています。この頃、イギリスから入ってくる羊毛が増えてフランス、オランダ地区の織物工業を脅かすようになっ

たので輸入禁止されてしまいます。イギリスはユトレヒト（Utrecht）に拠点を移して、それまで通りに営業を続けている。

一四六八年　エドワード四世の妹マーガレット（Margaret）はブルゴーニュ公チャールズ（Charles, the Duke of Burgundy）と結婚したが、キャクストンはこの披露の席で、後に彼の印刷事業の後援者になるスケイル卿（Lord Scales 後のリヴァーズ伯）やラッセル（John Russell）に会っていたと考えられている。

一四六九年　この年三月、彼は Raoul Le Fèvre の『トロイ物語集成 *Recueil des histoires de Troies*』をフランス語で読んで、物語の筋と散文フランス語の素晴らしさにひかれて英語翻訳に着手しますが、力不足を覚って中断。ある時、ブルゴーニュ公夫人マーガレット（Margaret, Duchess of Burgundy）にこれを見せたところ、彼女はそれまでの英訳に手を入れて翻訳を続けるようにと勧めた。大陸の作品の英語への翻訳を勧める一方でマーガレットはイギリスとの交易にも手を染めていたようで、キャクストンはその顧問格であった。キャクストンは織物業界代表の職を去って、今やブルゴーニュ男爵夫人になって学問を奨励し文人を保護していたマーガレットの宮廷に出入りするようになっていた。『トロイ物語集成』の翻訳を手がけたのはブルージュだったがガン（Ghent）まで持ち越し、一四七一年九月十九日になってやっとケルン（Cologne）で訳し終えた。キャクストンは、これは生来の怠惰による遅れと言っているが、イギリス織物業界代表という多忙な身であったにもかかわらず、時間を割いて翻訳したものでした。

このブルゴーニュ男爵夫人の兄でヨーク家のエドワード四世が、ランカスター家のウォリックに追われて――一四七〇年ヘンリー六世が一時的に再び王位につく――ブルゴーニュに来た時彼は、キャクストンを織物商人または役人としてではなく、妹マーガレットに仕える者として知ることになった。キャクストンがイギリスに帰ってから出版業を営むにあたってエドワードの庇護のもとにあったのもうなづける。宮廷文人のパトロンであったブルージュのルイス（Louis de Bruges）は Hotel Gruthuyse に優れた図書館を持っていて、その館長がマンション（Colard Mansion）。後に、彼とキャクストンが、マーガレット、ルイス、エドワード四世の三人の庇護を受けて、イギリス印刷業の基礎を築き、その後の隆盛をみることになります。

一四七一年七月十七日から翌年クリスマスまでケルンにいたが、当時、ロンドンとケルン間の交易品はブルージュを経由していた。マインツ（Mainz）から印刷術を取り入れて一四六五年頃に印刷所を持ったケルンは、そのころ印刷所を持った町の中ではブルージュに最も近いライン河沿岸の町であり、彼はここで印刷術を知ることになった。当時まだケルンの町の秘密ともいえる印刷術をキャクストンが見ることができた（更に、実際に印刷も試みたかもしれない）のは、エドワード四世の使者として、ケルンの持つ対イギリス貿易の特権をハンザ同盟都市から守ってやったからではなかったか。ブルージュにいたキャクストンがイングランドとハンザ同盟とブルゴーニュとの和平交渉に関わった特使の中にいたことがわかっています。

一四七二年末にケルンからブルージュに帰って、支援者であったマーガレット夫人に『トロイ物語集成』訳を献じたキャクストンは、彼女の許可を得て、その写しを欲しがる諸侯のために一四七五年これをブルージュで印刷した。上述のように、キャクストンは一四六九年から七一年にかけてトロイ物語は既に十五世紀の多作家フランス語トロイ物語（*Recueil des histoires de Troyes*）を英訳したが、トロイ物語は既に十五世紀の多作家 St. Bury Edmonds の修道院院長リドケイトが韻文で *The Troy Book* 全八巻（一四二〇年頃）と『テーベ攻城物語』（*Siege of Thebes*, 一四二〇―二二年）を書いている。前者はギドー（Guido）の *Historia Destructionis Troiae*（一二八七年散文）の翻案韻文訳したものです。ル・フェーブルの『トロイ物語』もギドーの翻案仏訳ですから、原典が同じリドゲイトの韻文トロイ物語がありながらキャクストンがなお散文訳を出す気になったには、しかもこれが、所はブルージュであっても印刷された英語の本の第一号だとすれば、この仕事にそれなりの意義を見出したに違いありません。ブルゴーニュ男爵夫人の強い要請によるものであったことは既に述べましたが、それ以上に、彼がル・フェーヴルのフランス語作品を読んで、これは文章も内容も素晴らしいと判断して、ぜひともイングランドの人たちに読んでもらいたいと思ったからでした。

一四七五年　既に一四七四年にはフランス語から翻訳が完了していた『教訓チェスゲーム（*The Game and Playe of the Chesse Moralized*）』をこの年に出版していますが、これは人生をチェスになぞらえた道徳的な内容の本です。この二版（一四八三年）のあとがきで「この本を手本に身を改めるように」と人々に諭していることは既に述べました。この道徳本は『トロイ物語集成』と同じく、もとJacobus de Cessolisのラテン語（*Liber de Ludo Scachorum*）からの仏訳を英訳したものです。この本をキャクストンはエドワード四世の政敵ウオリック伯クラーレンス（Clarence）に献上しています。保身のためという非難もありますが、一四八三年に再版するほどよく売れました。しかし、プロローグによると、活字を組んだのは彼自身ではないようです。ブルージュにいた彼は、英訳の行間に、ヨークとランカスター家の争いによってイギリスが昔の栄華を失ってしまったと嘆いています。

この頃、キャクストンはイギリスへ帰る潮時だと思いはじめていた。ブルゴーニュ男爵チャールズが戦死（一四七七年）して、その妻マーガレットが隠遁してしまう。一方、彼女の兄のエドワード四世はイギリスで強力な地盤を固めつつありました。

一四七六年の末にイギリスに帰国して、翌年中にはウェストミンスター（Westminster）寺院境内に一室を借りて印刷業をスタートさせました。ウェストミンスターの印刷所はここに一四九三年まであった。どうしてウェストミンスターに腰を落ちつけたかというと、寺院関係者に親類がいたらしいこと、キャクストンが従事していた毛織物の専売所が、彼の帰国する直前までウェストミンスターにあったこと、彼がロンドンの著述・出版業界組合にまだ不案内だったこと、王宮に近いので王侯貴族の引き立てを得るに好都合だったこと、などがいわれています。場所が寺院の境内というのはロンドン市の諸々の規制の埒外にあったということを意味します。商売も順調にいったのか一四八二年、レッド・ペール（Red Pale）という施物配給所にもう一部屋賃借りしている。（一四九一年から九二年の店の借り主はキャクストンの一番弟子ドゥ・ウォード名義です）

一四七七年　十一月十八日　リヴァーズ伯訳『賢者の金言諺集（*The dictes or sayengis of the philosophres*）』をウェストミンスターで発行。同年、黄金の羊毛（Golden Fleece）探求物語の『ジェイソン伝（*Historie of Jason*）』を英訳印刷して若き皇太子に捧げている。皇太子の英語力向上のためにだったというが、エドワード四世がブルゴーニュ同盟の象徴ともなる金羊毛勲爵騎士団（’Knight of the Order of the Golden Fleece）に叙されたためでもありました。

一四七八年二月二十日　リヴァーズ伯訳ピサンの『箴言諺集（*The moral proverbs of* Christine de Pisan）』、チョーサーの『カンタベリー物語（*Canterbury Tales*）』とボエティウス（Boethius, *de consolatione philosophiae*）の訳『哲学の慰め（The boke of *Consolacion of Philosophie*）』を印刷しています。チョーサーは彼が初めて印刷した大作でした。ボエティウスの出版は友人のたっての依頼によるとエピローグにありますが、この友とは、『行儀作法指南（*Book of Good Manners*）』の印刷も頼んだプラット（William Pratt）であろうと思われています。

一四七九年　リヴァーズ伯訳 *Quatre derrenieres Choses or Four Last Things* を出版している。この年、彼は収税関係の仕事をしていました。リヴァーズ伯訳の『誠心誠意の書（*Cordyale Quattour Novissima*）』と *Dictes* 二版、*Nova Rhetoirca* を出しています。

一四八〇年　この年、John Lettou なるリトアニア人がロンドン市内に印刷所を開いた。彼は二段組にしたり装飾を入れたりして、その腕はキャクストンより勝っていたが、英語本を印刷しなかったのでキャクストンの強力なライヴァルにはなりませんでした。キャクストンの印刷に向かう姿勢は終生新奇を追い求めるものではなかったので、彼は新しい活字を鋳なおしただけでした。彼は自分も楽しんで読むことができる「英語で書かれた作品」を大衆のために印刷して読者を獲得していった。

一四八一年　一月二日に、ラテン語 *Speculum vel Imago Mundi* のフランス語訳 *Ymage du Monde* の英訳に着手して、その年の内に『世の鏡（*Mirrour of the World*）』としてイラスト入りで出版しています。同郷ケント出の Hugh Bryce に依頼されたものですが、本の中味も彼の気に入ったようです。この世の成り立ちを述べて神への信仰と魂の救済を願う内容の本です。エピローグではエドワード四世に神の加護と王国の安泰を願っています。一四九〇年に再版されています。

一四八一年　六月六日　フラマン語から『きつね物語』の英訳を終える。これは、数少ないロマンス系以外の作品の翻訳です。現存する一四八九年第二版のエピローグは二葉欠けていますが、十七世紀の写本にはキャクストンが二版で加筆したと思われている文言があります。

同年　十一月二十日　フランス語から『ボローニュのゴッドフロワ伝（*The Life of Godefroy of*

Bologne）』を翻訳していますが、この英訳によって人々を鼓舞し、ゴッドフロワの時代のようにイェルサレムを奪還するために新たなる十字軍派遣の気運を高めようというのでした。

一四八二年は Trevisa の *Polychronicon* にかかりきりになり、七月二日に翻訳を完了しています。歴史から学ぶことを重視した彼は、この年代記を一三五七年からエドワード四世即位の一四六〇年まで書き綴ってしまった。同時代の老人から学ぶことも有益にはちがいないが、長い年月に渡る先人たちの失敗・美談を書物に学んで現在を改めることが必要であると説いて、若者に対して国家と公益のために尽くす気を起こさせるつもりでした。

一四八二年から八三年の間に、ウェストミンスター寺院のアーモンリー（Almonry）のレッド・ペールに印刷店の紋章看板を掲げたとされています。

一四八三年　印刷所の拡張が家賃の増加からうかがえます。この年、チョーサーの『誉れの館（*Book of Fame*）』と『トロイルスとクリセイダ（*Troilus and Criseyde*）』を印刷。『誉れの館』のエピローグで、彼はチョーサーが他の作家にぬきん出て優れているとほめ称えて、饒舌のない格調高い文を書く当代一の作家だと高く評価しています。この年、エドワード四世が死去、続いてリヴァーズ伯もリチャード三世によって斬首されている。この間にキャクストンは、たっぷり実例の入った有り難い説教集である聖人伝説『黄金伝説（*Golden Legende, the legende of sayntes*）』の翻訳と印刷を終えています。これはラテン語フランス語英語の三種類の黄金伝説を彼流に加筆削除して編集しなおしたものです。年の暮れに、フランス語から Benedict Burgh 英訳の『カトー箴言（*Caton*）』を、ロンドン市民の子弟の教育に最適な本であるといって出していますが、昔の栄光を失ったロンドンの旧家と町自体の衰退を嘆く長いプロローグが付いています。

一四八四年三月二六日　フランス語からの英訳『イソップ寓話（*The book of the subtyl historyes and fables of Esope*）』を印刷していますが、イソップの教えが若い娘の教育に役立つと考えての英訳出版のようです。この年、テキストに問題があると自覚していた一四七八年の初版『カンタベリー物語』を新たに印刷している。知人から借りた版をもとに印刷したのですが、この二版でチョーサーをまたほめちぎっています。

一四八五年七月三一日『アーサー王物語（*Le Morte Darthur*）』を印刷。アーサー王を歴史上の人物として信じていたらしいキャクストンが、本国より大陸で有名な現状を見てマロリーの印刷を決心したものです。ウィンチェスター写本の序文を読むと、アーサー王伝説さえもモラルを説く一つの役割を与えられていることがわかります。同年、『騎士道（*Ordre of Chyualry*）』（フランス語 *Lordre de cheuallerie*）を翻訳印刷してリチャード三世に献じています。彼は騎士道精神の衰退を嘆いて、安逸をむさぼっている若い諸侯に読ませたいと心底から思ったようです。この年、リチャード三世ボズワースの戦いにて戦死しています。

一四八六年　公務に追われたためか *Speculum I* を出しただけです。

一四八七年『行儀作法指南（*Book of Good Manners*）』の英訳は貴族向けというより商人向けでした。『黄金伝説』を再版。この年、WC を組み合わせた意匠（Printer's Mark）を考案している。

一四八八年　この年、彼は体調がすぐれなかったと思われています。フランスの美王フィリップの要請によって作られた *Le Liure Royal* 1279 の英訳（一四八四年）『王の書（*Royal Book*）』を印刷した。これには、世のはかなさを嘆き、この世が永遠に続くと思って蓄財をし立身出世に憂き身をやつす聖俗の人々に、永遠の命を得るために神の教えを守るように諭した序文がついている。そういう人を聖書では「王

(king)」と呼ぶという。

一四八九年　ヘンリー七世の要請で『武勲（*Faytes of Arms*）』、皇太后サマーセット男爵夫人の要請で『ブランカルダンとイグランタイン（*Blanchardyn and Eglantine*）』を英訳印刷。『きつね物語』再版、*Dictes* 三版、『エイモンの四人の息子（*Foure Sonnes of Aymon*）』などの改訂版を印刷する。

一四九〇年　良い来世を迎える方法『死に方指南（*Art and Craft to Die Well*）』を印刷。また、この年、前述のように、翻訳に当っての苦労を吐露したプロローグで有名な *Eneydos* も印刷しています。

一四九一年　*Lyves of the Fathers* を印刷。弟子のドゥ・ウォードは奥書（Colophon）で、これがキャクストン最後のフランス語からの翻訳であったことを述べている。キャクストンがやり残した『マンデヴィル航海誌（*Mandeville's Travels*）はウォードが一四九九年に出版しています。

キャクストンは、印刷所について死後のことをドゥ・ウォードに全て託して、ピンソンとコプランドにドゥ・ウォードをよく助けるように託して死んだ。正確な死亡年月日は不明ですが、かなり確実に一四九一年であったとされています。

訳注

キャクストン訳には総称の『きつね物語』を使うが、拙訳は原本にある「レナルド（Reynard）」の文字を入れる。邦訳の原本N.Blake編EETS版（*The History of Reynard the Fox*）には挿し絵がない。おもしろいおはなしには視覚上の楽しみもあった方がいいと考えて挿し絵を多く入れた。各章の頭に付した挿し絵は、F. Ellis版のクレイン（Crane）画の飾り章節から、絵の部分だけもってきたもの。各章頭の挿し絵以外のカットは、線画はJ. Jacobs（1895）のW. F. Calderonの挿し絵。木版画（本文pp.10 & 14）はSands版（1960, pp.47 & 103）から。その他の木版画（本文pp.20, 63, 79, 121, 143）はリューベック版藤代訳『狐ラインケ』（pp.28, 104, 154, 235, 285）から転写した。また、本文p.54, p.73はK. Varty（1967）写真51（Bristol Cathedral）、63（Beverley Minster）から。また、註において引用したキャクストン訳以外の狐物語は以下のとおり。独語の邦訳は一四九八年リューベック版訳（藤代幸一訳『狐ラインケ』、法政大学出版、一九八五年。これは必要に応じてレクラム文庫ランゴッシェ訳によって拙訳しなおしたところがある。）と、リューベック版をもとにした一七九四年のゲーテの韻文訳（舟木重信訳『狐ライネケ』、改造社ゲーテ全集十六巻、昭和十二年）を用いた。ただし、一四九八年一七九四年とも大きな違いがない場合は、引用なしで単に「独語訳では」とした。フランス語『ルナール物語』の邦訳『狐物語』は白水社版（鈴木ほか共訳、一九九四年）による。この訳は選集であるが、章立てもそれに従った。また、キャクストンの原文を拙訳で意訳した箇所は、註において、その直後に（←　）で逐語訳と原文をいれた。ゴーダ（Gouda）版と『ライナルト物語』『ライナルト』の中期オランダ語（MDu）原文は、ブレイク版とサンズ版の原注から引用した。パラグラフの区切りと行間は基本的にはブレイク版のままであるが、数箇所で話のつながりや切れ目を判断して読みやすいように改め、註でその旨を述べておいた。なお、註で言及する参考文献の略号は以下のとおり。

Jente (R.Jente, *Proverbia Communia*, A Fifteenth Century Collection of Dutch Proverbs together with the Low German Version, Indiana University Publications: Folklore Series, 4, Bloomington, Indiana, 1947)

Jusserand (J.Jusserand, *English Wayfaring Life in the Middle Ages*, 2nd ed., 1889)

Lenaghan (R.T. Lenaghan, *Caxton's Aesop*, Harvard University Press, 1967)

McCulloch (F.McCulloch, *Mediaeval Latin and French Bestiaries*, University of North Carolina, rev.ed., Chapel Hill, 1962)

Sands (Donald B.Sands, *The History of Reynard the Fox Translated and Printed by William Caxton in 1481*, edited with an Introduction and Notes, Harvard University Press, 1960)

ODEP (W.G.Smith, J.E.Heseltine, P.Harvery, *The Oxford Dictionary of English Proverbs*, 2nd ed., Oxford, 1948)

また、註番号・原文などに続く（ ）には、ブレイク編註EETS版の該当ページと行数を示した。

1 (Blake p.7 / line 3) キャクストンの『きつね物語』の出だしに相当する独語訳は、リューベック版・藤代訳「時は聖霊降臨祭　森や野原で　葉や草が青々とし、薮の中、樹の上で　鳥が楽しげにさえずっていた。菜や花が芽をふき　あちらこちら芳香を放っていた。日はうらら晴天であった。百獣の王ノーベルは宮廷を開き、…」、ゲーテ・舟木訳「愛すべき祭なる聖霊降臨祭が来たのであった。野と森とは青々となり、生々となった。丘や高地の上、叢林や籬の中では、新しく元気づいた鳥が愉しげな歌をうたった。水蒸氣の立ち昇る低地にある牧場には花が咲いた。空は素晴らしく晴れやかに輝き、大地は多彩に色どられた。獣類の王ノーベルは廷臣を集めたので、…」

仏語『狐物語』では以下の二箇所。第八話『イサングランがルナールを国王の宮廷に告訴した話』の出だしの第一行「復活祭も間近の頃でした」と、第九話『ルナールが熊のブランに蜂蜜があるとだました話』の「冬はいつしか過ぎて薔薇の蕾もほころび、さんざしの花咲き匂う、昇天祭に近い頃、――物語の出だしはこうなっている――獅子王ノーブル陛下は諸侯会議開催のため、ありとあらゆる動物達を王宮に召されました。いかに剛毅なものといえども何をさておいても蒼惶と参内しないものはおりません。但し世人が指弾する悪党、ペテン師のルナール唯一人は例外中の例外です。一同打ち揃って、国王にルナールの慢心と不忠を糾弾します。」(11-26行)

いくつかの物語には似通った導入部が見られる。チョーサー『カンタベリー物語――総序』では「四月の雨がしっとりと、三月の乾きを潤して、草木の根まで滲み通り、蕾を開く霊液が幹にも枝にもあふれるころ、また野や丘のやわらかな若芽に春の西風がかぐわしいいぶきを吹きこむころ…」(1-7)『ばらの物語』では「あれは五月のころ　…　愛と喜びの季節　ものみなが浮き立つとき　五月というのに葉もつけず新しい葉むらで覆われない茂みや生け垣はないのだから。辺りの森も緑を取り戻す　冬には干からびて見えたのに。そして甘露の雨が降りそそぐので　大地は誇らしげになり　冬に強いられた哀れな状態を忘れてしまう…」(49-62)　リッドゲイト『テーベ攻城物語』では「輝く太陽神が四月半ば雄羊座をすぎて雄牛座に入るころ…心浮き立ち楽しくみずみずしい季節　気高いフローラの女神が　大地を新しい柔らかな緑に包み　巧みに織りなした花々で枝や梢を赤白に彩るころ…」(1-16) など。

なお、「聖霊降臨祭」Pentecost（6／22）はイースターから第七日曜日で、世俗法廷の開廷日であった。教会の大祭日には、封建貴族の集まりと法廷が開かれることが多かった。詳細は次を参照。J. Graven, *Le Proces criminel du Roman de Renart*, 1950.

「（公開大法廷を）立派に（開こうと思い）」at stade（6／27）は Mdu *te stade* in great state or ceremony ととるのが普通だが、キャクストンが地名（西フランダース地方の村 Staden）と誤ったとする説もある。

2　「聖遺物にかけて」on the holy sayntes（7／15）　法廷では聖書にかけて身の潔白を誓う習わしであった。仏語『狐物語』第八話では、ルナールが犬の St. Loonel の遺骨にかけて誓うはずであった。実は、ローネルは狼と腹を合わせて死んだ振りをしてルナールを捕まえる計画であったが、見抜かれてしまったのであった。

3　（7／24）　独語『狐ライネケ』はここと同じように詳しい事情は述べていない。仏語『狐物語』第九話（27-54）でイザングランはルナールを訴えますが、この訴えに対する国王の対応は『きつね物語』とは異なる。「いともかしこき陛下よ、畏れながらわが妻エルサンにルナールめが働きました姦淫の裁きを願い上げます。あ奴はすみかのモーペルチュイでわが妻を手籠めにいたし、子供達の頭から小使をひっかけおったのです。身どもにとってこれほどつらい苦しみはありません。ルナールは、かかる淫行は断じてしていないと誓う日取りまで決めておきながら、いざ聖遺物が運ばれてくると、誰の入れ知恵か知りませんが、さっさとその場をずらかって穴のなか深くもぐり込んでしまったのです」国王はこれを聞いてお怒りになるどころか心なごまされ、皆の者にこうおっしゃった。「イザングラン、捨ておけ、騒ぎ立てても何も得るところはあるまい。むしろ自分の恥をさらすがおちじゃ。」(29-47) と、取り合わない。

この訴えのもとになった事件の一つは　仏語『狐物語』の第一話「ルナールの誕生と子供時代」(352-) にある。「ルナールはこれは大変と驚き、慌てて答えました。「とんでもないですよ、奥さん、恨んだり、意地悪して来なかったわけじゃありません。来たいのはやまやまなんですが、来ようとするとご亭主のイザングランが、行くとこ来るとこ、どこでも私を見張ってるんです。お宅の旦那が私を憎んでいるかぎり、どうすることも出来ないんです。私を恨むなんてとんだお門違い、もし私が恨まれるようなことをちょっとでもしたというんなら、この身は呪われたってかまやしない。そういうわけで、不本意ながら近寄れなかったんです。ご亭主は、私があんたに惚れてるといって、国じゅうの知り合いに言いふらし、私を非難してまわってるんです。そして、私を捕らえて赤っ恥をかかした者には褒美をとらせるとまで約束してるんです。分かったでしょう私のことを怒る理由なんかないということが、冷たくする気なんかさらさらなく、とんだ濡れ衣だということが」これを聞くとエルサンは、汗が出るほどかっかときて、赤い顔をしながら、「なんですって、ルナールさん、うちの人はそんな約束までしたんですか。私もえらく信用を落としたものだわ、体面を保とうとしている者がかえって非難されるとはこのこと。疚しいところなく言いますが、そんなふしだらなこと考えたこともないのに、あの人がそう言ってるんだったらいっそ二人でいい仲になりましょうよ。たびたび会いに来てちょうだい、あたしの情夫にしてあげるから。さあ早くあたしを抱いてちょうだい、安心していいわ、今ここには誰もとがめる人なんかいないんだから」ルナールは大喜びで近寄り、エルサンを抱けば、彼女は尻をまくって大歓迎、二人は心ゆくまで楽しみました。事を済ませたルナールは、イザングランが帰って来て、不意を襲われはしないかと心配で、立ち去ろうとしますが、それでも、出て行く前に子狼が並んで寝ている所へやって来て、小便をひっかけたと思うと、今度は、塩漬け肉も生肉も、ありったけの物を引っ張り出して、食べられるだけ食べてしまうと、残りは手当たりしだい外にほうり投げました。それでも足らず、子狼たちをベッドから引きずり下ろし、悪態はつくは、殴るは、一家の主そこのけの折檻のし放題、わが物顔で、父無し子、妾腹の子と罵り、誰一人はばかることを知りません。エルサン夫人がいますが、彼女は情婦だし、誰にも告げ口する心配はありません。泣く子を後にして、ルナールは出て行きました。エルサンはわが子の所へやって来て、なだめすかして言います。「いいかい、お前たち、愚かな料簡を起こすんじゃないよ、ルナールさんが此処へ来たなんてことちよっとでも口にしたりお父さんに言ったりしちやだめよ」「なんだってくそ婆、ルナールのこんこんちき、死ぬほど憎いあんな奴を、母さんがここへ入れたってことを、父さんに黙ってろだって。父さんは母さんを信用してるのに。こんなひどい目に会わされて、黙ってなんかいられるもんか、神様の思し召しに叶うなら、仕返ししてやらなくちゃ」(-430)

もう一つの事件、狐穴にはまって身動きならないエルサン夫人を後ろからルナールが犯す話は、同じ第一話の533-647にある(訳注213参照)。イサングラン夫婦が、ルナールによって妻エルサンが辱めを受けたことの次第をかいつまんで王様に訴える話は第八話(1-181)にもあるが、情事如きの訴えにノーブル王は寛大である。

4　「クルトイス」Courtoys(7／25)は古フランス語で'courteous'「礼儀正しい、上品な」の意で、小型愛玩犬に使う。リューベック版で犬の名前はワッケルロース(Wackerlos)。仏語『狐物語』では、ルナールはティベールからソーセージを横取りしている。

5　(8／5)　ここで、猫のティベルト（Tibert 独語訳はヒンツェ Hinze）がレナルドの肩を持つのは、犬猿の仲の犬のクルトイスの訴えだったからという。他の場面では、ティベルトは狐の敵方である。なお、続いて出てくる野兎の名前は独語訳ではラムペ（Lampe der Hase）。

6　「パンサー」panther (8／5)　パンサーは豹ではなく固有名詞で、「野豚のパンサー（panther the boore）(30／14)」である。Panthera (78／10) は伝説の漂う豹。訳注191 (78／9-24) を参照。

7　「クレード」credo (8／14)　次の信仰告白の文言から Credo in unum Deum (= I believe in one God.)。

8　「姉妹の息子 (sisters son　8／27)」との関係が中世において密接であったことは、それぞれ大王の腹心とも言える Gawain がアーサー王の、Beowulf がヒイェラーク王の、そして Roland がシャルマーニュ大帝の姉妹の子であったことからも分かる。(Sands)　なお、タキトウス『ゲルマーニア』(田中・泉井訳、岩波文庫、昭和二十八年) 第一部20「哺育・眷属・相続」も参照。

9　(8／36)　キャクストンが英訳したもとのゴーダ版では「十分だと思わない」のは王様になっている。(Blake)　ゴーダ版のもとになった『ライナルト物語』のこの箇所の英訳がサンズ版の訳注 14に次のようにある。'But were he (Reynard) so well at court and stood he so well in the king's esteem, Sir Isegrim, as you, then it shouldn't seem good to him if you remained unpunished for this [open accusation].

10　(9／4)　キャクストン訳が簡単にすましたこのエピソード、荷車の魚をチョロまかす話は、独語訳ではもっと詳しい。イセグリムと相棒を組んで死んだ振りをして寝ころんでいたライネケを見つけた魚屋が、ライネケを魚を満載した荷台に放りあげる。後で狐の皮をはぎとって高く売るつもりだったのだが、狐が二三匹車から投げ落とせば狼は「遠くからこっそりついて来て、その魚を食べてしまひました。ライネケはもうそれ以上車に乗っていたくなかったので、立ち上り、車から飛び降り、自分も獲物を食べたいと思ひました。併し、イーゼグリムがそれを皆食べてしまったのでした。彼は必要以上に詰め込んだので、腹が裂けそうでした。彼は魚の骨だけを残しておいて、その残り物を友人に勧めました。」(ゲーテ・舟木訳)　仏語『狐物語』第二話『ルナールが荷車の魚を失敬した話』に同じいきさつが語られているが、この話に狼は出てこない。ルナールは荷台に積んだ魚を失敬してたらふく食べたあと鰻の束を持ち逃げする。第十七話『ルナールとイザングランの決闘』(989-1016) にもあるが、ここではルナールにだまされて鰻を食べ損なったのは、どうもイザングランのようである。

11　「豚の脇腹ベーコン」the fatte vlycche of bacon (9／7-8)　仏語『狐物語』にある話では、ルナールとイザングランが大きなハムを百姓から奪う。狐が追いかけられている間に、狼が独り占めして、ルナールが戻ってみたときには、ハムを吊してあったロープ（独語訳では曲木）しか残っていなかった。

12　「下らん訴え」vyseuase（9 / 24）はゴーダ版のままで Mdu *visevase* senseless talk の意。（Sands）

13　「マレ　クエシスティ…」Male quesisti et male perdidisti（9 / 31）=（it is right that）what is ill gotten be ill lost.　ゲーテ・舟木訳「諺にも悪銭身に付かずと申します！」

14　「マレペルデュイス」　maleperduys（10 / 11）はゴーダ版のまま。『ライナルト物語』、仏語『狐物語』では malepertuis で‘*mal* evil＋*pertuis* hole’「悪の穴」= a robber hole「盗人の隠れ穴」の意。

15　grymbert his eme stode（10 / 16）について、ゴーダ版の *van sinen oem* concerning his uncle を同格「彼のおじであるグリンベルト」ととったキャクストンの誤訳とする説が多いが、「おじを弁護する」と読めないか。

16　（10 / 20）　おん鶏シャントクレールは、独語訳ではおん鶏ヘンニング（Henning der Hahn）。殺されたのはクラッツェフース（Kratzefuss「掻き足」）で、キャクストンで二羽のめん鶏になっているところは、彼女の兄弟クライアント（Kreyant）とカンタルト（Cantart）という雄に、次の若鶏二羽も雄になっている。ヘンニングには十羽の息子と十四羽の娘がいる。墓碑銘は「雄鶏ヘンニングの娘にして、雌鶏のうちにて最も優れたるクラッツェフースは多くの卵を生み、巧に足掻き得たり。ああ！　ライネケの殺害によってその一族より奪い去られて、彼女はここに眠る。全世界は彼の悪行と虚偽とを知り、死者のために悲しむべし。」（ゲーテ・舟木訳）。仏語『狐物語』では、彼がレナルドを訴える話は第九話（279-432）。「ちょうどその時、シャントクレールとパントが総勢五人で宮廷に駆け込んできました。」から「すべては厳粛に挙行され、墓碑銘は次のように刻まれました。『ここなる木の下にパントの妹クーペ眠る。日々悪行を重ねるルナールが彼女をひどい目に会わせたあげく、今朝その毒牙もて死に至らせしものなり』パント夫人がルナールを呪って泣き叫び　シャントクレールが悲しみのあまり四肢を硬直させているのを見れば、あわれを催さない者はいないでしょう。」（-432）まで。おん鶏の名前はゴーダ版で Cantenkleer なので、キャクストンはチョーサーのフランス風綴り Chauntcleer を用いていることになる。

藤代訳註 297 によると、殺された者の親族は訴える時はそれを法廷に提示しなければならなかったという。

17　「隠者（hermyte）のような姿で」（11 / 15）　解説に並べた諺の一つ「坊主を装い説教しはじめたらがちょうをとられないように気をつけよ」にあったように、中世後期に多く見られる狐が僧服に身を包んだ姿の彫刻や絵のなかで、通例、説教の相手は鶏でなくがちょうである。

18 「巡礼のマント、粗衣と下に着込んだ苦行の毛衣」slauyne and pylche and an heren sherte thervnder（11／21） のうち毛裏のある pilch は修道とは直接関係ない衣服である。（Blake）

19 「山ざしの茂み」vnder an hawthorn（11／27） 仏語『狐物語』第五話「ルナールが雄鶏シャントクレールを捕えた話」とチョーサーの『カンタベリー物語――尼僧付き僧の話』ではキャベツ（wortes）畑に隠れている。

20 「腹の中に入れてしまいました」leyd hym in his male（11／32） male は袋でもあり腹でもある。狐は捕らえた鶏を持って逃げる場合、袋に入れることもあるが、写本・彫刻などに見られるように、首をくわえて背に担ぐことが多い。解説のはじめの図も参照。

21 わしが一年でも生き延びれば逆立ちをして（← 償いをして he shal abye it 12／8） みせるとな。

22 プラケボ ドミノ placebo domino＝I shall be acceptable to God. 死者の祈りの交唱の冒頭句。*Ps.*Vulg.cxiv.9

23 「死者の祈り」vigilye、「神に委ねるお勤め」commendacion（12／16） 終祈句 Tibi, Domine, commendamus（神よ、死者の魂を汝に委ねます）から。（Blake）

24 「おツムが弱いということ」so haue I ylle lerned my casus（12／33） casus は、文法の〈名詞の格〉のことから、全体は「文法（の初歩）を十分学ばなかった」の意。

25 （12／36） 熊のブランが狐召還の使いにたつところは 仏語『狐物語』第九話の「ブラン殿、余の名代として卿が行かれよ。」以下439-726行で、大筋は『きつね物語』と同じ。（585-）「さあ、ブラン殿、貴殿に約束したものはここにありますよ。…」ブランは樫の木の割れ目に鼻面と両の前足を突っ込みました。…ルナールは遠くに離れてから、ブランをからかいます。…このようにしてだまし、ひどい目に会わせるのです。ルナールの一生こそ呪われてあれ。一年待っても一滴の蜂蜜にもありつけません、はじめから蜜も蜜窩もないのですから。ブランが蜜にありつこうと懸命になっている問に、ルナールは楔をひっつかんで苦心の末に引っこ抜いてしまいました。楔が抜けてしまうと ブランの頭と両手は樫の木の割れ目にのみ込まれてしまいました。熊の方はさあ大変、…」（-609） このあと726行まで続きますが、『きつね物語』にある司祭のユロク夫人が川にはまる話、ブランが苦労して宮廷にたどり着く話はない。

ブランが蜂蜜で騙されて樫の木にはさまれたこの件を、ノーブル王がルナールを責めてかい摘んで話す件が第十七話（349-415）にある。第八話（346-488）でもブランは蜂蜜でひどい目に遭わされている。「素晴らしい密壺の在所を知ってるぜ」（382）といわれてルナールに連れていかれた百姓家で、空腹のあまりルナールが雄鶏に跳びかかったので鶏がけたたましくないて、村中大騒ぎ。逃げ遅れたブランが散々な目に遭う。同じ第八話（908-1148）では、ブランだけでなくティベールも、狐にフローベル親方の蜂蜜を食べさせると言って連れて行かれて、食べている間に閉じこめられて、散々殴られブランは耳を失いティベールは尻尾をチョン切られた話になっている。訳注66も参照。

また、猫のティベールを百姓の仕掛けた樫の枝を裂いて作った罠におとそうとしたルナールが逆に自分がはまって大いにかまれ、百姓にぶたれる話は、第五話「ルナールが雄鶏シャントクレールを捕えた話」の後半447-617行にある。

26　「空き地」lande（13 / 7）　Mdu *lanc* longを読み違えたキャクストンのミスで、ブレイクは、本来の意味は'a high and long hill'であろうという。このあたり独語訳の方がわかりやすい。「長く廣い砂一面の大砂漠を横切って、山地に向って出發した。終に砂漠を通り過ぎた時、彼はライネケが常に狩獵を行ふ山に對して立った。狐はその前日にもそこで樂しい狩獵をなしたのであった。」（ゲーテ・舟木訳）

27　「必要に応じて」after that he had nede（13 / 24）　キャクストンはMdu *noot* preyを*need*と訳した。（Blake）　もとの意味は「獲物を捕えた後」。

28　（14 / 3-4）　王様の宮廷への召喚の役は同じ身分の者によることが多かったので、ここで狐はブルーンにゴマすっていることになる。また、the mooste gentyl and richest of leeuys and of landeのleeuysをキャクストンは恐らく'levies'（徴税額）ではなく'leaves'（葉物・野菜）の意味で用いている。ここはMdu *van loue* of praiseの誤訳であろう。（Blake）

29　ここで章が改まらないリューベック版は、彼らがラントフェルト（リューベック版はリュステフィールRöstefeil）の屋敷に着いたところ（「熊はよろこんだ。しかし、それは、愚か者たちがしばしばそうなるのだが、糠喜びであった。」）で章が改まる。次章の出だしは「夜になっていた。前述の百姓リュステフィールが寝床に入っていることをライネケは知っていた。リュステフィールはすぐれた大工だった。」となるが、章が改まらないゲーテ訳ではまだ第三歌が続く。

30　「ポーティンガーレ」portyngale（14 / 27）　これは南オランダの村 ポルトガル（Poortugaal）の可能性もある。（Blake）　独語訳にはこのくだりはない。

31　「あなたに対する好意や思いやり」the very yonste and good wyl...（15 / 4）のyonsteはMdu *gunste* favor, affectionより。

32　狐は全く別の蜂蜜（←　猛烈な強打of good strokes 15 / 9）のことを言ったのですが、…。

33　（15 / 32）　昔話に、大工の作業を見ていた猿が、丸太に座っているうち自分で楔を引き抜いて金玉を挟まれて、大工に散々ぶたれる話がある。次を参照 L. Hervieux, *Les Fabulistes latins*, 1899, v.114, 345-7, 450.（Blake）

34 「司祭の妻ユロク」the prestis wyf Iulok（16／19-20） 教皇インノケンティウス三世（1198-1216）は、特に独身主義を広めたとされる。（Sands） 下級僧は妻帯を許されていたが、話の調子からしてユロクは妻でなく妾《めかけ》の可能性が高い。（Blake） -ok は中期オランダ語の縮小語尾。リューベック版は「ユッテ夫人という司祭の料理女（die Pfarrerskochin, Frau Jutte gennant 681）は誰よりも上手に碾割の粥を作ることが出来た。」

35 「狐との取り引き」this market（16／28）は、ゴーダ版は *vaert* = journey（食料調達の「旅」）。

36 「指長のベルトルト氏」syr bertolt with the longe fyngers（17／3） このあだ名は、「盗み上手の」のニュアンス。また、syr がついているのは、聖職者でないとすれば、村で偉ぶっている者への皮肉。（Blake）

37 「アベルクワック」abelquak（17／6）は「おべっか使い」「口先のうまい人」の意［Mdu *abel* clever, *quacken* to talk nonsense］。（Sands）

38 「チャフポートのポッジ」Pogge of chafporte（17／12） *Pogge* toad or young pig. MDu *cafpoerte* chaff-gate, exit for waste は悪口のあだ名。キャクストンが地名と誤解したもの。（Blake）

39 「罪償の苦行を免じ」pardon of her penance（17／24） 当時、安易に出される免罪はプロテスタント側から非難の対象であった。cf. Jusserand, p.309ff.（Blake） 独語訳では、川にはまったのは五人でその中にユッテがいる。「皆さん、助けてやってくれ！ 私は褒美にビールを二樽と免罪と祝福とをくれてやる。」（ゲーテ・舟木訳）

40 リューベック版（765-96）によると、泳げないのに熊が川に飛び込む気になったのは、あまりの苦しさに、もう溺れ死んだ方がいいと思ったから（...Dass er sich selber wollt ertränken）。想像に反して泳げることがわかって、幸いにも水の力で下流に押し流されたのだった。

41 「ラントフェルトの家に忘れ物でも？」は狐の当てこすりで、キャクストン訳にはないが、「忘れ物」とは、熊に逃げられた村人が丸太棒を見に来て、その裂目の中に熊の耳と足の毛と肉が残っているのを見つけ、「戻ってこい。おれ達は貴様の耳と手袋を抵当にとっておくからな」と笑って叫んだという、耳と足の毛皮と爪のこと。

42 「手袋も脱いじゃって」don of your gloues（18／29） お勧めをするとき修道院長は手袋をとる習慣だった。ここは、ブルーンが手の毛皮までが剝がれていることを狐が揶揄ったもの。

43 疲れると、しばらく（↑ 半マイルほど nyghe half a myle 19／1）ゴロゴロ転がっていきました。

44　(19/25)　レナルド呼び出しの使いに行った猫ティベールが、鼠を食べさせるといってルナールに騙されるくだりは仏語『狐物語』第九話（727-）「山猫のティベールはどこに居る。即刻ルナールのところにまいり　この決着をつけるため出頭するようあの赤毛の下郎に伝えてまいれ。」以下（-911）にある。聖マルタン鳥のくだりは754行。出廷したルナールに向って王様が話す第十七話（273-347）にもある。

45　陛下にこんな事を助言した方々を私は怨みます（← …した方々はわたしの友達ではありません they ... were not my frendes 19/33)。

46　「それはこの際、問題でない」ther lyeth no on（20/2）　これはゴーダ版の直訳 *daer en light niet an* = there is no concern.［< Mdu *lye on* = come in question］

47　(20/2-3)　cf. *The Owl and the Nightingale* 761 ff.（Blake）　「アルフレッドのお言葉は真実――力は策に及ばず、大力で不可能なことを一寸の策がよく成就す――力は乏しくとも知恵で城は攻め落とせるし、策略で城壁は破壊され、俊敏の騎士も落馬の憂き目にあう。悪しき力は値打がないが、知恵の価は下落しない。知恵に敵なしということ　万事につけご存知の筈。」（佐々部英男訳「梟とナイチンゲール」761-72行、アポロン社、1975）

48　「聖マルティヌスの鳥」one of *seynt martyns byrdes*（20/7）は不吉な鳥であろうが、何を指すか確かでない。鳥（corneia sinistra）とも、聖マルティヌスの祭日と関連あるガンとも、彼は足が長かったというのでみそさざい（wren）ともいう。（Thoms）左を不吉とする民間伝承がある。cf. *gauche, sinister*.

49　今晩は、良い夕べですね（← 全能の神があなたに良い夕べを与えますよう The riche god yeue you good euen 20/17)。

50　いくら金を積まれても（← 千マルクと引き換えでも for a thousand marke 20/28)。

51　「タルト」*flawnes*（21/8）= tarts, flans. cf. T.Austin, *Two Fifteenth-Century Cookery-Books*, EETS., o.s.91, pp.51, 73. (Blake)

52　「…と猫が言った」reyner quod the catte（21/18）　原文は ...quod the *foxe* となっているが、これはキャクストンの間違い。

53　「モンペリエ」monpelier（21/19）十二世紀から医学部と法学部で有名な南フランスの大学町。84/27 にも言及されている。

54　(22／9-10)　独語訳ではここで「そう言って彼は歩き出した。」と脱線する。ライネケが狼の留守をねらってその妻ギーレムントを訪問しようとしたが、彼女も留守だったので散々子供達を馬鹿にする。それを聞いた彼女は返報しようと狐を追いかけた。しかし、体の大きい狼夫人は、逃げる狐が通り抜けた崩れた城の塔壁の裂け目にすっぽりはまって身動きができなくなってしまう。そこを狐は襲って彼女の名誉を傷つけてしまうのです。

55　「裸の司祭」al moder naked (22／17) [＜Du *al moder naect*] = naked as he was born. 当時、裸で寝る習慣であった。ここの話は、この司祭は以後、肉欲の罪から解放されて本来の勤めに励むことができるという皮肉か。仏語『狐物語』では、司祭が睾丸を喰いちぎられるところは　第九話 (868-878) にあるが、第十七話 (315-323) にもある。「駆けつけてきた司祭は裸足で、ズボンもはかず、丸裸。ティベールは打ちかかられたその瞬間さっと跳びのいて身をまもったが、そのとき、狙いたがわず司祭の金玉を摑み、——驚くなかれ、本当との話だ——その家を出る前に、そいつを丸々食べてしまったのじゃ。」この後に続くかみさんの嘆きはもっと笑いを誘う。(325-)「司祭のかみさんは、亭主の金玉がなくなっているのを見てびっくり仰天。『おやまあなんということ、もう私なんか可愛がってもらえないわ。主人ときたら、私を喜ばせてくれていた楽しみをなくしちゃったんだから。もうあれが出来なくなった以上　私なんかもうかまってもらえないわ。あの人あれを元に戻すことなんか出来ないとなれば私を捨てるに決まってるわ。ああ悲しい、私の青春は終わってしまった。あの人私に美味しい物もくれたし、暖かい服も惜しみなくくれたけど、それもこれもみんなおじゃんだわ、だって、必要は王様って言うじゃない。あの人もうあれが出来なくなってしまったわ、山猫にひどい目に会わせられて』」(-342)

仏語『狐物語』第十話「ルナールが染物屋になった話」では狼のイザングランが大事な一物を失う。旅芸人のために楽器ヴィエルを盗みに入った百姓家で、ルナールに騙され閉じこめられ、犬に金玉を噛み切られてしまう。続く第十一話「ルナールが旅芸人になった話」で、気位の高い高慢で浮気っぽいイザングランの妻のエルサンは「あれまあ、あなた、あれをどうしたのよ。…」「私って哀れな女だわ。この先どうしたらいいの。もう生きるのは辛くて厭。私の喜び、私の一番大好きなものを失ったんだもの。…もうあのひとに可愛がって貰えなくなるのね。…あれを出来ないひとなんて、近寄るのも身の毛が弥立つようだわ。あんなひとお払い箱だわ。…あれをなくしちまうなんて、恥曝しもいいところよ。」(40-102) などと言って家出してしまう。

56　(23／31)　仏語『狐物語』で穴熊グランベールがティベールに代って出かけるのは第九話。獅子王の「あいや、ゴンベール殿。ルナールがかくも余をないがしろにいたすのは、よもや、そなたの入れ知恵によるのではあるまいな」から、彼がルナールを宮廷につれてくるまで（917-1188）。

57　その悪意はかすり傷のようなものじゃ（← 心臓にまで達することはない it goth not to the herte 24／25-26)。

58　（25／10）仏語『狐物語』第九話（1096-1130）に、キャクストンより長めの妻子に別れる挨拶と神様への祈りがある。「血筋正しいわが子らよ。父の身に何が起ころうと 王侯達を相手にまわして 見事わが城を守り通しておくれ。何か月かかっても、伯も公も 城主達もお前達から栗の実一つ 奪うことはできないのだから。兵糧は山ほど貯め込んであるので、一度跳ね橋さえあげてしまえば、彼らに苦しめられることはない。七年がかりでも城は落ちまい。長々と話していてもなんになろう。お前達みんなを主の御心にゆだねよう。私自身も無事に戻ることが出来ますように。」そう言って敷居の上に足をのせ、巣穴の出口のところで お祈りをはじめました。「全能の王たる主よ、国王の前でイザングランが私の罪状を 並べたてても、震え上がって 知恵と才気を失ったりしないよう、なにとぞ私をお守り給え。何を尋ねられようと 立派にやりかえし、受け流し、身を守ることが出来ますように。どうか無事にわが家に戻れますように。そしてこのような喧嘩をふっかけた奴らに復讐することが出来ますように」そして地面にひれ伏して、三度胸を打って罪を懺悔し、悪魔よけに十字を切りました。（1100-1130）

なお、renkyn は Reynerdkyn で「レナルドの息子」、rosel は『カンタベリー物語――尼僧付き僧の話』（3334）daun Russell the foxe のように赤毛の子狐か。独語 Reinhart Fuchs では、三人の息子 Malebranche, Percehail, Rousel がいる。フランダース語では二人で Reinerdin（リューベック版 Reinardin）と Rossel。

59　「国語で言ってください」say it in englissh（25／22）キャクストンはゴーダ版の duytsche（オランダ語）を englissh（英語）に変えた。もちろんリューベック版は「ドイツ語で話して下さい。（Gebt mir auf Deutsch doch Euren Bericht 1394）」となっている。

60　（25／23）以下の懺悔に当るのは仏語『狐物語』第九話（1018-84）にあるが、悪行を述べる詳しさ粗さ脚色の仕方は異なる。

61　（25／26）猫のティベルトを女性代名詞 her ... she でうけているが、他所では雄猫扱い。

62　「エルマレ」Eelmare（26／1, 65／31）は Aardenburg と Biervliet の間にあるベネディクト派の小修道院（1144 年創設）。（Blake）

63　（26／8）このエピソードは、仏語『狐物語』では、第三話「ルナールがイザングランを出家させた話」にある。空腹のあまりルナールの館へやってきたイザングランは、修道士か隠者でなければ泊められないし食事も出せないと言われる。あなたなら大修道院長になれるとおだてられて剃髪することになったイザングランの頭にルナールは熱湯を浴びせて、すっかり毛を抜いてしまう。この件を第十七話「ルナールがイザングランの弟プリモーを坊主にした話」（979-88）でイザングランが法廷で訴える。また、鐘を鳴らす件は第七話「ルナールがイザングランの弟プリモーを坊主にした話」にでてくる。修道士になって大変な目に遭ったのはイサングランではなく弟のプリモーである。狐にそそのかされて教会に入り込んだプリモーは、聖体のパンと葡萄酒と肉を食べ、へべれけに酔っぱらってしまう。ミサをあげるなら司祭でなければ、いや、すくなくとも剃髪をしなくてはと言われて頭を剃りあげてもらう。ミサの前には鐘を鳴らすものだと言われて、鐘楼の鐘に繋いである綱をつかんでガランガランとけたたましくならした挙げ句の果てに、村中の者に打ちのめされる。

64　（26／9）「しっぽの釣り」の話は訳注213を参照。

65　「ヴェルメドス」vermedos（26／10）は東ピカルディーのVermandois地方。

66　（26／17）仏語『狐物語』第九話（1038-42）では「ある坊さんの家の食糧庫には豚の塩漬肉が三つ積んでありました。彼にしこたま食わせてやったら、腹が大きくなりすぎて、入ったところから外に出られなくなって大騒ぎ。」とあるだけで、ここにはキャクストン訳に続いてある狐の悪知恵の話はない。第八話（908-1138）には、相手がイザングランではなく、ブランとティベールを百姓フローベルの蔵に忍び込ませた後その窓をしめて閉じこめてしまい、彼らが百姓たちに散々殴られる話がある。

67　（27／33）訳注54も参照。独語訳では、この箇所が次のように短い。「私はこっそりと、時には大ぴらに屡々キーレムントを訪ねたことを、私は続いてあなたに告白します。勿論そんなことはすべきではなかったでせうし、起らなければよかったでせう！　それは、彼女が生きている限り、その恥辱を忘れることはむづかしいからです。」（ゲーテ・舟木訳）仏語『狐物語』第一話（352-397）では、エルサンも進んでルナールの自由になって、子供に口止めする。訳注3を参照。

68　「ベネディクト派尼僧院」a cloyster of black nonnes（28／12-13）アウグスティノ会も黒衣だが、『狐ライナルト』が書かれた当時フランダース地方にはまだなかった。リューベック版でライネケは「わたしたちを導いているこの道は修道院に向かっている。」と言って修道院に近づいているが、修道院とは鶏のことだった。

69　首吊りになろうとも、盗人根性抜け難し（← 骨の髄まで食い込んだものは肉から出ることはできない that whiche cleuid by the bone myght not out of the flesshe 28／25-26）。リューベック版は「もし誰かが彼の頭をちょん斬ったら、彼の頭は鶏の方に飛んでいっただろう。(Hatte man sein Haupt ihm abgezogen, Es ware zu den Huhnern geflogen. 1663-64)」

70 (29 / 6) ルナールが宮廷に着いて王様に弁明をするくだりは、仏語『狐物語』第九話(1189-)にある。弁明が効かずに縛り首になりそうになる(-1366)が、巡礼に出るといって許される(-1450)。ところが、また悪さをしてつかまって絞首刑にされそうになる(-2024)。しかし、ルナール夫人が子供を連れて仲間とやってきて、王様に金銀の贈り物をして命乞いをしたため、ルナールは許される。

71 「神の御子キリストの名において」In nomine pater criste filij (29 / 34) 正式には'In nomine patriis et filii et spiritus sancti'「父、御子、聖霊の名において」。Sands はこれを王様の科白としている。

72 「ガチョウのブルーネル」brunel the ghoos (30 / 15) 通例 Brunel はロバの名前で、『カンタベリー物語――尼僧付き僧の話』では Daun Burnel the Asse (3312) となっている。

73 「ハメル」hamel (30 / 16) ゴーダ版の *harmel* ermine(アーミンいたち)をキャクストンが hamel wether と誤り、それを雄牛のあだ名としたもの。(Sands)

74 「ペルテローテ」pertelot (30 / 17) このめん鶏の名前は、先行するすべてのオランダ語作品にはない。キャクストンがチョーサー『カンタベリー物語――尼僧付き僧の話』から取り入れた名前。リューベック版は「おん鳥のヘニングとその子たちが狐を同じように訴えた。」(1781-82) とあるだけ。

75 「この時ばかりは彼も冗談気分ではありませんでした」tho lyste not he to pleye (30 / 33) は、キャクストンが Mdu *spul* を play と訳したもの。ゴーダ版は Mdu *Doe ghinct mit reynert vten spul* で、*uten spele gaen met* は'things begin to look bad for (someone)'の意で、「ルナールには大変形勢が不利になってきました」の意。(Blake) リューベック版は *Fur Reineke war es aus mit dem Spiel*. (1822).

76 「君の二人の兄弟」bothe your brethern (31 / 14) 『狐ライナルト』によると、名前を Rumen と Wijde lancken という兄弟らしいが、この事件については不明。(Blake) 独語訳でも不明ですが、リューベック版で猫は狼に「イーゼグリムさん、考えてごらんなさい。あの悪者ラインケが自身で、あなたの二人の兄さんが吊し首になるようにうまく仕組んで、それを狐がどんなによろこんだか。今日、彼に同じ目にあわせてやりなさい。」(1860-65) と言うだけでなく、熊にも酷い目にあったことを忘れてはいけません (1866-70)'、と諭している。

77 「丈夫な縄」a strong corde (31 / 22) 第十章でティベルトが罠の紐を噛み切って逃れたが、首を締めつけていた綱の輪はそのままだった。ここでルナールの言及しているのは、その綱のこと。

78　「何分のお慈悲を…ものでしょうか。」yf I durste I wolde pray you of mercy.（31／36-37）ゴーダ版の *dorst ic ick woude v ghenade doen*（= If I dared, I would show you mercy.）は「私だったら…しますがね」という狐の皮肉っぽい発言。

79　（32／6）レナルドの父が首をくくって死んだ話は第十七章（Blake 38／23-24）を参照。

80　「わしは奴をしっかり押さえておく」I shal kepe hym wel（33／3）ブレイクは、キャクストンの原文 helpe を kepe と校訂している。ゴーダ版が *bewaren* to guard であり、二行上の helpe に引かれたものという判断からである。

81　「その財宝はわたしが盗んだものです。」the rychesse was stolen（34／14-15）これが罪にならないのは次の十七章にあるように、父狐が隠しておいたものを見つけだして、謀反を未然に防いだから。リューベック版では、二行後に次の文言があるのでこの註はいらない。「確かに、それ（財宝）が盗まれたために、わが父はこの世から永遠の苦しみへといまわしい旅立ちをしましたが、陛下のためにはなりました。（Doch war's von Nutzen fur Euer Gnaden）」（2051-54）

82　（35／12）これから語る陰謀は　拙訳75ページと91（Blake 48 & 58）でレナルド自身が告白しているように、全くのでたらめである。独語訳では、彼が真実（?）を語る前に王様がこう言う「他の者は黙るがよい！ライネケは梯子を降りて私に近寄るがよい。この事件は私自身に関係があるのだから、私はそれが聞きたいのだ。」この後、リューベック版では、「王と王妃は彼だけを間近に呼び寄せ、ことの次第を尋ねられた」（2073-75）（藤代訳）

83　「エルメリック王」kyng ermeryk（35／20-21）Ermanaric 王は四世紀頃の東ゴートの王様。ゲルマンの英雄伝説では富あふれる暴君として描かれている。（Blake）Ghent に城塞を築いたとされている。（Sands）ディートリヒ・フォン・ベルンに殺された。彼の莫大な財宝については『ニーベルンゲンの歌』に歌われている。（藤代訳「狐ラインケ」注2139）

84　「ゴーント」gaunt／yfte（35／31）*gaunt*（ゴーダ版 *ghent*）は Ghent のこと。また、「イフテ」*yfte* Hijfte（Yfte），Yste は Ghent の北東郊外にある小村。

85　「アコン」Akon（35／36）アーヘン Aachen（832-1531年の間フランク皇帝の戴冠式の行われた都市）のことか。stole は金箔で覆われた白大理石の玉座。

86　「ケルンの聖なる三人の王様」the holy thre kynges of coleyne（36／10）「ケルンの」（of coleyne）はキャクストンの付け足し。三賢人の Gaspar, Melchior, Balthasar の遺骨は328年頃にコンスタンチノープルへ運ばれ、そこからイタリアのミラノへ運ばれたと言う。ミラノを征服したフリードリッヒ一世は1162年ミラノからケルンに遺骨を運ばせたという。

(Blake)

87　(36 / 17-18)　『イソップ物語』の「蛙とユピテル」の話である。キャクストン訳『イソップ寓話』では二巻第一話。参照、拙稿「『狐レナルド物語』に入ったイソップ話しタネ――そのメタモルフォーシス――」(「ディアロゴス　3」pp.91-123, 1995、「ディアロゴス　4」pp.121-160, 1997、「ディアロゴス　5」pp.57-74, 1999、池畔談話会、ドルフィンプレス)

88　(37 / 21-22)　動物譚ではライオンが尻尾で足跡を消している。cf. McCulloch, p.137.（Blake）

89　(37 / 34)　独語訳では、キャクストンのように運んだ先を特定していないので、キャクストン訳のように、あとで隠し場所の矛盾がおきない。リューベック版「私は夜も昼も精出して、荷車も手押し車もなしで、それを引きずって運び去りました。それは大変骨の折れる困難な仕事でしたが、私たちはとうとうそのおびただしい財宝を、もっと適当と思われるほかの場所に運んだのでした。その間、父は…」(2280-88)

90　(38 / 14)　「九十二名」xij.C.

91　「藁を一本」a straw（39 / 22 & 31）　藁献上の件は独語訳にはない。藁は、特にフランク族の間では、土地譲渡、権利放棄、贈り物を保証するときなどに、法的意味を持った。ルーン文字を刻んだ杖の場合もあった。cf. F. Pllock & F.W. Maitland, *The History of English Law before the Time of Edward I*, 2nd ed., 1898, ii. 184ff.（Blake & Sands）　参考までに、stipulation（契約）はラテン語 *stipule* straw からきている。

92　「フルステルロ」hulsterlo（40 / 2,　95 / 26）　フランダースの Hulst と Kieldrecht の近くの森と湿地帯。現在の Kauter。「クリーケンピット」Kr(y)ekenpyt は Hulst 近くの *kreek*（= creek）が流れ出ている泉。（Blake & Sands）

93　「とんだ見当違いもいいところ」ye be also nyghe that as fro rome to maye.（40 / 28-29）　ゴーダ版 ...*van romen tot meye*.　これは空間と時間をまぜて滑稽味を出した表現で、例えば'from Rome to London'と'from January to May'を結びつけて'from Rome to May'としたようなもの。ここは、王様の判断が全く誤っているということを強調したもの。（Blake）

94　「ジョーダン河」flomme iordayn（40 / 30）　中英語期に flomme といえば多くの場合 Jordan 河をさした。「ジョーダン河まで連れていく」とは「人を迷わせる」意。

95　(40 / 38)　これは伏線になっていて、キワルトはこの後レナルドに喰い殺される（第二十章、Blake 46 / 11ff.）。

96　「フリジア人パテル・シモネット」Pater symonet the friese（41 / 6）　『狐ライナルト』の reynout de ries（= Reynout the dog）が　ゴーダ版 Pater simonet die vriese となった。simonet は simony（聖物、聖職売買）にかけた名前。Blake は「フ

リジア人との関係は不明」としているが、サンズは『狐ライナルト』にある sies（猟犬の一種）の転写ミスではないかとしている。

97 （41／31） 巡礼全般について、次を参照。J.Jusserand, p.338 ff.（Blake）巡礼が詣た三大聖地は、イェルサレムの聖墓教会、ローマの聖ペテロ教会、コンポステラの聖ヤコブ教会。次も参照。青山吉信『聖遺物の世界』（山川出版、一九九九年）第三章「聖人と巡礼」。

98 （41／36） 人との交わりが禁止されるところに破門の一つの意味があるので、キリスト教徒は破門された者と行動を共にできない。

99 （42／9） これをアーサー王と円卓の騎士の姿にだぶらせることもできる。石の高台（an hygh stage of stone 42／7）は、判決を言い渡す場所であった。

100 （42／26） この三人が王様の宣言を聞くために車座に座った動物の中にいなかったのは、刑場で絞首刑執行の準備をしていたから。ルナールが絞首台つくりを三人に急がせた（31／21-）のは、彼らの留守の間に王様と王妃にうまく取り入るためであったと考えられる。独語訳には、大烏が知らせに行くこの件りはない。王様の言葉を聞いた猫のヒンツェが熊と狼にことの重大さを悟らせると、二人は王様の前に出て狐の悪口をいうが、謀反のことを思い出した王様に投獄される。（2609-32）

101 「お妃に鄭重な挨拶をした」and he thanked the quene（43／3-4）。

102 （43／34） キャクストン訳『イソップ寓話』では五巻第九話にある話——狐の策略で、獅子王の病気を治すため身ぐるみ毛皮を剝がれる狼の話を参照。仏語『狐物語』第十九話「ルナールが医者になった話」（1607-）では、ルナールが医者になって王様の病気を治すとき、占星術に長けた狐は尿の渦で占って病気を診断する。治るには狼の毛皮がいるというというので、イザングランは毛皮を引き剝がされてしまう。ついでに、ティベールも毛皮を剝がれて、王様の靴になりそうになるが、なんとか逃れる（1763-80）。『きつね物語』拙訳（128ページ）。Blake 84／25-85／16）では、先の王さまの病気を治すために、狐が狼の肝臓を摘出して食べさせると王様は全快する。前掲「ディアロゴス 3」の拙稿も参照。

103 （44／7） 仏語『狐物語』では、エルスウィン夫人はまるでルナールの情婦扱いである。

104 「願わくは…賜りますよう。」I desire ... that I may haue male and staff blessyd as belongeth to a pilgrym.（44／20-21）巡礼に出かける者は、祭壇にひれ伏して祈りと聖詩を聴いて、立ち上がって頭陀袋と杖を聖水で清めてもらう。お祈りを唱えながら司祭は袋を首にかけてやり、それから杖を手渡す。ここで獅子王が雄羊ベリンにその役を命じているが、リューベック版では「雄羊（Bock）は司祭（Kaplan）でベルリン（Bellin）と称した」と、彼がその役職にあることがわかるようになっている。

105　「ゲリス師」master gelys（44 / 26）　『狐ライナルト』では Meester Jufroet（< OG ***Goda-frid*）。J.W. Muller によると、十二世紀のベネディクト派修道僧 Geoffroy d'Angers、または D.C. Tinbergen によると Geoffroy の師 Guillelmus の教えという。（Sands）

106　「プレンダロール司教」bysshop prendelor（44 / 33）, sir rapiamus（44 / 34）。prendelor［< OF =（imperat.）take the gold］と rapiamus［< L = let us pillage］の二つは共に『ライナルト物語』から出てくる名前であるが、loosuynde（44 / 34; ゴーダ版 Loesvant（= sly trick）に当たる名前）とともに、引き合いに出す聖職者に貪欲、奸計などを連想させる名前を付けたのは教会に対する当てこすりか。（Blake & Sands）プロテスタントの国では、このようなカトリックに対する当てこすりは喜ばれた。（Jacobs）

107　もうお前には頼まん（←　半年のうちにそれほど多くを頼まない I shal not bydde you so moche in half a yere 44 / 35-6）。

108　「巡礼杖」（45 / 7）　単語は staff でなく palster を用いている。この杖は鉄で覆われて、いざという時には武器にもなった。

109　「お遍路騙り」a pylgrym of deux aas（45 / 28-29）　*deux* two も *as* one も「低得点、無価値」の意。サイコロ遊びからきた表現で、'a pilgrim of little worth'の意。

110　「ほかの森へ」in somme other foreste（47 / 8）　独語訳は逃げる先を南ドイツ方面に特定している。リューベック版「みんなでシュワーベンに逃げよう。そこでは誰も私たちを知らないから、私たちはその土地の習慣に従って住まなければなるまい。」（Wir mussen fort ins Schwabenland, dort sind wir ja ganz unbekannt und mussen leben nach Landesweise. 2911-13）

111　「惨めな」（47 / 25）　ブレイクは *elenge* = remote, lonely としているが、サンズはもとの Mdu *elendich* の持つ'foreign, exiled, miserable'の意味のうち翻訳の時点では'miserable'がふさわしいとしている。

112　「無理強いされた…誓約ではない」a bydwongen（= forced）oth or oth sworn by force was none oth（48 / 1）　ことわざ'A forced oath has no worth.'については、次を参照。R.Jente, no.112. *ODEP*, p.469.（Blake）

113　「猫の尻尾ほどの得にもならん。」it shold not auaylle me a cattes tayl（48 / 2-3）　リューベック版は「わしはローマでたいした紛失物をしたわけではない。十度誓約を行ったとしても、絶対エルサレムになんか行かんぞ。わしはお前の忠告に従ってここに留まろう。」(Ich habe in Rome nicht viel verlore. Ja, hatte ich gar zehn Eide geschworen, Ich ginge nie nach Jerusalem. 2981-83)

114 (48／31) 物語りの前の方にもこの事実はないので、これは口から出任せである。リューベック版独語訳も同じく「おぬしは昨日王様がわしに書簡を二通書いてくれと言われたのはお聞き及びか」(3025-27)(藤代訳)だが、ゲーテ・舟木訳はこの辺が辻褄の合う話になっている。「あなたは聞いていますか? 私が家に帰ったら、重大事件に就いての私の考を手紙に書いて知らせろと王様が昨日私にお頼みになったのです。ベルリンさん、その手紙を持って行って下さい。私は書きあげたのです。私はその手紙の中に立派なことを書き、王様に最も賢明なことを進言しているのです。…二人は食べたり飲んだりして、二人で楽しんでいる間に、私はその手紙を書きました。」

115 レナルドは、先に助祭司のベリンが宮廷で、巡礼に出かけるという自分に、祈りとともに頭陀袋と杖を授けるのを渋ったことを根に持っていた。

116 「秘書官のボカート」bokart his secretarye (49／36) どんな動物か不明。ラテン語の *Isengrimus* (F.Mone 編のタイトルは ***Reynardus Vulpes***) には Boccardus という猿がいる。(Sands)

117 「豹のフィラペル」sir firapeel the lupaerd (50／9-10) キャクストンは名前を持つが、リューベック版は単に豹 (der Leopard) とだけ。これをゲーテ・舟木訳は「豹のルパルドウス」と固有名詞に訳している。

118 「約束」appoyntement (51／2) ゴーダ版 soene の訳だが、これは殺人などに絡んで敵対関係にある者の間の協定をさす。金銭的解決を含むことが多い。(Blake)

119 将来に渡って(← 今から最後の審判の日まで fro now forthon to domesdaye 51／3)。

120 動物譚には、死んだ振りして鳥を捕まえる狐の話がみられる。参照 F.McCulloch, p.119. (Blake)

121 「みやま烏のコルバント」corbant the roke (52／21) cf. F *corbeau* crow 独語訳の鳥の名前は die Krahe Merkgenau 鴉のメルケノウエ(藤代訳)、メルケナウ(舟木訳)。

122 「シャルプベック」sharpebek (52／26) sharpbeke (53／9) ゴーダ版 *scerpenebbe* = sharp beak (とがり嘴) の訳。

123 (あの時のような危険と恐怖は) 金輪際まっぴらでございます (← アラビア製の純金貨一千マルクと引き換えでもいやだ for a thousand marke of the fynest gold that euer cam out of arabye 53／7-8)。

124　(53／18)　この話にあたる仏語『狐物語』第八話（497-500）では、四十雀は食べられそうになっただけで殺されてはいない。「ルーナールは四十雀のおかみさんにも、ずる賢いことをやらかしたんだ。キスをする振りをして丸呑みにしようとしたんだ。まるで、神様を裏切ったユダのような奴さ。」とある。王様がルナールの悪行の数々を並べあげる第十七話では420-438行にある。

125　「よくぞ…言い立てたものじゃ」how can he stuffe the sleue wyth flockes（53／32-33）flock はキルティングにつかうウールの詰め物のことで、全体は「袖によく詰め物を入れたものじゃ」の意。ゴーダ版の Mdu *Hoe maecte hi die mouwe mit ons vol mit vlocken*（= how did he make our sleeve full of flocks）の直訳。

126　(54／5)　この話はリューベック版・藤代訳では第二之書の第二章にあるが、最後につく教訓の二番目は「夫たるものは慎重であるべきで、妻の忠告が適切かどうかよく感じとるべきである。それは彼女の忠告に従った場合、ここで王が後悔したような羽目に陥らぬようにである。…妻が夫に忠告する内容が当をえている限り、妻の忠告によって損害や恥を招いたら、忠告する妻より夫の方が責められねばならない。なぜなら…女どもの方が男どもより完全でないからである。」

127　「牢に入れるも追放するも陛下の意のまま」Ye may prysone hym or flee hym（54／20）ブレイクは flee = cause to flee, exile とするが、Muller と Logeman は ontvlyen（= fly away from）となっているゴーダ版は ontlyen（= kill）の間違いではないかとしている。(Sands)

128　「もしや何かの役にもと」yf it myght haue prouffyted（55／19-20）をあとに続ける解釈が多いが、ブレイクは前に続けて「怒ったり嘆いたりして役に立つかのように」つまり「嘆いても詮ないことなのに」ととる。

129　(55／20)　仏語『狐物語』第十七話では、グリムベルトが勝手に注進に走るのではなく、三日間続いた諸侯会議の席で、イザングランの狐に対する訴えを聞いて怒ったノーブル王がグランベールに狐を再び呼びだしに行かせる。「グランベール、どこにおる。今やルナールの化けの皮ははがれ　その悪行は明々白々となった。行ってすぐに奴を連れてまいれ。奴は悪知恵が働くのでお前が連れて来るのでなければ他の者には不可能じゃ。行って、すぐ参内するように、わしが命じていると伝えよ。」(71-9)

なお、55／18-19 ではグリンベルトを his brother sone としているが、これはゴーダ版にないキャクストンの付け足し。他所ではレナルドの sister's sone（8／27）である。訳注8を参照。

130　お前は真の友だな（← 友人にすべきように as a frende ought to doo to another 56／32-33）、わしの味方をしてくれんか。

131 「レナルディン」reynerdyn（57／12）は reynkyn（25／2）と同じでレナルドの末っ子。Reynard に縮小辞のついた形。

132 （58／28） これからの話はイソップ物語タネであるが、馬の相手が狼の話と獅子の話がある。キャクストン訳『イソップ寓話』では三巻第二話、五巻一話、五巻十話。本書の解説の「6 狐物語とイソップ寓話」と前掲「ディアロゴス 4」（pp.145-54）も参照。

133 「フートフルストとエルヴェルディング」houthulst and eluerdynge（58／29）はゴーダ版のままで、西フランダース地方にあり、互いに十キロほど離れている森と村。Elverdinghe は Ieperen から七キロほどの距離。『ライナルト物語』では Honthorst と Everdingen（二つとも恐らくオランダの地名）になっている。（Blake） 独語訳では「一緒にカキスとエルフェルディンゲン（Kackis und Elferdingen 3737）との間を散歩していたのだが」となっている。

134 「赤毛の雌馬…黒い子馬」a rede mare ... a black colte or a fool（58／30） 独語訳では「親も子も烏のように黒い色で」

135 「オックスフォード」oxenford（59／9） キャクストンはゴーダ版の the Erfurt（エアフルト、ドイツ中部の町）をオクスフォードに変えた。また、もとになかった「英語」を加えたのはキャクストン。独語訳リューベック版の順番は「フランス語、ドイツ語、イタリア語、ラテン語も読めるぞ。なんせエアフルト（Erfurt 3777）の大学で学んだからな。」

136 しばらく起き上がることができなかった（↑ 起き上がったのは人がゆうゆう一マイルも行ける時がたってから a man shold wel haue ryden a myle er he aroos 59／20）。

137 「最高の学者が必ずしも賢人ならず。」the beste clerkes ben not the wysest men（59／39） この諺については以下を参照。Henryson's *Morall Fabillis*, l.1064; Jente, no.288; *ODEP*., p.97. (Blake) チョーサーの『カンタベリー物語』の「家扶（Reeve）の話」（(A)4054-5）では'The gretteste clerkes been noght wisest men,' as whilom to the wolf thus spak the mare.「かつて雌馬が狼に言ったように『一番偉い学者が一番賢いとは限らない』」とイソップ話しに言及している。この教えには以下のようにヴェアリアントがある。c1454 Pecock *Folewer* 57.29: Grettist clerkis ben not wisist men ／ 1476 Paston V 250［6-7］：Grettest clerkys are nott allweye wysest men. ／ 1487 ***O thou most noble*** 330［3-4］：In such cases they saie, now and then, The best clearkes be not the wysest men. ／ 1520 Whittinton *Vulgaria* 60.3-4：It is comenly sayd, the greatest clerkes be not all the wysest men of the worde.

138 「その殺害の弁明のたつ前に」er ye shal conne excuse you of the deth（60／11-12） ゴーダ版 eer ghi noch v onscult daer

of doet (= before you can make your excuse in this matter) の *doet* (*doen* do の直接法二人称複数形) をキャクストンが *doot, doet* death と誤ったもの。(Blake)

139　「あのような嘘で」wyth *suche* lyes (60 / 14)　キャクストンの sutthe をサンズなどは subtle と校訂するが、ブレイクはゴーダ版の alsoe に対応するものとして *suche* と校訂する。

140　ここからの狐のせりふと、そのあとこの章の終わりまで、独語訳と一部は似通ったところもあるが、かなり異なっている。ラインケはラムペとベリンの件を話した後、ほかのことを話そうといって「今は危険な時だ。(Es ist jetzt eine furchtbare zeit. 3863) 世の中で上に立つ人々は一体どうしているのだ?…王様自身と雖も、他の者と同様に略奪を行ふことは我々の知る通りだ。彼自身がとらないものは、熊や狼に命じて取らせ、それが正当なことだと信じている。そして、そのことを有りのままに言い得る者は一人もいない。——それほど悪が深く滲み込んでいる。懺悔僧でも、司祭補でも沈黙している。…その利益を共に分つからなのだ。…獅子は私達の王様であって、あらゆる物を奪い取ることが、彼の威厳にふさわしいことだと思っている。…」(-3887) さらにこう言う。王様は立派な殿だが、よく袖の下を使う者やおべっか使いを重用するから、狼や熊が顧問に返り咲いたら大変。王様の信頼をよいことに盗み略奪のし放題になるだろう。高位聖職者もみんな同じことをしているのだから自分だって後悔ばかりしてはいられぬが、最後の審判のことを考えれば正義を行う高僧に従うのが一番だ。リューベック版では、ここで第二之書第八章になって、全章にわたって長々と (3931-4096) 高位聖職者や世俗の支配者の現状を語って、だから下々の者がそれをまねると言わんばかりに、自分の罪の懺悔を他人の罪を語ることによって済ましてしまう。

141　さもないと仲間外れだ (←　ドアから締め出される I shold be shette wythout the dore 61 / 1)。よく経験していることだ (←　聞いた覚えがある I haue ofte herde 61 / 1-2)。

142　「不正を見ても見ぬふり」see thurgh their fyngres (61 / 34)　キャクストンが直訳したゴーダ版 doer den vingher sien の意味は、恐らく'to connive at some wrong by failing to look at it firmly' (Blake & Sands)

143　「おべっか使い」many that playe placebo (62 / 3-4)　placebo = vespers; something ingratiating. *sing placebo* = to give lip service も参照。

144　(62 / 14)　独語訳 (リューベック版では第二之書第九章) では、二人が法廷に着く前に、ローマに向けて出発した猿のマルティンに会って、破門されている事情を全章にわたって語っている。マルティンもローマ法王庁の内情をキャクストンより詳しく話してライネケを安心させている。キャクストン版にはこの章はなく、次の二十八章で、破門された事情もマーティンと会って話す内容に加えて、王様の法廷で弁明させる。リューベック版では第三之書第二章にあたる。

仏語『狐物語』第十七話では、「賢者グランベールが難儀をしながらも務めを立派に果たし、ルナールを連れて現れました。」(103-106) そこにはイザングラン、鳥のティエスラン、四十雀、シャントクレール、熊のブラン、山猫ティベールが、てぐすねひいて待っています。しかし、狐は王様に対してうまく言い抜ける。

145 cf. *ODEP*., p.221. (Blake)

146 たった一日で一年がひっくり返ることだって (← たった一日が一年よりいいなんてことも one day is better than somtyme an hole yere 62 / 19) あります。cf. Jente, no.347; *ODEP*., p.130. (Blake)

147 cf. Jente, no.42; *ODEP*., p.502. (Blake)

148 「マーティン」mertyne (64 / 19) Martin はよく猿の名前に使われる。ここは、規律がルースで有名な St. Martin 修道院に当てこすったものかもしれない。以下に出てくる猿の名前には、嘲笑・あざけりを暗示するものが多い。Symon (= simony), Prentout (F *prends tout* take all), Biteluys (= someone who eats lice), Fulrompe (= foul rump, foul body), Hatenette (= someone who picks out ticks; Sands は'hate the nit'), Rukenawe (= someone who stinks), cf. H.Janson, *Apes and Ape Lore*, 1952, p.352, n.63. (Blake)

149 「カメリック」cameryk (64 / 21) Cambria, Cambray は Schelde にあって (大) 司教座のある町で、北部はフランダース地方まで及んだ。(Blake)

150 「エット ウオース…」Et vos estote parati (65 / 4) cf. St.Matthew 24: 44: Therefore be ye also ready: for in such an hour as ye think not the Son of man cometh.; St.Luke 12: 40. (Blake)

151 (65 / 25) みやま烏のエピソードは独語訳と異なる。リューベック版による狐の話はこうです。烏がやってきて妻を失くしたと訴えた。どうも、飢えを満たそうとして魚を骨ごと飲み込んだらしいが、その仔細は彼が知っているはず。私が喰い殺したと言っているが、恐らく彼が殺したに違いない。厳重に尋問すれば、異なった申し立てをするだろう。(4407-18)

152 「わしはローマへの道は心得ておる」I knowe the way to rome wel. (66 / 8-9) キャクストンが直訳したゴーダ版は ick kenne den wech te romen wel だが、これは『ライナルト物語』Jc ken te romen wel den staet (= I know how things are arranged in Rome) の *staet* を *straet* way と誤ったもの。(Blake)

153 「ウェイテ スカーゼ」wayte scathe (66 / 15) cf. Henryson *Morall Fabillis*, 667 にある狐の名前 Freir Wolff Waits-

kaith（= one who wants to do injury）。(Blake)

154　(66 / 22-4)　破門を受けた者は弁護人をつけてローマに訴えるのが普通であった。係争中は破門も拘束力は持たないと一部に考えられていたが、このマーティンのように弁護人が依頼主の罪と破門を身に引き受けることが可能であったかは明らかでない。(Blake)

155　「血縁の及ぶところは計り知れない」blood muste krepe where it can not goo.（66 / 30）　cf. Jente, no.621; ODEP., p.336. (Blake)

156　「金箔塗りの枢機卿」the cardynal of pure gold（67 / 1）　これはローマの賄賂政治を皮肉ったもの。cf. J.A. Yunck, *The Lineage of Lady Meed*, 1963, pp.93-117; P.Lehmann, *Die Parodie im Mittelalter*, 1922, pp.58-70.（Blake）　訳注148も参照。

157　「怒って」greuyd（68 / 8）　ゴーダ版は *vermuyt* changed, altered で、この獅子王の発言は「そちも変わったのう」の意。対応するキャクストン訳 *greuyd* incensed, made angry は不可解である。

158　(68 / 33)　独語訳では、ルケナウは法廷に居合わせたのではない。怒った王様が狐の言うこと——これはキャクストン訳にはない——などに耳を傾けないで、とにかく死刑にするつもりで奥の居間に戻ってしまう。そこにお妃のお気に入りの雌猿のルケナウが妃といて、怒っている獅子王をうまく言いくるめてしまう。蛇と人間の話も、王様が、その紛糾したとだけ覚えている事件の関係を半ば忘れてしまったから、覚えているなら話してくれというので、彼女は「陛下のご命令であれば、お話いたしましょう。」と言って話して、これほど賢明なライネケを許すように願う。ライネケには眷属が大勢いることをお忘れなくとまで言われて、居間から出た王様は、参集している者の中にライネケの親族が大勢いるのを見る。(4523-4802)　ここでキャクストン訳の三十一章の最後につながって、三十二章の狐の嘘八百に続く。独語訳にはキャクストン訳二十九章の前半がほとんどない。

159　「ウォルデンの法王館」the popes palays of woerden（69 / 7）　ゴーダ版 des paeus hof van weerden（= the Pope's splended or honourable court）の van weerden（= of splendor）をキャクストンが地名と誤ったもの。(Blake & Sands)

160　「何か訴訟がある時には」whan I had there to doo（69 / 8-9）　ゴーダ版 als ic daer een saeke te doen hadde（= when I had a suit to plead there）.（Blake）

161　「セネカ」Seneca（69 / 10）　ローマの哲学者・政治家セネカ（4B.C.?—A.D.65）は中世において賢人とされたが、*Gesta Romanorum* によって彼に関する話は知れ渡っていた。(Blake)

162　「エストーテ　ミセリコルデス」estote misericordes（69 / 22）　次のルカ伝も参照 St.Luke 6:36. Be ye therefore merciful, as your Father also is merciful.

163　「ノリテ…」Nolite iudicare et non iudicabimini = Judge you no man and you shall not be judged.（69 / 23-24）　次のマタイ伝を参照 St.Matthew 7:1-2. Judge not, that ye be not judged.　諺として使われたチョーサー『カンタベリー物語——農地管理人の話』65-6（I.3919-20）も参照。（Blake）

164　「汝らのうち…せしめよ。」（69 / 25-28）　St.John 8:3-11. He that is without sin among you, let him cast a stone at her.

165　「人の目の藁…多いもの。」（69 / 30-31）　St.Matthew 7: 3; St.Luke 6:41. And why beholdest thou the mote that is in thy brother's eye, but perceivest not the beam that is in thine own eye?に見られるように、straw, balk の代りに現在は mote, beam を用いる。

166　「なぶってばかりいた」he hath stryked hem with his tayl.（70 / 23-24）　「その尻尾でみなをぶってばかりいた」は「騙してばかりいた」の意。（Blake）

167　「最良の忠告が…」yet shal the hevyest weye most（70 / 27）　字句通りの訳「一番重いものが一番目方があるもの」は天秤のたとえ。cf. Jente, no.704.（Blake）

168　（70 / 33）　この寓話は、かなりの変更を受けてけイソップ物語にさかのぼる。もとの話はキャクストン訳『イソップ寓話』五巻第四話にある。すみかとしていた河が干上がって身動きが出来なくなったドラゴンがいた。通りかかった農夫に、自分を縛って馬の背に乗せて水のある河まで連れていってくれたら、たんまり金銀の御礼をしようと約束する。褒美をもらう段になって、ドラゴンは農夫を喰おうとする。争うところに狐が来かかり、両者の言い分を聞いてから農夫に、ドラゴンを元のように縛って元の場所に置いてくるように判決する。この話はヨーロッパからインドにかけた地域の民話にある。

169　背に腹は変えられんからな（←　飢えに迫られれば人は誓いも破る the nede of hongre may cause a man to breke his oth. 71 / 17-18)。

170　「スリンドペール」slyndpere（71 / 21）　ゴーダ版 *slijndepier*（= devour the worm）（Sands）　リューベック版では「渡り鴉のプルッケブデルとその息子のクアッケレールに会いました。」(Pfluckbeutel trafen sie da, den Raben, und dazu Quakler, seinen sohn. 4624-25)

171　「空き腹」と「不満腹」empty bely and neuer full（72 / 8-9）　はゴーダ版の ydelbalch ende nymmersat の訳。（Sands）

172 (73 / 26) 次のことわざ参照 'Little thieves are hanged, the big ones escape.' Jente, no.274; *ODEP*., p.375.（Blake）

173 「アヴィセーネ」Auycene（73 / 27） Abu Ibn Sin Avicenna アヴィセンナ（980-1037）。ペルシャ生まれのアラビアの哲学者・医学者で、アリストテレスの注釈者。

174 「当法廷では」here（73 / 37） キャクストンは ゴーダ版 datten here（= to the lord）の *here* を *hier* here と誤った。(Blake)

175 私どもが片をつけて、さすが狐の親族よ、と言わせてみせましょう（← その懲らしめの現場に我々がいたと人に言わせてみせましょう men shold saye we had ben there 74 / 9)。

176 この第三十一章にあたる話は独語訳にはない。

177 「トレンチャー」trencher（74 / 23） 肉やパンを切り分けて個々の人に供する大きなパン（または木）の皿。

178 (74 / 21-26) ルケナウが子供自慢をする件りは ゴーダ版（3903-54）から大幅に縮約されている。(Blake) 三人の名前が出るのはゴーダ版から。byteluys（ゴーダ版 同じ）、fulrompe（*vulromp*), hatenette（*hatenete*)。(Sands)

179 「甥のレナルド」reynard your dere neuew（74 / 29） ルケナウの子供にとってレナルドは cousin なので、ここの neuew は'young relative'くらいの意。参照 拙稿『「おじさん」と「おい」か「いとこ」か――『狐レナルド物語』の親族呼称――』(「ディアロゴス 2」pp.33-46, 1992)

180 「ろばのヘルメル」hermell the asse（75 / 3） キャクストンはゴーダ版 dat hermel ende den egel の *egel* を *ezel ass* と誤解し、更に *ende* and を省略しているので、*hermel* weasel がロバの固有名詞になってしまった。また、the wesel and hermell を直前の her（= dame atrote）ij sustres の名前とする意見もある。(Blake) いずれにせよ、前後に並んでいるのは、いたち、てん、ねずみ、こうもりなどの小動物なので、ろばでは釣り合いを欠いている。

181 「これでダンスを…というもの。」I haue now a good foot to daunse on.（75 / 27） cf. Jente, no. 414.（Blake） これに続く I shal now loke out of myne eyen.（75 / 28） は ゴーダ版 Ick wille nv wt minen oeghen sien の直訳で、サンズは'keep my eyes open'の意としている。

182 (76 / 3) ここでレナルドは、キワルトの殺害と宝物の紛失についてベリンの関与を臭わせているだけですが、リューベック版では、はっきり彼の仕業と決めつけている。「私めに罪があるなら…殺されても構いません。…実は裏切り者の牡羊ベーリンが、この世に二つとないみごとな宝を 横領したからでございます。つまり、その宝はベーリンがラムペとともに私のもとを辞した時渡した物です。この宝物がラムペの命を奪いました。なぜなら悪党ベーリンが　宝を横領したからです。」(4819-29)（藤代訳）

また、キャクストンではここで、三つの宝が王様とお妃への贈り物だったという嘘をついて、二人の欲を引き出して、後の有利な立場を得ることにつながるが、独語訳では、宝物について長々と語り出す前に「王様に献上しながら、お手元には届きませんでした」「第一の貴重な寶物は指輪でございました。私はそれを國王陛下に献上するためにベルリンに渡したのでございます。」という。

183　(76 / 12)　リューベック版によれば、妻の忠告に耳を貸さないで、進んで宝物を二人に渡してしまったから。(4842-44)

184　「アケリン師」Mayster akeryn (76 / 16)　どんな人物に言及しているか不詳。(Blake & Sands)　Alkoran (= Koran) からつくった架空の名前か。(Jacobs)

185　「トリエルのアブリオン師」maister abrion of Trier (76 / 34)　トリエルはドイツ南西部モーゼル川に臨む大司教座のあった都市。一一五二年に死んだ Alberon なる大司教がいたらしいが、ここは架空の人物であろう。OF *Huon of Bordeaux* に Auberon なる魔法使いが出てくる。賢く、動物を操り、宝石の効能も心得ていたという。ただ、彼はキリスト教を信じないユダヤ人ではなかった。(Blake)　Aaron, Abraham をもとにした名か。(Sands)　OF *Abricon* a quack, charlatan をもとにした名か。(Thoms)

186　独語訳では「彼は博学のユダヤ人であって、ポアトウーからリューネブルクの間で (von Potrau bis Luneburg) 話される総ての方言や國語を知って居りますし、植物や鑛物には特に精通して居ります。私がその指輪を見せた時、…」(4878-83)（ゲーテ・舟木訳）

187　(77 / 1)　中世におけるユダヤ人の置かれた状態については、次を参照。I.Abrahams, *Jewish Life in the Middle Ages*, 2nd ed., 1932. (Blake)

188　「宝石の効能」the vertue of stones (77 / 2)　宝石が持つ力については、以下を参照。P.J.Heather, 'Precious Stones in the Middle English Verse of the Fourteenth Century', *Folk-Lore*, xlii (1931), 217-64 & 345-404; P.Studer & J.Evans, *Anglo-Norman Lapidaries*, 1924; L.Pannier, *Les Lapidaires français du Moyen Age*, 1882.　(Blake)　中世文学には、宝石以外にも不思議な効力を持つ品が登場する。ウェールズのジランのもとに客となったトリスタンは、巨人のウルガンを退治した褒美に

魔法の犬プティ・クルをもらうが、首に付けた鈴の音は聞いていると全ての憂いを忘れさせた。彼は密かにこれをイズーに贈るが、彼女は「自分ばかり苦しみを忘れてはならぬ」と、魔法の鈴をもぎ取って海中に捨ててしまう。

189　「セツ」Seth（77／4）はアダムの三番目の息子（Gen.4:25-5:8.）この話は、キャクストンが後に英訳（1483年）して印刷することになる *The Golden Legend* にある。参照 G.Ryan & H.Ripperger, *The Golden Legend of Jacobus de Voragine*, part I, 1941, pp.269f.; E.C.Quinn, *The Quest of Seth for the Oil of Life*, 1962.（Blake）ニコデムス（Nicodemus）の福音書にもあるように、アダムが病の床に臥して、息子のセツが父の体に塗るために'oil of mercy'を求めて地上の天国の門まで行く。天使聖マイケルは「いたづらにこの油を求めてはならぬ。五百五十年経なければ手に入れることはできない」と言う。セツが戻ってみると父は亡くなっていた。セツは、天使にレバノンの山（Mount of Lebanon）に植えよと言われた枝、実を結べばアダムは治ると言われたアダムの林檎の木の枝、をアダムの墓に植える。生長したこの木でキリスト磔刑の十字架が作られたと言う。F.S.Ellis（ed.）, *The Golden Legend* or Lives of the Saints as Englished by William Caxton , vol. 3), The Temple Classics, 1900, pp.169ff. "of the invention of the Holy Cross"より。

190　（77／15）リューベック版（第七章）につく教訓その一によると、「彼は獅子王の関心事を見てとって、そこをことさらな嘘で固めたのである。獅子というものは冬はひどい寒さに悩み、寒い国にすみたがらない。そこで狐は…宝石の効能について、指輪のもちぬしは寒さにまったく悩むことはないのだと吹きまくった。彼がまた石は夜光ると言ったのも、獅子は夜行性だからである。このように獅子にとって指輪はまことに重宝な物であったろう。」（藤代訳）

191　「パンテラ」Panthera（78／9-24）パンサー（豹）。この架空の動物は、中世では、ドラゴン以外のどの動物とも仲良しで、口から発する特別な甘い芳香でみなを惹きつけると考えられていた。この櫛は'Reyard's wonderful comb'として知られている。（Brewer's *Dict.of Phrase & Fable*, 'comb'）cf. F.McCulloh.

192　「地上の楽園」erthly paradyse（78／11）　中世では地上の一番東の果てに楽園があり、その西隣にはインドがあると考えられていた。cf. W.L.Bevan & H.W.Phillot, *Mediaeval Geography*. 1873, pp.xx-xxi.（Blake）

193　「大小の歯の間には…があって」bytwen the gretter teeth and the smaller is a large felde and space（78／25-6）この絵物語が櫛のどこに描かれていたかについて、リューベック版はここ（4975-76）で言及がない。ゲーテ・舟木訳では「その櫛の背には最も立派な繪が浮き彫りになっていて、その繪には…」とある。ただ独語訳共通に櫛の描写の最後には「櫛の背の中央に浮彫りになって描かれていて、その周囲には美しい文字で書かれた説明がついて居りました。誰でもそれを讀みさへすれば、話の筋が分りました。」（舟木訳）（リューベック版　5035-40）とある。

194　（78／32）トロイ戦争の因となった「黄金のリンゴ（Apple of Discord）」の話。

195　「鏡」the mirrour　（79／23）　これと同じような不思議な鏡については、次を参照 Gower, *Confessio Amantis*（v.2031 ff.）にある Virgil の鏡　と　チョーサー『カンタベリー物語――近習（squire）の話』（132-36）。（Blake）　鏡にはまっていたガラスについてキャクストンは材質を言っていないが（the glas that stode theron was of suche vertu that ...79／23-24）、独語訳では「美しい緑柱石」（Das Glas an diesem Spiegel war ein schoner Beryll 5042-43）とある。

196　（79／35）　空とぶ木馬の話は十三世紀フランス詩 *Roman de Cléomadès ou le cheval de fust*（Adenet le Roi 作、一二八〇年頃）に基く。以下を参照 H.S.V. Jones, 'The Cléomadès, the Méliacin, and the Arabian tale of the "Enchanted Horse",' JEGP, vi（1906-7）, 221-43.（Blake）　シティムは cetyne（79／31）sethim（藤代　注）で'acasia'（アカシア）のことだともいう。

197　（80／25-）　嫉妬深い馬と狩人の話はイソップ物語タネである。キャクストン訳『イソップ寓話』では四巻九話。

198　「こいつを…あるまいな」thou shalt neuer haue thanke herof（81／2）を Sands は「こうなったらどうしようもないのだ'have recompense for this'」と解釈している。

199　（81／10）　これもイソップ物語タネである。キャクストン訳『イソップ寓話』では一巻第七話。本書の解説の「6　狐物語とイソップ寓話」と、次も参照。「馬は人間より強いが、知恵がないので重荷を背負い群の先頭に立って笞や拍車をうけ、粉屋の入口につながれる」（佐々部英男訳『梟とナイチンゲール』173-78）。

200　（82／4-）　この話もイソップ物語タネでよく知られていた話である。キャクストン訳『イソップ寓話』では五巻第五話。cf. *Poésies de Marie de France*, ii.387.（Thoms）

201　たとえ火の中水の中（←　愛情にせよ憎しみにせよ for loue ne hate 82／5-6）決して別れまいと。

202　（83／8）　これもイソップ物語タネである。キャクストン訳『イソップ寓話』では一巻第八話。「ディアロゴス　3」（pp.95-102）の拙稿も参照。

203　「山羊のベラルト」bellart the ramme（84／13-4）　『ライナルト物語』で bellijn とあるが、ここはキャクストンがゴーダ版 bellaert（4565）を用いたもの。（Blake）　このエピソードを語る 44／16-51／19 では Bellyn（the ramme）である。

204　「殺しは…現れるものだ。」murdre abydeth not hyd. it shal come out.（84／16-7）　このことわざについては、次を参

照 *ODEP*., p.439; Jente, no.516.（Blake）

205 「御年二歳の若者」an yonglyng of two yere（84 / 26） 独語訳では三歳。

206 「絹の衣に金色の帯」cloth of sylke and a gylt gyrdle（84 / 31） キャクストンはゴーダ版 *bonte ende side* the fur and silk を変更したが、これが当時のイギリスの医者の服装であったという。（Thoms） また、以下のエピソードは註102を参照。独語訳では、このエピソードが終わってから「よく覚えておりますが、先王さまはまた父に 黄金の留め金と、緋の帽子（goldene Spange und roten Hut）を賜りました。父は諸卿のまえでそれを身につけたので 一同父に敬意を表し いつも重んじられた次第です。」（5347-51）（藤代訳）

207 「でも、あれは…狂気だったんですね。」but it was a rasyng（= a fit of madness）ayenst his deth（85 / 3-4） ゴーダ版のもと『ライナルト物語』は met het was seker tegens synen doot / Hy wart von synnen zeer wonderlic groot / Dat hi so raesde ende dutte（= But it was certain about his [i.e. Noble's father's] approaching death: he was very strangely out of his head so that he raged and raved.）。サンズは、これをゴーダ版がうまく訳さなかったためにキャクストン訳も不明になったと言う。独語訳には「その父が…狂気だったんですね。」に当たるところがない。代わりに、「父君がいかにご回復されたかも また その鏡に述べられていました。」（5319-20）と続く。

208 「気に留めていただけませんでした。」Vnroused be it（86 / 4） ブレイクはグロッサリーで意味不明としているが、サンズはゴーダ版が *onuerweten* unrecognized なので'unnoticed as it was'と解釈している。独語訳によると、全てを聞いた獅子王は次のような意味のことを言う。それは昔の話で覚えてもいないし聞いたこともない。お前の所業はしばしば耳にするが、たまにはいい噂が聞きたいものじゃ。（5395-5405）

209 （86 / 10） ブレイク版には段落の切れ目がないが、話の展開からパラグラフを Percy Society のトムス版によって改行した。以下に続く獲物分配のエピソードはイソップ物語の「ライオンのわけまえ（lion's share）」をタネにしている。キャクストン訳『イソップ寓話』では一巻第六話。仏語『狐物語』第十三話「ノーブル王がルナール、イサングランと獲物を分けた話」（1188-1506）にあるが、一口ももらえなかったルナールが「もし国王を苦しめてやることが出来ればどんなにかうれしいだろう。国王が知恵や善意や礼儀のかけらでも持ち合わせていたら、我々の分け前がなくなるほどまでに一切合切独り占めには出来なかったろうに。これほどまで踏みつけにされたままでは我々の恥辱というものだ。我々が思いきって反抗しなければ、反対に向こうからこっちの息の根を止めに来かねない。事態がさらに悪化しない前に復讐のための方策を見つけておくべきだと思う。まず最初にあなたを暴力でひどい目に会わせたことへの仕返し、次に、獲物はみんなのものなのに我々の取り分まで奪ったことへの報復だ。我々の上に君臨しているからといって国王があんなあこぎな真似をしてよいものか。私の親友であるあなたにかけて言うが、我々に仕返しが出来ないほど国王はこわくもなければ無敵でもないのだ」（1400-23）と言ってイサングランをそのかして王様に仕返しをしようとする。イザングランがその気になるがルナールは「でも今はまだその時じゃない。」（1497）と言って別れる。解説の「6　狐物語とイソップ寓話」、「ディアロゴス　4」（pp.130-37）の拙稿も参照。

210　「色々な…表情をする」stratchid　him（88／1）= make（appropriate）facial　expression.（Blake）；= exaggerated　his importance.（Sands）

211　「力の及ばん限り…」I　sholde　deserue　ayenst（= requite）yow（88／24-25）はゴーダ版 ic souts v lonen（= I should reward you for it.）の訳。（Sands）

212　（88／36）リューベック版はここで第三之書が終わる。

213　（89／4）仏語『狐物語』第四話「ルナールがイザングランに鰻釣りをさせた話」では、尻尾の釣りでだまされたのはイザングラン自身です。尻尾は氷から無理やり引き抜くときに切れたのではなく、ルナールに魚釣りを教えてやると言われた狼が、氷の張った池の穴から尻尾に桶を結びつけて垂らし、凍り付いて動けなくなったところ、猟犬をけしかけてきたマルタンに剣で尻尾を根元から斬り落とされて失う。この話が、第九話（1043-4）「氷の池で尻尾が凍りついて動けなくなるまで釣りをさせてやったこともあります。」、第十七話「狼が尻尾をちょん切られ、ひどい目にあっているちょうどその頃」（1-2）、「それにルナールに頭を剃ってもらって宗門入りし、また釣りに出かけて、尻尾を失くしたイザングランも来ていません。」（13-16）でも言及され、更に（909-14）では狼がこの件でルナールを法廷に訴えている。第十八話「熊とルナールと農夫リエタールの話」（527-33）ではルナールが自慢話として「人が豚肉を塩漬けにするクリスマスの頃　池で釣りをさせながら一計を案じて一杯食わせてやったよ。氷が張ってきて尻尾が抜けなくなってやっとだまされたことに気がついたというわけさ」と語る。

『ライナルト物語』から、騙されるのはイセグリムの妻になっているが、キャクストン訳『きつね物語』では、狼のエルサン夫人が尻尾で釣りをさせられて凍り付いて身動きならないところをレナルドに犯される。その現場を見た夫イセグリムが怒って王様に訴えるが、これは前述の、イザングランが被害者になる仏語『狐物語』第四話と次の第一話（528-）を変形したものか。

（ルナールは）…なおも拍車をかけ、とある巣穴の入口までやって来ると、さっと中に入りました。振り返って見ると、情婦のエルサンが怒りに燃えて追っかけて来ていますが、もう心配はいりません。ここでエルサンがとんだどじを踏みます。ルナールを追ってその巣穴に突進し、腹までのめり込みました。ルナールの城は頑丈で、しかもエルサンがあまりにも力一杯突っ込んだので彼女は抜け出られなくなりました。ルナールは彼女が穴にはまって身動き出来なくなったのを見ると、この据膳逃してなるものかとほくそ笑みました。巣穴とルナールに挟みうちにされてエルサンは張り裂けそうです。巣穴は周りから、ルナールは後ろから締めつけるからです。尻をぴったりふさぎ二つの穴が外からも中からも見えないようにするしか手がありません。ルナールはその尻尾を歯で噛むと、尻の上にまくりあげ、二つの穴をおっ拡げ、意気揚々と跨がって、白昼堂々と始めます。相手には嬉しい苦痛であろうと、せつない喜びであろうとお構いなしにたっぷり時間をかけて心ゆくまでやり遂げます。ルナールがしこしこやっているとき、エルサンが言います。「ルナールさん、わたしはお手上げだわ」彼女と一戦まみえるのが嬉しいルナールは何も答えず、巣穴じゅう響くほど激しく彼女を攻めまくります。事を終える前にルナールはふてぶてしく言いました。「エルサンよ、お前はわしがちょっと戦果を吹聴したらわしのことをばかにして、わしにもうやらせないとか言ってたな。悪かったなどとあやまるつもりなんかないぞ。確かに以前にもやったし、これからもやってやる。何度でも言うが、やったし、これからも七回と言わず十回でもやってやる」こう言ってまたもやしこしこやり始め、とことんやり遂げました。そこへ、茂みをかき分けイザングランが来てみれば、二人は事の真っ最中、一も二もなく、二人をめがけて突進し、大きな声で言いました。「やいやい、ルナール、聖人様もご照覧あれ、よくも恥をかかせてくれやがったな」ルナールはあっという間に身を翻し、すぐに答えて言いました。「いい事をしてあげているのになんでそんなにひどく怒るんです、イザングランさん、エルサンが挟まっているのが見えないんですか。この穴から抜け出るのを手伝ってやろうとしていたのに、何をそんなに怒るんですか。神かけて言いますが、ちっとも悪い事なんかしてませんよ。裾も捲りあげなきゃ、ズボンも下ろしてませんからね。この私の体と魂にかけても、奥さんに悪い事なんか、これっぽっちもしてませんよ。彼女と私の身の証をたてるためなら、どこでもお望みの所で、あんたが信頼できる人の前で、誓いをたてますよ」「誓いだって、この名うての嘘つきめ、そんなこと言ったって無駄だ、口から出まかせ、大嘘に決まってる。そんなもの聞きたくもない、すべては明々白々だ」「おっとっと、大将そんなことを言うもんじゃない、もっと口の利き方があろうというもの」「なんだって、俺の目が節穴で何も見えないとでも思っているのか。どこの世界に、手前に引っ張らないといけないものを、お前がエルサンにしたように乗りかかって押し込む奴がいると言うんだ」「とんでもないですよ、大将、力ずくじゃどうにもならないときにゃ、頭を働かせて、工夫をしなくっちゃならないときだってあるんですよ。この穴に挟まってしまったエルサンは　でっかくて太っちょなもんだからどんなに引っ張ったって、後ろに引き出すことなんか出来やしない。腹まで入っていて、おまけに入口が小さいときている。ところが奥の方はちょっと大きくなっているんで、それで中に押し入れようとしてたんだよ。第一、先日足を怪我したんで引っ張ることなんか出来っこない。これが事の真相なんだから、いつものようにけちをつけるのはよして、信じてもらいたいもんだね。奥方がここから抜け出られても、訴えなんか起こされないに決まってる。彼女だって嘘つきでないかぎり、一言も文句は言わないでしょうよ」これだけ言いたいことを言うと、ルナールは自分の巣穴に入り込みました。外に残されたイザングランは、ルナールに目の前で恥をかかされた上に、散々からかわれて、怒り心頭に発しますが、つべこべ言ってる場合ではないので、立ち上がって、ひどい目に会っている奥方を助けることにします。(-647)。

このあと尻の穴が張り裂けんばかりに尻尾を引っ張って、尻尾もちぎれそうになってやっとエルサンは穴から出ることができます。評定があるという王様の宮廷に訴えようと言い出すのは、身の証をたてたいエルサンです。

この事件と訳注3の事件の、二つのエルサン凌辱事件が狐物語の枝話しの一つの柱「狐の裁判」の主題です。

214　「全てを望んで元も子も無くす」who that wold haue all leseth alle.（90／13）このことわざについては、次を参照。Jente, no.270; *ODEP*., p.7.（Blake）

215　（91／11）エルサンがこのエピソードに話をもっていったことについてリューベック版に教訓があります。第四之書第二章の最後です。「第四の教訓、残念ながらよくあることなのだが、ご婦人が罠にはまった時は、素早くそれをまたひっくり返すべきなのだ。本書で牝狼がとっさに話題をかえたように、捨て鉢になることなく、できる限りの手練手管を使って自分の名誉を守るべきである。」（藤代訳）

仏語『狐物語』でこのエピソードで井戸にはまるのは、やはりエルサンでなくイセグリムで、第十六話「ルナールがイサングランを井戸にはめた話」にある。井戸の釣瓶に映る自分の姿を妻のエルムリースと思って跳び込んだ狐。また同じく自分の姿を妻エルサンと勘違いして、ルナールと井戸の底にいる妻を非難する狼。そうじゃない、自分は死んで天国にいるんだというルーナルに騙されて井戸にはまるイザングラン。翌朝、水汲みに来た僧が狼を見つけて大騒ぎ。修道院中の坊さんから突かれ殴られ、腰の骨を折った狼がやっとの思いで逃げ帰って、みなに介抱してもらう。（全552行）。第十七話（851-908）でイザングランが狐を訴えてもう一回かいつまんでこの話をする。第十八話（508-526）ではルナールの自慢話として語られる。

釣瓶の話はキャクストン訳『イソップ寓話』中「アルフォンスの寓話」第九話の後半にもある。井戸の水に映った月をチーズだといって狼を騙した狐がまず先に井戸に入る。チーズが重すぎるので手伝いに中に入ってきてくれといって、狐は狼をもう一方の釣瓶に乗せて、自分は片方の釣瓶で上がって狼を井戸の中に閉じこめる話です。

この二つの話は十三世紀中頃の中期英語作品 'of the Fox and the Wolf' のタネになったものです。

216 (91／21-22) cf. *ODEP*., p.731. (Blake)

217 (92／3) イセグリムがこんな事を言ってレナルドにしゃべらせてはレナルドの思うつぼです。独語訳では、さすがこんな展開になっていません。ライネケは狼の手短な言い分を聞いてからこう言います「イーゼフリムの話は混乱していて、彼は正気でないやうに思はれます。彼は牝猿のことを話さうとするのでせうか？ それならば明瞭にさう言ふべきです。二年半前のことですが、…」(ゲーテ・舟木訳)(リューベック版 2857-60) と言って自分に都合よく話します。

218 いくら金を積まれても (← 二十ポンドもらったって not ... for twenty pound 92／16-7)。

219 「私が…お聞きください。」awayte yf I dyde not for hym there. (92／24-25) キャクストン訳はわかりにくいが、ゴーダ版は Besiet of ic hem daer gheen trouwe an en dede mijns onghelucks (= Note if I kept my word to him there and if I did him an evil turn.) (Blake)

220 そこで覚えた危険と恐怖は、もう二度と (← 地上の全ての宝と引き換えにしたって for al the good in erthe 92／26-27) 経験したくありません。

221 「マーモイス猿、バブーン猿、メルキャット猿」mermoyse, baubyn, mercatte (92／32-33) ブレイクによると、この三つの名前には全て軽蔑的な意味があるという。

222 「こうして、彼は赤い被り物をかむって…」thus gate he his rede coyf (= head) (95／13) 頭から血を流している、または、傷跡が赤く見えることを、赤く悌髪 (red tonsure) した修道士に例えたもの。ライオンの分け前のエピソードにある次も参照 this preest that sytteth her with bloody crowne (87／7-8)。

223 「命と命を懸けて」and that body ayenst body (95／33) これは、ゴーダ版 Ende dat sal wesen lijf tegen lijf を縮めた訳。cf. *Sir Gawain and the Green Knight*. 96-8: to joyne wyth hym in iustyng, in jeoparde to lay, ... , lif for lyf, ... (Blake)

224 「お前に手袋を投げる。拾いあげるがいい。」I caste to the my gloue and take thou it vp. (95／34-35) 手袋を投げて決闘を申し込み、挑戦を受ける相手はそれを拾うのが慣わし。

225 (96／18) リューベック版（第五章）の最後にコメントがつく。かいつまんで言うと、君主の許可がなければ誰も命を懸けて一騎打ちをすることは禁じられていた。許可されたら、定めの日に試合に臨めるように、二人は獄舎に入るか証人を立てるかした。この話のように証人を立てた場合、試合当日まで親族の元にいて、彼らは当事者を慰めたり勇気を鼓舞したり、この方面に明るい騎士などがいて戦い方を教えた。ここでは、その助言者の役を猿のルケナウがする。

226　「ブデロ」boudelo（96／24）　Waesland の Baudeloo には一一〇五年頃 Boudewijn van Boekle によって設立された大修道院があった。（Blake & Sands）　リューベック版には「シュルックアウフの修道院長（der Abt von Schluckauf 6168）」とあるが、藤代注によると、これはリューベック近くトラーヴェ河畔の村で修道院はない。

227　（97／2）　狐と狼の一騎打ちに先だって、キャクストンでも独語訳でも狐が全身の毛を剃り落としますが、仏語『狐物語』第十七話（1144-46）では「彼は相手をみくびって頭の毛を刈り、顎髭も口髭もすっかり剃り落としています。」とあるだけ。また、これが雌猿ルケナウ夫人の入れ知恵とはいっていない。

228　「ブラエルデ…」**Blaerde Shay Alphenio Kasbue Gorfons alsbuifrio**（97／30）　ゴーダ版のままの祈りはナンセンス語の羅列であるが、教会で用いるラテン語を風刺したものか。『ライナルト物語』の **Blaerde scaeye sal penis Carsbij gor sous abe firnis** から変造されている。（Blake）　ゲーテの呪文は'**Nekrast negibaul geid sum namteblih dnudna mein tedchs!**'この不可解な呪文は'**Schadet niemand und hilfet, man muss die Glaubigen starken.**'（何人をも害《そこな》はずして助けよ、信者を強めよ）を逆さに読んで、ラテン語のように見せかけている。

229　（98／4）　リューベック版は「ヒューネルブロート（Huhnerbrot）近くの商人のところへ行きましたが、彼がそれ（鴨）を捕まえたのでした。」（6237-38）　ヒューネルブロート（藤代訳は　ホレンブロート）は「鶏のパン」の意味だが場所は不明。

230　それを狐と闘って、真実を証明してみせる（↑　狐の体で試し he wold doo good on his body 98／23-24）。類似表現が 95／32（that shall I proue and make good on thy body）にもある。

231　（99／11）リューベック版「ラインケの小便は実にたちが悪く　それを目にくらった者は　どうにもならなかった。その人の視覚を奪うのだ　まえにラインケはイゼグリムの仔らに　この手でひどい目に合わせたことがある。」（6313-18）（藤代訳）

232　この場でその選択をするのが得策（↑　十マルクに値する　the choys was worth ten marke 102／2）と考えた。

233　「あなたの修道院のために善行のお裾わけ（をいただいて参ります）」wynnyng for your cloistre（102／6-7）。ここは、ゴーダ版の cloester winninghe（= gaining a share in the good deeds of the monks in order to mitigate one's own sins「罪障軽減のため修道僧にまじって善行を積んで参ります」）をキャクストンが誤訳したもの。（Blake）巡礼には、奇跡を期待するため、お礼参り、聖人のもとで死をむかえるためなどのほか、犯した罪の免償のために裁判で命じられた巡礼があった。

234 「そして、もう片方の手を…つかんだ。」And stack his other hond after bytwene his legges. And grepe the wulf fast by the colyons.（104 / 11-12） リューベック版は「ラインケは（別の手を狼の　股ぐらにさしこみ、）狙いどおり奴の何を――これ以上は申しますまい、しっかとつかんだ。」（藤代訳）（Reineke ... griff him mit Absicht dann an seine ―― Ach, sagen darf ich ja niht mehr; 6496-6500）

235 「両足」legges（104 / 26） ゴーダ版 *kuwen* は *kullen* = testicles（睾丸）の誤植なのだがキャクストンは「両足」で通ずると思って無視した。（Blake） リューベック版は「彼は睾丸をしっかと握りしめ　力を込めて引っぱり引きずりはじめたので、すべての人にはっきりと見えた。」（Ganz fest hatt er ihn bei den Hoden bekommen, begann ihn mit Kraften zu zerren und ziehn, was allen deutlich vor Augen erschien. 6517-20） なのだが、ゲーテ・舟木訳は「彼は益々堅く狼を押へ、総ての人々がその惨状を見るやうに狼を引摺り、（憐れむべきかれを摑み、押しつけ、嚙み、引搔いたので、…）」と、上品に訳している。

236 （104 / 30） リューベック版はこの辺で第四之書第八章が終わって教訓がつく。敵がまあまあ赦せる償いを申し出た時はいつでも、それを受け入れるべきである。そうすれば敵が高飛車に出ることはない。ラインケが降参を認めた時に証人を呼んで償いを受け入れていたら、狼がこうむったような目にあうこともなかった、と。

237 「運命の車」the wheel（105 / 22） cf. H.R. Patch, *The Goddess Fortuna in Mediaeval Literature*, 1927, pp.147-77.（Blake） 参照、黒瀬保『運命の女神』（南雲堂、1970）、T.Kurose, *Goddess Fortune in John Lydgate's Works*, Sanseido, 1980.

238 （105 / 25） ブレイク版には段落の切れ目がないが、話の展開からパラグラフをトムス版によって改行した。

239 （107 / 4-5） ここにリューベック版の次の文言があれば、このたとえ話がよくわかる。「陛下、この話で私は貪欲漢のことを言っているのです。彼らが権力の座につくと、誰もが彼を友達とみるようになって、いつも畏敬の念を示します。たしかに彼は口に肉をくわえていますから。」（6644-48）

240 「後ろを」after behynde them（107 / 15） ゴーダ版は achter ten sterte（= backwards, behind themselves）、つまり「振り返って尻尾を見る」の意。（Blake）

241　「この強奪者を…」ゴーダ版でも明瞭でないキャクストンのこの部分 and lete *hym thyse extorcions* in her sorow and nede（107 / 27-28）を、ブレイクは hym を *men* に、extorcions を *extorcioners* に校訂している。拙訳はこの解釈に従った。

242　（108 / 14-15）　キャクストンは目次で、最後から二番目のこの章を抜かしてしまった。その結果、本文で第四十三章が二つあるということになっている。

243　「二十五箇所もある傷」his woundes whiche were wel xxv（109 / 11-12）　独語訳では傷は二十六カ所。負けたイセグリムとその妻ギレモートについての描写は、リューベック版のほうが長い。（6703-34）

244　（110 / 3）　ブレイク版には段落の切れ目がなくパラグラフ・マークで続くが、話の展開からパラグラフをトムス版によって改行して一行あけた。次に始まるお説教はキャクストン訳のほうがリューベック版より長い。

245　（110 / 33）　多くの僧が修道院（生活）を捨てて海外へ出かけることは、当時大いに嘆かれていた。（Blake）

246　「できる限りのことをして…」the beste that I can doo for to amende my self（111 / 10）　キャクストン訳のこの部分は意味がとりにくい。ゴーダ版は dat beste is dat elck dat beste doet in sijnre tijt tot synen profyte（= and the best thing that each one of us can do is to do the best for his own profit in his lifetime）.　かなり無理して the beste を do の目的語にするか、doo の後に九行にある were（= would be）を補って解釈する。（Blake）

247　（111 / 15）　ブレイク版には段落の切れ目がないが、話の展開からパラグラフをトムス版によって改行した。

248　（111 / 35）ここで狐と狼の話が終了しているので、ブレイク版には段落の切れ目がないが改行する。仏語『狐物語』第二十話「ルナールの死」では、ルナールがイザングランと将棋をして散々負けたあげく賭ける物がなくなり、自分のちんぽこを賭けて負ける。イザングランは喜んでルナールの金玉の真ん中に大釘を打ち込んだため、ルナールは死んだように倒れてしまう。王妃の看護にもかかわらず生きた様子もない。みんなで葬式を済まして埋葬しようとした時、ルナールは正気ついて、雄鳥シャントクレールをくわえて逃げ出すが、犬に追いかけられて雄鳥を放す。結局つかまって縛り上げられ王様の前に引っ立てられ、シャントクレールと決闘することになる。雄鳥に右耳を喰いちぎられ左目をえぐられて死んだふりをしたルナールは、小鳥の尻を喰いちぎって、居城モーペルチュイに戻る。王様の呼び出しを伝えに行ったグランベールに彼はルナールという百姓の墓を見せて、それで自分が死んだことにしてくれと頼む。報告を聞いた獅子王はルナールの死をひどく悲しむ。最後は「ルナールの一生と葬儀の話はこれでおしまいです。ルナールの名前が出てくるのもこれで最後です。」（1692-94）　（Ici luec de Renart vous les / La vie et la procession. / Ci fine de renart le non. xvii. *La Mort de renart* 1686-88）でおわりになる。

249　「さて」Now ...(111 / 35)　ここからキャクストンの筆になるエピローグとする編者（Crotch: *The Prologues & Epilogues*）もいるが、ここはまだキャクストンの翻訳であって、colophon（奥書）だけが彼の英語である。（Blake）ベネット（J.Bennett）編のファクシミリー版によると、一四八九年第二版のエピローグは次のようになっている。「話はここで終わります。以上がこれまでに知られている昔の本から集められたレナルドの話です。ここに収められた以上のことが彼について書かれていたら、それはみな嘘です。この後彼の身に何が起こったか、また、彼がどんな行いをしたかについてはどこにも書いてないからです。しかし、わたしが思うに、彼は絞首刑になったでしょう。十分それに価しました。ずる賢くてひどい悪党で、嘘八百を並べて王様をたぶらかしたからです。偽りの裏切り者や、悪事で訴えられた者はみんな首吊りになるべきです。わたしもそれで十分満足です。しかし、そんな輩の中にも、大いに敬われて一生を送る者がいますが、それとても死んで地獄に行けば何の役にもたたない。悪魔がこぞってひげを引っ張り、真っ赤に燃えた鉄こてで尻を焼く。生前の不行跡ゆえに、そこで彼らは塗炭の苦しみを味わう。神の加護を得てわたしたちがそんな目に遭いませんように。地獄などまっぴらご免こうむります。思うだにぞっとして毛が逆立ちます。誠の人で、真に賢ければ、そのような死の危険から必ずや逃れうることでありましょう。」(I shall therefore make an end. Now this is the History of Renard so ferre forth as is knowen or mote be gadered out of ould Bokes, and if ony more shal be written of him than is hier set forth, it ben all lyes and falshoods for it is not written ony where what did hereafter befalle hym nor how he dyde, but I weene he was hongid for he hyely deservyd it, for he was a shrewde and felle theefe and deceivyd the King wth lesingys and so mote all false traytours and such as ben pleynd with ony Vilony be honged by their neckis I shold be therewith weel apayd. Yet there ben many such wch neverthelesse abide in great worship alle their livys yet that helpeth not but they goo to hell when they dye and the Deviles pull them by their beardes and brenne their erses wth hote Irons, tho sofre they moche paine for their misdedys: God grant us his grace that we may not comen thereto, for it is an evel-place, it growleth me sore, and myne heer stondeth right up when I think thereon. But if wee ben trew men and ryght wise wee shall soo be delivered fro the peryl of deth. Explicit.)

250　(112 / 7) 中世では教訓を滑稽話しに託すことが多かった。参照、チョーサー『カンタベリー物語——尼僧付き僧の話』But ye that holden this tale a folye, as of a fox, or of a cok and hen, taketh the moralite, good men. For Seint Paul seith that al that writen is, to oure doctrine it is ywrite, ywis. Taketh the fruyt, and lat the chaf be stille.（3438-43）（だが、この話をた

だ狐と雄鶏と雌鶏の下らぬ話だと思し召す方々は、どうかこの寓意をおくみください。聖パウロも申されるように、書かれてあるものはみなことごとく、わしらを教える教理のために書かれてあるのだ。どうか、実だけ取り、皮は捨てておいてください。西脇順三郎訳、筑摩書房。）

251「狐の言っていることで私のことばではありません。」for they be his wordes and not myne.（112 / 15-16）参照、チョーサー『カンタベリー物語——尼僧付き僧の話』3265 These been the cokkes wordes and nat myne（鶏が言ってることで、わたしのではありません）。

解説注

1　キャクストンの狐物語

1　フランス語の *Le roman de Renart* は『ルナール物語』とせずに、『狐物語』としているこのが多いようです。この慣例に従って、キャクストン訳でも、字句どおりの題名から「レナルド」の文字を抜いて『きつね物語』としましょう。

2　N. Blake, *THE HISTORY OF REYNARD THE FOX translated from the Dutch Original by William Caxton*, EETS, Oxford University Press, 1970. page 6 / lines 2-3.

3　*ibid*. 6 / 8-10.　4　*ibid*.112 / 6-8.　5　*ibid*. 112 / 15-16.

6　ピープス（Pepys）蔵書版が不完全な形で残っていますが、初版のブレイク版でいうと p.111 / line 8. I haue ynowh to do 以下最後までの約一ページ強が欠落している。代わってピープス版に付けられたあとがきにあたるものは、訳注249を参照。J. A. W. Bennett (ed.) 〈Facsimile Edition〉 *The History of Reynard the Fox 1489*, Reprinted 1976, David Paradine Developments Ltd., Claridge House, 32 Davies Street, London.

7　Richard Pynson 版はオクスフォード大学ボドレー図書館にあります。

8　'*Here beginneth the booke of Raynarde the Foxe, conteining divers goodlye hystoryes and parables, with other dyvers pointes necessarye for al men to be murked, by the which pointes, men maye lerne to come unto the subtyll knowledge of suche things, as daily ben used and had, in the counseyles of lordes and prelates, both ghostely and worldely, and also among marchauntes, and comen people. Imprinted in Saint Martens by Thomas Gaultier* 1550' で、この文言は殆どキャクストンの序文のままです。トムス（W. Thoms）版の註をみると、六十年近く後のガルディエ版は、キャクストン初版の語句を時代に合わせて言い換えていることを知ることができます。大英博物館蔵。

9　各章の教訓が欄外に記されたり、本文に組み入れられたりした後の版については C. C. Mish が The Huntington Library Quarterly, xvii (1953-4), 327-44 で解説している。(Blake *ibid. Introduction*, li)

10　'*The most delectable history of reynard the Fox, newly corrected and purged from all grossenesse in phrase and matter. As also augmented and inlarged with sundry excellent morals and expositions upon every severall chapter.* London; Printed by

J. Bell 1650.'

11 *'The most pleasant and delightful history of Reynard the fox. The second part, containing much matter of Pleasure and Content, written for the delight of young men, pleasure of the aged, and profit of all. To which is added many excellent morals.'* 一六八四年の別人の手になる第三部はレナルドの息子レナルディンが主人公になって、タイトルも *'The shifts of Reynardine, the son of Reynard the fox, or a pleasant history of his life and death. Full of variety, &c. and may fitly be applied to the late times. Now published for the reformation of men's manners.'* とあって、教訓話しになっています。(W. Thoms, *Sketch of the literary history of the Romance of REYNARD THE FOX*, lxxx–lxxxi., Percy Society)

12 '*The Most Delectable History of Reynard the Fox*. Newly corrected and Purged, from all grossness in Phrase and Matter. Augmented and enlarged with Sundry Excellent morals and Explanation upon every several Chapter. London 1701.'

13 Blake *Introduction* lxiii, lxvii–lxviii.

14 J. Shurley, '*The most delightful History of Renard the Foxe in Heroic Verse, much illustrated and adorned with Allegorical Phrases and Refined English, containing much Wisdom and Policies of State, under the Fabling Discourse between Birds and Beasts, with a moral Explanation of each hard and doubtful Place or Part, being not only pleasant but profitable, as well to the Learned of the Age as others. The like never published to the World before*. London, printed for Thomas Passenger at the Three Bibles, and Charles Passenger at the Seven Stars, on London Bridge. 1681, 4to.' (W.Thoms *ibid*. lxxxii.)

15 *The Crafty Courtier, or the Fable of Renard the Fox; newly done into English Verse, from the Antient Latin Iambics of Hartm. Schopperus* (Hartmann Schopper), *and by him Dedicated to Maximilian, then Emperour of Germany*. London: Printed for John Nutt, near Stationer's Hall, 1706.' (Thoms *ibid*. lxxxiv.)

16 Edward Arber, English Scholar's Library, London.

17 E. Goldsmid, *The History of Reynard the Fox. Translated and Printed by William Caxton, 1484*. Bibliotheca Curiosa X & XI, Edinburgh, 1884.

18 H. H. Sparling, *The History of Reynard the Foxe by William Caxton*, Kelmscott Press, Hammersmith, 1892.

19 H. Morley, *Early Prose Romances* pp.41–166, The Carisbrooke Library IV, London , 1889.

20 The Cranford Series '*THE MOST DELECTABLE HISTORY OF REYNARD THE FOX* EDITED WITH INTRO-

DUCTION AND NOTES BY JOSEPH JACOBS DONE INTO PICTURES BY W. FRANK CALDERON, London, MACMILLAN AND CO. AND NEW YORK, 1895.

21　はしがきに言及されていた Felix Summerley は，トムス（Thoms, *ibid*. lxxxvii.）によると *The Pleasant History of Reynard the Fox, told by Everdingen's Forty Pictures*. を Home Treasury の中で再版しています。Sands の Bibliography は次のような出版になっています。Summerly, Felix, ed. *The Pleasant History of Reynard the Fox Told by the Pictures fo Albert van Everdingen*. London, 1843. A retelling of Caxton for children.

22　*THE HISTORY OF REYNARD THE FOX* (with some account of) *His Friends And His Enemies. His Crimes Hair-Breadth Escapes And Final Triumph*. A Metrical Version Of The Old English Translation With Glossarial Notes In Verse By F. S. ELLIS With Devices By WALTER CRANE, London, David Nutt, 270, Strand, 1897.

23　(It) presents us with a scathing political satire applicable to all time; and though the key to its special purpose and object has been irrecoverably lost, its brilliant humuor and keen sarcasm on the follies of human nature are imperishable (F.S.Ellis, *THE ROMANCE of the ROSE* by W. LORRIS & J. CLOPINEL ENGLISHED by F. S. ELLIS, 3 vols., Volume one, introd. vi).

24　*THE HISTORY OF REYNARD THE FOX translated and printed by William Caxton in 1481*, Edited with an Introduction and Notes by Donald B. Sands, Harvard University Press, 1960.

25　'He can present the text in modernized spelling and punctuation. If he does so, he slights the scholar. He can produce the text in diplomatic form and such is repellent to the general reader. Here the formerr alternative is taken.' (Sands *ibid*. Preface)

26　註2を参照。

27　参照　拙稿「トロイラスとクリセダの恋物語り——ME 後期〈トロイもの〉の扱い」　埼玉大学紀要　総合篇　第6巻 (pp.2-37)。

28　John Lydgate, Bury, St. Edmonds, 1370?-?1450.

29　P. Field, *Romance and Chronicle*, Barrie & Jenkins, London, 1971 (p. 24).

30　'late euery man ... that redyth or herith this litel book redde, take thereby ensaumple to amende hym.' (*The Game and Playe of the Chesse*) 以下の作品の英語タイトルは「10　翻訳者キャクストン」の項を参照。

31　'in hopyng that it shal prouffite moche peple to the wele & helth of their soules, and for to lerne to haue and kepe the better pacience in aduersites'

32 'the comyn termes that be dayli vsed'

2 狐物語の系譜…キャクストン訳『きつね物語』(1481) の位置

1 anon., *Ecbasis captivi,* c940. 2 Nivardus of Ghent, *Ysengrimus*, c1150.

3 Pierre de Saint Cloud, *Le Roman de Renart,* c1175. 4 Marie de France, *Ysopet, Les Fables,* c1189.

5 Rutebeuf, *Renart le Bestorne.* 6 anon., *Le Couronnement de Renart.*

7 J. Gelee, *Renart Le Nouvel.* 8 anon., *Renart le Contrefait.*

9 Heinrich des Glichezaere, *Reinhart Fuchs*; Mss in Universitäts-Bibliothek, Heiderberg & Metropolitanbibliothek, Kolocsa & Landesbibliothek, Kassel.

10 Willem, *Reinaert*, c1250. 作られた年は、1269-72年の間、ブルージュのDeanだったJan van Dampiereに献じられた*Reinardus Vulpes*が、Baldulnus iuvenis (= Baldwin the Young)による*Van den Vos Reinaerde*のラテン語訳であることを判断の基準にしている。

11 anon., *Reinaerts Historie*, c1375.

12 anon., *Die Hystorie van Reynaert die Vos*, printed by Gerard Leeu (1445-1495), 1479, Gouda.; MSs in British Museum & Köninkliyke Bibliotheek, Hague.

13 Delft, Gouda, 1485 & Ludweg Suhl, Lübeck & Leipsic, 1783. 14 J. W. Muller & Henri Logeman, 1892.

15 Hinrek(= Heinrich) van Alckmer(= Alkmar), *Reynke de Vos*, Lübeck, 1498.

16 Hackmann, *Reineke de Vos,* Frytag, Wulfenbuttel, 1711.

17 Bredow, *Reineke de Vos,* 1798. 18 K. Scheller, *Reineke de Fos,* 1825.

19 Hoffmann, *Reineke Vos,* 1834. 20 Michael Beuther, *Reineken Fuchs,* 1545.

21 *Reinike Fuchs,* Rostock, 1650; 2nd ed. 1662.

22 J. C. Gottsched, Heinrichs von Alkmar *Reineke der Fuchs,* illustrated by Albert van Elverdingen, 1752, Leipsic & Amsterdam. 23 Johann W. Goethe, *Reineke Fuchs*, 1794.

24 D. Soltau, Berlin, 2nd ed. in Brunswick, 1823. 参照 Jacob Grimm, *Reinhart Fuchs*, 1824.
25 Don Juan Manuel (1282-2350), *Conde Lucanor.* 26 Sem Tob, *Proverbios morales.*
27 エスピノーサ『スペイン民話集』の6 動物昔話（三原幸久編訳、岩波文庫、平成十年）。
28 Kenneth Varty, *Reynard the Fox,* Leicester University Press, 1967.
29 Kenneth Varty, *Reynard, Renart, Reinaert and Other Foxes in Medieval England: the Iconographic Evidence, A Study of the Illustrating of Fox Lore and Reynard Stories in England during the Middle Ages, folloewd by a brief survey of their fortunes in post-medieval times,* Amsterdam University Press, 1999.

3 イギリスに渡った狐物語

1 MS. Digby 86. Bodleian Library.
2 白水社版訳では第十六話（pp.270-284）。訳注215も参照。
3 キャクストン訳『イソップ寓話』(Facsimile Edition, Scolar Press, 1976) の中のアルフォンス（Alfonce）の寓話の第九話。フォンテーヌ『寓話』(巻の十一—6「オオカミとキツネ」) はこれと同じ話で、話の後に「笑わないことにしよう。わたしたちもまた、そんなあやふやなことに心を誘われる。」が付きます。
4 白水社版訳では第五話（pp.41-52）。

4 人間世界の反映と動物の世界

1 訳注148を参照。
2 Blake, page 66 / line 20-67 / 6. 3 *ibid*. 60 / 27-61 / 1. 4 *ibid*. 95 / 10-3.
5 *ibid*. 61 / 13-17. 6 *ibid*. 61 / 29-36.
7 *ibid*. 94 / 15-17. 8 *ibid*. 61 / 26-37.
9 *ibid*. 22 / 26-23 / 5.
10 稲田孝「聊斎志異——玩世と怪異の覗きからくり——」講談社選書、1994）(pp.42-47)。
11 Blake 24 / 20-30. 12 *ibid*. 63 / 31-64 / 2.

13　レナルドは裁判に引き出されて死罪と決まったのですが、「誰が何を言って狐を非難しようとレナルドは一つ一つに申し開きをしました。動物たちが訴える狐のこれほどずる賢い入れ知恵、これほど巧みな作り話しは前代未聞でしたが、一方、狐はどの訴えも鮮やかに能弁に言い抜けましたので、聞いていた者たちは舌を巻きました。その場に居た者は狐の言い分がもっともだと言えるくらいでした。」（30 / 23-28）のように巧みに切り抜けるし、絞首台に引き出された時でさえ、まだ、どんな奸計をもって難儀を乗り切るかを慎重に考える「…王様がいかに強く、顧問団がいかに賢くとも、一旦このわしが言葉巧みに弁ずれば、あらゆる嘘八百を心得ているわしのことだから、あいつらがわしを絞首台に乗せようと思う以上にやつらの上手に出ることができるに違いない。」（32 / 24-30）

14　Blake 65 / 4-5.　15　*ibid.* 98 / 27-29.　16　訳注5を参照。　17　Blake 57 / 11-27.

18　*ibid.* 74 / 25-26.　19　訳注58を参照。

20　Blake 25 / 1-6.　21　*ibid.* 66 / 1-5.　22　*ibid.* 47 / 24-28.　23　*ibid.* 53 / 33-5.

24　オックスフォードの金持ちの大工の家に下宿していた学生ニコラスが大工の若奥さんアリスーンといい仲になる。ノアの洪水の再来を予言した学生に騙されて、箱船かわりに天井の梁から吊った桶に寝る亭主を後目に、二人はしこしこやっている。教区書記アブサロンも彼女に言い寄りますが、二人に騙されて、暗闇で窓の隙間から彼女の陰部にキスをさせられてしまいます。一計を案じた彼は、次に真っ赤に焼いた鋤を用意して、今度はニコラスがキスさせようと突き出していた尻の穴にぶちこむ。痛さと熱さで「水だ！　水だ！」と叫ぶ声に、すわ洪水！　と思って、吊した桶を切り落として怪我をした大工は、気違い扱いされて散々からかわれる。

25　ケインブリッジ大学の貧乏学生二人が学寮の粉ひきを頼みに来る。粉屋は、二人が乗ってきた馬をわざと逃がして、学生が追いかけている間に粉の量目をごまかす。悔しがる学生が一泊させてもらったその晩に、粉屋の娘と、ひょんなことから妻までを寝取って仕返しをする話。小道具に赤ん坊のゆりかごを使った笑話。

26　学僧ウィルキンがマージェリーという名前の商人の妻に恋して、主人の留守に言い寄ったが叶わない。彼の望みを策略で叶えてやる老女の話。彼女は、胡椒を食べさせて目から涙が流れている小犬を、貞節を守って学僧の望みを拒否した自分の娘の成れの果てだといって嘆いてみせる。身に覚えのあるマージェリーはびっくりして、自分も学僧に魔術で変身させられないようにウィルキンを探してくれるように頼む。学僧を連れてきたシリツ夫人は、彼に「股を広げてしっかりほじくるんだね。一晩中、手加減しちゃだめさ。」と言う。

27　泊まり込みで宮殿の普請を頼まれた結婚したての大工が、留守中の美しい女房のために秘密の部屋を造って仕掛けをこしらえておく。妻が心配であろうと訊かれた大工は、結婚の結納がわりにもらった花輪で、妻が不貞をを働けば色が褪せる花輪を持っていると答える。それを試すために、お忍びで出かけた王様と執事と教区教会司祭の三人が、次々と仕掛けにはまって地下室に閉じこめられる。妻は、働いて食事を得るようにと麻を打つ仕事を与える。作業が済んで戻った大工が殿さまたちをみてびっくり。そこに三人の妻が来て、夫の魂胆と哀れな姿を見て、散々彼らの油をしぼる。

28　スペインの西方遥かにあるコケインの島は天国よりいいところで、食べ物飲み物に不自由のない豊かな理想郷。いつも昼で夜はない。永遠の命を約束された人々に争いごとはない。いやな虫も動物もいない。雷も霙も雹もない。宝石を敷き詰めた川を流れる水はミルクと蜂蜜とワインで、あらゆる果物に恵まれて、焼きたてほやほやの鵞鳥が串ざしのまま空を飛んでいる。調理済みのひばりが口元に飛んでくる。修道院も礼拝堂も、壁と屋根板はお菓子やパイで造られている。柱は台座から何まで水晶や宝石造り。あらゆる香木が揃い、年中枯れることのない、ばらやゆりの花。つぐみ、ナイティンゲールなど多くの鳥が飛び交う。衣の袖と頭巾を翼にした修道士は空を飛んでいって、ミルクで水浴びをしている修道女をさらってきて僧庵で楽しむ。この国に行きたい者は、豚小屋でくそに耳までつかって七年間苦行をしなければならないという。

29　現代語訳ですが D. Brewer, *Medieval Comic Tales*, St Edmondsbury Press, 1996, 2nd ed. にはイングランドの小品とともに大陸の笑話が載っている。

30　Blake 44 / 6-45 / 4.　31　*ibid*. 78 / 14.　訳注191を参照。

32　*ibid*. 67 / 21-28.　33　*ibid*. 109 / 29-31.

34　訳注14を参照。　35　Blake 37 / 36-38 / 18.　36　*ibid*. 101 / 7-16.

37　騎士物語において、戦いに負けた騎士が勝利者の課することを行う例がありました。マロリー『アーサー王伝』（七巻）で、姫さまの救出を求めて宮廷に来た夫人について行ったガレスに倒された兄弟三人は、アーサーの宮廷に行って負けたことを告げます。

38　Blake 101 / 35-102 / 21.　39　*ibid*. 100 / 10-13.

40　*ibid*. 99 / 6-13.　41　*ibid*. 104 / 10-28.

42　今野一雄　訳（「王太子殿下へ」p.67）。

5 騙しのテクニック

1 Blake 30 / 22-28.　2 *ibid.* 35 / 1-4.　3 *ibid.* 25 / 23-25.　4 *ibid.* 29 / 35-30 / 2.　5 *ibid.* 25 / 25-27.
6 *ibid.* 30 / 2-5.　7 *ibid.* 58 / 20-22.　8 *ibid.* 75 / 34-76 / 1.
9 *ibid.* 84 / 10-19.　10 *ibid.* 58 / 22-24.　11 *ibid.* 58 / 24-25.　12 *ibid.* 27 / 26-28.　13 *ibid.* 25 / 27-29.
14 *ibid.* 58 / 12-18.　15 *ibid.* 25 / 30-31.　16 *ibid.* 58 / 18-20.　17 *ibid.* 47 / 14-17.　18 *ibid.* 40 / 1-7.
19 *ibid.* 56 / 29-57 / 4.　20 *ibid.* 91 / 25-31.　21 *ibid.* 102 / 31-38.

6 狐物語　と　イソップ寓話

1　なるほど物語が『きつね物語』に一つあります。狼が羊を喰らうのは獅子王から授かった特権だというのです。第十九章から二十二章にある、偽巡礼になったレナルド狐に兎のキワルトが殺されるエピソードをご覧ください。
2　今野一雄　訳、岩波文庫（1972）p.37.
3　それぞれ　p.287, p.27.　4　Blake 6 / 8-10.　5　*ibid.* 111 / 37-38.　6　*ibid.* 9 / 25-27.
7　*ibid* 16 / 33-35.　8　*ibid.* 105 / 12-15.
9　*ibid.* 105 / 21-25.　ロビンフッド物語（*A Lytell Geste of Robin Hood*）にあるリーの騎士リチャードの話には、馬上試合で相手を殺してしまった息子を救うために財産を抵当に入れたり売り払ったりして零落した彼を見限った親族と友人の話がある。「羽振りのいいときにはわしの友と称していた連中だが…」と、騎士は嘆いている。
10　*ibid.* 110 / 3-111 / 15.　11　*ibid.* 110 / 10-18.
12　塩野七生訳「マキャヴェリ語録『君主論』」新潮文庫、平成四年、p.71。
13　Blake 91 / 8-11.　14　*ibid.* 91 / 33-35.
15　物語本文中の、レナルドがイセグリム、ブルーン、ティベルトを騙したこと、ベリンを陥れたこと、穴うさぎラプレル殺害未遂、野うさぎキワルトと烏のコルバントの妻殺害、エルスウィン強姦、などなどに対する彼の言葉巧みな弁明を見ていただきたい。最後の決闘で、片目を失ったイセグリムに「でも、そのために一つ大きな得をしたことになります。だって、今後寝るときに、ほかの人は目を二つ閉じるところあなは一つでよくなったんですからね。」（102 / 36-38）とはなんという屁理屈でしょう。「5　騙しのテクニック」の項もご覧ください。

16　上に立つ者の処世訓として、民を治める法を説く三万六千行を越す大部な本があります。『君王没落記』(1493) で、これは十五世紀の能弁作家、ベリー・セント・エドモンズ修道院長のジョン・リッドゲイトが、ボッカチオの *De Casibus Virorum Illustrium* を、その仏訳から *Fall of Princes* として英語に翻案訳したもの。ヘンリー六世の摂政グロスター公ハンフリーの依頼によって訳したもので、先人たちのエゴ、高慢、異常な野心による栄華からの転落の例を並べることによって、諸侯に知恵と中庸の徳を説いている作品。

17　Blake 69 / 38-70 / 10.　18　*ibid.* 68 / 36-69 / 4.　19　*ibid.* 69 / 30-32.　20　*ibid.* 54 / 9-15.

21　*ibid.* 54 / 17-19.　22　*ibid.* 103 / 9-15.　23　*ibid.* 69 / 22-29.

24　創作童話　谷真介「そのごのうさぎとかめ」(小学館、昭和五十年)、ひろさちや著「昔話にはウラがある」(新潮社、一九九六年)、原英一編「お伽話による比較文化論」(松柏社、一九九七年)、桐生操『本当は恐ろしいグリム童話』(DREADFUL IN TRUTH) 1・2 (KKK、一九九八年、九九年)、小澤俊夫篇　完訳「グリム童話」(全二巻、第二版にあたる一八一八年版の全訳)、パロディー版のグリム童話は　池田香代子「魔女が語るグリム童話」(宝島社、一九九九年)、えっ！　こんな読み方もあったのかという　池田香代子「子どもにはまだ早いグリム童話―淫らでアブナいメルヒェンの毒」(光文社、一九九九年、ぎょうせい、一九九九年)、正続「政治的に正しいおとぎ話」(J. Garner: *Politically Correct Bedtime Stories*, 1994 ,1996'翻訳出版　DHC)、ビートたけし著「ビートたけしのウソップ物語」(瑞雲舎、2001年)。

25　ペンギン・クラシックス『イソップ寓話』第四十二話「分相応の指導者 (We Get The Rulers We Deserve)」の粗筋。ついでながら、『天草本 伊曾保物語』では、最後の部分「今日に至って蛙どもこの患にたへず、主君にてましまます鶴お宿に歸らせらるれば、そのあとに夜な、、天へ甲斐ない怨みをないて叫ぶ。」が、なぜなぜ物語風になっています。

26　「天草本 伊曾保物語」の下心は「人ごとに當時の主人の柔和なをば臆病で役にたゝぬと云ひ、武邊者を強いというて否がり、前のを譽めて、當時のをば誹り恨むるものぢや。」

なお、前ページの木版画はファクシミリ版 (*The History and Fables of Aesop* translated and printed by William Caxton, The Scolar Press, 1976.) の巻2の1話より。また、245ページは、巻1の8話、253ページは巻5の1話、256ページは巻1の17話より。

27　『狐ラインケ』の訳は藤代幸一訳 (法政大学出版、1985) pp.113-15。

28　Blake 25 / 30-31.

29　『天草本　伊曾保物語――獅子と犬と狼と豹とのこと』の下心は「人は只われに等しいひとを伴はうことぢゃ。それを如何にといふに、威勢のさかんな貴人を友にすれば、かならずその得分も樂みも、その威勢のある人に奪ひ取らるゝものぢゃ。」訳注209も参照。

30　『天草本　伊曾保物語』では、ろば、雄牛、山羊、羊と弱い動物が並んだ後、狼も登場しますが、彼もライオンの威勢に為すすべもなく引き下がっている。フォンテーヌ『寓話』では巻一の6「ライオンと共同で事業をした牝ウシと牝ヤギと牝ヒツジ」がこれに当たります。

31　Blake 86 / 10-87 / 10.　32　藤代幸一訳　p.254.

33　この件は訳注209を参照ください。

34　This tale shows how time solves difficult problems.

35　『天草本　伊曾保物語』では狐に諭すのが鼬になる。その下心は「あまたの人、貧なときは安樂なれども、富貴になれば苦痛逼迫におよぶことが多い。」この下心はペンギン版と同様に教訓として『きつね物語』には合わない。フォンテーヌ『寓話』（巻の三―17　納屋にはいったイタチ）では、出られなくなったのは納屋に入ったイタチ。教訓を垂れるのは一匹のネズミです。

36　Blake 26 / 9-27 / 5.　37　藤代幸一訳　pp.78-80.

38　『天草本　伊曾保物語』にもこれに対応する話が一つある。医者を装うのは狼でなくライオンです。「獅子と馬の事」の下心は「謀をもって人をたぶらかし、おのれが衣怙を尋ねうものは、ひとたびは必ずその罰に遇はぬといふことはあるまい。」この話と『きつね物語』に近いのがフォンテーヌ『寓話』（巻の十二―17　キツネとオオカミとウマ）。また、（巻の五―8　ウマとオオカミ）では「だれでも自分の専門にとどまっていなくちゃだめだ。お前はきょうは医者になろうとした、いつでも肉屋にすぎなかったのに」と狼が自省しますが後の祭りです。

39　Blake 58 / 27 ff.

40　*ibid.* 59 / 36-60 / 3　この話にある「最高の学者が必ずしも賢人ならず」という主旨の教えにはヴェアリアントがあります。訳注137参照。　41　藤代幸一訳　pp.181-85.

42　伊藤正義訳『ゲスタ　ロマノールム』（篠崎書林、昭和六十三年）の教訓は「知らないのに知ったかぶりをするな」ということ。主人（王様）はキリスト、小犬は説教僧、ロバは学識も恩寵もないのに説教者面して神の言葉を説こうとする連中をさしている。

43　Nature has not endowed us all with the same powers. There are things that some of us cannot do.

44　『天草本 伊曾保物語　狗兒と馬の事』の（下心）は「わが身の不器量なことをばかへりみいで、人の器用と主人に愛せらるゝことを羨むものは、忽ち恥をかいて退くものぢや。」フォンテーヌ『寓話』（巻の四―5　ロバと小イヌ）の出だしは「才能にむりをさせまい。むりをしてはなにごとも上手にはできない」で始まる。

45　Blake 81 / 9-82 / 3.　46　藤代幸一　訳　p.241 ff.

47　Blake 83 / 8-37.　フォンテーヌ『寓話』（巻の三―9）では、コウノトリが相手になる。

48　*ibid*. 84 / 25-85 / 16.　訳注102も参照。同じイソップ寓話タネで、獅子王の病気を治すためには狼の生き皮を剝いで温かいうちに被るのが一番と狐が言ったために、狼が皮をむかれ肉をそがれ脚を切り落とされるフォンテーヌ『寓話』（巻の八―3　ライオンとオオカミとキツネ）の教訓は「宮廷に出仕する方々よ、おたがいにひとを陥れるのはおやめなさい。できることならひとをそこなうことなく取りいるようにしなさい。…告げぐちをする者は、同じような目に会う。」

49　*ibid*. 88 / 34-90 / 3.　訳注213も参照。　50　*ibid*. 91 / 8-31.　訳注215も参照。

51　*ibid*. 43 / 1-44 / 15.　52　*ibid*. 82 / 4-83 / 7.

53　この寓話は広く流布していて『梟とナイティンゲール』（809-34行）にも言及されています。フォンテーヌ『寓話』（巻の九―14　ネコとキツネ）にもあります。

54　Blake 52 / 21-53 / 18.

55　*ibid*. 80 / 25-81 / 8.　愚かなろばと並んで、俊足の鹿を羨んだ馬が、自由の身なのに愚かな嫉妬心から狩人に使われることになったというイソップ話し「雄鹿と馬」も、狐が語る宝物の鏡の木枠に描かれていたという話の一つです。（第三十二章）フォンテーヌ『寓話』（巻の四―13　シカに復讐しようとしたウマ）の教訓は「復讐の喜びがどれほど大きなものであろうと、それなしにはほかのすべてが価値を失う財宝でそれを買いとるのは、あまりにも高価な犠牲を払うことだ。」

56　*ibid*. 106 / 18-107 / 5.

57　このテーマで書き始めた拙稿も参照願いたい。「『狐レナルド物語』に入ったイソップ話しタネ――そのメタモルフォーシス――」（「ディアロゴス　3」pp.91-123, 1995;「ディアロゴス　4」pp.121-160, 1997;「ディアロゴス　5」pp.57-74, 1999, 池畔談話会、ドルフィンプレス）

58 Blake 70 / 33-73 / 15.　59 伊藤正義 訳。

60 フォンテーヌ 寓話 巻六の14「村びととヘビ」の教訓は「なさけぶかいのはけっこうだが、相手がだれか、それが問題。」

61 Blake 6 / 2-19・111 / 35-112 / 23.

7 キャクストンの狐物語の中の脱線エピソード

1 Blake 78 / 29-79 / 22.　2 *ibid*. 9 / 16-23.　3 訳注3を参照。　4 Blake 91 / 35-95 / 15.

5 藤代幸一 訳 p.283.　6 Blake 37 / 31-34.　7 *ibid*. 40 / 1-6.

8 イソップ寓話がどのように伝えられてきたの研究書の一つに E.Hodnett, Aesop in England — *The Transmission of Motifs in Seventeenth-Century Illustrations of Aesop's Fables*, 1979, Virginia U.P. がある。

8 邦訳の原本 と 後の教養本と児童版

1 Blake 22 / 23-23 / 4.　2 *ibid*. 31 / 22-3.　3 *ibid*. 89 / 14-16.　4 *ibid*. 89 / 17-21.

5 *ibid*. 97 / 4-8.　6 *ibid*. 97 / 18.　7 *ibid*. 99 / 9-13.　8 *ibid*. 99 / 16-17.

9 *ibid*. 100 / 11-2.　10 *ibid*. 100 / 27-8.　11 *ibid*. 100 / 35-6.　12 *ibid*. 104 / 10-25.

9 狐と狼 物知り辞典——物語の中の狐と狼の姿

1 Blake 74 / 25-26.

2 'Foxes are traditionally thought to be clever and good at deceiving people, so humans are sometimes compared to them' (*Cambridge International Dictionary of English*, 1995) 'a sly, cunning fellow' (*Webster's International Dictionary*, 2nd ed., 1947)

3 'They ... are noted for their craftiness and raids on poultry.' (*Webster's Intern. Dict.*, 2nd ed.)

4 'The fox is conventionally thought of as sly and crafty' (*Webster's New World Dictionary*, College ed., 1984)

5 Cf. (The fox) has ... often reddish-brown fur. (*Cambridge Intern. Dictionary of English*, 1995)

6 蒲松齢『聊斎志異』には、猫ほどの大きさで毛は黄色、口は青い捉狐がいます。また、那須野ケ原の殺生石伝説にある、天竺、唐、大和と飛来して玉藻前にのりうつった妖狐は、金毛九尾の狐であった。「義経千本桜」の狐忠信は静の前に子狐の姿を現して身の上話をします。なお『聊斎志異』には、人に恩恵を与えてくれる何千年も生きた狐仙という狐やら、日本の信田狐のように人と夫婦となって子までなす狐などがいて、大抵は正体を現さないで消える。『聊斎志異』には、人間世界で活躍する狐の話がふんだんに載っています。中国で古来言い慣わされてきた狐の性癖を十分に利用して語られるこの不思議な話については、次を参照。立間祥介　編訳　蒲松齢『聊斎志異』（上下）（岩波文庫、1997。全四九一篇中九十二篇の選訳）。また、稲田孝「聊斎志異——玩世と怪異の覗きからくり——」（講談社選書、1994）では、『聊斎志異』に出る狐について、その「むすび」（p.218）で「狐はそもそも容姿端麗で高雅、倫理的な神々しさをそなえていた。と同時にその高雅さは神秘的な能力の所持者をおもわせ、狐仙のごとき超能力を想像させた。またその逆に、ずるがしこくて他人をたぶらかす悪者にも仕立てあげられたり、婬獣にされたり、たいへんに多方面な性格をおぶわされ、…」と述べている。

7　'It is crafty, rapacious, and very destructive to game, sheep, and cattle. It is usually cowardly, but sometimes attacks man.' (*Webster's Intern. Dict.*, 2nd ed.)

8　'a person likened to a wolf in character; a very fierce, rapacious, or destructive person' (*Webster's Intern. Dict.*, 2nd ed.)
'a person felt to resemble a wolf (as in craftiness or fierceness)' (*Webster's Elementary Dictionary*, 1980)

9　〈informal〉 to eat a large amount (of food) very quickly' (*Cambridge Intern. Dictionary of English*, 1955)

10　*Bewick's Select Fables of Aesop and Others* In Three Parts, to which are prefixed The Life of Aesop, and an essay upon fable by Oliver Goldsmith. Faithfully Reprinted from the Rare Newcastle Edition published by T.Saint in 1784. With the Original Wood Engravings by Thomas Bewick, and an Illustrated Preface by Edwin Pearson. London: Longmans, Green, And Co. 1871. 第十九話 The Fox and the Countryman (pp.109–10)、四十一話 The Cock and the Fox (pp.161–2)、第五十八話 The Cat and the Fox (pp.201–2)。

10　翻訳者キャクストン

1　活版印刷を発明したグーテンベルクと、その印刷術をイングランドに持ち帰って印刷所をウェストミンスターに開いたキャクストンを含む、写本から印刷本への移行期に関しては、次などを参照。高宮利行『グーテンベルクの謎——活字メディアの誕生とその後』一九九八年、岩波書店。高宮利行訳ロッテ・ヘリンガ著『キャクストン印刷の謎』一九九一年、雄松堂。

訳者あとがき

ここに、キャクストン訳『きつね物語』の拙訳を世に送ります。邦訳の原本はノーマン・ブレイク編のオクスフォード EETS 版です。原本にない挿絵を入れましたが、体裁は読みやすさを考えて改行した一部を除いて忠実に写しました。その結果、目次の文言と本文中の章見出しの文言が少しずれているものがあります。本文中に第四十三章が二つあるのも原文のままだからです。

狐物語といえばフランス文学における研究が進んでいるのですが、今回その方面の方々の知恵をお借りする機会がありませんでした。解説に述べたヴァーティーさんの研究（一九九九年）によれば、狐物語の歴史をみるとき、現存する書かれた物語の間の空白を、聖堂などの数多くの建物の装飾となった彫り物や写本の絵図が埋めているとのことです。それほど誰でも知っていた物語だったのです。キャクストンの『きつね物語』で話のおもしろさはお伝えできたと思いますので、次にはヴァーティーさんの本で視覚的にお伝えしたいものと思っています。

おもしろくてためになる話はどこでも好まれるはずなのに、ゲーテの『狐ラインケ』を除くと、どうして日本では狐物語がイソップ寓話の一部としてしか入ってこなかったのでしょう。あれだけヨーロッパにおいて読み続けられた動物ものがたりで、読んでみるとこれほどおもしろいのに、どうして日本であまり知られていないのだろうかという、きわめて単純な動機で邦訳に手を染めたのです。恥しいことながら、中世の物語の色濃い狐物語の十五世紀フラマン語からの英語訳を、今という時代に邦訳する意義というものをあまり深く考えずに始めた仕事でした。横のものを縦にするだけではあまり意味がない。翻訳の注が詳しければ研究者には便利であろうし、作品の解説が広い領域に及んでキャクストンの『きつね物語』を通して狐物語の世界が浮かび上がってくれば、現代の一般読者にも何かの役に立つところがあるかもしれない。と、そんなことを願って出版を考え出したころ、南雲堂の原信雄さんと、世に本を出す意義について語る機会を得ました。解説の中に少しでも取り柄があるとすれば、それは原さんのおかげであり、至らないところがあるとすれば、それは期待に答えられなかった私の非力ゆえです、堪忍願います。特に、日本に入った狐物語の調べが不充分であることをお詫び申し上げます。

作業の途中で、同僚や研究仲間の方々に有形無形の助けをいただきました。紙上を借りてお礼申し上げます。また、リューベック版の木版画の使用を快諾くだされた藤代幸一氏と法政大学出版局、また表紙カラー写真を含む写真の使用を快諾くださったヴァーティー氏に深くお礼申し上げます。

木村　建夫

平成十三年七月八日

訳者について

木村建夫（きむら　たてを）

一九四二年　生まれ。

一九六八年　東京大学大学院修士課程修了。現在、東京女子大学教授。

主な著書　ストッフェル『強意語と緩和語』〈共同訳述〉（研究社一九七一）・ウィルキンソン著『英語史入門』〈解註〉（研究社一九七七）・研究社『リーダーズ英和辞典』編集委員（一九九九）・池畔談話会共同訳　チョーサー『ばらの物語――Fragment A』（ドルフィン・プレス一九九九）など。

ウィリアム・キャクストン訳『きつね物語』
――中世イングランド動物ばなし

二〇〇一年十一月十五日　第一刷発行

訳　者　木村建夫
発行者　南雲一範
装幀者　岡孝治
発行所　株式会社南雲堂
東京都新宿区山吹町三六一　郵便番号一六二-〇八〇一
電話東京（〇三）三二六八-二三八四（営業部）
　　　　（〇三）三二六八-二三八七（編集部）
振替口座　〇〇一六〇-〇-四六八六三
ファクシミリ（〇三）三二六〇-五四二五

印刷所　壮光舎
製本所　長山製本所

乱丁・落丁本は、小社通販係宛御送付下さい。送料小社負担にて御取替えいたします。
〈IB-269〉〈検印省略〉

ISBN4-523-29269-8 C3098

孤独の遠近法　シェイクスピア・ロマン派・女　野島秀勝

シェイクスピアから現代にいたる多様なテクストを精緻に読み解き近代の本質を探求する。

9515円

子午線の祀り〔英文版〕　木下順二作　ブライアン・パウエル　ジェイソン・ダニエル訳

人間同士の織りなす壮絶な葛藤が緊密に組みたてられた木下順二の代表作の英訳。6000円

風景のブロンテ姉妹　アーサー・ポラード　山脇百合子訳

写真と文で読むブロンテ姉妹の世界。姉妹の姿が鮮やかに浮かび上る。
7573円

続ジョージ・ハーバート詩集　教会のポーチ・闘う教会　鬼塚敬一訳

『聖堂』の中の二編。作品解題、訳注、略年譜、『聖堂について』も付けた。
4854円

ワーズワスの自然神秘思想　原田俊孝

詩人の精神の成長を自然観に重点をおきながら考察する。
9515円